逆溯◎著

歧途

wrong
way

作家出版社

目 录

第一章

太阳渐渐西沉，留下一抹绯红的云霞，整个被烤蔫了的遥平县城才复苏过来。街道两边隔不远处摆开一些槽子里放木炭的烧烤炉、塑料桌椅、生啤桶等，夜市准备开始营业。三三两两的人们从楼梯口、院子中、巷道里，四处走出，沉寂了一大中午的街面又嘈杂开来。男人们穿着随意，趿拉着拖鞋，搭一件背心、半袖什么的，显得松松垮垮很慵懒；女人们在这样的季节里，着装也是越发轻薄简明，意在凸显那内里的柔美的形体。什么吊带衫、深V领、包臀裙、牛仔短裤、蕾丝抹胸……花样百出，尺度撩人；丰乳、翘臀、白花花的大腿随处可见，构成了城市里另一道百看不厌的风景。

遥平县城以这条街为主线，分为东西两部分。西面地势开阔，新建的高楼到处林立，商铺的橱窗五光十色，发展的气息比较浓郁，是所谓的新城区。东面是老城区，相对而言有些逼仄陈旧。钟鼓楼在岁月流淌中饱经风霜又寂静无声，唯有其沧桑与厚重与日同增；在钟楼和鼓楼的四周，是一条条曲曲折折的胡同小巷呈井字状交错蔓延；一些密密麻麻的四合院就在这纵横交错的胡同小巷里坐落，从空中鸟瞰这些参差不齐的人字形的屋檐，恰似一群群不规则的灰色飞雁。

此刻，在一个坐北向南的小院里，任玉凤和任玉霞两姊妹也从屋内走出。她们都已上了年纪：任玉凤六十岁，头发间银丝斑斑，穿一身镜面的暗绿色衣衫；任玉霞也有五十大几了，胳膊间的肌肉松松弛弛，皮肤早没了光泽和弹性，脸上由于炎热出汗，颧骨两边红堂堂的。很明显，人到了她们这般年纪，已逐渐地偏向于清淡散漫休养调息的生活方式。她们已没了多大的兴致去逛街、兜风、凑热闹什么的，只是坐在屋檐底下一个刻有**楚河汉界**的小石桌旁，边乘凉边有一搭没一搭地拉家常。

任玉霞解开半袖的第三道扣，手捏着细软的领口轻轻抖动，薄衫扇起丝丝微风，胸腔和面孔处顿有了一点舒服的凉意。她感慨："今年的夏天怎这么热，比去年还热！"事实上每年都寒来暑往，只不过是去年热过后人们便忘了去年到底有多热。这就像生二胎的女人，虽然知道生孩子疼，但又对头胎那种裂遍全身骨缝的疼，被时间隔得有些模糊了。以至，后来再遇到即使不如前次的疼痛仍觉得疼得受不了。感慨完天气，又说到子女，这无疑也是天下所有做母亲的永远乐此不疲的话题。任玉凤说，眼下大儿子光景好，二儿子也还行，就是最近单位集资建房子，手头有点紧。二媳妇已来过两回了，嘴上没明说要钱可意思还是那个意思，只不过是人会说，不直来直往而是迂回曲折绕着来。

"想要就得给，儿女就是咱的勾命鬼呀！"她三妹笑。

"给，拿什么给？你二姐夫你又不是不知道。一辈子光顾给公家卖命了，什么时候你见他管过家还是顾过家，到头来屁也没挣下！"

里屋小炕上半躺着的吕双仁身体条件反射地动了一动，仍又继续看他的《新闻联播》。多年来，他早已习惯了老婆的嘟囔。女人嘛，总归头发长见识短。小事由她去说，他懒得和她争高论低。大事归他来做，他也从不听她言语左右。要论大事，吕双仁这辈子所干的大事还真不算少。用他的话来讲：他在单位是当了二十年的媳妇二十年的婆婆。前二十年里在县委大院里打杂，当通信员、当干事、当秘书、当科长，边工作边学习边上进。后二十年竟出人头地，在县上的供销联社、副食公司、外贸公司先后担任了整整二十年的一把手。

论一般人，吕双仁也是台阶上站过的人，有过风光的人，但是这些台阶和风光并没给他本人带来多少实惠。缘由很简单：吕双仁参加工作的时间是五十年代，那正是"三反""五反"的年代。刘青山、张子善的两颗脑袋换来了共和国政坛二十年的朗朗晴空。吕双仁和数以万计的干部正是那个时代的干部，统称为老毛手下的干部。他们深受老毛思想的教化，只信奉领导就是排头兵，领导就应该以身作则带头上阵，全心全意为公服务的这些准则，反对且不屑那些以权谋私损公肥己的勾当。多少年里，吕双仁始终是一身正气，两袖清风。他干工作思路清晰，魄力非凡。在位时，经营供销联社，供销联社的生意就红红火火；管理外贸公司，外贸公司的业绩就蒸蒸日上。但是他自己的那个小家却始终清清贫贫。虽然在他工作的后期也赶上了改革开放的新时代，社会上有了一些光怪陆离的变化，可他仍是老古板，坚持自己的做法，看不惯一些现象，更不愿意变相地去换取。就连他的二儿子当兵复员回来，被分配到一个穷苦的小山沟里想进城，让他跟劳动人事局局长求个情，这样的事他也不干。他说:“人该到哪就到哪，凡事要靠自己，凭本事和能力争取来的地位才受人尊重。”

由此就不难理解任玉凤为什么要抱怨他了，可他也从来不和她去较真。他们这个小家多年来全凭老婆井井有条地在治理，靠他恐怕早已烂了包，这一点，年近古稀的吕双仁心里比谁都清楚。他知道——客观公正地来讲，自己的的确确就是一个对公事历来全身心投入的人，而对家事他则是油瓶跌倒了也不扶，根本没有尽到应有的责任。多少年里他们这个小家的每一滴水、每一度电、每一块煤、每一笔细小的开支，都离不开任玉凤精打细算的安排。连同家里每一件家具的添置，每一个孩子的鞋袜衣帽，包括他的在内，也要靠她未雨绸缪地来布办。而他几乎就等于从没过问过，所以他也从不在这些事情上和她争高论低。人家受了操劳，当然得允许人家发两句牢骚。气有出处自然就通，通则畅、畅则顺。这也是吕双仁一辈子的持家之道。

院里的拉话并没有停顿，三转两转又说起了任玉凤的另一个儿子。一提起这个儿子一种难以压抑的愧疚感便会从任玉凤的心底泛起。而且，这种对不起孩子的愧疚一直就像一把抓手一样牢牢地箍扎着她的心灵，随着时间越久，反倒越扎越深越箍越紧。因为这个儿子仅从血缘上来说是她和吕双仁的儿子，可是在儿子还不到满月的时候，他们就把他送给了人家。此刻，任玉霞问:“根止今年也该有二十五六了吧？”

“二十五了。”

任玉凤的回答不假思索。这些年，虽然她也没和自己的这个儿子见过几次面，但是每过一个年，她都在推算着这个已给了人家的儿子该有多大了。

“真快，还没成家吧？”

“没，参加工作也快四年了，还不说先成个家，疯魔野道，心思一天不知往哪用着呢。”

“在什么单位上班？”

“信用社，好像在离城不远的一个镇上。”任玉凤抬起头想，“叫什么镇来着？你瞧我这记性！曹……曹什么镇来着？”

“曹店镇。”里屋的吕双仁哼了一句。

“好单位呀，怎就进去了？”任玉霞又问。任玉凤回答：“谁也没费心，从小就学得好，高考上的银行学校，回来就顺顺分配了。正好，刚赶上国家最后一届的包分配政策。”

“嗨，又把个好的送给了人家，当初不要往出给那该多好呀！”任玉霞有点遗憾地说。之后，她又略带安慰地说：“不过像你们这种情形也可多了。小时候给人家抱出去了，长大了再相互来往开了，娃娃们又倒转往回认呢。到什么时候也是血脉相连嘛，骨肉上就亲着呢。”

“唉——”任玉凤长叹了一声，对她的三妹说又好像是给那个不在眼前的儿子解释道，“咱还能贪图他认我们，孝敬我们，只要他心里不记恨我们就行了。当初你二姐夫在县城里工作，全家老小就靠我一个人在农业社挣那点工分养活。本来再多他一个也无所谓，无非是多加一双碗筷的事，反正是谁也吃不饱饿不死。要不是难产大出血，我的命也差点保不住，加之后来身体又出了毛病，虚得连一点奶水也下不来，谁愿意把自个的娃娃给人家往出抱呢？还不是为了能让他找个好人家，逃个活命。”

“哦，说起来那时也确实是太苦太穷了！”任玉霞深有同感地说。又说：“不过你也别太自责，现在主要是他还小呢，等他到了一定的年龄，自然就会理解你们的。”

“说小也不小了。”任玉凤说，“我能看得出来，他对我们多少还是有些怨气。你不见前几年他大哥二哥结婚时，姚守健带他上来过。他对我们不冷不热，多余的话连一句也不说，没一点亲热劲！”

“那还是来往得少，生着呢。不过说起人家姚守健还真算是开通！这种事也不是咱一家，有些人把娃娃抱走了，怕得连亲生父母这边的半点口风也不敢提，还哪敢在亲缘喜事上来往。”

“嘿，你可别小看姚守健泥腿把子一个。人家能想开呢，人家这么做全是为根正的长远着想了。当初姚守健往走抱根正时就对我说‘嫂子，咱两家以后还要像亲戚一样来往呢。娃娃到了我们这边——身单，有个姐姐也是我们抱来的。和你们这边来往开了，将来娃娃大了还能有两个亲姐姐亲哥哥，在社会上也好有个照应。至于其他的我不怕！他要是有良心，我就是拿棒也赶不走，他要是没良心，我就是拿铁链也拴不住’。你说人家姚守健说得在理不在理？”

顿了顿，任玉凤又说:“实际上根正到了人家姚家门上，从小到大一点苦也没吃过，一点罪也没受过。姚守健虽说是个农村家庭，可人家是个老实本分的庄稼汉，一把好苦力，在农村来说光景过得一直还算可以。那年，他往走抱根正时，已是三十六了，比我大一岁，我跟他老婆是同岁。只是你二姐夫比他大八岁，所以他一直叫我叫嫂子。这么一说，你就明白了吧——姚守健那两口子那算得上是望穿秋水才晚来得子；所以自从有了根正，他们对他那真真是从心上往下疼呢，一天恨不得怎价服侍着，简直有点捧在手里怕掉了，含在嘴里怕化了。你没看，都溺爱娇惯得有点过了头！今年，按算姚守健也应该有六十一了，他老婆也应该有六十了，这样的年纪哪天不盼着抱孙子？可你看根正这娃娃——二十五六的行货了，还一点也不懂得体谅老人们的心情！说到这了，你则给多留上点心，看城里有没有合适人家，看能不能先给他成上个家，也好让人家姚守健老两口早些歇一歇心。”

任玉霞举目一怔，脑中筛了一遍，印象中一时还没个能对号入座的。猛然，她又一拍膝盖兴奋道:“还用这瞅那瞅了，眼皮底下的倒给忘了。我们大小姑家的女子今年也二十五了，和根正同岁，在公路收费站上班，正是你们根正的个好茬茬。”

“焕家？我还不知道她们的女子也那么大了！”

任玉霞又介绍说:她大小姑孔云焕家儿女成双，女儿大儿子小，儿子也到了该成家的年龄。

“哎哟，好倒是好，就是你们焕那脾气——我们根正将来能受得了？”任玉凤笑着说。

“她就那样——好起天上了，不好起地下了，顺着毛来也没事。再说了，现在的年轻人一成家，都是分家门另家户地过，又不是整天和老人们在一个锅里搅稠稀。”

“啊呀，你们那大小姑太厉害了！早多少年前，我就见过她在工地上和男人们打架骂仗，不管有理没理，都要占个上风。那个撒泼劲，哎哟哟，一般点的男人也根本扛不住！不过我听说焕家现在的光景可好了，在你们那边不是最数她们呢？”

“嘿！现在可不是一般的主户了。原来那会儿还上工地，打短工，开食堂……只要能赚钱什么苦活累活都干，现在那些活都看不下干了。我们妹夫自己搞工程买地皮，这几年可没少赚下钱——往少说也有个二三百万。

你们根正要是能找上她们，这辈子就享福了。”

吕双仁隔窗听见小姨子的话不是很入耳，朝外吼：“找媳妇了，又不是找老丈人了，有钱又能怎样？”

“你动不动在那瞎吼什么。”任玉凤掉转头向里屋抢白道，“什么有钱能怎样？有钱总比没钱好吧。姚守健一辈子靠苦力吃饭，土圪垯林里能刨多少？现在他们都老了，都要靠根正负担吧？找个有钱老丈人，不说能给添补些，至少也不用根正接济吧。两家子都穷，根正能负担得起？一天到晚屁也不懂，还在那瞎吼！”

男人的理想就这样被女人的现实轻易化为泡影。吕双仁嘬了嘬嘴还想分辩两句却什么也说不出口。倒是任玉霞忙对着窗子向她二姐夫解释说：“不说大人，就说我们大小姑家的女子。我看着长大，我还不清楚，那绝对是个把家过日子的好娃娃。性格像老子的，不太爱说话，沉沉稳稳，人又勤快。根本不像现在的一些年轻小女孩，整天光知道唱呀跳呀，跟上男的瞎混。就是有一点，人样长得一般，不过也不是那种特丑的人。人嘛，还是一般的多。”

“就是嘛。”任玉凤接话说，“人长得一般又没什么，过日子了又不是看年画了。那些描眉画眼的搽脸抹粉的咱这家也搁不下，还是朴朴素素本分一些好。你看德树这两天有空的话，让他把这当成个事，专门跑上一趟。”

“还用专门跑呢，他成天就在她们那打麻将着了。”

夜色渐深，空气里的凉意越来越浓。屋内已经上灯，灯光漫过四周的窗格子在四合院的砖地上映出一块块亮白的方框。

第二天中午，穿一件白背心，戴一副茶色石头镜的孔德树坐在他大妹子家里时，已是气喘吁吁。一百八十斤的体重，篮球一样的大肚子，使他在这样的大热天里行走不堪重负。好长一阵时间过去，他还在沙发上喘着粗气。孔云焕给他递来一块湿毛巾。孔德树摘下眼镜，擦了一把油腻腻的脸和脖子，重新戴上后，才说：“啊呀，热、太热，这鬼天气！够三十五六度吧？”

“报的是三十二度，你就受不了了，你那身体早该注意点了，还整天肥酒大肉的吃不够。”

“没办法，胖人喝水也胖呢！你不见你大嫂一天还尽量控制着我的饮食。”

“什么没办法，少吃上点腥荤，没事多锻炼锻炼，我就不信能把你胖成这样。”

“平时没事也锻炼呢，今早上可撺忙了，一大早就朝我们二挑担家去了一趟，这不跟着就上这来了。”

“有什么事直把你忙成这样？”

“还不是为了咱小敏的事。”孔德树卖了个关子，脸上的表情却分明示意妹子往男大当婚女大当嫁那方面想。

“小敏的事？”孔云焕起先怔了怔，随后就明了了，叹道：“嗐，这死女子还真让人一天害头疼！”

“这回你不用头疼了。”孔德树拍着胸脯说，“依我看这事还有成相呢，我们二挑担家的三儿子就是个茬系。”

“你们二挑担家？”孔云焕一脸疑云，“你们二挑担家不是两个女儿两个儿子早就成就了？从哪又冒出来个三儿子？”

“说来话长——”孔德树从沙发上站起身，准备到饮水机前倒杯水。孔云焕见状说：“厨房里有绿豆水，我给你舀上一碗？”

若是平时孔德树指定会说我自己来。虽说孔云焕是他的大妹子，但是兄弟姐妹间也不见得能没分寸地添麻烦，无休止地欠人情。人情这东西欠得多了，谁都会在人情面前英雄气短，身矮半截，只不过是有时候没办法，不得不欠人情。譬如：孔德树的大儿子要结婚，女方家是三金一银彩礼衣裳钱少一项都不行，他实在是没办法，不得不开口跟大妹子借钱。孔云焕一百个没为难，要借多少给借了多少。倒是他自己欠得有些难为情。这些年虽说零零碎碎还过几次，却一直没还完。前账还没还清后账又紧催，去年他的二儿子又要结婚。孔德树是外甥打灯笼——照旧（舅），不得不把大妹子的人情又往深欠了一步。就这样三欠两欠，他这个当大哥的身份也被欠得多少失了庄重少了威严，自己都觉得再不能有任何事来麻烦大妹子了，更不能因为自己能办到的事再欠人情了。人情这东西要留在关键的时刻用。所以，平时在大妹子家里，倒茶倒水、寻碗寻筷这类的事，孔德树断不肯劳驾大妹子，总是自己动手。有时见炉坑的灰满了，他还会主动倒一桶。院里的柴不多了，他也会蹲下来劈一捆。不管怎么说，有功受禄才是合乎情理的事。但是，今天却不同以往。今天，孔德树在来的路上就仿佛已为大妹子揣来了一位乘龙快婿。无论从哪一方面感觉，他都觉得比平时少了一份蹭吃蹭喝的意味。于是，接着妹子的话，他理直气壮道：“来上一碗吧。”之后，还又补了一句，“多放上点糖。”

孔云焕端来满满一碗绿豆水，还没等走到孔德树跟前，她就急着前话重提：“你们二挑担家的三儿子？没听说他们还有个老三呀？”

孔德树接过碗，一口气喝了多半碗，打了个饱嗝，又擦了擦嘴角的湿渍。这才慢条斯理地言开正本：“小敏现在哪也不谈着吧？”

“不，有本事自己谈回来一个，也省得他娘的，我在这瞎操心！”

“你看，你看你这人，说的什么话。娃娃们本分规矩还不好？看样子哪天神不知鬼不觉，给你挺个大肚子回来，你才高兴？”

“那也比没本事强。”

“不是说前些天还给介绍了个水资办的，还是水保站的？怎么，也没进展？”

“哦，你说那个水资办的，我见了一面，人长得像三寸丁！我见也没让小敏见，就直接给打发了。说是说，咱的女子又不是真愁嫁不出去，总不能逮住个瞎猫死老鼠就给吧。男人嘛，还是要高高大大些才耐看呀。”

“那肯定了。”孔德树对大妹子的首要择婿标准持赞同态度，“正好，你爱个什么样的就有个什么样的，这个我敢保证你可心可意。”

“你能不能布袋倒西瓜痛快些说，说个话还留半句说半句。”

“昨晚，你大嫂回来说呢，我才记起，要不然我能想起这事。我们二挑担家的三儿子从小就给人家抱出去了。啊呀！时间过得就是快，觉也没觉得，当年给人家抱出去的碎娃娃，现在就二十五了，已在信用社上上班了。你说咱不老能行呢？嗨，一代催着一代呀！”

“信用社，好单位呀！要贷点款，那还不得先抬举抬举他们，听说工资奖金也可大了，你们二挑担给安排的？”

“不是，人家娃娃自己争气，考进去的。从小就脑瓜子灵，学习厉害，考了个银行学校还不想念去，说英语烤焦了，比平时考得低，还要补习，想上个名牌大学呢。娘老子没敢让补，农村娃娃能跳出面朝黄土背朝天的圈圈，那就算天大的幸运了，还敢不满足。”

“那倒是，年轻人不懂，爱在那些文凭学历上讲究。社会上是看你门进对了没、胎投对了没。研究生分到倒塌单位照样穷得连工资也发不开！银行怎了？信用社怎了？冬天抱炉子，夏天扇扇子，那还不美气！在城里上着呢？”

孔德树犹豫了一下，说：“在曹店信用社。”

“农村了？”孔云焕劲头有减，“调不回来？”

“以后慢慢来嘛，离城也不太远，就十来公里。人样绝对好！我见过，一双大花眼，五官端端正正，身材高高大大。你见了也肯定能看上眼。”

“……”

“找女婿还是找人最重要嘛，对不？”

“光有人也不行呀！城里有房子没？”

“好像……好像……暂时还没买下。”

孔云焕本已减少的劲头又一落千丈。很显然，好单位好人样根本不足以抵消在城里没房子这样的硬件缺陷。她心凉道：“没房子那就不用说了，总不能结了婚圪蹴在露天地吧？”

“现在没，以后还能买了吧？”

“买？买下才叫买下了。你也不打听打听，遥平城的房价是一天跳三跳！老人没给置办下，靠娃娃们的那点工资买房，驴年马月的事！”

“那倒不一定。你跟何月峰结婚时有什么呢？还不是要什么没什么。现在你们缺什么着了？”

尽管孔德树说的是千真万确的事实，但那只能是当年的事实了。当年，孔云焕看上了一穷二白的揽工小子何月峰，无需媒人不要聘礼，自个就搬了铺盖跟何月峰住在了一起。这件事一度还曾让他们孔家老小抬不起头来，遭人背后指指点点。无论怎么说，孔云焕的做法也有些有伤风化，多少带点私奔之嫌。然而时过境迁，往日的波澜早已平息，往日的非议早已尘封。何月峰虽然人穷，但是志却不短。虽然不会能言善语，但是却会在心里打算谋划。他当小工时学匠人，当匠人时学工头，从小活到大活，事业终于干得是风生水起。现在不光是他自己干，而且还拉扯着孔德树的其他兄弟妹夫们一起干。本当说孔云焕的婚姻，应该算是女人慧眼识珠为爱情而壮举的成功榜样，也算是夫妻同心同德白手起家的楷模典范。但是感情只会搅昏当事人的理智，而且会随着时间的推移而淡忘。现在的孔云焕早已忘了她当年那感情排除理智的心路历程，曾经像火一样的情感早已无踪无影了。轮到她女儿的婚事上，她是格外地清醒，她这样反驳她的大哥：“那会儿是那会儿，现在是现在。那会儿普遍穷，谁又不在乎你结婚有什么没什么。现在你看去，不要说没房子，就是结婚场面不排场，人也觉得脸上挂不住。你也迎过门两个儿媳妇了，你又不是不知道。人家辛辛苦苦养活了几十年的大女子能有白送你的道理？”之后，她还说了许多。总之，没房子就想结亲，那就是能把天上飞的鸟说得掉在地下，也是不行的。

孔德树又退一步讲：“咱现在说这些还不到时候，八字还没一撇呢。不管长短先让小敏跟人家见上个面，看不上就什么也不用说了，相互看上了咱再说这些也不迟。兴许姚守健一辈子还有点积蓄；兴许姚根正参加工作也几年了，手头上有两个；兴许到时候我们二挑担再给添补上点，众人七帮八凑买套房子也不一定就是什么登天难事。你说呢？”

几个兴许又说动了孔云焕的心，她说：“后天小敏休假，你把你挑担他们都叫上，来我们这一块儿吃个饭，说起来都是亲戚呢。”

又笑：“让我仔细看看你那个外甥到底有多好。”

孔德树应承：到时一定把妹子想见的人给她约到。

第二章

姚根正的手机铃声响起时，正在会计朝露的宿舍看电视。朝露在办公室里无所事事地拨打着算盘，听着那吧嗒吧嗒的珠声来打发这百般聊赖的夏日。办公室和宿舍是一个套间，中间通有过道门，连成一体。宿舍内双人床上叠着一块带条纹的薄绒被，两只虚绵绵的枕头分别摆在被子左右，米黄色的床单从四周垂下几乎拖着地面。正前方靠窗户的一张桌子上除了摆一台电视机以外，还摆放着一些洁面乳、洗发露、润手霜、保湿液、唇膏之类的化妆护肤用品。办公室里差不多齐肩高的瓷砖面柜台上竖着根根拇指粗的钢筋直插入房顶，与动物园里的铁栅栏颇有些相似。所不同的是动物园是防止里面对外面的侵袭，这里是防止外面对里面的侵袭。众所周知，柜台里不光有凭证、账簿、条据之类的东西，还有大宗小宗更容易诱发人邪恶的现金。

这边的手机铃声一响，那边办公室里的拨珠声戛然而止。朝露的手指停顿在算盘上，静听着姚根正的答话，似乎要从他的答话中判断出手机另一端的言语。另一端是任玉凤喋喋不休的声音，姚根正大致听明白她所说的几个意思：一是任玉凤问了问姚守健夫妇现在的身体情况，经常有病没病；二是她关心姚根正的工作生活情况，重点是谈不谈对象；听了姚根正说不谈着，任玉凤才说要给他介绍个叫何小敏的富家千金，让他明天早点进城来一趟，还一再告诫他穿的要精神点，不要邋里邋遢，小心过了这个村再没这个店。

手机刚挂，朝露就迫不及待地问："谁给你打的电话？"

"我奶妈。"（从姚根正小时候起，两边的父母就约定他管任玉凤叫奶妈。）

“什么奶妈？”

“大概是小时候吃过两口奶吧，一时三刻也给你说不清楚。”姚根正不大愿意向外人细说他这被抱养的身世，包括对朝露。

“有什么好事把你高兴成那样？”

“没有呀，高兴成啥样了？”

“你自己又不是不知道，装什么装。”

“我又没装，就是让明天进城吃个饭嘛。”

“别把人都当三岁小孩子看。一会儿问人家多大了，一会儿问人家在哪上班，牵心得不得了，估计这会儿心也早飞走了吧。”

看着朝露脸上明显的醋意，姚根正收敛起兴奋之色，不以为然说：“能飞到哪，永远在你这呢。”

“滚，嘴一套心一套。”

“我准备往庆国门市滚呢，你去不去？”

“不去。”

“走嘛，再打一盘五百分，下午好吃炖羊肉。”

“老是羊肉，你不嫌膻？”

“那——红梅的烩菜怎样？”

“也就那样，不过总比羊肉好。”

“这地方能凑合就行了，别要求太高，走吧。”

“你先走。”

“一起走嘛。”

“啊呀！你烦不烦，我要换衣裳呢。”

“好好的，换什么换？”

“裤子太紧，绷呢。”

姚根正仍坐在床头未动。朝露已从办公室走到这边的宿舍来，在门拐角一个简易布衣橱前将牛仔裤和上面的半衫哧溜褪去。光滑的肩背正对着姚根正，浑身的肌肤白皙如象牙，丰腴而不失弹性，尖高跟鞋挺得那滚圆的双臀微微向上翘着。她拉出一件黑纱连衣裙从头顶套下，向后说：“你给我拉一下后面的拉链。”

姚根正走上前拉住拉链，嘴唇在她的耳颈处厮磨。

“啊呀，大白天！”她转过身推开他，嗔怒道。

曹庆国的门市就在信用社的大门口，一扇大玻璃侧窗可以将进出信用社的人看得一清二楚。门市的门梁上方挂着一块小长方形的木匾，木匾上用红油漆歪歪扭扭写着**小卖部**三个大字。门市里面的货架简陋零乱，上面堆着一些烟酒、砖茶、衣帽、布匹、鞋袜、钳子、管子、螺丝、改锥等七杂八落的东西。这里是农村人每逢四九日子来赶集的主要去处。这里也是曹店镇各种各样消息的汇集处：张家的小子和王家的女子订婚了；李家的羊被偷了；赵三的儿子在外地发财了；曹村长又和谁家的婆姨马虎了……总之，曹店镇这条小街上的闲人，一搁了饭碗就喜欢来这里凑热闹，倾听着同时也传播着曹店镇最新最近的新闻。

此刻，门市里的常客——整天游手好闲的曹柱，正给曹庆国说着："嘿，根正和朝露这两天是狗尿在头上交好运了，天天赢！好歹咱两个也是多年的黄金搭档，老给这两个肥绵羊输，还不把人气死！"

"羊，倒是两只肥肥的绵羊，就是命好，不太肯输。"头发稀疏，中央已经秃顶的曹庆国，说话不紧不慢一字一顿。

"我就不信这个邪，你给他们打电话，让他们快点出来买下午饭来。"

"你急什么急，烧得越快输得越快，守株待兔，一阵他们保准出来呀，不忙了他们也待不住。"曹庆国的性格也像他的说话一样不急不缓。

曹柱不得不佩服曹庆国的未卜先知。因为曹庆国的话音还没落，他就看见姚根正和朝露一前一后从信用社的大门走出。走在后面的朝露边走边用两只手探在脑后把浓密的秀发往起扎。蝉翼般的连衣裙轻薄缥缈，身体的肉色在黑纱里朦朦胧胧，内衣的轮廓若隐若现。她这道刺目的风景，常让这个小镇上其他单位的干部借口来办业务，三一趟两一趟地往信用社跑。不为别的，只为能跟她沟里洼里地拉拉话，不过到目前为止还没有谁敢吹嘘——他已经把朝露得了手。至于那些从各个村子里来镇上赶集的小伙子们更是对她垂涎三尺，可又有点不敢造次，毕竟人家是上班的天鹅，自家是泥地里的癞蛤蟆，在心里面遐想意淫可以，再要怎么发展那就有点天壤之隔了！

"这不自动就送上门了，正愁下午没人买饭。"曹庆国向首先进门的姚根正开炮。姚根正回击道："想得美，和我正愁的一样。"

曹柱又给曹庆国帮腔道："不信把你们两个也没办法了，电管站、邮电所那么皮硬也让我们收拾得绵绵的。今天再不扒你们的羊羔皮，你还不知道马王爷长几只眼呢。”

“马王爷管驴的事，还管你那输饭钱的破事。”姚根正仍是一句也不示弱。

“啊呀，吵吵吵，你们几个一见面就知道吵。”后进门的朝露娇嗲地说。

“不用吵，有本事牌上见功夫。”曹庆国说。

“来就来，不行今天再额外带上点酒钱，要耍咱就耍大些。”姚根正说。

“谁怕谁。不过吵归吵，确实这几天也没喝酒了，不管输赢，咱几个今儿要好好喝上一场哩。”曹柱说着顺手拿起窗台上的扑克盒，又问曹庆国，“够着不，用不用数一下？”曹庆国说不用，昨天耍完再没人动过。之后，四个人围桌坐定。老规矩——朝露跟姚根正是对家；曹柱跟曹庆国是对家。谁家先到了负五百分谁家就请客；或者是谁家先到了正五百分谁家就算赢。两个小时后，曹柱和曹庆国果真是背到了极点，又输得灰溜溜的。一个抱怨一个哪张牌不该那么出；一个恼火一个不灵醒，连眼色也看不开。

姚根正在一边戏谑他们：“配合不行，再多掏上两顿饭钱就长进了。”

曹庆国笑：“男子汉大丈夫，输死也不下软蛋。说吧，想吃甚？就当又给你们两个过了回生日！”

曹柱建议再到荣金食堂去，那里有早上刚杀的当年山羊呢。

姚根正别有用意，说：“羊肉太贵，老是你们掏钱不忍心，就到红梅那随便吃点烩菜吧。”

朝露偷着朝他传去会意的一波。

庆国门市对面的红梅饭馆里，老板娘红梅在厨房里朝外喊：“东子，快剥点葱来。”个矮、面白、身体瘦小的东子却不听她使唤了。他已跟姚根正曹庆国曹柱他们几个坐在了一块儿，喝开酒来。姚根正身材高大，体格健壮，正值年轻气盛之际，干什么事喜欢磅礴痛快，不喜欢小打小闹。喝酒更是如此，他不喝则已喝开了爱痛饮——小杯合在大杯里一口干。他说由他先来打关，四套马车过。众人说太大了，换个耍法吧。他又说：“不大，不大。放账为利，喝酒为醉，又不是为了磨蹭时间呢。来——来——”说着，就跟坐在他下首的东子摇开了骰子。

所谓四套马车，即两个人每人拿三颗骰子放在骰钵里摇。第一套比吹牛，红点一可以代表任何数，七以内代表两个任何数，七以上代表四个任何数，最大时可以吹到二十四个六，通常吹到七点以上酒就开始减半。比如二十四个六就得喝十二杯酒，但那是特例，概率特别小，需要双方都拿上三个红点一才行。一般来说也就能吹到八九十来个数，换算成酒即是五六杯。第二套是揭开骰钵比骰子的组合，单点一杯，对对两杯，顺子三杯。第三套是比红点找差价，比对方少几点就要喝几杯。第四套是三个数的总和找差价。这就相当于摇一把骰，四套同时较量，犹如四匹齐驱的骏马拖着两辆豪华战车在对攻厮杀，故美其名曰为四套马车。这样的玩法，输赢的确很大，平均每把骰都在十杯酒以上，但是也刺激。赢者有说不出的高兴，输者有奋起反攻的欲望。结果，由姚根正开了头，几个男人立即就进入了亢奋的状态。没一会儿工夫，两瓶酒就被朝露一杯一杯倒得所剩无几了。曹庆国从耳根红到脖子，端着一杯输下的酒连连讨饶，说再喝就要现场直播了。曹柱看上去才来了劲，讥笑曹庆国酒量小，说自己一口气喝斤二两也没事。东子说他吹牛，一口气至多一斤，哪有斤二两的瓶子？他骂东子总他娘的喜欢抠字眼，一口气大体是一顿饭的意思又不是一口喝干。又骂："去你妈的 ×，别在那磨叽了，再拿瓶酒来。"

东子听得曹柱还要酒，自然也就顾不上再跟他抬杠了，又乐呵呵地找来一瓶。一来是他还有点没尽兴。二来是多喝两瓶等客人走后，也好向正憋一肚子气炒菜的老婆解释——剥两根葱的价值岂能跟促销两瓶酒的利润相比。状态最好的要数姚根正，因为朝露给他倒的酒每次都比别人少一点点。那点点滴滴的关照之情把他的每根神经都熨烫得无比舒服和惬意。飘然间，他还把手摸向桌子底下朝露的大腿。那条大腿往回弹他的手，大腿的主人拿眼睛剜他，眼神里分明在说："注意点，好不好？你别以为他们都醉了！"

时间最容易在欢乐中飞逝，不知不觉一轮黄灿灿的满月已挂在当空。靠近月亮的云轻薄亮白如缕缕烟丝，远一点的昏黑沉厚似块块墨汁。月光下无数个沙丘泛着银光，一簇簇沙柳紧抱成团像草原上的点点牧包。沙丘与沙丘之间的凹地大多已是逐年改良过来的农田。农田里的玉米已有多半个人高，顶端竖着开小花的穗子，半腰间鼓着鲜嫩的玉米棒子，棒子的头尖处又垂出一撮撮湿润的细须。假如有人用手触摸那些细须，便会感觉到一丝丝柔软的冰凉。农田的边缘又是一些土墙木顶的房屋，一棵棵笔挺的白杨树聚拢在房屋周围。这里的人们习惯于把他们房屋周围的领地称之为伙场，前面冠以姓氏加以区分，如曹家伙场、李家伙场、刘家伙场等。其实伙场一词由来已久，最早出现在这里的《怀远县志》中。县志载："所谓伙场者，汉民出关种地，定例春出冬归，暂时伙聚盘踞故名之，犹如内地村庄也。”清康熙三十六年，开放边外五十里为内地，准许汉民租田种地，春耕冬归。乾隆元年又在原开放地界以北，再开放三十至五十里，蒙古族王爷按地亩收租税银两。到清末民国初年，乌审、扎萨两旗的蒙古族王爷除大量招募汉民租种土地，吃租税银两外，为了维持其逐渐扩大的奢侈生活费用，开始大量变卖连接汉民住地的土地，汉民因买地而又北上，终成现今的管理地区。由此可见伙场实为蒙汉交界地域里对村庄的一种特殊叫法，现如今在这片地域里叫什么伙场的村庄也不在少数。而曹店镇正是处在这片地域之内，南接遥平县城，北邻蒙古乌审旗，黄沙漫漫，古道雄风。只是这里的村民逐渐缩小了对伙场的叫法，把他们自已家的领地也叫成了伙场。错与对无人考究，没有人会说他们叫得对与不对，也没有人会说他们单家独户的领地不够叫伙场的资格。所以，叫了也就那么叫了，多少年里一直就那样叫着。此刻，各家伙场内的猪牛驴羊早已停止了走动哼咩，四下里万籁无声。

偶尔有大货车从公路上隆隆开过，震得红梅饭馆的地板嗡嗡作响。那货车开过的公路即是曹店镇的街道。街道两边有三五个门市店铺、七站八所这些乡镇上的单位在货车的灯光里匆匆向后闪过。镇政府是二层楼，白瓷砖门面，门厅巍巍，算得上是全镇最辉煌的建筑了。邮电所门前挂个绿邮递箱，早已没了绿色，被日晒雨淋得铁锈斑斑。卫生院顶上的那个红十字也称不上红，只隐隐见点红，白底色反倒露出得更多。兽医站没门牌像个家户，全站从站长到职工就老关一个人，只在春上负责给全镇的牲畜发一次疫苗，平日里全无什么要紧的工作。供销社曾经倒是一个红样的单位，计划经济时期全权肩负着城乡生产生活资料的统一供给。柜台里面的售货员一个个趾高气扬，那的确是一个很让人羡慕的职业。现如今也已是门庭冷落，偌大的柜台里再也没有了那些花花绿绿的洋货，职工十有八九早下了岗。只有主任老季和会计小张坚守阵地，除了卖点化肥和尿素，还在旁边开了个没有自动加油机的加油站。（拿一个焊着细长铁嘴的油桶往各种车辆的油箱里倒。）

当第三瓶酒快要喝完的时候，朝露发现面前的几个男人变了形，目光开始呆滞，说话变得唠唠叨叨，一个简单的问题往往要重复说上好几遍。曹庆国又一次开始叮嘱姚根正：明天要是进城的话一定要把他捎上。因为门市里的猴王烟卖光了；洗衣粉和火柴也不多了；另外上次购回来的几个暖壶中也有一个不保温；这些都需要买或需要换。东子耷拉着脑袋，神情恍惚。曹柱从外面小解回来，走路踉踉跄跄，嘴里却嚷嚷着还要喝。姚根正吃喝玩乐的豪兴一上来就没了节制，他也说：“来，继续喝，咱两个干。”朝露又在桌子底下踢他，并问众人：“都几点了，你们还喝？”曹庆国立即附和道：“不早了，不敢喝了，再喝明天误事呀。”姚根正见响应同盟不多，又拿眼光询问众人，意思是那就改天再喝？东子拖长了声音，只说出一个字：“散——”刚想要往起站，脚后跟却打软，重重又跌坐在了地上。跌倒时带下一个酒杯和盘子，稀里哗啦溅了一身残汤油渍。姚根正和曹庆国见状，赶忙把他往里间搀扶。红梅听见了动静也从里间走了出来，看见这情形她早已是满腔的怒火。不过她又不好意思当着姚根正他们这些人的面发作。这些人都是她的老主顾，平时的确招呼她生意不少。所以，她又强压住怒火，反而客气说：“你们别管他，我来，我来。”倒是姚根正有些难堪，仿佛弄坏了人家的什么东西似的，讪讪说：“没喝多少，怎就醉了！”红梅说：“他就那死样子！屁的酒量也没，还一见酒场就走不动了。”说着又拿毛巾揩了揩东子衣服上的污渍，然后把他扶上炕，顺手拉了块薄单子给他盖上，嘴里又狠道：“喝，再喝，好好喝，哪天往死喝你呀。”众人这才起身离开，没走多远，又听见东子在身后模糊不清地反复呢喃：“没事……没事……喝……喝不死……”

信用社的院子里，朝露宿舍的灯光只亮了一会儿就熄灭了。随着那灯光熄灭后，一道大院越发显得安宁静谧了，四周是砖砌得又高又厚的墙壁，墙壁之内是一片葱郁的菜地，菜地北边的一排平房在银白的月光下无声无息。整个院落既空旷又封闭，在高墙之内幽幽独处。在这寂静之中，任何细微的响动越发格外清晰。没一会儿，只听见从朝露的宿舍里传出一阵窸窸窣窣的脱衣声。稍后，又是女人的娇喘声，那娇喘声或断或续或高或低，像是极力忍受着某种压抑又像是极力享受着某种兴奋。再往后，那娇喘声开始变得一阵比一阵急促，一阵比一阵粗重。临到末了，仿佛成了只有呼气没了吸气的直声声的叫唤。最后，随着一声酣畅淋漓的呻吟后，一切犹如山洪已倾泻、大厦已坍塌，只剩下疲软的残骸落入平静。这时，朝露已是浑身香汗涔涔。她满足地把头埋在姚根正的胸膛里，轻声问：“你饿不？”

“不。”

“往下一坐一口饭也不吃，就知道喝！你看人家庆国、曹柱他们——

吃是吃喝是喝，什么也不误；哪像你——光喝酒不吃饭，以后能不能少喝上点？”

“又没多喝，何况还有你关照。真亲！”他说时又将轻轻一吻送上她的额头。

“还不是怕你喝醉。”

“放心，喝不醉，放开了喝，他们几个也不是对手。”

“少吹上些，一点也不注意。庆国可贼了！少倒一点酒，他还在那老盯着。你却不长心，手还在那瞎摸！让他看见了，那可怎办？”被朝露这么一说，姚根正也有点后悔刚才酒场上的轻举大意。他又自言自语道：“应该没看见吧？”又说，“不过，他真的可贼了！平时你不在时，他老是问我和你的长长短短。”

“你是怎么给他说的？”朝露霍地警觉起来。

“我当然是赌神发咒了，难道我还能说咱两个这样那样。”

“你说他会不会知道咱两个的事？”

“估计不会，又没什么把柄落在他手里。我想他也就是在那胡乱猜测呢，往出诈我呢。”

朝露的心又松懈下来，只这么一松懈，一个一直要问却一直没机会，整整缠绕了她一整天的问题又涌了上来。她看似随意地说：“明天你奶妈给你介绍个啥样的对象？”

“也没说清楚。”姚根正本能地想搪塞。

“说说嘛，有什么不能说的。”朝露推搡他。

“就说叫个何小敏——跟我同岁——在公路收费站上班。再我也不知道了。”

“……”

“想什么呢？”

“没想什么。”

“……”

许久，她又问：“你爱我吗？”

“你说呢？”

“我问你呢。”

“爱。”姚根正用力点了点头，感觉朝露把他抱得更紧了。随后他又说：“可是咱两个又不能结婚。唉——睡吧！”

“铮”“铮”墙上的电子钟在寂静中分外清晰地走动。渐渐扩散开来的酒劲使姚根正昏昏沉沉，他困倦地合上双眼，不多时便鼾声连连。可朝露却怎么也睡不着了，心头一阵比一阵明亮，各种想法和往日的一些旧事重重而来：

后悔吗？谈不上后悔。要说后悔只能是后悔第一次对姚根正的纵容和不设防了。第一次具体是哪一天，时间已过去很久远了，她也记不清楚了。只记得他来曹店镇工作还不到一个月，仅仅是一个月的时间里，他们之间似乎就存在了某种默契和相互的吸引。办公时不经意的指肤接触，一闪而过的视线相对，都让她的心弦微动，感觉将要有什么事情发生。而她又从不敢深究也不愿深究，自己究竟是希望那种事发生还是不希望那种事发生，只知道自己的心里多了一些不安和兴奋。一方面是名誉、道德、家庭的责任牢不可破；另一方面却又是孤独、寂寞、两地分居的生理渴求摇摇欲坠。尤其是晚上，单位共一台电视，放在她的宿舍里。每晚临睡前，姚根正总要在她的宿舍里看会儿电视才过去睡。电视里有时播放李咏的《幸运52》有时播放王小丫的《开心辞典》，在这样的情况下，气氛总是很愉快。他们两个和电视里的节目一起互动，争相答题。朝露这才发现姚根正的知识面很广，他总是比她答得又快又准。这令她既欣赏又羡慕，时不时偷偷看他一眼。只见他的面孔白皙，手指纤细，浑身泛着一股儒雅的气息；但也不乏有粗犷的一面，他的额头平展宽广，鼻子有棱有角，胸前的肌肉块隆隆突起。不可否认，她觉得自己对他有十足的好感，甚至是有些爱意，只是自己在竭力控制着自己，害怕局面失控。当然，电视里更多的是播放影视剧——影视剧为博人眼球又总离不开那些大尺度的吻戏和床戏。每当这种情况下，两个只是同事关系的男女同坐在一起观看那就有些尴尬了。朝露总是羞得不敢继续再看电视也不敢朝姚根正看去。虽然她不看他，但是她知道他和她一样局促难受，心里也肯定烧得慌。终于等到那些画面过去了，姚根正又活泛起来，像是刚从困境里走了出来。有时，他还会解嘲地说：“动不动就是又吻又睡的，干那事是不是特别舒服？”

她不由得答一句：“你可讨厌了！能不能说点别的。”

“别的？别的想不起说什么呀。总之，各自的身体不由各自的想法，那才叫个亏！”

“他什么意思？”她在心里想，“他是在引诱我吗？还是在暗示我？快，赶快结束这种尴尬的境地……”她装作生气地说：“你太能胡说八道了，赶紧过去睡。”

“过呀。”他站起身，轻轻带上她的门。

他回他宿舍了。她却觉得自己的春心在荡漾，身体在沸腾。孤男寡女，一道大院仅隔一墙而眠，要说完全没想法那就是自欺欺人了。朝露清楚地知道——自己的内心里道德和欲望正在进行着激烈的厮杀。而且，道德略占下风！道德只像是一个摆在外面要给人看的绣花木框，带有强加性且薄弱无力。而欲望则是真实存在于内心的洪水猛兽，蛮横有力且主动向外冲撞。朝露努力不让自己朝那方面去想，可她已经想了：“跟他睡在一起会是什么样呢？”

终于，危情还是来临了。那一天，当她还没有辨明他是蓄谋已久，还是一时兴起地向她伸出双臂，她就一股脑地将自己沉入了他的怀抱。那一天，在朝露的脑中越来越清晰地映出：那是一个风和日丽的午后，她和姚根正去了离单位不远的一个水库看人家钓鱼。回来的路上，他们有说有笑，谈到单位的一些人和事，很投机也有相同的看法，彼此感觉心上又近了一步，几乎要贴在一起，只差捅破那一层窗户纸了。路过一片小树林，他要牵她的手。她听见自己的心突突跳，脸烧得发红。她慌乱地甩开他，向前急走去，可没走多远又停了下来，看路边一朵淡粉色的野花。他紧跟了上来，又固执地搂住她，把她的身体往他的怀里扳。她想起，她当时既没有彻底愤然地拒绝，也没有立刻委身于他，只是本能地向外推他，嘴里含混地说了声：“不要这样，让人家看见呢！”而那句话却在实际上鼓励了他的行动，使他把她搂得更紧了。瞬间，她感觉有一股电流袭遍她的全身。她不知道自己僵硬的身体为什么会变得酥软，向外推他的手臂竟然改变了方向，回应他的已是迷闭的双眼和上仰的嘴唇。

鸿沟一旦逾越，便一发不可收拾，大有干柴烈火愈燃愈烈之势。不得不承认，炽热缠绵的情人关系将本已枯燥麻木的家庭生活又向后排挤了一步。从那天起，他们如胶似漆，想尽一切办法寻找一切机会聚在一起。原来她丈夫来她单位的时间，她每月休假回家的时间，这些她过去盼望的时间，现在全成了她一心想要跳过去和情人单独相处的时间。最初的羞怯之情和背叛家庭的愧疚之感在无数次的偷情中早已荡然无存。如果说还有什么担心，唯一所担心的只是偷情败露后所带来的身败名裂的后果。这就像吸食毒品成瘾的人不会顾忌毒品本身的危害，而是害怕被公安机关抓获后，再无法吸食毒品一样。虽然，每次这样颠鸾倒凤之后，朝露在潜意识里都会预感到这种生活迟早会冷却，这种关系迟早会终结，但她又不确定会在何时何地以何种方式冷却和终结。

此刻，她感到他们的关系真的就要断裂了，明天这只本不属于她的风筝即将断线。尽管这一天她无数次地盘算过，然而当这一天真的来临，她还是觉得没有做好充分的准备来迎接。尤其是想到明天他会跟一个叫何小敏的女孩卿卿我我温存贪欢，她就越觉得有一种酸酸的刺痛袭遍她的全身。但是她又毫无办法阻止这事的进展。她问自己有没有破釜沉舟豁出去和他在一起的勇气？得到的回答是不敢。她又问自己有没有放弃情欲之欢和他一刀两断的决心？只听见心里说："也很难，真的难舍。"就这样，朝露的心一直摇摆不定，在忌妒和痛苦中来回翻滚。她所能做到的只是一动不动地仰躺在床上，忽闪着两只大眼睛望着空洞的黑夜。

第三章

夏天的早晨总是来得很早，不到六点，天就完全放亮了。农村人大多都早睡早起，他们知道起迟了就会吃毒热日光下干活的苦头。五点多，曹庆国就习惯性地睡不住了，他到地里锄务了一阵庄稼，再回到门市时已过了七点。这时，他估摸着姚根正也该起床了，就拿起柜台上的电话往信用社拨，拨时又自言自语：“还是这些上班人好，不用起早贪黑地受苦，肩不动膀不摇就能赚来钱！”

朝露和平时一样已早早起床了，打开营业室的门，洗过脸和头发，正站在一块椭圆形的镜子前，细瞅她那因为昨晚没睡好而有点肿涩的眼睛。听见办公室的电话铃响，她拿起话筒。曹庆国问她姚根正起来了没，能走了吧？

“他大概还睡着，我给你叫去。”

朝露话里的意思很明白——她想表达给曹庆国的是：姚根正是睡在他的宿舍，他起没起床她并不知道。其实那会儿姚根正还躺在她的床上。挂断电话后，朝露来到床前推了推他：“起，快起，庆国等上你了。”

姚根正睡眼惺忪地问：“几点了？”

“快八点了。”

他又翻了个身，嘴里咕噜：“呃，还想睡会儿。”

“起，快起，懒猪！”她不停摇晃他。刚洗过的头发垂在他的脸上方，一滴水珠顺着发梢滴了下来，冰凉一激灵使他全没了睡意。姚根正这才起来，抹了一把脸，到院里打汽车的马达。打了好几次，他那辆烂夏利车的发动机才轰轰转动起来。开出大门，他停在曹庆国的门市边按喇叭。曹庆国将小半张记着猴王烟、火材、洗衣粉、开关、电线、暖 hu……的报纸揉作一团往兜里一装，就匆匆跑出。那些写在报纸上的字个头挺大又东倒西歪，火柴的柴字错写成材，暖壶的壶字不会写用拼音代替，可该干什么的意思，曹庆国自己心里知道。一钻进车，他就朝姚根正挤眉弄眼，意味深长道："呵呵，昨晚该睡美了吧？"

姚根正立即听出曹庆国话里的弦外之音，回道："嗯，睡美了，一个人还是喝上二两好睡。"又说，"你那才叫睡美了吧？老婆娃娃热炕头，好生活呀！"

"别装蒜了，我看你小子肯定把朝露给拿下了。"

"没，给你说多少回了，你就不信。"

"一道大院就你们俩，我还不信世上有不吃腥的猫？"

"想吃还要人家愿意呢，我哪有你那本事，把瑛秀睡上还跟三宝打得火热，一天到晚称兄道弟。"

"你别听人们瞎说。"

"不要嘴犟——你以为我不知道？我嫂子又不是没把你逮住过，还差点和瑛秀打乱套。是不是？背着牛头不认赃。"姚根正说的是曹店镇多年前就公开的秘密。曹庆国见不好抵赖，又涎着脸说："嗨，那都是些过去的事了。"

"不过瑛秀也确实长得俊，你和她是怎勾搭上的？是不是她买五毛的东西，你就给一块的货，一来二去给得多了，就以身准账了。"

曹庆国只是憨笑，不说话。姚根正又央缠他："说说嘛，有什么不好意思的，谁不拈个花惹个草，说说怎就让我嫂子给逮住了？"

"唉，有什么好说的，说来丢人呢。"

话虽这么说，可男人其实总喜欢对心里能合得来的人炫耀一下自己有过的风流韵事。毕竟拥有女人的青睐，尤其是拥有一个绝色女人的青睐，那也是一件颇值得自豪的事。曹庆国同样也是忍不住，又对姚根正吐露道："你说怪不怪？那天我老婆坐娘家的人，说回来就猛然回来了。回来见门市锁着，哪也不去找，直接就上了三宝家，比闻见的还灵！真是邪门，偏偏遇个端端！"

"那天三宝不在家？"

"不在，在我能去？"

"这就叫常在河边走哪有不湿脚的，夜路走得多了肯定碰鬼。"姚根正给曹庆国总结着。又替他分析道："说不定我嫂子早就听到风言风语了，早就对你有怀疑了，给你玩了招欲擒故纵。你说是不？"

"可能了。"曹庆国点头，然后又带点哲学意味地感慨道，"啊呀，女人一旦给你玩开来阴的，那就真的不好对付呀！"

"逮住后没和你闹腾得要离婚？"

"你想想，怎能不闹？猪也不喂了，羊也不喂了，饭也不做了，三四天不吃不喝要寻死上吊。娃娃们念书回来是冰锅冷灶，整个乱了套！要不是我头磕得快，好话说得多，那回就不顶事了。"

"哈哈，还是你本事大，哄死人不顶命。我看我嫂子现在对你也挺好的。"

"怎说呢，一家人嘛——打断胳膊连着筋。"

"不是藕断丝连，现在还和瑛秀有一腿呢？"

"早不了，至那回罢了再一次也没有过。都这把年纪了，还能干那种糊糊事。"

"你不干亏了你！我看瑛秀家现在快成了你们大队的公关部了，上面一来人贺书记和曹村长就引在那招待。"

曹庆国的心仿佛被针扎了一下。不过饱经世故的年龄又让他脸上的表情没起什么明显的变化。姚根正所说的情况他未尝不知。这些年同在一个镇上，他耳闻目睹瑛秀变得越来越肆无忌惮越来越水性杨花了。曹柱、东子这些每天来他门市里闲转悠的人们，常把瑛秀的情况给他汇报得清清楚楚：昨晚贺书记曹村长又在那招待谁了；瑛秀端着酒盅又给谁唱歌了；谁留在那过夜了……连同他老婆都不止一次地在他面前愤愤讥讽："你看看，你看看，你以前好过的人是个什么样子？真真是千人骑万人上的烂鞋啊！"曹庆国装聋作哑，为息事宁人图个安生，有时还装出一副悔不该当初的样子。可他心里却知道——事实上他从来就没后悔过，就是现在他也常想着再能跟那只烂鞋重修旧好啊，那还是挺好的。可瑛秀已非当初的瑛秀了！这些年，她也常常从他的门市前经过，经过时总是挺着腰肢，高昂着头，目不斜视，一头秀发高高盘在头顶，一对奶子仍坚实耸立，好像要呼之欲出。有时，她和别的人还停下来说说笑笑，可对曹庆国却是形同陌路。他拿眼睛看她。她却刻意避开他的视线。他感到她那匆匆避开的眸子里五味杂陈又讳莫如深，似乎在说："当初要不是你，我能成这样？你怕你的老婆，那你就怕去吧。我就是这样的我，我走我想走的路。"这些曾经是那么近现在却又是那么远的感觉，常常令曹庆国怅然难释，深深感叹时间如流，而在这如流的时间里男女关系真是此一时彼一时，变化无常啊！

“说得你难受了？”这时，姚根正腾出一只握方向盘的手拽了拽曹庆国。

“有什么难受的？”曹庆国回过神来，勉强笑着说。

“哎，你说三宝一天把老婆贴上就为了混得吃顿肉、喝顿酒，心上能舒服？我就想不通，他为什么不管一管？”

“唉——没法管，也不敢管呀。”曹庆国长叹了一声。

这一声长叹，遮盖了一个家庭的内幕，也道尽了三宝的无奈。三宝挣不来钱，靠瑛秀开裁缝铺，本身在家庭里就没地位。还有一种深层的原因曹庆国没说出来——他尝试过也被那种诱惑折磨过，而且他深信三宝和他也会有同样的体味。那就是瑛秀不仅外表风骚，而且她在床上的功夫也是出神入化，总能让挨过她的男人们对她流连忘返。她的朝三暮四恣意淫荡，对于一个想爱她或者是爱上她的男人来说，那恰是一根拉紧他们心猿的缰绳。而且瑛秀懂得这个心理，深知自己的优势，更会熟练地使用这门武器。早期因为她的招蜂引蝶，三宝也和她吵过架、干过仗，她就是用这种手段来对付他的。晚上，她给三宝脊背睡，连手也不让他碰；白天，越是当着他的面越是跟别的男人打情骂俏。七八天及至半个月下来，三宝反倒服了软，好像犯了错的倒是自己。他向她投去屈服讨好的神情。她才如恩赐一般让他得到了长期冷战之后的床笫之欢。一番云雨过后，三宝跪在瑛秀那千娇百媚的玉体边，几乎带着哀求说：“你以后跟人家能不能不要那么明着来……”她则在心里想：“他到底被我拿在了手心里。”从此，瑛秀在炕上招待她想要招待的男人，三宝在地下忙着端茶递水，还不敢流露半点的不满。

“我操！”姚根正莫名感到一阵憋闷，为三宝叫屈道。

“嘿，一路光说我了。你呢，你小子到底把朝露收拾了没？”这时，曹庆国猛然掉转了话头，“朝露也是一块好货呀，咱镇上打她主意的人不少哩。”

“瞎说。”姚根正顺口吐出两个字，心上却觉酸溜溜的。

“我又没瞎说。你不见电管站李站长有事没事常常到你们单位溜达吗？先前天他还请朝露吃饭呢。你和你们主任都不在，朝露叫我和东子一块儿去。我们两个也没客气，跟上太阳就沾光，又混得白吃了一顿。”

"吃个饭有什么。"姚根正看似不介意的样子。心上却想着："她和李站长一块儿出去吃饭，几天了对我却只字未提，她背着我到底还有多少秘密啊？"随后又安慰自己道："不过她还叫了庆国和东子呀，叫庆国和东子不就是为了不想让李站长有单独的机会吗？"

"吃饭，吃饭跟吃饭不一样。"曹庆国继续说，"李站长那点心思我还看不出来吗？桌子上他要跟朝露挨着坐，说他们两个对付我和东子，朝露输下的酒由他全代。结果朝露还不领情，硬和我换了位，说东子酒量大让东子代她喝。"

姚根正一颗紧绷的心又舒展开来——毕竟朝露和曹庆国是换了位的，她要是想跟李站长发展，那她就挨着他坐了呀。

"弄得李站长当时就有点尴尬。"曹庆国又说，"不过后来又嘻嘻哈哈地玩开了——朝露回回给他倒酒倒得满满的，把李站长灌得招架不住才刹了场。要是换成了你喝酒，她能给你倒那么多？"

"不一样样的。"

"哄鬼去，半辈子老娘婆了，我还看不出你们两个那点猫腻。平时你不在单位，她和我老婆在门市上一坐就是老半天。你一回来，她连面也不肯露，出来一阵还急着往回跑。你以为我看不出来？老哥我心知肚明，不说罢了。我早知道他李站长是瞎骚情了，没门！"

"连旁人都能看出她对我不同寻常的反应，可见她心里装的还是我呀。"姚根正在心里说，同时又暗暗佩服曹庆国不愧是风月场上过来的老手——仅凭细枝末节就能推断来事情的来龙去脉。又想："既然人家曹庆国心知肚明，自己再死不认账那就没意思了。捣鬼要捣那种无从考究的鬼，撒谎要撒那种死无对证的谎。"于是，他含蓄地说："酒色财气四堵墙，人人皆在里面藏。其实谁也不应笑话谁，黑老鸦笑猪呢！"

"哈哈，贼不打自招吧？"

"这世上保持特殊关系的男女又不是一对两对，再多一对少一对也不至于引起社会动荡吧？"

从曹店镇到遥平的路正处于"乡乡通油路"的工程建设中。一路上到处是一些推土机、挖掘机、压路机、翻斗车……在轰鸣。沙石、尘土、白灰，在这些机械的轰鸣声中漫天飞扬。空中灰蒙蒙一片，路两边的树枝树叶、地畔的庄稼全都失去了鲜绿的光泽，全被蒙上了一层厚厚的灰尘，沉甸甸的。一个个工人从上到下灰尘扑扑，辨不清面目。要不是那两丸黑眼珠在眼眶里时不时转动一下，长长的睫毛时不时眨一眨，还以为是一个个刚出土的泥塑呢。十五公里的路程，说远不远说近不近，一路上走走停停，好不容易才算走完。进了城，由于那烂夏利车不够密封，姚根正和曹庆国两个人早被弄得灰头灰脸。曹庆国顾不上擦洗那满身的灰尘，打开车门就忙着办他那些杂事去了。姚根正则不慌不忙把车开进一家洗车房。红色的车身早成了土灰色，车窗上抖落的尘土有轻有重有粗有细，犹如妙笔勾勒出来的山水画。想到下午有可能拉着何小敏到哪转一转、兜兜风，他特意叮嘱洗车工把车细细擦干净，多给仪表台打上点蜡。安顿好之后，他才进了洗车房隔壁的一家美容美发店，再出来时已是从头到脚焕然一新了。

正午刚过，何月峰家的门铃响了起来。孔云焕穿过院里那两个小花池之间鹅卵石铺的细窄路打开大门。首先进门的是孔德树和任玉霞。孔德树向她介绍他身后的另外两个人：一个是他的二挑担吕双仁，一个是吕双仁的三儿子姚根正。孔云焕顺着孔德树的手势端量了姚根正一眼。高挑的身材，以她目测大概够一米七八左右。一件橘色的衬衣配着一条浅亮色的西裤，一双黑皮鞋在阳光下锃锃发亮。没有肥胖也不见瘦弱，四方脸盘上两只大花眼炯炯有神。乍一看，孔云焕就把姚根正看入了眼。她心中暗喜满脸带笑，连连招呼吕双仁："快，快进家里坐。说起来还是亲戚了，也不常来转！听说你爱打麻将，以后没事就来我们这玩。"

"待不住消磨时间呢，我们耍得小，一场顶多也就几十块输赢。你们肯定比我们耍得大。"吕双仁自嘲道。

"也不大。进，快进家。"

墙角一条毛茸茸的小白狗见来了人，顺着花池的根底蹦跳过来，绕着姚根正的两腿遛圈。姚根正在心里想："像个有钱人家的派势，没事逗逗鸟、遛遛狗！"

孔云焕见小狗缠着姚根正的腿又是舔又是抓，弄得他放不开脚步，忙过来呵斥道："小宝，往回死，再缠人一脚把你踢死。"那小宝听话地缩着头夹着尾巴又溜了回去。她又对姚根正说："没事，这狗不咬人。走，走，进家。"

姚根正讪讪说："这小宝，可逗了。"

瞧着姚根正进门的背影，孔云焕在身后又对她大嫂窃窃低语："好后生，俊般般的！"

任玉霞笑着说：“那当然了，咱能给你挑次的。”

何月峰的客厅让一辈子走南闯北经历不凡的吕双仁都觉得有些富贵逼人。八角水晶大吊灯熠熠生辉，雍容华贵的真皮沙发前摆着一个纯天然的大理石茶几；茶几上放一套精致的红木茶具，几个茶筒茶罐里装着一些品种名贵的茶叶，两包刚拆开的香烟随意扔在茶几上面；地板是米黄色，壁纸是乳白色，护套是浅黑色，整体装饰浑然一体；空旷处又摆一尊落地大钟和一些郁郁葱葱的绿色盆景，相互间错落有致，相得益彰；几堵墙壁，一堵是宽敞通透的推拉门窗；一堵镶着风景画，画由电子灯合成，通电后可以仿真夜上海灯火璀璨的景象；一堵是简约而又不失现代气息的影视墙，超薄宽屏的液晶电视挂在中间，半人高的立体环绕音响分摆在左右，下面是一组暗紫色的檀木低柜；所有的家具摆设既是精心设计又不留痕迹，低调中露出丝丝奢华之气。

姚根正已注意到了暖气阁上的一个全家福相框。相框里前排坐着的两个人，一个是刚才迎接他们进门的孔云焕，一个是此刻正给吕双仁孔德树沏茶的何月峰。后排还站着一个眉清目秀的小伙子和一个剪齐肩发的姑娘。姑娘是谁？他当然明白。他今天来此的目的全是因为她。他又有意无意地朝相框里的姑娘多瞟了两眼。她的眼睛有点小，好像左右还不完全对称，嘴唇也似乎单薄了一些，整体相貌平平，倒是身板壮壮实实，极像个举重之类的运动员，给人以力量之感却没有女性的柔弱之美。姚根正当下就有些失望，却又抱着希望想：“有些人不上相，说不定待会儿见到的她要比照片里漂亮些。”

这时，孔云焕朝客厅的楼上喊：“小敏，你下来切上个西瓜。”又笑着对吕双仁说：“嗐，现在的娃娃们一点也不懂礼貌！”

“都一样，都一样。”吕双仁回笑说。

楼上卧室的珠帘响动了一下，应声而出的是一个穿牛仔短裤紫色半袖衫的女孩。那女孩顺着室内楼梯盘旋而下，头发烫得弯弯曲曲，两眼娇媚，模样可人，外露的皮肤雪白细嫩，看起来很是青春时尚。“不会是她吧？”姚根正的眼睛一亮，可随即又否定说：“不可能，这和照片也太有点离谱了吧。”果然，又听见孔云焕问那女孩：“小敏呢，她还没下来？”

“她在忙。”

“去，你去叫她下来招呼客人。”

那个女孩“嗯”了一声，又返了上去。

其实，楼上卧室里的何小敏也不忙。她只是坐在床边发呆：“这算什么事呀？从未谋面，相互看上了就结婚！这不像一笔衡量各个方面而决定成交与否的生意吗？这简直太荒唐太可笑了！唉，真麻烦……”从内心来讲，何小敏并不喜欢自己的婚姻通过媒妁之言这条传统的老路来解决。她也像大多数女孩一样，幻想着心中的白马王子能在某个不经意的时空里和她不期而遇。然而，生活并不浪漫，不管是凄婉的还是轰烈的爱情始终与她无缘。倒是时间过得飞快，快得有点怕人！从毕业到工作一晃就几年过去了，转眼就要把她挤向了大龄剩女的行列。其间只经历了几次平淡无奇的相亲，要么是自己看不上别人，要么是别人看不上自己。前者空留几许惆怅，后者徒增一分自卑。看着身边的那些同学们一个个出嫁，有的已初为人母，再加上母亲天天在耳边催促，何小敏这才开始有点发慌和焦虑了，心气开始不敢像以前那样高了，要求也在无形中降低了，有时甚至还会不负责任地对自己说：“唉，差不多就嫁了吧！”今天，当那大门铃响起时，她又一次觉得自己的心跳得厉害，有点兴奋，也有点紧张，既想见面又不想见面。比较而言，好奇和希望似乎更强烈一些。她想：“他会是什么样呢？但愿是个理想的人物！”只是少女的羞怯和矜持还不允许她急匆匆跑下楼来。所以，她故意托辞让她的老同学乔江先下去了一趟。

“想什么呢？快下去，都在等你。”乔江已笑盈盈地站在她面前。

“切个西瓜，谁切不一样。我妈也真是——”何小敏咕哝着。

“人家是来看你，又不是来看我，我还没下去就被你妈撵上来了。”

“怎样？”

“什么怎样？没看清，看清了也没用，买眼镜对眼呢，还是你自己下去瞧吧。”

何小敏又在镜前磨磨蹭蹭。

乔江在一边揶揄：“哎呀，还没见人就在意起了，待会儿还不知要怎臭美呢！”

她这才白了乔江一眼，姗姗而出。

姚根正在何小敏往来端西瓜时，看仔细了她的容貌。她的容貌和相框里相差无几：面孔平平常常，还有些许的雀斑，身段高大肥硕，而且不太那么笔直，整体来说有点偏丑。既没有成熟少妇的端庄妩媚，也没有青春少女的鲜嫩欲滴，看不出撩人心火的肉欲，也望不见纯情似水的柔情。总之，在姚根正看来她就是一个不同于自己的异性，丝毫没引起他的任何兴趣。本当从这次见面之后，他就应该找个妥当的措辞来就此结束。然而，事情却没朝那个方向发展，只因姚根正心头的另一种贪恋已开始滋生，那就是何月峰富丽堂皇的客厅对他产生了磁力作用。他不满意何小敏的容貌却不能不满意她容貌背后的财富，一条通往富贵的云梯已在他的脑中架起。于是，矛盾就此埋下种子，悲剧从此拉开序幕。

这天，何月峰的餐厅里备了一席丰盛的菜肴。孔云焕的厨艺简直可以跟专业厨师媲美：冷盘、热菜、汤羹，皆色味俱全。何月峰这辈子最大的福气就是：一穷二白时能得到孔云焕不顾一切的爱情；衣食无忧时又能享受她的一手好菜。整顿饭的时间里，孔德树像揉一团面似的极力撮合着双方，话里话外语意双关。何月峰打开酒给众人各倒了一杯。孔德树先跟吕双仁碰杯，说："啊呀！我们挑担这辈子不简单啊，当了二十来年的外贸公司书记兼经理，和日本人韩国人都做过大生意，还参加过北戴河召开的全国性商贸会议。不像我，一辈子连个省城也没到过！"何月峰和孔云焕听得不免有些起敬——毕竟人家吕双仁是个见过世面的人。吕双仁忙客气说："都是给共产党干呢。现在谁把自个家搞发那才算本事。你看月峰这家多气派！我到现在还住的是单位的旧房子，产权也不是我的。嗨，人比人活不成呀！"

何月峰也谦逊道："瞎干呢，也没挣下多少。现在搞什么都难了，咱这茬人都快跟不上形势了——不会跑不会送，活也不好揽了。嗨，不贪图了，够花就行。"

孔德树又跟何月峰碰了一杯，压低声音问："你火车站那边的地还没出手吧？"何月峰说没。孔德树又说："听说那的地，现在一亩都涨到四十多万了，你的够五六亩吧？""没那么多，我们几个人的。"一贯不爱显山露水的何月峰淡淡说。姚根正却在一边暗自思忖："一亩四十万，两亩八十万……五六亩就是二百几十万。我们一个信用社才放不到五百万的贷款呀！真真是有钱人啊，的的确确的实力派！"这时，只听孔德树对他说："来，根正，喝酒。"又问："你平时喝了不？"

"喝是喝了，不多喝。"

"哪能少喝得下！你们那单位，人家来找你们贷款，先不'烟酒、烟酒'能行？哈哈，来——喝——"

孔德树不愧是当媒人的料，他把双方的优势尽量摆在桌面上，这如同商家的货卖包装。姚根正又拿眼睛的余光扫了一眼何小敏，希望她听到了孔德树刚才所说的话。没个好家世好背景有个好单位也是一个人的资本啊。可何小敏好像根本没在意他们的谈话，只不停地在那摆弄着她的手机。姚根正认出那是一款刚上市的最流行的摩托罗拉手机——翻盖式，带和弦铃音，中间的屏幕还可以变幻出红黄蓝绿紫的七彩颜色。这年头，正是电子通信产品更新换代最激烈的年头。刚刚还风靡一时的数字 BP 机，汉显 BP 机，IC 磁卡公用电话，只经历了一个短暂的过渡期，转眼就退出了历史舞台。那些：有事呼我、请速回电、双向收费等名词正在成为过去时。那些来自寻呼台寻呼小姐们的清甜神秘的声音也开始销声匿迹了，即将成为一代人的回忆。而手机正处于翻陈出新、由大变小、由厚变薄、不断飞速进步的时期。这期间，谁要是能在腰间的裤带上挎一部时尚前沿的手机，那绝对是一件令人非常羡慕和自我感觉良好的事情。很显然，在这个新世纪的第一年，何小敏就走在了时代的前列。她的手机要比姚根正的手机好得多。姚根正的手机只是黑白屏幕的诺基亚手机，样子像平底布鞋，里面仅有贪吃蛇和俄罗斯方块之类的几款小游戏。因此，他又觉得她除了长相一般外，气质和装备倒是蛮时髦的，不由得又多了一分想高攀的心情。跟孔德树碰完酒，他站起身给何月峰和吕双仁各敬了一杯，又把孔云焕和任玉霞面前的酒杯斟满给她们敬。孔云焕和任玉霞各抿了一小口。之后，他准备给乔江和何小敏也倒一点。乔江连连摆手。何小敏说她不会喝。

“来来，吃菜，吃菜。别光倒酒。”孔云焕忙着往姚根正的碗里夹菜。

姚根正连忙窘迫地阻拦：“我自己来，自己来。太多了，吃不了！”

“吃，多吃点，年轻人正是能吃饭的时候。”孔云焕向这个她已看好的未来女婿抛出了无限热情。

“哎，小敏，你们也快吃，别玩手机了。”任玉霞已无形中站在了姚根正的这面，代他招呼着乔江和何小敏，“待会儿把你的手机号码给根正留下，以后你们联系好方便一点。”

“这些事还用你操心！”孔德树故意呵责任玉霞，“你当现在的年轻人还跟咱那会儿一样呢——不敢说话不敢在一起。哈哈，你别操那些心。吃完饭，咱们打麻将，年轻人自由活动。人家还嫌咱在一边碍事呢。”

饭后，姚根正约何小敏和乔江去了一家“冰度”酒吧。猛然间，失去了孔德树和任玉霞这些中间人的烘托，他跟何小敏的关系接不上了茬。姚根正不是那种见面熟，属于慢热型，结果三个人坐在酒吧里，气氛一下子陷入了拘束和尴尬。他们之间的谈话像“冰度”酒吧的生意一样冷清，也像劣质的碟片时卡时续，深入直白的话说不出口，无关痛痒的话又想不起头。再加上那个电灯泡乔江也有点喧宾夺主，她和何小敏总是在那叽叽咕咕一直说个没完没了，大多数时间里把姚根正冷落在一边。他感到他和她们之间隔了一道透明的墙，他很难穿越过去。结果一场约会下来，他仅知道：何小敏是审计学院毕业，在县城北面的第一个收费站上班，上一天休两天。乔江是她大学时期的死党，省城人，这两天正好没事来遥平玩。而何小敏对姚根正的了解也仅是：他也在省城上过学，算是镀过金，现在在曹店信用社。单位一共四个人，主任、会计和他，他是信贷员，还有一个临时雇用的炊事员。临到末了，时间越来越难熬了，双方都有点如坐针毡的味道。姚根正即时买了单，送何小敏回了家。送完之后，他如释重负地长出了一口气，心想："平时的幽默都他妈的跑哪去了，今天的表现真是太差劲了！肯定没给她留下什么好印象，再有戏没了？唉，到明天再看吧。"

夜晚，何小敏的卧室里，紫蓝色的吊灯散发着柔和的光线。窗外，几点星星幽远宁静地镶在黑色的天幕里。一丝微风吹过，落地的印花窗纱轻轻向里鼓起。一只布狗熊坐在软绵绵的大床上，耷拉着两只毛茸茸的耳朵，憨态十足。何小敏在梳妆镜前给脸上补水，手掌心轻敷着面颊，跷着的手指胖乎乎的。乔江从浴间走出，边走边用毛巾往干拧头发。她问："你觉得他怎样？"

"你说呢？"

"我看你没来电的感觉。"

"他好像不太爱说话，老绷着脸，严肃得让人压抑。"

"不过模样还可以，能打七十分。"

"是不是太有点正襟危坐了？这么热的天还打根领带！"

"那辆夏利也烂得够呛！"

"……"

"打算和他还交往吗？"

"说不上来，毕竟还不了解他。可是说真的，我很害怕再和他在一起，今天也够难受了。"

"感觉，感觉最重要。"

何小敏心事重重，半晌没吭声。

乔江又说："没感觉就别勉强自己了。车到山前必有路，船到桥头自然直。说不定老天爷早给你安排好了另一半。"

两个女孩的这番谈话为姚根正第二天的难堪奠定了基础。第二天早晨，他游移不定，想给何小敏打个电话，又觉时间太早不太合适。好不容易耐着性子挨到中午，他拨通了她的手机：“喂，是何小敏吗？”

“嗯，你谁呀？”

扑面就是打击，昨天他郑重其事告诉她的号码，人家压根就没保存！他顿时就有点难堪了，局促地说：“我……我……是我。”

“你谁呀？没听出来。”

显然，对方已对这种不自报家门的交谈露出了不耐烦。

姚根正又慌忙说：“我是姚根正。”

“哦，有什么事？”

“没事……也没什么事……你在哪？好像人很多。”

“滨河公园。”

“下午有时间吗？想请你吃个饭。”

“下午——”何小敏犹豫了一下，说，“下午，我和同学们约好了。”

“那我现在过来陪你转会儿。”

“哦，不……不用了……我们来了好一会儿了，现在准备——”

“你等我一下，我离你那很近。”

姚根正不想让这刚开始的接触在电话里就被斩断。他挂了电话，就直奔滨河公园而去。滨河公园里，一群孩子坐着“嘀嘀嗒嗒”的电动小火车在水泥地板上遛圈。湖面上几对情侣在摇橹荡桨。绿荫蒙蔽的走廊上，八角的凉亭里也有一对对恋人们手牵着手。有的走走停停，有的指指点点，有的喁喁私语，有的耳鬓厮磨。近处，摆几个零乱的摊点，有卖冷饮的，有卖纪念品的，有算命看手相的，有摆游戏机的……还有两二个青年正端着气枪瞄白布上的各色气球。远处，碰碰车场里噪音响亮，时不时会传出一两声女人们受到惊吓的尖叫。门口，两个脖子上挂着照相机的人在兜揽生意，身后是他们的样板照。照片里多数以假山、长亭、盛开的莲花为背景，背景前一个个美女搔首弄姿。马不停蹄赶来的姚根正看见何小敏和乔江正从一只靠岸的鸭子形的脚踏船上摇摇摆摆地走下来。何小敏今天换了一身装束，浅黄色的圆领半袖衫配一条棕色的短裙，胸口露一截细白闪亮的项链，看起来要比昨天漂亮些。她远远看见姚根正朝她们这边走来，在乔江耳边不知低声说了句什么。乔江就向公园的大门口走去，给迎面过来的姚根正莞尔一笑。姚根正回笑说：“怎么，你要走？一块儿转会儿嘛。”

"不了，你们聊吧。"

很明显，和姚根正在一起的何小敏也没有久停的意思。这种剃头挑子一头热的状况弄得姚根正很是无奈，他只好唐突地说："本来想请你下午吃饭，可你和你们同学约好了！不过现在还早呢，咱到门口那个冷饮店坐会儿吧。"

"不了，乔江要买些东西，我还得陪她去。"

"那……那等你们吃完饭，咱再到哪逛会儿？"

"我们可能一时半会儿完不了，都是些好几年没见的老同学。你忙你的，别耽误你的正事。"

"我也没什么事，不过这个月正好是半年，所有的贷款都要清利息，我明天非回单位不行。咱要再见面恐怕还得好长时间！"

何小敏沉默了片刻，似乎费了好大劲才说出："其实……其实……我觉得咱两个不合适。"

"还……还没接触，你就觉得——"

"……"

"要不咱两个以后电话联系？"

"不用了，你以后肯定能找到比我好的。乔江还在那等我，我先走了。"

何小敏逃也似的离去，把姚根正孤零零地留在了原地。他不想跟在她的身后走，让她误以为他还在追着她。于是，他捡起一块石片朝着湖心扔去，看着那石片在湖面上跳跃了三四次，然后沉入。许久，他估摸着何小敏和乔江她们已经走远了，这才走出公园直奔单位。

第四章

朝露被姚根正进城看对象的事搅得心神不宁，打算盘出错，记账串格，点钞是点着点着就忘了点到多少张。总之，她很难集中精力来干一件事情，想象中又一颗不谙世事的芳心已被他俘获。而且他也肯定被那张在她想来很漂亮的面孔迷住了心，要不他怎从昨天到现在没给她打一个电话呢？以前他可不是这样。以前，他无论走到哪里，他们之间的电话就会连到哪里。大到工作，小到吃什么、看什么、想什么，卿卿我我一聊就是十几分钟几十分钟，有时刚挂了又想起还有句什么话没说，接着再打。“可这一切从昨天开始就变了！”朝露烦躁地想着，脑中尽是姚根正和何小敏在一起说说笑笑的身影。

有好几次她忍不住想给他打个电话。可也就是从昨天开始，她猛然发现自己竟被顺理成章地排在了第三者的位置。有一种无形的力量开始约束着她，使她感到再给他打电话那就是一种搞破坏。“唉，不要想他了，他迟早要结婚呀！”朝露在心里劝阻自己，“再说了，他有新欢，我不是也有丈夫吗？”然而，丈夫这个砝码显然已不能翘起她心中早已失衡的天平。自从和姚根正有了那层关系，朝露清楚地知道自己的心变了，心里多了一个和自己丈夫做比较的参照物，跟这个参照物一比，丈夫立刻就会黯然失色。原本，她跟她丈夫的关系可不是这样，他们之间虽然称不上爱得死去活来，但也绝对可以用幸福和和睦来形容。

朝露的丈夫叫林立奇，在西新县土地局上班。林立奇跟朝露是同一个县城的人，并且高中时他们还在同一个学校同一级念书。只是那会儿朝露在一班，林立奇在三班，念书期间两个人谁也没在意过谁，甚至不知道有对方这么个人。可是毕业后转了一圈，他们两个又谁也没想到竟会走在了一起。高中毕业，林立奇考上了省城的一所师范学院，回来后被分配到西新县的一所农村中学教书。可他父亲是西新县土地局的副局长，鬼使神差不到一年就把儿子也调在了西新县的土地局。朝露没考上大学，不过她的家庭条件也不错。父亲老朝是西新县中医院的一名老中医，西新县的很多人都知道——老朝没脾气待人和蔼。但是没脾气的老朝却能让那些烈性子暴脾气的人在他面前客客气气。只因老朝的医术高、手艺好。他那个小皮包里几根长短不一粗细不等的闪闪银针，常让那些腰疼腿疼的人，两个疗程后渐渐恢复过来。尤其是对那些肝胃不和、胃疼、胃胀、胃动力不足的患者，老朝更是擅用中药来调理，使其倒气打嗝慢慢舒畅起来。老朝是那种致力于学问、与人无争、悬壶济世的人。所以没有人会在他这样的人面前要横不讲理，有的只是尊重和好感。唯有老朝的妻子——也在西新县土地局上班的张芝丽，对老朝与别人有些不同。张芝丽对老朝是一贯地呼来喝去，一贯地居高临下。下班回到家，张芝丽说腰困，老朝就给她揉揉腰；张芝丽说口渴，老朝就给她忙忙倒杯水；有时张芝丽心情一烦躁，老朝就会感到有一柄利剑悬在头上——她说不准什么时候就会给他不通情地发通脾气。可老朝总是笑眯眯地乖哄她：“又怎了，我又没惹你呀？乖——开心点。”总之，在他们这个家庭里，张芝丽等于是一手遮天的女皇帝，拥有绝对的主宰权；而老朝只有绝对臣服的份儿。当然，话又说回来，张芝丽也不是那种看不起老朝或是对老朝没好感的欺辱，而是从年轻时起，她就被老朝宠爱成了这样——习惯成自然，一个爱管压，一个愿意被管压着。

年轻时的张芝丽那才叫个漂亮：鹅蛋脸，柳叶眉，丹凤眼，一头秀发是当时流行的短帽盖；她身材高挑，腰肢柔曲，走起路来噔噔带风，晃得两只小馒头似的奶子在那的确良半袖衫内扑扑抖动；她笑起时咯咯带脆，毫不忸怩作态，像孩子一般爽朗；闲静时又有羞花闭月的姿态，一双明眸含情露意，甜蜜而温柔。这模样，曾让林立奇的父亲——现在土地局的林副局长（老林）——当时的小林爱得脸红心跳，还热烈地追求了那么一阵子。那时的小林浓眉大眼，心眼不坏，说话是个直筒子，个子虽不高但结实又有肌肉块，而且干工作认真还有向上爬的野心。可张芝丽却选择了现在的老朝——当时的小朝。小朝那时有些瘦弱和文静，戴眼镜还带点腼腆，不多说话，说一两句却又温和而耐人品味。更主要的是，小朝从认识张芝丽的那一刻起就对张芝丽爱得是死心塌地，无条件地顺从体贴着她，总拿实际行动来表达他对她的爱意。他时不时地来问候问候张芝丽，给她送点小吃、小礼品什么的。有时还会送一两件他自己已看好的而张芝丽一穿就合身的衣服。而且张芝丽稍有伤风感冒，偶感身体不适，小朝也会立即来到她的单位寸步不离地看护，并且用他的老本行中药丸来给她调理。小朝说："西药应急，多有副作用；而中药相对慢，却可以治本。"有好几次，小朝来土地局看护张芝丽，还被小林给碰上了。情敌见面，分外眼红，小林给小朝黑着脸。但是黑也没用，张芝丽的心无形中就被小朝这种小男人的温暖和体贴给软化了。她在情感上早已不自觉地就对小朝有了依赖。没有小朝在她身边，张芝丽就觉得像缺了点什么似的，她那种随心所欲的想支使人的脾气没了落脚点，空荡荡地孤单。她这才知道她的生活里实际上已离不开了小朝，所以她选择了小朝。事实证明，当初有不同的选择，以后就会有不同的幸福。

当初的小林在张芝丽这受了打击，但小林化爱情的悲痛为力量，奋发图强一路走来成了林科长——林副局长。现在的林夫人妻以夫为荣，自然很风光。可成功男人的身边诱惑总是很多！林副局长也不例外。虽然从总体上来讲，林副局长应该还算是一个好官——他不贪污、不受贿，年轻时工作认真踏实，到老也是一个样，始终保持严谨勤勉的态度，并且一直是个直筒子，讲原则，不欺上瞒下。除了后来把独苗儿子林立奇调到土地局工作外，林副局长感觉他这辈子还没有什么对不起党。为此，他也常大大咧咧地对众人说："日他妈的，干了多半辈子革命就沾这点光！我儿子在农村教书是工作，在土地局上班不也是工作吗，只要认真干，在哪都是为人民服务嘛。"

此外，林副局长在土地资源和矿产资源的规划发展方面也很有建树。那些年，西新县、遥平县、横沙县以及东陇县均被探明地下有丰富的矿产资源。西新县以盐和天然气为主，东南角与遥平县接壤地带也有不少的煤资源。而遥平县、横沙县和东陇县则全在侏罗纪煤田的覆盖范围之内，剥开地皮就蕴藏着数以千万吨计的低灰、低硫、低磷、高发热量的优质动力煤。所以国家有大开发的战略，省、市、县乘风而动，逐年扩大开采，经济有望脱掉长久以来的贫困帽子，绝对是机遇大好前途光明。林副局长的单位自然就成了众人瞩目的要害部门。因为土地局拥有对土地、矿产资源的规划、审批、登记以及协调等多项职能。林副局长位高权重，不免有人时不时会给他抛出色彩斑斓的诱饵。但是林副局长本质清正，他干工作一贯以大局利益为出发点，并且有较好的超前意识，注重开采的同时更注重环境的保护。他结合西新县的土地现状，多次实地调研，就土地、矿产资源所有者和使用者的合法权益方面，以及地质环境保护和矿山生态环境治理等方面，有过多角度多层次高质量的论述，并且对探矿、采矿在年限方面，植被破坏方面，形成沉陷、回填等方面做出了一些指导性的建议。工作使然，林副局长不仅是个官，而且较早地成了他工作所涉及的那个领域内的半个土专家。他的一些建议和意见受到了遥平市土地部门的重视和采纳，甚至是市政府当局的重视和采纳，要求遥平县、横沙县、东陇县在类似问题上要借鉴西新县的一些有益经验。因此，林副局长一度曾名声大噪，市电视台还对他做过一期专访。

来访的女记者姓亢，单名一个雅字。亢雅二十九岁，单身未婚；大冬天里穿一条齐膝的呢子短裙，上身裹一件银色的羽绒服，还搭一条鲜艳的红围巾，给人有一种寒冬望梅的视觉效果。女记者秀发披肩，冰清丽质，手拿麦克风不卑不亢地对着林副局长。电视里的人本身就有一种神秘感，让人不自觉地仰慕。面对如此超凡脱俗的女记者，五十出头的林副局长不禁有些面色泛红，紧张得像个小男孩一样，平时大大咧咧的性格不觉就收缩了，声高语重的粗话也说不出口了。林副局长只感到自己的脑袋猛然间里犹如一片真空，在普通话和方言之间艰难地徘徊着，简直有点不会说话了。所幸，亢雅是一名优秀的职业女性。她说话字正腔圆，声音特别清甜，更主要是她会引导别人朝着各自所熟悉所擅长的方面说去。慢慢地，林副局长才自然开来，到后来他越来越觉得跟亢雅谈话就像沐浴在温和的春风里，并且找到了一种从未有过的成就感。采访结束后，林副局长请亢雅吃了饭，还上了红酒。亢雅也给林副局长留了名片。林副局长如获至宝把那张名片珍藏起来，小心翼翼地压在了他办公桌的玻璃板底下。面对名片上亢雅单位的电话号码，林副局长不知为什么总有点痒痒难耐，既有那种想拨号的冲动又有那种不敢拨的压抑。这种感觉就像他当年对张芝丽的那种感觉一模一样，事实上几十年里他对张芝丽一直还存有这种感觉。只是他们双方已各有了家庭，彼此谨慎地控制着不越雷池一步。单位上见了面，也只相互点个头微笑一下，竭力在适中的范围内交谈。但是他们双方的心理其实都很微妙，彼此永远也不会忘记曾经有过的表白。他们相互在精神上实际上要比对单位里其他的同事仍亲近得多。工作中，只要在原则范围内能招呼张芝丽的，林副局长绝对会招呼她。同样遇有投票选举等重大事项，张芝丽也会心甘情愿地投林副局长的票，而且还会鼓动和她亲密的同事也投他的票。但是，自从和亢雅有了这次的萍水相逢，林副局长真切地发现自己的情感世界里已梅开二度了。而且，这一次远比上一次来得还要更强烈更难以抗拒。因为他分明觉出：亢雅已将他心中惦记爱慕了几十年的张芝丽也一下子冲得一干二净了。

几天后，亢雅给他寄来一盘编制和剪辑后的录像带。林副局长看了觉得蛮像那么回事——电视里的自己儒雅有度，既像胸怀天下心系百姓的官员又像学识渊博治理有方的专家。“哦，原来是这么回事——经过加工和包装，人人都可以打造成一个像样的人物！”林副局长不禁在心里感叹道。为了表示感激，他还给亢雅买了一盒西新县的土特产——手工炉馍。神差鬼使他又在炉馍盒里给亢雅装了一封便笺。便笺上写道：**请允许我实话实说——你的气质让我不敢正视；你的谈吐让我仰慕至极；你专业的制作风格更是让我钦佩不已；总之，你像一道耀眼的闪电划破我的天空，照亮我的世界，让我看到了另一片更广阔的天地。我想让你带我在那个更广阔的天地里遨游一番。如蒙不弃，我愿做你众多朋友里的一个小角色。可以吗？**炉馍寄出去了，林副局长的心也寄出去了。他忐忑地想着：“我是不是太有点大胆了、太有点冒昧了？”接着又回忆自己在便笺上写过的话，又在心里说：“我也没写什么过分的话呀。只是自己已是一个五十多岁的人了，给一个小姑娘说那样的话，是不是显得有点太卑微了！她会怎么想呢、怎么看呢？她会有什么反应呢？”

亢雅很快回来了信，只是回信过于简洁：**哈哈，过奖了！林局长**。不过回信中还附了两页别的刊物给她做过的访谈记录。从那一问一答的谈话记录中可以看出：亢雅是一个开朗、活泼的女孩。她有诗一般的梦想，有认准了的事就要干到底的精神。不太在乎别人的眼光，只为自己的理想而活，应该属于那种引领时代的前卫女性。林副局长看后意犹未尽，又把“**哈哈，过奖了！林局长**”几个字反复品味了数遍。从中他实在品不出她对他有什么特别的意思！林副局长不免又有些许的失望。不过也有些许的慰藉仍在鼓励着他，那就是亢雅同时还给他寄来了关于她的访谈记录。这难道不是她带着他遨游另一个天地吗？这难道不是她向他打开了一扇了解瞭望她的窗口吗？于是，林副局长马上又壮了胆，立即给她回了一封信，上面写着一点也不过奖，她理应受到如此赞誉，等等云云。

亢雅也又回来了信，内容虽理智而平静，但是话明显多了起来。一来二去，写信回信成了林副局长生活中一项重要的内容，仿佛沉闷枯燥的空气里突然照进来一束明媚的阳光。这束阳光扩大了他的视野，让他看到了另一个朝气蓬勃充满活力的天地，人也感觉年轻了许多。渐次，他们之间的信随意起来——林副局长偶尔会发泄一下他在工作中的压力，也会对亢雅说一些家庭生活方面的困惑和麻烦；而亢雅也会告诉他，她在某天里遇到的一些开心的或不开心的事。后来，林副局长竟敢写道：**真的很想你**！

那就来呗。这便是亢雅的回复。

林副局长当然要去，天空打雷下刀子也不能阻止他对亢雅的这种迷恋。他坐车从西新县出发，向东走四十五公里来到遥平市的所在地——遥平县城。那时的遥平县城还没有高楼林立，也没有星级酒店，只比西新县略微建设得好一点，毕竟是市一级所在地。不过，姚根正和何小敏所去的滨河公园在遥平县城里自古就有，它与遥平县城同龄等岁。只是那时的滨河公园里也没有那些碰碰车脚踏船之类的设施，只有一塘莲花，两堤绿柳，几叶扁舟，需要用木桨来划。林副局长没有约亢雅去划船，而是请她到“漠北春”饭店吃了一顿饺子。这是他们两个人第二次在一块儿吃饭。第一次当然是那次在西新县的吃饭了，那是公务应酬而且还有其他的人在场。这次只有他们两个人，气氛温馨而又带点不言自明的即将冲向禁区的紧张感。好在他们两个有长期的书信铺垫，彼此并不觉得陌生和尴尬。中途，亢雅还将一个她咬过的饺子夹在林副局长的碟里，说：“这个葱花太重！”

一切如梦里一般，直到同亢雅在“遥平宾馆”开了房，林副局长仍感觉恍恍惚惚。他简直不敢相信自己心目中的女神竟会如此大方地躺在他的怀里。宾馆标准间里洒落着夜色来临前的最后一点明亮，地毯无声，杯具有序，雪白的床榻上，亢雅和衣半卧。林副局长将手伸进她的发间摩挲，惶恐道：“我真不敢相信这是真的！亢雅，你在我心里比……比……”

亢雅嫣然一笑，低眉不语。

林副局长又说：“我真是前世修了福，才能得到你这样的朋友！”

亢雅银铃般地迸出：“我那时就觉得你好玩。”

“啥时？”

“人家都说你是直筒子，说话不讲究。没想到见面竟比一个小男孩还羞涩！”

“亢雅，你想听真话吗？”林副局长难堪地笑了笑。

“说呗。”亢雅的指尖在林副局长的胳膊上划拉。

“我看见你就觉得浑身瘫软；我相信我这辈子也不敢在你面前有半点的放肆和造次。”

“我能感觉到，我也能在你的信里读出一种感动我的虔诚。”

“唉——可惜我这是老牛吃嫩草，造孽呀！”

“造孽的不是你一个人，我也是同犯嘛。”

“我有时想——我能为你带来什么？什么也带不来。纯粹是一己私欲在这里作祟，可我又真的没办法克制自己呀！”

“没什么，你那样说就没意思了。为什么人和人交往要考虑那么多！我只尊重自己内心真实的感受，我只知道缘来缘去皆要好好珍惜。”

林副局长的心中荡漾起一股难以言述的幸福。

他轻轻低唤了一声：“亢雅。”

她抬起头温柔地凝视着他。

他把嘴唇靠近她的唇边。

她闭上双目将舌尖自然地送进他的口中。

至此，林副局长的生活里开辟了一个缱绻迤逦的秘境。他三一趟、五一趟地往遥平市跑，容光焕发，精气十足，乐此不疲。可惜好景不长，世上没有不透风的墙！他和亢雅的事不知怎么就被走漏了风声，被人传得风一股、雨一股。花边新闻一出，倒是张芝丽很受打击。她忘了自己已是半老徐娘，皮肤已开始松弛，眼角也起了鱼尾纹，再不具备和亢雅比拼的实力。但是她只知道自己听到消息后还是有那么点怅然，有那么点不自在。“哦，原来爱过自己的男人，自己也对他有好感的男人，即使没能和他走在一起，自己也希望他把心永远系在自己的身上。”在林副局长移情别恋的冲击下，张芝丽这才发现她的心底其实一直以来就存有这种自私而又偏执的奢望。当然，受伤害最深的还是林夫人。林夫人扑面看长得一般，属于那种越细看才越耐看的人。她跟老林结婚几十年了，几十年里她一直默默无闻地在家相夫教子，信访办的工作基本等于是副业，一心做好家庭主妇才是她的正业。直到老林当了副局长，外面的应酬多了起来，林立奇又上了高中，在学校住宿后，林夫人才从家庭的重压下解放出来，猛然间觉得她那两上两下的独院成了一座寂寞的宫殿，家里好像再没什么事可供她干了。刚开始，她还有点不习惯。后来，林夫人才逐渐适应了，偶尔会出去打打麻将，也和新结识的那些麻友们一块儿吃吃饭、唱唱歌。有时，还会去美容院做一做皮肤护理，大有枯木逢春二次青春来临之势。

谁知，半路却杀出来个亢雅，对她这种几十年里含辛茹苦才换来的养尊处优的日子形成了有可能动摇的威胁。听到消息后，林夫人自然对林副局长这种人老心不老的花花肠子痛恨到了极点。不过她没跟他大吵大闹，而是采取了一系列的措施和策略。措施和策略比大吵大闹更管用，连林夫人自己都相信她有百分之九十的把握能迫使丈夫回心转意。首先，林夫人对自己的兄弟姐妹哭诉了自己的不幸遭遇，又对林副局长的兄弟姐妹同样哭诉了她的悲情不已。这样一来，在亲情这个圈子里就让林副局长陷入了孤家寡人的境地。人人有了声讨林副局长为林夫人主持公道的意愿。连同林副局长的大哥——那个开了多半辈子大货车的老司机，这次也义不容辞地担当起了家长的责任。平时在他们兄弟姐妹间林副局长才是主心骨，大小事情基本总由林副局长来思谋定夺。这次，老大却开口了："你这纯粹是胡闹了！你要再这样下去就当没我这个大哥。"声音愤慨，态度冷硬，大有宁舍兄弟也不舍兄弟媳妇的气势。此外，林副局长的小姨子也来过一次。小姨子对姐夫更是不客气——先是指桑骂槐冷嘲热讽地挖苦了一顿，而后又苦口婆心地说她姐姐为了这个家庭有多么地不容易，希望林副局长前前后后仔细想去，能好自为之。林副局长感到众叛亲离，怀疑自己是不是真的有点过分了。之后，林夫人才跟他开诚布公地谈了一次。林夫人没有眼泪没有悲伤只把恨意压在了心底。但是，她脸上的漠然显示出了她的力量和决心——那就是如果林副局长再这样继续下去，她今天说过的话将立即兑现，至少她也要跟他闹个鱼死网破。其一，她说她将会去找西新县土地局的正局长，不排除找市土地局的领导，问一问有人管这事没有。其二，她说她也会去市电视台找领导，并且哪里人多就会在哪里骂亢雅："缺汉到别处去找，为什么要当勾引人家老公的狐狸精？"

林副局长清楚地看到了自己的夫人对自己使出了杀手锏，而且这杀手锏招招致他的命。因为，他平时跟正局长只是面子上的关系。林副局长注重环保有长远意识，而正局长只在口头上承认他的那些做法，心里其实只认钱，谁送来的钱多就给谁办事。这些年没少捞钱，有了钱自然就手眼通天和上面的关系也就硬，而且由于肯办事，在当地政商关系也搞得很融洽。林副局长在单位上其实有点孤掌难鸣，内外受困，时时被压着一头。他的耿直和坚持原则在这个同流合污的环境里时常受挫。所以，林副局长常常被气得在家里骂正局长："日他妈的，算什么东西，只会昧着良心发财！"现在，假如自己的夫人跟自己一反目，这些都将成为人家除掉他这个眼中钉肉中刺的绝好把柄。一想到自己的夫人有可能会跟自己的上司合力来整自己，林副局长就感到一阵阵的寒心和憎恨。谁知道她还会说些什么呢，夫妻间不可告人的话多着呢！此外，再想到亢雅这样一个年轻姑娘将会受到铺天盖地泼来的污水和一些正中下怀之人投来的快意和鄙视，林副局长更是感到一阵阵的难受和心痛，而且有一种不能原谅自己的愧疚在他的心里翻滚。听完林夫人的话，同时已一口气抽完了三根烟的他，站起身一句话也没说就出了门。

这一夜，林副局长在一个夜市摊子上喝了一通宵的啤酒。摊主不认识大名鼎鼎的林副局长，只知道来了一个怪人——一盘炒田螺、十五瓶啤酒，闷声不吭、一瓶一瓶地往进灌。直喝到东方破晓，扔下三百块钱，才说了句："不用找了。"白天，林副局长把自己在办公室里锁了一天。早上、中午、下午时分，他在迷迷糊糊中听到有人敲了好几次他办公室的门。但他没给开，愿他妈的上级下级愿他妈的公事私事，他不在乎了。他只想昏昏沉沉地好好睡一觉。直到晚上，林副局长才又彻底清醒过来。他抹了一把脸，觉得有点饿却又没胃口，倒了一杯开水，这才坐下来给亢雅冷静地写了一封长信。信中写道：她给他生命中带来过真正怒放的一段时光。他和她在一起犹如在这纷扰庸俗的尘世中寻得一方净土——宁静而又浪漫。他感激这种感情，他也会怀念这段时光。只是在家庭、社会、现实面前他不得不承认自己是一个十足的懦夫。除了仰天长叹，他根本无力对抗和撞穿这久已定格的像生铁一样坚硬的壁垒。所以，他请她见谅！

亢雅看后，什么都明白，几滴无声无息的眼泪落在了手中的信纸上。隔了一段时间后，她才给他回了一封信，信的抬头是：**哥**。信的落款是：**妹**。信的内容是：**也许从相识相知的那一天起，我们就应该预料到终会有这一天！只是哥你记得我对你说过的一句话吗？"我只尊重自己内心真实的感受，我只知道缘来缘去皆要好好珍惜。"谁让我自己也身不由己地爱了一场，但我无怨无悔。现在看来，已是缘尽时分，不必自责。愿一切安好！**后来，林副局长从熟人口里得知亢雅去了省城，彻底做了一名自由撰稿人，至于过得好坏他就不得而知了。

林夫人终于以胜利告终，林副局长又回归了家庭。可惜人回来了心没回来，回来的只是一具敷衍了事的皮囊。林夫人反而感到自己有些难辞其咎，她对林副局长又格外地好起来，冷一碗热一碗伺候他的饮食起居。他只是不声不响地接受。她却分明觉出他们之间已钻进了一丝见外的情愫。

有时，她有什么事问他，他爱理不理，只说："你看怎办就怎办。"大有撒手人寰万事皆空的态度。连同张芝丽在单位上也感觉到了林副局长的这种变化。林副局长不再是原来的林副局长了！没了坚持没了原则没了脾气，谁想怎么说就怎么说去，谁想怎么干就怎么干去，他不再建议不再干涉。他只品品茶、看看报，正式过起了那种临退休前的混日子的生活。张芝丽有时会略带恻隐之心地对他说："别那么消极嘛，老林。"

老林淡淡一笑，哲人般地说一句："人啊，总习惯于向前跑，回头看时该珍惜的早已在身后溜走了！"

一次，张芝丽在菜市场偶遇林夫人。西新县城不大，她们两人平时就认识，寒暄了几句，林夫人转身就走了。不过心细的张芝丽从林夫人一闪而过的凄然笑容中觉出林夫人过得并不如意，心中似乎藏着难以言述的落寞。林夫人走后，张芝丽轻轻叹了声，那一刻里她感觉自己对幸福的定义更多了一些深刻的领悟：幸福是每个人自己心里的事，别人眼里的幸福未必是真幸福。这不，林副局长大小也算是个官，在西新县人们认为他是高人一等的，不愁吃不愁穿，可林夫人却不一定幸福。而自己的老朝一辈子只对医方医书感兴趣，再就是对她张芝丽感兴趣懂得疼她呵护她。年轻时，张芝丽还鼓动过小朝要向领导岗位努力。小朝却摇摇头说："肮脏，麻烦。"有时，她简直觉得他太有点不上进了，活得窝囊。现在看来是自己不知足，没弄明白自己究竟想要得到什么。是她把从小朝变成老朝后仍一直对她的宠爱和好，当成空气和水一样忽略了。从林夫人落寞的脸上，张芝丽猛然间有了醍醐灌顶的顿悟，明白了人应该身在福中当惜福，清心寡欲过好当下才是生活的真谛。那一刻里，她觉得吵吵嚷嚷的菜市场好像奏着一曲交响乐，买了两根莴笋又买了一条鱼，心想："回去给老朝炖着吃……"

时间晃晃悠悠在指缝间流淌。又一次，张芝丽又在菜市场碰到了林夫人。不过，这次的林夫人却喜形于色，高兴地问她："你们女子考哪了？"

"唉！考个屁，刚奔到个委培线。在市财校呢，也不知完了分配不分配！"

"肯定分配呢，委培无非是多出两个学费嘛。"儿子考上了师范学院的林夫人对孩子考得不如自己儿子的家长表现出了应有的安慰。

"从来就不好好学嘛，大人急死也没用！"张芝丽又叹道。

"也可以呀，上不了委培线的也多的是。"

"嗨，好坏就那样了。你们立奇那才叫掉进了保险箱。"

“你和老朝又不缺钱，完了再找人给她弄个好工作嘛。”

林夫人咯咯笑着说，然后走了。张芝丽又感觉生活是转着来，三十年河东三十年河西，老天不会让谁长久地沉浸在不幸中，也不会让谁长久地徜徉在幸运里。这不，东边无云西边雨，林夫人也自有林夫人的快乐呀。不过，她张芝丽倒也没用特别地忧心——女儿朝露的命也算不错。朝露的大姑夫在遥平市信用联社稽核科当科长。朝露财校毕业后，就被她大姑夫弄在了市联社打字室临时分发文件。又等了一年半，正好遥平县信用联社有两个进人的指标，曲径通幽，转转弯弯，谁也弄不清究竟的来龙去脉，朝露也就那么成了一名遥平县信用联社的正式工，被分配到了曹店信用社。有了工作，成家自然就成了下一步的头等大事。这时，林立奇也刚好来到西新县土地局上班。林立奇不如当年的老林结实，身材看起来有点单薄，但是正是由于单薄又显得个子还行。最主要的是：林立奇人勤快，工作也踏实，在单位上尊大尊小，见谁都“叔叔，阿姨”地称呼，没一点公子哥儿的纨绔气息。张芝丽眼睛一亮，心上有了打算。一天下班后，她在单位的大门口对林副局长说：“老林，你家立奇真是一个好娃娃呀！”

老林涎着脸说：“我不好？我不好能有这个好儿子。”

张芝丽瞅了他一眼：“老也老了，没一点正经！跟你说正话呢。”

老林这才觉出张芝丽今天不单单是为了称赞他儿子，而是另有其深意。他又认真看了看她，立即聪明地问：“怎，准备给我儿子介绍对象呢？”

张芝丽单刀直入：“我们朝露就挺合适呀。”

老林一拍脑袋：“我怎就没想到呢？确实挺合适呀！”

又说：“嗨，我这一辈子的夙愿就看我儿子来完成了。”

又说：“那我应该正式请人提亲呀。”

张芝丽嫣然一笑：“那倒不用那么急，现在的娃娃们不一定由咱说了算。你先心上有个底，剩下的事我来安排。”

老林回笑道：“那样也好，干这事你们女人家总比我们在行。”

张芝丽的安排不动声色又精于心计，看似偶然其实又是水到渠成的必然。中秋前夕，西新县土地局要举办一个联欢会。会场由张芝丽和林立奇以及另外几个年轻人提前来布置，也就是给平时的大餐厅挂彩带、吊彩灯、摆水果月饼什么的。张芝丽把刚回家的女儿也带来了，带来后却又记起什么似的说她要到办公室去找个东西，让女儿和林立奇他们先布置着，并对林立奇说：“你们应该认识吧，都在一中念的书。”

林立奇和朝露相互看了一眼，一中时的印象非常模糊想不起。倒是现在这一看，看得双方心里都电光一闪。一中时的他和她全是混在羊群里的羊，随大流，谁也没什么特色。男的女的全是蓝白相间的统一校服，全是差不多的运动鞋，全是一样的天真，一样的烂漫，一样的懵懂。现在的他和她转了一圈后，各有各的出落：林立奇五官周正，身材有点瘦却笔直，穿亮色休闲裤花格保暖衬衣。由于他在今天晚上还有个吉他弹唱节目，所以他把头发用摩丝打得根根抖擞，格外地精神帅气。朝露更是继承了母亲的美人坯子，并且比母亲有过之而无不及。张芝丽那时的美是朴素的美。朝露现在的美是有物质搭配的潮流的美，更具有开放的张力。她烫发头，不过烫得不是那么爆炸而是略显蓬松，穿牛仔裤，曲线尽展，腿长臀翘，驼色圆领的薄绒衫在胸前呈现出沟与峰的凹凸，乳沟间还落了一块环形的坠饰。林立奇慌慌把自己都觉得有点发直的眼神向一旁移了移，问："你一直就在一中念的？"

"嗯，九三届一班。"

"哦，那谁——那——姬老师是你们的班主任？她也给我们带过数学，我一直在三班。"

"哦，有好几年没见姬老师了！"

"你们班的张莺也上的是师范学院——我们在师范又算是老同学。"

"听说她去了外地——和男朋友在一块儿教书？"

"感情好得很！大学谈了四年，现在已经结婚了。"

"……"

两个人的话不觉就多了起来，共同熟悉的老师，共同熟悉的同学，共同熟悉的校园……天南地北原回到了起点。说起某个同学已脱颖而出成了小有名气的人物；说起某个同学就在某处摆了个地摊；说起某位老师已默默离开了人间……朝露和林立奇时不时会唏嘘感叹一阵。他们那尽管年轻的心也分明能觉出：岁月虽平平静静，波澜不惊，但当蓦然回首时，一切人与事却早已在这平静中悄然地沧海桑田了。这时，林立奇已爬上一个高脚凳和另一名同事一起往起挂那舞台正中央的一条横幅。朝露在靠近他的一边给他指挥着高了、低了。他们的心开始在这生活的点滴中有了摩擦，慢慢开始相吸、相融。之后，在晚会上林立奇用吉他 C 调弹唱了一首——《故乡的云》：

天边飘过故乡的云
它不停地向我召唤
当身边的微风轻轻吹起
有个声音在对我呼唤
归来吧归来哟
浪迹天涯的游子
别再四处漂泊
踏着沉重的脚步
归乡的路是那么的漫长
……

当听到“**我曾经豪情万丈，归来却空空的行囊，那故乡的风和故乡的云，为我抚平创伤……**”那段时，朝露感觉林立奇的声音有点费翔的味道，格外具有穿透力，把她带入了一个深沉、苍凉的意境。她出神地看着台上的林立奇，仿佛他的形象又比之前高大了一截，四周罩上了一圈耀眼的光辉。各人的节目演完后接着是大联欢，一颗滚圆的转灯把五颜六色的光线转向地板，转向墙壁，人们在半幽半暗的餐厅里听着音乐，嗑着瓜子，吃着水果，跳起了交谊舞。那时的交谊舞无非是一些简单的三步、四步、快三、慢三……林立奇间隔一曲邀请朝露跳一曲。在快舞曲中，朝露感到自己的身体在飘飘旋转，周围有无数艳羡的目光向她投来。在慢舞曲中，她又感到林立奇在向她示好，想要靠近她。他的一只手轻轻捏着她的手指，另一只手轻轻搭在她的腰际。他的目光多情而又深沉，他的呼吸谨慎而又不平。她则在心里慌乱地想着：“这就是恋爱的前奏吗？我该接受吗？似乎还早着呢。不接受吗？也不至于要断然么，一切顺其自然吧。”

几天后，朝露要回单位了。张芝丽看似不经意地说了句：“今天立奇正好也要去市里，你和他能一块儿走呢，路上也好有个照应。”朝露不置可否地看了她母亲一眼，想从中瞥出有什么蹊跷。那一瞥之间，她似乎发觉她母亲已在眼里说：“就那么回事，你又不是不懂。”

结果，林立奇把朝露一路照应到了遥平市，不光照应到遥平市还一直把她照应到曹店镇。从此，他像他父亲当年追求张芝丽那样追求起了朝露，不过他比他父亲追求得更执着更有韧劲。每周一次，一月四次，他从西新县向东走四十五公里来到遥平县城，再从遥平县城向北走十五公里来到曹店镇。一来，就把朝露需要的各种日常用品都给顺路带来了；一走，又把朝露下周需要做的都给弄妥帖，连同她烧炉子的木柴他也给她统统劈好。精诚所至，金石为开。很快他们就结了婚，紧接着又有了儿子。然而，任何爱情都好像经不起婚姻和生活这两道慢火的烤炖！婚后，他们曾经所有的激情和他们曾经所有的爱意都在柴米油盐酱醋茶的平淡日子中悄悄褪了色。林立奇来曹店镇的次数开始比原来少了，一月成了一次或至多两次。别人眼里他那风华绝色的妻子，经过结婚这道一劳永逸的手续后他便看不出她有多美多珍贵了。是他变心了吗？其实也不是。那只是得到后又没有失去的危险而产生的一种自然而然的审美怠倦。只能说：爱情是浪花，生活是长河；浪花会瞬间跌落，而长河却一直流淌不息。他只是回归了一种再正常不过的常态罢了。有时，朝露也休假回家。一回到家，林立奇倒也会满面春风说："可算把你盼回来了！"可她却觉得那话只是一句惯例的问候，从中已找不到了当初那种强烈思念的内涵。她甚至觉得他盼她回来更多的是因为她能照顾好儿子，能让他母亲消闲几天。"怎么会这样？难道我们没有爱过吗？难道这就是所谓的爱情吗？难道这就是所谓的青春吗？怎么会如此浅尝辄止！怎么会如此倏忽即逝！我怎么转眼就成了一个保姆式的管家婆呢！"朝露在心底发出了悲哀的叹息，又想着："也许我们应该生活在一起，下班后一块儿逛逛公园看看电影什么的。不是有人说婚姻的浪漫也需要双方努力经营吗。看来距离不仅产生美，其实也会产生疏远……"

可惜，生活中十有八九不能事事如愿。几乎所有单位的人从遥平县往西新县调动相对来说比较简单，但是要从西新县往遥平县调动那就要颇费周折了。把朝露从遥平县调回来，从内心来讲朝露真的不愿意。其一，遥平县是遥平市的所在地，这些年遥平县明显要比其他县城发展变化快得多。报纸上已多次提出要在未来十五年内，把遥平市也就是目前的遥平县城打造成一个能源化的大都市。有多少人争着抢着往遥平市里挤，自己好不容易挤进来了难道再退出去？其二，她和林立奇现在在西新县的家是跟婆婆林夫人住在一起，即那个两上两下的独院。他们住在上面，林副局长和林夫人住在下面。虽然结婚以来朝露和婆婆从没发生过什么正面的冲突，一直相敬如宾，但是朝露却在心里能感到婆婆林夫人绝对不是一个不厉害的角色，她对她并不是表面上所看到的那么满意。有时，她能感觉到婆婆总好像背着她在给她的儿子嘀咕什么，也许是给他教唆什么驭妻之术吧！这又让朝露一回到家就总有那么点压抑和那么点不自在。所以她真的不愿回来。回来短住几天大家都好，一旦回来长住那就不一定是什么好事了，这一点她能清晰地预判来。事实上就两地分居的问题，林立奇和朝露也不止一次地商量过。他们夫妻间实际上已有了一致的目标——那就是努力攒钱尽快在遥平市买房，到时争取把林立奇调到市土地局至少也要调到遥平县土地局，那才叫一步到位呢。就这样，这些年他们一直过着牛郎织女般的分多聚少的日子。谁知，单位却来了个姚根正，把朝露这种平静的生活完全给搅乱了。她这才发现自己其实并不能长久地安分于一天重复着一天的生活里，自己在潜意识里其实也会寻求某种变数和刺激，想要在平淡的生活里添一道绚丽的色彩。然而，当真正有了这种变数和刺激，她就再也不能回到从前了！自从和姚根正有了那种关系，朝露就在心里清楚地知道自己真的变了——从肉体到精神陷入了一个不能自拔的深渊！她不但失了身，而且已走了心，简直到了身不由己的地步。

有好几次，她休假回家。林立奇和原来一样要跟她来点亲昵的举动。她的身体竟会先于她的意识发出躲避。看着丈夫莫名其妙地愣在那里，她才恍然记起她是他的妻子，赶忙回过神来慌乱地找些借口来迎合他。庆幸的是林立奇每次都被她糊弄过去，仍然相信他们恩爱如前。朝露却仿佛第一次睁大眼睛看清了自己家庭的实际情况。他们婚前的爱情已被婚后日复一日的生活磨得像喷发过后的火山一样只剩下苍白的空壳。这是一个由来已久的事实，只是他们双方从没正视罢了。他们和多数夫妻一样，靠一种久已定格的习惯和责任在那维系着，不好不坏马马虎虎地过着。即便是这样，朝露也从没想到过要离婚。这个社会对一个离婚的女人来说总是不够厚道！那些从背后射来的猜疑的目光、嘀咕的声音，令她想起来就会不寒而栗。再说了，又有多少夫妻是真正的举案齐眉、琴瑟调和呢？离了这个和那个过就一定幸福吗？对此，朝露应该算是已有了现成的经验——她和林立奇不也曾相爱过吗，到头来还不是被天长日久的日子给弄得麻木不堪了！“唉，就这样得过且过吧！”大多数时间里朝露总拿这句话来安慰自己。更何况，在维系家庭的诸多因素里还有一个至关重要的因素，那就是亲情，血浓于水的亲情。每次回家见到和丈夫生活在一起的儿子时，朝露又会幸福得两眼放光。看着儿子那红扑扑的脸蛋，听着儿子那叫妈妈的稚嫩的声音，她又会乐得合不拢嘴，沉浸在忘我的世界里。这种无可替代的天伦之乐，能暂时熄灭她所有的情欲之火，能暂时扼杀她所有的非分之想。所以，在家里朝露仍算是一个贤妻良母，该做饭时做饭，该洗衣服时洗衣服，该照顾老人时照顾老人，该接送孩子时接送孩子，那是她另一套不能差池半分的生活内容。只有一来到单位，她又会觉得自己像一个苏醒过来的女人，内心里汹涌着澎湃的情感，身体里燃烧着强烈的欲火，又会像今天这样被这种不能光明正大的夹杂着忌妒的情欲，苦苦煎熬。正当这时，姚根正的车开进大门。她那思念着他的身子不由自主地迎了出去。

“这么快就回来了，怎不和她多待两天。”朝露竭力轻松地说。

姚根正没答话，紧绷着脸，从车上往下拿一块新买的凉席。

“闷闷不乐的，看样子他们没戏。”朝露在心里想，又说：“看上了人家，就好好追呀。”

“我没个女朋友，你好像挺着急？”

“看你急得不行嘛。”

“我有多急？”

“愁眉苦脸的，就差哭了！”

“嗨，技术不到家！完了你帮我分析分析，看哪出了错，我好重新追。”

朝露的气又不打一处上来，猛然转身回了宿舍。

姚根正紧跟其后，却被“砰——”的一声门响隔在了外面。

他趴在窗边讨饶：“开门，故意逗你呢，我才他妈的没心思追。”

“有心思没心思关我屁事？少在那烦人。”

姚根正还要央告，却扫见住在信用社对门给他们做饭的巧婶走进大门，他忙又掉转身若无其事地看着巧婶走近。巧婶身材不高，干瘪瘦小，头发枯黄得像茅草，走起路来犹如猫一样悄无声息。她除了饭做得不好，其他方面却不错——心地善良，性情乖静，小心殷勤地伺候着信用社的每一个人；尤其是嘴巴紧，该说的说、不该说的从不乱说。以至于好几届主任天天吃着她不是咸了就是淡了的饭，却又不忍心打发她。这时，她已走到了姚根正的跟前，说：“你刚回来，还没吃饭吧？我把下午的饭给你热一热？”

“不用，我在城里吃过了。”

“那把宿舍门开开，我给你灌上壶开水。”

灌水的时候，巧婶又问：“朝露说你进城看对象去了，看得怎样？”

姚根正腼腆地笑了笑，说：“不怎样。”

“后天西滩有庙会——说书、唱戏，晚上还能转九曲……你要是能把她带上来，那该多好呀！”看得出来，后天西滩的庙会对巧婶来说，那就是一个盛大非凡的日子。而且她认为赶庙会逛戏场正是姚根正谈恋爱的好时机，因为他们这的青年男女都是那样做的。过了农历三月到七月，该种的庄稼都种了，又不到收割的季节，农活相对轻闲，正是各地庙会的集中期。每个庙会都有正日子，比如四月八、五月初二、六月十三、七月七……每逢这些庙会的前好几天，庙会的主办村或离庙会近一点的村子里的人都会像过节一样。做凉粉、刷煎饼、包粽子、摘熟了的瓜桃李枣，甚至杀鸡宰羊……准备招待前来看戏的亲朋好友。庙会上的戏一般唱三天，起戏、正戏和尾戏。尤其是在正戏的日子里，小伙子们都会换下平时劳动的衣服，穿得洋气起来。姑娘们也都比平时打扮得更认真了，红鞋绿裤的，粉也搽厚了许多。结果在戏场上一挤一晒，热得汗水流下来，汗水和脂粉一搅和，脸上又现出了白一道黑一道的花纹。

姚根正和巧婶同是农村出身，可实际上他们已是两个世界里的人了。巧婶所说的庙会，姚根正也没少赶过。小时候那的确是一件很有意思的事，几天前就盼着庙会赶快来——好跟大人们要上几块零钱，在戏场上买个两根木棍支撑得会翻跟斗的猴子；或者是买个一拧发条就会跳跃的绿壳青蛙。什么万花筒了、西洋景了，能吹得响的彩色泥马、泥公鸡了，喝一袋宝葫芦形的冰糖水饮料了，看一阵篷布围起来的外地马戏杂技了……那真是其乐无穷！有的庙会晚上还放焰火，火树银花，龙蛇飞舞，炮打向阳城，硫黄燃烧后滴着紫蓝色串串的葡萄树……那真是美妙无比！至于戏台上唱什么，没人管。生、旦、净、丑，唱、念、做、打，那要留给懂行的人来看。老百姓赶庙会就是赶热闹、人看人；善男信女烧香许愿——求子、求官、求发财、求平安……可现在的姚根正已不是小时候了，知识和阅历已扩大了他的眼界。他知道巧婶所说的转九曲和说书是什么样的转九曲和说书。晚上围着几根点着彩色灯泡的玉米秸秆转来转去那就叫转九曲；至于说书也有点庸俗，说书的人通常不在语言和情节上下功夫，而是专拣一些荤黄的段子来博取众人哄堂一笑。那些曾经的乐趣，那些蹩脚的跑江湖卖艺的把戏，现在对姚根正来说已没了多大的吸引力，也没了任何崇拜感。他想如果何小敏对这些娱乐也和巧婶一样津津有味的话，那么他们实际上也就不在同一个水平线上了。但是，他知道何小敏还不至于那样。当然，他也不指望巧婶还能有什么更高雅的趣味。看着巧婶那满脸的遗憾，他又笑着说："哎呀，刚见人家一面就能带上来，那成什么了。"

"下次，下次争取带上来。西滩庙会完了，过几天东滩还有呢。"

巧婶又说了一句，这才走人。见巧婶离开，朝露又走了过来，仍气鼓鼓地说："被人家甩了，拿我撒气！"姚根正只管往床上铺那块凉席，没抬头地说："那有凉面呢，你最爱吃的那家。"

"买了几份？"

"两份，够你吃。"

"你不吃？"

"我吃过了。"

"早知道给巧婶带上一份，我也不太饿。"

"一会儿你给她送过去。嗨，巧婶——就知道庙会、庙会！"

"她早给你计划好了，你要是把女朋友带上来，明天灶上包饺子，还说要在她们地里摘几个香瓜，让城里姑娘尝尝鲜。可惜——"

"有那么快？见上一面就成女朋友了？"

"一天拿我当练兵场，把对我的那套虚情假意给用上还愁成不了。"

"虚情假意，我虚情假意？谁虚情假意了？"姚根正一脸无辜，又问，"前几天李站长请你吃饭了？"

"庆国又给你瞎说什么了？"

"没有的事，人家能瞎说？"

"不就吃个饭嘛。"

"吃饭？黄鼠狼给鸡拜年了！"

"你也真是——我会看上他？"

他听得又像是被灌了蜜，心里绽开了花。朝露一边用手摸着那凉席上光滑的小竹片，一边又说："真舒服，凉快！晚上就在你这睡，我那边太热了！"

"送到嘴边的肉不吃也是一种罪过。"

"王八蛋。"她杵他的肩窝。

第五章

晚上，夜静得出奇，空气里没有一丝的风在流动，偶尔地里的几声虫子嘶鸣后，越发显得幽静深邃了。南边浓云滚滚，只是夜里看不真切，一切似乎在积聚着力量，将有一场暴风雨要来临。朝露躺在姚根正的怀里，问:“她漂亮吗？”

“就那样。”

“就怎样？肯定漂亮着了，看你灰溜溜的。”

他摇了摇头，意思模棱两可，既可以理解为何小敏不漂亮也可以理解为他没什么可灰心的。她正待还要问，突然从大门口射来一束强烈的白光，把窗帘上的菊花图案照得清清楚楚，接着是开车门声，钥匙响动声。

“是郝主任。”朝露吓得从床上坐了起来，“他怎这么晚还来？”

又说:“我得出去。”

“你现在出去，那不是等于往枪口上撞吗？”他按住了她。

“那怎办？”朝露已慌得六神无主了。

“怎办？”姚根正的脑子像车轮似的飞速转动开来，“怎办？要是我睡在她的宿舍那还好办一些，郝主任应该不会这么晚敲一个女同志的门。即便敲，她也可以拿睡下了来搪塞。可今天偏偏是她睡了过来！如果郝主任一回他宿舍就睡，那还好。可他万一没热水喝或者是没烟抽呢？他就有可能来找我，这不是没有过的事。不答应吗？肯定不行。他会问朝露我去哪了？可朝露的宿舍里也发不出声音！那就不符合单位夜间值班的规定了。两个宿舍没一个宿舍有声音，郝主任要是打问开来曹庆国、巧婶这些人，那事情可就闹大了……”想到这，姚根正也紧张起来。又想:“答应吗？

也万万不行。一场男盗女娼的丑剧就要就地曝光！那怎办？怎办？最好的办法就是朝露能在郝主任回宿舍的最短时间里也回到她的宿舍，绝不能坐以待毙。可是她那扇该死的宿舍门总是一开就‘嘎吱’发响，而且响声极亮无法避免。那样的话郝主任虽未亲眼所见却也能想得到她是从哪里出来的。只有在她开门时轻轻的不要弄出任何钥匙的响动声，等门‘嘎吱’响过之后再向外走，这样才能给郝主任造成错觉，认为她是从她的宿舍里走了出来。”

“对，就这么办。”这样的对策在脑中急速运转的同时，姚根正也在朝露耳边悄悄给她授意。朝露一一照办。当听到郝主任的宿舍门一闭时，她立即蹑手蹑脚地溜到她的门前。开门的那把钥匙早在姚根正的宿舍里就捏在了食指和拇指间，其余的钥匙则紧紧握在剩余的手指中。她轻轻转动锁孔，随后是“嘎吱”的门响，接着又是“砰”的一声。姚根正听见朝露的高跟鞋在院子里的砖地上“嗒嗒”响起，那响声朝墙角的厕所远去。不久之后，“嗒嗒”的高跟鞋声又从远处传回，接着已是从容的钥匙响动声，然后又是“嘎吱”“砰”的一声门响。

姚根正一直悬着的心这才放了下来。他点了一根烟，半躺在床头，冷清的面庞在烟火中忽明忽暗。这时，窗外起了风，一些碎纸片和塑料布被风卷在墙角处“哗啦啦”乱响。一道闪电划破夜幕，天空火红地亮了一下，头顶处砸下一颗炸雷，几滴听声音很大的雨点溅在了地上。看这开头的阵势绝对是一场疾风骤雨。谁知，那硕大的雨点随即就压住了风势。风弱了许多，几乎没了动静。雷声也不像之前那么炸裂了，而成了轰隆隆的闷响，向西延去。转而，雨点也变成了毛毛雨丝，斜斜倾洒着。姚根正被这场虚惊弄得没了睡意。他从床头坐了起来，狠狠吸了一口指间的香烟，慢慢吐出一串烟圈后，才开始把朝露和何小敏这两个女人在他的心上细细比对了一番，认真考虑起一些深沉杂乱的心事来。

很明显，朝露目前在他心里所占的位置要比何小敏大得多。从他刚调到曹店镇工作的那天起，他就被朝露的美貌和身姿深深吸引了。而且她也温柔大方，在工作上总和他心心相印默契无比。同样他也更愿意在生活上为她提供一些男人式的毫不吝啬的帮助和援手，比如能被她差使着搬个桌子或挂个窗帘什么的，那便是他莫大的荣幸和欢乐。虽然他知道她是有夫之妇，可两个孤身男女经常同处一道大院又使他的那颗心时时躁动不安。他按捺不住，对她进行了越界的试探。谁知，竟是互生情愫地有了第一次！第一次之后，他又觉得自己犯了错，不该将同事关系搞成那种，好几天里他尽量避着她，想把那一页翻过去重新来过。很快他发现是自己多虑了。朝露根本没有他猜想中的任何一种反应，仍然和先前一样，对他没有多半点的依恋，也没有多半点的冷淡。好像什么事也没发生过，该说什么仍只说什么，不带半点弦外之音；该做什么仍只做什么、也没有把他当作失身于她就是她的人，而恃宠带骄地来使唤过。一切犹如一汪深潭，波澜不惊。他这才开始觉得朝露这个女人不简单，让人难以捉摸。他在心里问自己："她好像在那方面很随便？难道她仅是碰上了玩一玩而已？至少她看起来是那样……"她这种拿得起放得下的态度反倒刺激了他，又使他很想探究探究她的心里到底是怎么想的。

于是又有了第二次。如果说第一次是一攻一守的短兵相接，那么第二次才是占领城池后的真正享受。完事后，朝露酥软幽香的胴体依偎着他，"这几天你刻意躲着我，我以为你是后悔了……"尽管她说得平平淡淡，犹如花落无痕，姚根正还是听出这是她几天里一直刻在心头的话。回头看去，她的眼角处不知何时已滚出一滴无声的泪珠。他这才明白她是那种思念到骨髓、痛彻到心扉也不肯轻易说出口的人。几天里她其实也一直在捉摸着他，只是他的冷淡又使她本能地自卫起来，只是在暗中和他较着劲，不想在他面前彻底放下她的尊严。瞬间里，他理解了她那种复杂的心思。他感觉他对她涌出的爱并不比这几天里她对他的思恋少一点点。他又一次紧紧地抱住了她，四片嘴唇密不透风地粘在一起。她的浑身又燥热起来，用纤纤细手引领他再次入港。临到最后一刻，她竟迷乱地呻吟着："快……快……快弄死我……"他兴奋不已，和她瘫软地融在了一起。至此，他终于领略到了她在公众背后的另一面！他怎么也不敢相信办公室里空姐般高贵端庄的她和刚才纵情肆欲的她会是同一个人。她从矜持到流泪、到缠绵、到淫靡，一步步逼近真实的变化使他掉进她的世界里不愿再走出来。

之后，他们之间的关系简直颠了个倒。姚根正说不清他是爱朝露的肉体更甚，还是爱她的情感更甚；是情感促进了肉体的欢娱，还是肉体的欢娱加深了情感。总之，他爱她爱得越来越身不由己，唯恐失去她。毫无疑问，朝露是曹店镇这个小地方上鹤立鸡群的艳妇，犹如《西西里的美丽传说》中的玛莲娜。姚根正看得分明：她的气质和打扮，她的身段和姿色，叫这里的每个男人都心醉，叫这里的每个女人都羡妒。不少来柜台办理业务的农村青年，按捺着心上的想入非非，眼睛里却难掩垂涎之色。还有李站长之流也在时时觊觎着她，怀揣一颗伺机而动的心。事实上只要朝露愿意，她就根本不缺一个想陪她的男人。姚根正因爱而妒，不由得就多了一分担心，常常听见自己在心里说：“我稍有疏忽或对她有点不好，别人就会乘虚而入……”他在她面前变得有些卑微起来，患得患失，害怕她跟别的男人过分亲密。有时，他甚至恨她那对谁都一样的微笑和对谁都一样的温柔。他只想她对他一个人温柔甜蜜，而对别的人都冷淡无情。就这样，朝露在无形中就向姚根正罩下一张疏而不漏的网，任何一个网眼都将他的心紧紧攫住，使其深陷其中不能自拔。

当然，贪恋归贪恋，姚根正还不至于彻底昏了头。说到底朝露是别人的妻子，他能和她结婚吗？这也是一个很难抉择的问题！毕竟寻欢作乐是一回事，而结婚成家又是另一回事。跟一个离了婚的二茬女人结婚，那哗然的舆论，不用想也能想得见：同事、朋友、亲戚、老家的庄邻院舍们，会一个个瞠目结舌，那将是一段时间里他们很好的谈资。谈论就让他们谈论去吧，这无所谓。为自己活肯定要比为别人的眼光而活更重要一些。这些，姚根正掂量之后，他相信自己绝不会因为别人的眼光而委屈自己。有时，他那股豁出去的劲头一上来就不会把这些放在眼里，生活中的一些规矩和方式在他看来那就是一些笑话。此外，再往远想一想，父母的那一关也不好过！别说是既成事实，单单是把这样的想法告诉父母，那对他们老两口来说也无异于是一颗重型炸弹呀。姚根正待在单位里也仿佛能看见他母亲那张欲哭无泪的脸和他父亲那张唉声叹气的脸。他仿佛能听见他们会捶胸顿足地说：“我的小老子哟，你是不是脑子进水了？”“天底下的女人又没死完，你让猪油蒙心了？”“使不得，这万万使不得。根正呀，你这是羞先人呢！”……再狠一狠心，这也没什么，姚根正坚信只要他决心已定，再多做做工作，父母在儿女面前终究会做出让步的。

只是，还有一个问题他不得不慎重对待。那就是他进入信合系统仅仅才有三四个年头。同刚参加工作的大多数新人一样，他平时尽量克制着自己，尽量夹着尾巴做人。三四年里，他心无旁骛，只管奋力工作，从不在一些小事上斤斤计较，竭力把自己最好的一面展现出来，只想要获得领导的认可。而且，他知道他的这些做法已经为他日后的前程奠定了一些基础，只要照他目前的工作表现继续下去，他完全有可能获得晋升的机会。窗外的雨还在沥沥淅淅地下着，姚根正弹了弹指间的烟灰，重又想起他上班以来一路走过的点点滴滴：

那是九七年的夏季，一群莘莘学子完成了他们的学业，即将步入社会。在离校前的结业典礼会上校长给他们讲了一番话，目的自然是为了给每一位同学打气和鼓励，犹如卫星发射前的最后一次校轨。校长的讲话姚根正至今记忆犹新。他说：

“同学们，我们学校是省教育厅和省农行合办的一所学校，不是什么本科院校，更不是什么名牌大学，只是一所普通的大中专院校。但是，我认为同那些本科院校或名牌大学相比，我们的学校更接地气。因为那些大院校的系别、专业，犹如一些政治家的讲话——看似面面俱到，其实大而空洞。什么劳动与社会保障专业，什么国际经济与贸易，什么人力资源管理……听起来唬人，实则是什么也没学到，什么也没学精，只培养了一个个泛泛而谈的杂家！而我们练的就是点钞、算盘，专攻的就是会计原理、农村信用社会计……我们办校的宗旨就是在农行和信用社脱钩之际，为信合系统输送几批有专业技能的人才。你们的学哥、学姐们，已先于你们踏入了全省信合的角角落落，从各地反馈回来的消息都很好！人家评价我们是小车里的吉普车，虽不是什么名车，但是适合农村的道路，结实耐用。希望你们出去也能谦虚做人踏实做事，不要倒咱学校的牌子。

“另外，在这里我还要交代几句。当你们踏上工作岗位时，你们会发现由于旧有的进人体制——雇用、内招、顶班等等，信用社是一个家族气氛很严重的企业，到处都是父子兵、姐妹同上阵的局面。而你们则是高考录取进来的普通农民子弟，也许你们的人脉资源、交际圈子不如他们，实践能力目前不如他们。但是你们的学历、文化程度要高于他们；你们领会新知识、新业务的能力要高于他们。在这里我要强调的是——在这些未来的同事面前你们不应该有什么自卑感，也不应该骄傲自满，要取长补短，资源共享。年轻人应该像一颗种子那样，走到哪里就能在哪里生根发芽，要尽快融入到那个新的集体中。更不能带有知识分子的病态——恃才傲物、孤芳自赏，动不动就感觉自己怀才不遇而愤懑忧郁。怀才不遇只是你没怀上什么大才，真正的才干绝不会被任何时空所埋没，时间久了定会脱颖而出的。所以，我希望你们能逐渐褪掉你们那些文弱的书生气息，到社会的大熔炉里再学习、再锻炼，真正做到学以致用融会贯通。用平凡的心态，朴实的作风，勤勉的劲头去对待工作，一步步努力奋斗，逐渐成为单位的骨干，社会的有用之才。

“最后，我再说一点。今天也是我们分别在即的日子，聚散皆有缘。也许我们当中许多人今生很难再见一面！不要彷徨，不要迷惘，不要纠结，不要哭泣。把美好的师生情、同学情留在心底，日后空闲时拿出来晒一晒勾起美好的回忆，那也是一种淡淡的芬芳。带着你们的自信，带着你们的阳光，带着你们的闯劲，带着你们的梦想，勇敢地踏上新的征程。我想你们在为信合事业奋斗的同时也是在为你们每个人的前途而打拼。在这里，我期待着你们一个个有所作为。”

就这样，两天之后，姚根正带着校长的嘱托，带着一纸分配便函，便回到了自己原本熟悉的家乡。从省到市到县一路更换分配通知，最后他被分到遥平县最北面的一个信用社。那一年，和他同时进入遥平县信用联社的还有几个年轻人。人家是内部子弟兵，印证了校长的讲话，被分配到交通相对便利离县城较近的几个乡镇。人家到单位报到时，有父母的小车护送，父母与当地主任自然是一个系统内多年的熟人，相互宴请中说一些日后多多关照的话语。而姚根正的父母就没那样的能耐了！父亲姚守健斗大的字不识一箩筐，一辈子拿白铜嘴的烟锅抽旱烟，连根纸烟也不会给人家递。母亲则在他的印象中几乎没出过什么远门。他们平日里看见镇上的那些干部，不管是政府干部，还是税务干部、电管员、邮递员……统统认为人家那是公家人、是官，他们在那些人面前不自觉地就有低人一等的畏缩。姚根正从来也没想过要靠父母能给他打开什么局面。他们能把他节衣缩食地供出校门，那已是他永远无法报答的恩情了！所以，在接到通知的次日，他没有气馁也没有抱怨，二话没说只身带着两捆行李就奔赴了单位。

路上，一开始他还有那种男子汉志在四方的气概。只是越走越不见人影，越走越荒凉：路两边渐渐没了村舍人家，只有一眼望不到边的黄沙。过往的车辆也越来越少，确切地说，是只有他乘坐的那一辆班车在蜿蜒的土路上孤寂行驶着。土路又窄又烂，隔不远处就是一些沙湾和深坑；班车又是客货混装，顶上载满了一大堆的杂物，用粗绳子网着，走得十分吃力缓慢。再看看车厢里：到处都是纸箱子、尼龙袋子、铁笼子、柳条筐子……一些羊皮味、猪毛味、饲料味、汗水味、燃烧不尽的汽油味……混合在一起，难闻透顶，让不晕车的人也能晕车！一个个乘客，除了他自己面容白皙穿一身干净的白衬衣蓝西裤以外，其他的人全都胡子拉碴，蓬头垢面，衣服脏兮兮、油腻腻的。原始、落后、物质和精神的贫瘠从各个角度扑面而来。姚根正的心倏地开始下沉了：“这是什么鬼地方？我就要在这样的地方遥遥无期地生活了……”

将近四个小时的摇晃颠簸后，单位所在的小镇到了。小镇上三五个店铺，十来户人家，鸡犬相闻，冷冷清清；极目远眺，一无遮拦，四下里全是光秃秃的碱地和沙滩。典型的一幅凄凉画景：古道、西风、瘦马；大漠、孤烟、落日。走进单位一看，姚根正的心情更沮丧了。一道大院，中间空一片菜地，地畔上摆一台往出渗机油的烂四轮发动机（用来从地下抽水）；六间平房，门面半新不旧；墙角有一个用乱石块堆砌的厕所，顶上露天，四周漏风；厕所旁还拴一条凶猛的大黄狗；单位上没有自来水，没有电视，没有交通工具，也没有任何娱乐设施。只有一部电话还是老式的手摇把式，像黑白战争片里阵地上用的那种——这边呼呼摇一通，喊："给我接司令部。"那边吼："什么？大声点。"单位的领导——信用社的主任是个当地人，四十来岁，三角眉、四方脸，穿一双黄胶鞋，上身套一件灰西服；平时上班，农忙了还要回家种地。做饭的阿姨是主任的老婆，也是一副农村妇女的打扮，一双水灵灵的眼睛里明显露出一天书也没念过的茫然。"这是单位，还是家户！"姚根正失望地想道，"省城念了一圈书，原回到了比老家还落后的农村了……"

过去的一些生活片断和眼前的景象形成了强烈的对比：过去有车水马龙的街道，灯红酒绿的舞会，俊男靓女的校园，绿茵场，碧水湖，垂柳堤……在那里他曾是多么地春风得意——舞会上翩翩起舞，课堂上激扬文字，球场上风驰电掣，场外还有无数女生疯狂呐喊助威。然而这无忧无虑的校园生活转眼已成了过去，再怎么怀念也不可能复返了！很明显，严酷的现实已向他打开了人生的第一堂课程。课程的内容就是教他知道进入社会后自己就算作成人了。既是成人那就得自己照顾自己；既是成人那就必然有成人的无奈和磨砺。做饭的阿姨发现新来的年轻人整天郁郁寡欢。她知道那是一个人刚从大地方走到小地方一时间里的不习惯，心情上的落寞，所以常常宽慰他："鸡叫狗咬，黄土埋人，到哪里也是工作。再说了你们这些大学生，待不了几年，准会被调走……"实际上不用她宽慰，没过多久姚根正就开始调整自己的心态了。他把校长的讲话拿出来重新咀嚼："年轻人应该像一颗种子那样，走到哪里就能在哪里生根发芽，要尽快融入到那个新的集体中……"咀嚼后，又自言自语道："听说联社现在的理事长当年也是从这里走出去的。同样在艰苦的地域内，人家能有所成就，自己为什么就不能呢？对，不能心灰意冷，不能这样消沉下去，一定要奋力拼搏。天将降大任于斯人也，必先苦其心志，劳其筋骨……"他用这样的话来安慰和鼓励自己，在心底里暗下了决心，在精神上焕发了振作，新的一轮奋斗正式发起。很快，在那片更广阔的天地里他开始崭露头角。

上班族里有很明显的两类人。一类是：循规蹈矩，谨言慎行，工于心计，附和自己实际上不同的意见，恭维上司不着边调的讲话。这类人有的可能有所作为，有的也可能碌碌无为。即便是无为，也容易位子坐得稳稳当当，甚至是越坐越高。因为他们无可指责，不迟到，不早退，不生事，不反对……日子久了凭资历就轮到他们了。还有一类人是：我行我素，吊儿郎当，大大咧咧，富于激情易于激动，意见不统一时跟同事争得面红耳赤，甚至对上司也拂袖而去，过后又后悔不已，典型的性情中人。这类人有的可能资质平庸，一生也一事无成，有的可能雷厉风行，很能干一番事业。只是干了事，也容易遭贬，被排除在主流以外。因为他们很难克制自己的性情，不拘小节，容易给人坐成口实，用通俗的话来讲就是“有小辫子可抓”。姚根正绝对是属于后者。上学时他就抽烟、喝酒、逛游戏厅……自习课时经常偷着泡在操场上踢球。没人说他是一个踏实用功的学生，但是也没人说他不是一个好学生，因为他的成绩始终名列前茅。他不讲究装模作样的形式，而是只讲究事半功倍的效率。踢球踢得大汗淋漓后，用冷水抹一把脸，那时脑子敏捷灵顿，看半小时的书比平常看一小时还管用，那便是他所掌握的学习方法和秘密。

工作后，姚根正同样不太注重表面的形象，给人有玩世不恭不太务正业的感觉。他贪玩，爱打麻将爱玩纸牌，喜欢在那些吆五喝六乌烟瘴气的场合里混迹；不太遵守纪律，有睡懒觉的毛病；喝醉酒，更是早上起不来，即便起来了也是头发蓬乱，衣衫不整。起初，主任觉得新来的年轻人有点自由散漫，不知天高地厚。后来，经过一些事，他才慢慢发现姚根正其实心地善良，率直坦诚，对贫苦弱势群体极富有同情心。而且，他更多地感觉到的是姚根正身上有一种桀骜犀利的东西，那就是他的领悟力超高，工作能力特强，一旦工作起来，就有那种集中投入拼尽全力的精神。日常交代给他的事情，他都能办得尽善尽美。内勤账务记得工工整整，短时间里已学会了日扎月结，遇到账不平时，他更不会马虎，即便是通宵彻夜也要查找出来。打发出去要贷款，他也很能吃苦，路途遥远、严寒酷暑全不当回事，一个人在那广袤的沙漠里默默奔波。生活中一些场合上姚根正更是给力。他头脑灵活，语言风趣，识眼色，会来事，给主任点个烟，递个火，代杯酒，这类的细节活儿全做得既工巧而又妥帖，没有十足的奴颜，又能表现出对上级应有的谦卑。主任越来越觉得他是一个得力的助手。有时姚根正不在，他已经有了干起来不得劲的感觉，好像丢失了一件顺手的工具。年底需要工作总结，这也是这些半老粗主任们最头疼的事。他把这项任务交给了姚根正。一个夜车后，总结拿来了。主任一看耳目一新：通篇没有令人呵欠连天的官话套话，只客观公正地写了全年做了些什么，还需要做什么他列在了计划的部分，计划中隐隐可见一种可行的远见。看后，主任重新抬起头盯着姚根正打量，心想："后生可畏，是一个可塑之材……"

一开春，主任牛刀小试，拨了三个村子给姚根正，让他管理信贷。姚根正更是如鱼得水，非常轻松地就打开了局面。那年头，需要贷款的人总是很多，人们肯送一些小恩小惠来保证资金能顺利到位。姚根正不搞那一套，与前途相比那些根本不是他所要谋求的东西。其次，他对农村金融也有着自己的理解：那就是不管雪中送炭也好，还是锦上添花也罢，应该留一份恩情放在那里。我帮了你的忙，你欠我一份情，当我需要你还款的时候，你能极力配合就好，而不是把放贷款变成一宗肮脏的交易。当然，事办了之后，有些人还是觉得过意不去，会请他吃个饭喝顿酒。姚根正也不客气，他知道在一个地域搞工作也不能完全不食人间烟火，那样实际上是一种孤立自闭，等于自己把自己置于聋子瞎子的地位。他需要的是海量的信息和对实际情况的真实掌握。酒桌上，他侧重沟通交流，贷前调查闪现于三言两语间。譬如，他常常会看似不经意地询问："你们村那个谁谁谁怎样？"

"纯粹不行！"

"人没问题，就是这几年有点……"

"很不错，你放心。"

"哑财主，有钱呢……"

听到的回答通常是这些话语。姚根正根据这些话语，再结合其他地方得来的一些信息，对一些人对一些事形成初步的判断，然后再确定贷与不贷、贷多贷少。收贷中他同样也有自己的一套做法：对那些经济困难、实属无奈的人家，他不急功近利，而是给别人留有余地，帮他们想办法出主意，慢慢等待情况的好转；对那些想偿还而又一次性难以还清的人家，他跟他们充分协商，然后达成分批分次的还款协议；对那些暂时困难，周转失灵，只要再有一笔资金就能很好地翻身的人家，他则大胆地考虑再注入资金的问题；而对那些死亡绝户，由保人或其他人代为偿还的情况，他大多采取的是据实上报，争取减免降低罚息；只有对那些有钱不还、恶意欠债的主，他才穷追猛催，刻不容缓，三番五次地杀一杀他们的威风，扫一扫他们的颜面。总之，他的工作方法灵活多样，具体问题具体对待，尽最大努力争取做到收放一体、和谐双赢。天长日久，他的工作成效逐渐开始显现。同时，他的声名威信也在那个地方悄悄鹊起，年纪轻轻已具备了号召和调动村干部的能力。老百姓对他也有了普遍的评价：

“信用社新来的年轻人——人没问题，很好打交道！”

“别看人年轻，眼睛雪亮着呢，心里也有数呢……”

“干脆、痛快，今天说给办的事，绝不会拖到明天！”

“人也豪爽，喝起酒来十分带劲……”

这些评价反映到主任的耳朵里，再由主任变成六个字“好后生，很能干”传递给联社的理事长。理事长——遥平县信用联社的掌舵人，是一个一步一步从基层走上来的具有丰富经验的领导。他曾经临危受命，挽救过一个严重资不抵债的外县信用联社的生命。更主要的特点是理事长人霸道，魄力非凡，干起工作来大刀阔斧，发起脾气来整个联社七层大厦都会震动。只是工作了快一年多，姚根正还无缘目睹他们这位大本事领导的风采。他那时待的那个信用社是个小社，又没什么大问题，理事长不常来。中途来了两次，恰巧姚根正又在三四十里开外的村子里下乡，所以也没能见上面。不过关于理事长的传说他倒是听了不少。这里的人们时不时还会说起他多年以前的一些事，他们说他胆大心细，干脆利落。系统内的同事们对理事长也是津津乐道。人们常常把这样的话语挂在嘴边：“不敢，让理事长知道就麻烦了。”“理事长说了，要怎样怎样做……”言谈之间表露出来的尽是一种发自内心的敬重，可见理事长在他们这个系统内的地位是深孚众望，拥有绝对的权威。见到理事长的时候已是又一个岁末年初之际，联社召开了一次年度工作会议。台下黑压压一片，有来自农村各个基层的主任、信贷员，也有城内各网点的主任、信贷员。台上正中间是理事长，两道剑眉倒竖，一副不怒自威的面孔。两边依次是联社主任、监事长和两名联社副主任。照例，联社主任对全年的工作做了简要的回顾，然后开始安排布置下一年度的各项经营指标：计划存款新增两亿元，贷款净投放一亿四千万元。这时候，理事长开口了：“说到贷款的投放，我想说两句。”他的脸色阴沉下来，眉头紧锁，两眉之间蹙起一块厚厚的皱褶。台下低低的说话声嘀咕声立刻消失了。

“我们有个别的主任把那点贷款权力应用得真是好！独断专行，一把绳索，生怕被别人抢去一点点！在这里，我就不点名了。但是，你们要知道中国有句古话叫作‘若要人不知，除非己莫为’。你以为你在你办公室里的那点猫腻别人不知道？人家贷户还没等出了门就说开了呀：‘我是怎样怎样跟谁谁谁贷的款，你也那样贷去，保保险险，百发百中。’你把你们手中的权力当成了什么？当成了捞钱的耙子？鸡犬不留，雁过拔毛！简直到了明码标价的地步！在这里，我要警告有些人，到时候小心你们吃不了兜着走。”

说到“我要警告有些人”的同时，理事长愤怒地拍开了桌子。桌子上的麦克风里发出“啪——啪——”的声响。会场上的空气仿佛凝固不动，地下静得能听见掉针的声音。倒水的通信员走进来，当下打了个寒噤，给主席台的成员依次添上水，赶紧知趣地掩上门悄悄离去。

“我常常在想——”随后，理事长又放缓了语气讲道：“每个人心里其实都有一个偿还债务的先后顺序——哪里账逼得紧就先还哪里，刀架在脖子上能不还吗？这是人之常情呀。而我们很容易就能做到债务人心中偿还顺序的第一位——当初你及时帮了人家的忙，人家记你的恩情，能不还吗？良心债同样很沉重。况且，贷户们都知道我们的贷款收回来还要放出去，跟我们打交道是一步长路，还贷款仅是倒个手续而已，他们能不想尽千方百计来转这个弯吗？可是我们就有些人，当初不能给人家好好地贷，还回来也不能给人家好好地放，尽玩那种‘惜贷，抽贷。天晴了借伞，下雨天收伞’的把戏！我想问问你们，你们的心里到底想的是什么？”

“更有甚者，”他再次提高声音说道，“是不给送东西不给贷，送了东西乱给贷，送多多贷，送少少贷。中了人家的糖衣炮弹，被一些贷户送得嘴软手软无法拒绝，看见比自己的爹妈还亲，想着法给人家往出贷。严重地超出了他们的经济实力和未来的发展潜力！纵观我们的历史不良贷款，是不是多数都是这样形成的？而对一些一般贷户，也就是那些不肯给你们好好吃点喝点的贷户，你们是左一个没钱右一个没指标！俗话说得好：‘好借好还，再借不难。’很遗憾，好借的头就是从我们这里开不了！银行能没钱？信用社能没钱？你们说那些话不是自己拆自己的台，自己丢自己的脸？！”

接下来理事长又喝了口水，顿了顿。他改为语重心长的口气继续讲道："没钱不是问题，前段时间我跟人民银行已经初步达成协议——再给我们拆借六千万的支农再贷款。这是一个很好的契机，借鸡下蛋，逐步壮大我们的实力。而我很怀疑我们有些人能不能用好这笔资金，不是怀疑你们的能力不足，而是怀疑你们的心术不正。同志们，真的不敢再那样干下去了，要用长远的眼光来看问题。在座的有很多是我们的老同志，你们都知道——信用社能有今天的发展是我们几代人在艰苦环境里不断奋斗的结果。到现在，还有许多我们的家属子女无法就业，到处在托人找关系找门路，想进来。可是我们有些人就那样胡搞，你让我们的子女进来吃什么、喝什么？真真是自毁大业！好好摸一摸你们的良心，问一问自己究竟在干些什么？在这里，我再一次警告个别同志，希望你们能好自为之。"

台下沉默得要死，人们的心灵好像经历了一场暴风雨的洗涤。姚根正也被理事长那身凛然的正气和不拿稿子就滔滔不绝的讲话水平所折服。他感觉胸中有股浩然的力量在涌动，有一种清白干工作的劲头在攀升。联社主任知道理事长讲完了，他接着他的话做了总结："上面，理事长讲到的一些问题，确确实实是我们存在的问题，希望我们每一位同志都能高度重视，有则改之无则加勉。我想我们做人应该要有最起码的气节，搞那些上不了桌面的龌龊事有什么意思！别再整天围着你们亲近的那几个人转圈圈了，眼睛比菜子还小！要堂堂正正，一门心思地工作，开拓更广泛的客户群体才是我们要干的事业。"说完后，他又看了看理事长，意思是关于这个话题他再有什么要讲的没？理事长摆了摆手，示意他继续开会。联社主任接着刚才被打断的文件继续往下念。之后的内容是财务收支、费用管理、安全保卫等一系列常规工作的安排。念到人才梯队的建设时，理事长又插了话，他说：

"打造一支年轻化、知识化、懂经营、善管理的人才队伍是我们长远的战略。自九七年与农行脱钩以来，我们的业务取得了高速发展，但是有一个问题一直在困扰着我们。我们的中层领导这一块出现了断裂地带，老的太老，年轻的又续不上！这几年也分进来一些本科生、大专生，可是很不尽如人意！这些大学生到了农村，四体不勤五谷不分，我不知道你们是怎样跟农民沟通交流的？还有一些眼睛发愣，业务一塌糊涂，数钱的速度慢得怕死人，利息是三遍五遍给人家算不清！什么大专生？我看都是一些砖块子！就那样子，还有不少人通过找人行、市办、银监局，这样那样的关系来给我说情——要调动、要提拔。在这里，我可以明确地告诉你们，有些人我把你们分到环境相对舒适的地方，那是因为你们找来的一些关系我不得不给面子，因为有时我也需要创造一个游刃有余的工作环境，而实际上我是很违心的！但是，要害部门、重要岗位的人选，我请你们不要找任何关系来压我，在这里，我实话告诉你们——那样做根本没用。我要的是能踢能打、能独当一面的干将，而不是解决不了问题、无能为力的饭桶。干不了，把你放上去，别的人也跟上你受憋屈。当然，我也听说我们新进来的有些年轻人，还是很不错的。那么也请你们记住一句话：‘在我这里不兴皇亲国戚论资排辈的那一套，在我这里只讲能者上、庸者下。’请你们要相信——只要好好干工作，就有你们施展才华和实现抱负的那一天。”

也就是那次会议后不久，姚根正被调到了曹店信用社。曹店信用社比他原来待的那个信用社业务规模大很多，离城也近得多。而且他原来只是在网点主任的授权下搞信贷，相当于是打杂，没有固定身份，哪里需要哪里来。而现在是红头文件规定他正式成了一名信贷员。这就说明他原来的工作得到了联社领导的认可，尤其是理事长的认可，这本身就是一个不小的进步。接到那张印有自己名字的红头文件时，姚根正除了高兴之外，还有更多的是感恩。因为理事长用事实打破了社会上一些没钱没关系难办事的说法。调动之前，他并不知晓，也从未找过任何人，但是这样的好事就降临在了他的头上。因此，他对他们的理事长更多了一分深深的臣服，臣服他是一个公道正直有人格魅力的人。他觉得在这样的领导手下干工作那真是一件幸事，自己就是肝脑涂地誓死效命也值得。

窗外的雨听不见了声音，只有屋顶排水管处偶尔有一两点水珠往下滴落。姚根正从床上站了起来，踱步来到窗前，掀开窗帘一角向外看了看。外面一团漆黑，好像起了雾气。他索性拉开半幅窗帘，打开一扇窗子，一股清新湿润的空气立刻扑了进来，其中还夹杂着缕缕泥土的芬芳。他感到一阵清爽的凉意，几天前的一些情形又浮上他的脑海：

几天前，理事长带财务科一行来曹店信用社下乡。进了院，财务科的同志到办公室里例行检查，由朝露陪同着。理事长独自一个人在院子里转悠。他看见墙角堆着一堆杂物，皱了皱眉头，心上不太满意。往回转时，又瞧见房顶上有根太阳能管子也烂了，一直在漏水，不过他仍隐忍着，没说什么。到吃饭时，走进灶房，他又摸了摸一块案板的边角，油污灰尘沾了他一手。这下，理事长火了。他把三个灰黑的指头伸给郝主任看：“你看看你这的卫生！”

郝主任的额头涔涔出汗。巧婶窘得手足无措。朝露赶忙把一块净毛巾递给理事长。他擦了擦手向郝主任问道："太阳能管子烂了你也不管？"

郝主任惶惶回答："前几天我找那个谁了，让他换，他不在！"

"天天不在？"

"一会儿我再去找，立马换。"

所幸饭后，财务科的汇报还不错，说工作方面没什么问题，数字也挺理想。理事长这才消了些气，可仍对郝主任训道："当主任不是光管业务经营呢，还要事无巨细，面面俱到……"郝主任点头如捣蒜："嗯、嗯、嗯，是、是、是，我以后一定注意。"之后，理事长要到另一个信用社去。帕萨特徐徐启动了。临上车前，他又跟每个人一一道别，他跟姚根正是最后一个握的手。他握他手时很用力，而且向下点了点，脸上没了之前的严肃，眉梢向上扬着。虽然无任何言语，但是姚根正能感觉到那是男人与男人之间的郑重一握，其中满含赞许与鼓励，也有领导对一线员工辛勤工作后的真诚谢意。显然，理事长目前很看得起他。那么，他自己就更应该争气，好好工作来回报领导的厚望，争取再迈上一个新的台阶。可是，他现在却和朝露搞成了这个样子！假如他们的暧昧关系被理事长知道了，那会怎样？不用说，他在他心目中的印象肯定会大打折扣。更别说闹得沸沸扬扬要结婚了，那样的话他的前途就算彻底完蛋了！没人会关心当事人爱得死去活来的内心世界，人们第一眼能看到的只是奸夫淫妇的形象！"那就太有点惨了！那就太有点得不偿失了！"姚根正又在心里说，"最好还是就像现在这样，千万别出什么杂音……"

不过话又说回来，假如朝露跟她的丈夫是真的过不下去了，她力主要离了婚跟他过，那么姚根正也绝对会义无反顾。她单身也好，带着小孩也好。他想他反而会更疼她更呵护她。什么事业？什么前途？什么成功？这个世界没了女人，这些所谓的事业、前途、成功是多么地虚无，这些事又做给谁看呢？但是，他知道实际情形不是这样的，朝露也不是这样想的。虽然，他一点也不怀疑朝露对他的真情实感。他们一路走来的关系他比谁都体会得清楚：他们最初都是寂寞难耐，后来则是情到深处两个人都有点纠缠不舍。她的一些变化都使他惊讶于女人处在狂热爱情中的那分大胆。有时，朝露的丈夫林立奇也来曹店信用社看她。现在的林立奇已混成了西新县土地局的一名副科长，身体也发福了，略带点啤酒肚。他一来就请郝主任、姚根正他们吃饭，心意当然是让他们在生活工作中多照顾一点他的妻子。姚根正则羞愧难当，心不在焉地应付着。偶尔，他朝朝露看过去，总会发现她正怔怔地望着他，眼神里的爱意明目张胆。他简直不敢接她的视线，生怕他们这种无声的交流被坐在旁边的林立奇捕捉到。饭后，一离开了饭桌，一有空隙，朝露照样往他的宿舍跑。她急切地搂抱他，甚至要他给她一个深情的长吻。他反倒紧张地往开推她，说："赶紧过去，让他知道呢！"

每当那种情形里，姚根正觉得他并不忌妒朝露跟林立奇在一起。他想着要和她偷情，却没想着要把她从她的丈夫手里彻底夺走。事实上，他知道朝露也是这样想的。她也只想着要跟他偷情取欢，却不会在他和她的家庭之间摇摆不定。因为，有时他们在一起也会谈论到一些将来的问题，她总是心烦得不愿考虑，抱着逃避的态度。有时，他会半开玩笑半认真地问她："你跟他好吗？"

她明白他指的是她跟她丈夫在那方面，而后轻叹道："我不想！"

"……"

许久，她又说："都怪你，都是你把我变成这样的。"

"那我们干脆结婚算了。"

"唉，不要有小孩还好说！"

他不再说什么了。他明白她不想就这个问题深入下去。她的语气比她的语言更清楚，意思明显有两层：离婚这件事没小孩实际上也不好说；有了小孩那就更不好说了。她不愿背负出轨的名誉，更难抛弃现有的家庭，尤其是她的儿子。她是既想拥有家庭，又想和他在一起，就这样偷偷摸摸着来，不要惊动任何人。那么，他就不能怂恿她离婚了，那样的事他也做不出来。

既然跟朝露注定没有结果，那就明摆着他迟早还得另找一个人来结婚。想到结婚、要论成家，姚根正又觉得何小敏倒不失为一个合适的人选。她的工作稳定，家境又那么好。跟她结了婚，日后他在经济方面也就有了靠山，这是必然的走向。只是何小敏长得太一般了！他根本没有那种怦然心动的感觉。没感觉也没什么，爱情他有，现有的爱情差不多也让他无以分心了。他需要的仅是就他这个年龄对旁人的眼光和对父母有一个有所交代的婚姻罢了。当然，他也希望何小敏能再漂亮点，那该多好呀！假如她的美貌与柔情能逐渐取代朝露，那就更好了！那样的话，即便是她没有好家境好工作，他也会在适当的时机继续联系她。虽然，她今天拒绝了他，但是他相信男女间只要保持着联系就不怕擦不出火花。可是何小敏不可能变得再漂亮，那只是个假设而已，那么他也就不打算再追她了。表面上看，今天是她没看上他，先甩了他，实际上是他也没看上她，毕竟他对她真的没什么感觉。姚根正从手机里删掉了何小敏的名字，临睡前又自言自语道：“唉，以后碰上合适的再说吧！”

第六章

清晨，太阳从东面的沙丘后慢慢升起。一层如烟似水笼罩着曹店镇的薄雾才像纱一样撤去。房屋、树木、草垛、猪圈、羊棚……隐隐现出轮廓，大地上的一切又沐浴在金光粼粼的晨曦中。几只麻雀扑棱着昨夜被雨水淋得湿漉漉的翅膀在电线上啁啾，孩子们上学去的脚步声从院墙外响过。巧婢走进信用社，见郝主任的车停在院子当中，便问正蹲在菜地边刷牙的朝露："咦，郝主任什么时候来的？我昨天走时他还不在呀。"

"昨晚。"朝露吐出漱口水，觑见郝主任也从宿舍里走出来打洗脸水，忙又加了一句风马牛不相及的话，"我这几天老是闹肚子。"话是对着巧婢说的，其实是要说给郝主任听。果然，郝主任立即就有了回音："怪不得那么晚了还往厕所跑。"朝露暗暗察看郝主任的表情，看不出他有什么异样，不像起了疑心的样子。"还好，昨晚肯定没留下什么破绽。"她在心里想着，当下又踏实了几分。

"有药吗，我给你出去买点？"巧婢关切道。

"不用了，今天好像好多了。"

"哎，你脖子那怎了？"眼尖的郝主任问巧婢。

"一喝他大的那口尿水子就欺负人！"巧婢没好气地骂。

郝主任摇头，叹："嗨，人倒是好人，都是酒精惹的祸！"

朝露这才看见巧婢的脖子上有两道细长的血印，下颌处还有块细微的黑青，愤愤道："一喝就认不得人了，还老是喝！"脸上尽是对巧婢丈夫的厌恶。

"你说他认不得人？"巧婢说，"他心里清楚得很。他知道打别的人，

他那颗 × 脑袋也要挨打，他是成心装疯卖傻拿我当出气筒呢。”

“你待会儿把他叫过来。”郝主任说，“我收拾收拾他，这也太不像话了。”

“不用叫了，这次我说什么也不跟他过了。”巧婶嘟囔了一句婚后二十年里一再重复而从没兑现过的老话，又走进地里把一些鼓胖的豆角和红了的西红柿往下摘。郝主任又给巧婶笑着说：“老夫老妻了，离什么离。”巧婶没答话。朝露又狠道：“这几天你别给他做饭了，看他吃什么。整天逞能得不得了！”

姚根正听见院子里人声嘈嘈，这才起床从宿舍里走出，边走边扣衬衣的纽扣。他来到地畔挑了一颗巧婶摘下的西红柿，擦了把上面的水湿气，做了一个要扔给郝主任的姿势。郝主任说他不吃。他又问朝露吃不吃？朝露给他摆手，嘴角朝郝主任的方向努了努，下颌不易觉察地轻微点了点。从这一连串细微的动作里姚根正知道了他们昨晚的表演很成功，这种共同坚守的秘密愈使他们之间多了一分心领神会的亲密。

“你片上的利息清收过半了没？”郝主任问姚根正。

“不到一半。”

“抓紧收，这个月要往死忙呢。我昨天刚参加完联社会议，按照省上的要求——各乡镇要创建信用村、信用户。一个信用社至少要在辖区内评出一个优秀信用村，每个村要评出五个优秀信用户。这是一项苦差事啊！全镇所有的农户都要给建立经济信息档案，光是要填的表我就拉回来半车厢。”

“什么信用户？”姚根正一时没整明白。

“我也囫囵吞枣，反正是个新概念。”郝主任说，“以后这项工作还要逐年推广呢。大体就是评上优秀信用户的，咱给发个绿本子——上面贴他们本人的照片，盖咱的公章。以后这些信用户，三千元以内的贷款就不用找保人了，也不用找我们签字审批了，直接就可以在柜台上办理。”

“手续倒是简便了！”姚根正说，“就是额度太小。咱现在的贷款也平均在五千元以上。既是优秀户，肯定还算是各个村子里的拔尖户吧？这些户一般不用款，用款也指那点办不了事。”

“办了事办不了事，咱说了不算。这是上面的规定，咱只管执行就行了。”郝主任说，“我现在最愁的是怎么往完填这些表呢！一个农户一套三张表，少说也得填十来分钟。全镇以三千户算，你算算得多少时间？白天黑夜不睡觉也得几十天！你看，你看我拉回来的表有多少。”他边说边按腰间的遥控器。

姚根正打开郝主任的车后备厢，见里面乱七八糟放着五六堆十六开的表格，还有一些绿本子和一些往人家门梁上钉的红颜色的四方小铁牌。他随手抽了一张农户信息表，见上面的栏目有：

农户姓名：	农户住址：
固定资产：	交通工具：
猪：（头）	羊：（只）
耕地：（亩）	经济作物：（亩）
年劳务收入：（元）	年其他收入：（元）
年支出：（元）	负债：（元）
其中信用社负债：×（元）	……

看了半天，他脱口道："填这有屌用呢？"

朝露嗔怒地瞅了他一眼，意思是你不说脏话行不行？

姚根正又说："固定资产今年三间房，明年可能再盖一间；交通工具今年骑摩托明年可能开小车；负债有时不由人——碰上子女上大学，结婚买房子，老人害病这些事，不想负债也不行；猪会下崽，羊会生羔，耕地有十亩，天年不好等于零蛋。这些都会变化！而我们今天填好了、评好了，说不准它明天就发生了变化。难道我们能根据这些一成不变的死框框来授信吗？"

"唉，没办法！"郝主任无可奈何地摇头，"有时上面一句话，咱就得折腾几十天。不要说瞎填，就是按实际填了，等检查验收一过，这些表还不是全在档案室的旮旯里扔着了。谁再看呢！就这样，给公家干事少不了实的虚的都要搞，该上墙的要上墙，该建档的还要建档。指发牢骚胡抱怨没用，你就磨快笔头子，准备好好填吧。"

"日娘的，省上也真能裤裆里拉琴——瞎扯淡！"

"骂娘也解决不了问题，瞌睡要从眼里过呢。下个月就要检查验收了——咱两个一起跑肯定来不及。吃过饭，各把各的表带上，各到各的片区下乡。"

"那样也好，顺带收利息，一举两得。"

"这几天你少喝酒，别误事。"

"你放心，别的社能完成，咱也肯定不会落在他们的后面。"

郝主任不再说什么了。他知道——姚根正有时虽然在嘴上图痛快，爱发发牢骚，但是他干起工作来，绝不会含糊懈怠。

这时，巧婶问："早上吃什么？"

郝主任说："随便。"

巧婶又征询道："稀饭，煮瓜，再弄点凉菜。行不？"

郝主任说了声行，又问："你把灶房打扫干净了没？"

"干净了，彻底擦刷了一遍。"巧婶回答。

"理事长那天批评你也听见了，下次再让他发现不干净，恐怕就没那么轻松了。"郝主任又对巧婶说道。

巧婶点着头，一连声："嗯，嗯。"

朝露给郝主任说："昨天我让人把那根太阳能管子也换了。"

郝主任说声好，又问花了多少钱？朝露说没花多少。郝主任让她先垫着，完了再给她一块儿报销。巧婶走进灶房去做饭。姚根正和朝露把那些表分成两大堆。他抱了一堆放进他的车内，又回宿舍将一套贷款清册、收贷收息凭证、计算器、油笔、印泥、复写纸之类的下乡行头装进一个黑色的大公文包，一切准备就绪。吃过饭，他进了一趟办公室，对朝露说："给我换上点零钱，下乡好找兑。"

换零钱时，朝露问："你晚上回来不？"

"估计不回来。"

"把宿舍门开着，我给你洗洗床单和被罩。"

他把钥匙扔给她，说了声走了。

她恋恋地看了他一眼，说："路上慢点。"

曹庆国隔着门市玻璃，看见姚根正的车和郝主任的车，间隔不长时间相继驶出信用社的大门。郝主任朝南开去，姚根正向北而行。郝主任管辖的村子是越走离城越近；姚根正管辖的村子是越走离城越远。古时，这里应该属于民族纷争交汇的地带。据考记，西汉时曾在这里设有汉上郡，毗邻匈奴大单于右贤王部，与朔方、云中、雁门、上谷、渔阳等地，具有同样重要的战略意义，是真正的边关要塞。现在，在这里仍能找到一条横贯东西若隐若现的古长城脉络。在这条脉络之上还残存着一个个依稀可辨的土墩，那应该是当年烽火台的遗骸。只是现如今，这里早已没有了狼烟四起、锦旗翻动、金戈铁马的壮烈景象。只有融合了的种族在这片土地上静静地繁衍生息，习俗中仍或多或少地保留着游牧民族的一些传统——民风淳朴，性格粗犷；有大块吃肉大碗喝酒的习惯；亦有热情好客载歌载舞的习惯。姚根正摇下车窗，缓缓而行。窗外天高云淡，天蓝得像水洗过，云白得如新棉花，一群群牛羊在公路两边的铁丝网内走走停停地吃草。他打算先到离单位最远的李家滩村，然后再由远及近倒着往回走。

李家滩村的村部和村小学是一个合二为一的场所：一排平房，一间是村部，另外两个大间是教室。一、二、三年级合用一个教室，四、五年级用另一个教室。院子里栽一根旗杆，旗子被日晒雨淋得又脏又烂，顺着旗杆皱巴巴地拧成一条细巾子。一个水泥乒乓案，中间摆一行半砖当球网用。半副篮球架，篮板上裂开一道两指宽的缝隙，篮环向下倾斜着。小学生们很好往进投球，只是从小就全练成了一些二百五的准头。贺村长正在村部门口杀鸡。李书记圪蹴在旁边给他帮忙，看见姚根正从车上下来，这个当了差不多有二十年村支书的慈眉善目的老人，把双手在衣服襟子上擦了两把，迎了上去。

“都通知了吧？”姚根正和李书记握手时问。

“通知了，你安排的事咱能怠慢？”李书记说，“早上你一打电话，我就给各个小队长说了。谁们有贷款，他们大体都知道呢。现在也来了不少呢。”

贺村长站起身给姚根正摊了摊沾满鸡血的双手，笑道：“我就不跟你握了。”

“没事，没事，你忙。”姚根正回笑，又对李书记说，“收利息的事简单，主要是有些表要填呢，得几个会写字的。”

李书记说：“我们贺会计和两个李老师没问题吧？”

“没问题，有这三个就行了。”

姚根正把他那公文包递给李书记，自己从车里各样拿了一沓表，然后和李书记一前一后进了村部。村部里已经等了不少人，地下站一些，炕上沿着一张没油过漆的炕桌围坐了一圈。炕上的人见他们进来，把中间的位子给他们空了开来。姚根正跟李书记相互谦让后，坐在了正中间。李书记在他身旁坐下，又对炕头说：“贺会，根正说有些表要填呢，你跟李老师他们给帮忙填一填。”姚根正和贺会计也很熟。平时他到李家滩下乡，跟李书记、贺村长、贺会计他们常在村部里喝酒。李书记、贺村长、贺会计到了曹店镇也到姚根正的宿舍喝或者是和他在食堂喝。跟那两个李老师没跟贺会计他们熟，只是在村部跟他们喝过，知道他们是本村的民办教师。所以，他对那两个李老师笑了笑，不好意思地说："那就辛苦你们了！"贺会计说："看你说的，这有什么。"

姚根正又把表的填法给他们大体讲了讲，主要是有几处衔接关系提醒他们得注意。然后他往边上坐了坐，把桌子给他们腾了出来。贺会计说他趴在炕上填呀。两个李老师坐在了桌边，准备开始工作。这时，地下有个平头小伙子问："姚主任，我这个季度的利息是多少？"姚根正管辖片上的老百姓通常都这样称呼他。一来是他们觉得姚根正精明能干，迟早是块当主任的料；二来是老百姓也知道二尺五的高帽子给谁戴上也坏不了事。

"你叫李……李……什么来着？"姚根正只觉面熟又一时想不起。

"李虎娃。姚主任，你真是贵人多忘事！"

"贷款的人多，有时真的记不住。"姚根正边翻他的贷款清册边说。在清册上看到李虎娃的名字后，又说："你的是三百五十六块七毛二。"

"三百六，什么三百五十六块七毛二，毛毛分分还算数。"李虎娃把手伸进屁股后面的裤兜里。又说："我的名字，你这回记住了吧，姚主任？明年我准备办个养猪场——多买两头母猪以下猪崽为主，还想多贷点款呢。"

"没问题嘛，到时你来就行了。"

"我的呢？"又有一个满脸黑髯四十来岁的中年人问。

李书记给姚根正说找李满仓，同时他的手指也在贷款清册上滑动。滑到底部又翻了一页，李书记比姚根正先看到李满仓的名字。他见清册上李满仓的名字右上角用箭头标出：285.38元。便说："你的是二百八十六。"

"虎娃，你们家的羊是四十五只还是四十八只？"贺会计朝地下问。

"四十五。"李虎娃手摸着头，问，"怎？羊税不是刚收过，又收呢？"

贺会计说："表上要数呢。"

一个李老师问："满仓，你一共欠多少钱？"

李满仓说："就信用社那点，再没了。"

贺会计对姚根正诡秘地浅笑了一下，说："银钱是暗面之事，你这表实在难往实填呢！"显然，他知道李满仓没有说实话。姚根正心照不宣，只苦笑了一下，说："尽量往实填吧。"

李书记叹道："样子货，公家搞什么都是一阵风，大概是上面又有什么人想弄点政绩工程呢。搞这些信用村、信用户，名堂上好听罢了！"

地下炕上的人就姚根正刚才讲表的填法时，所提到评优秀信用户的事议论开来。你一言他一语，像嗡嗡的蜂房一样。

“一个村才评五户！李书记、贺村长、砖厂保国、鸡场海平、开门市的李六……随便点一点就够了，根本轮不上咱！”

“评上的不用款，想用款的评不上！”

“评上还好着呢。有时有个什么当紧事直接在柜台上就能办了，手续倒是简便了不少。”

“说是说呢，公家那贷款手续太麻烦了！我今年贷了一回，比种二亩地还费劲——光一个身份证号码过来过去就填八遍，名字还得签七八回，还要写什么已知悉、不知悉那么些咒语！”

“哈哈，公家你当个人呢，随便一弄就完事了。公家好不精明的，那手续就相当于绳，要几道绳把你捆牢呢，要不都乱套了。”

“手续牢顶个屎！光杆司令给贷上几十万能要下？”

“咱瞎老百姓打个白条子，拿到法院，人家也认呢。写那么多有什么用？只要签上咱一个名字按上咱一个手印，咱还能胡说？”

“……”

姚根正知道老百姓说的都是大实话，有些也不是完全没有道理，自己的单位，例如在手续这方面，确实有许多还需要改进的地方。只是有时指靠他也改变不了这种现状，所以他只在那尴尬地笑着。这时，锅台上那口大锅底泛起白色的小气泡。负责烧火滚水的人朝外喊叫：“水开了。”

贺村长提着脸盆走了进来，手上仍粘着凝干的鸡血和一些绒鸡毛。地下的人纷纷往边上靠，碰得墙根底的空酒瓶叮当响。人群中有人问：“贺村长，今天招待姚主任，鸡肉有我们的份没有？”

“没。”贺村长回答，“你跟姚主任一样，能给咱村上农网改造贷上十几万，给你也专门杀上两只。”

“打平伙怎样？”又有人问。

“这没问题。”贺村长用当家人的魄力说，“连酒带肉一个人二十块，不够的村上垫，够意思不？”

“够意思。”有人说。

“我算一个。”又有人说。

“我也算一个。”后面也有人跟着说。

贺村长让李虎娃统计人数，又打发一个叫立柜的后生再到海平家买鸡去。

这时，门外又急匆匆走进来一个女人朝炕上说：“二叔，你看我们的利息是多少？他出门走了，你先给我们垫上。”炕上那个她叫二叔的男人嗯了一声，回过头对姚根正说：“你看李聚宝的利息是多少？”

“一百七十九。”姚根正查了一遍清册说。

“垫什么垫，让你二叔睡上一夜一抵消算了。”地下有人拿那个女人开玩笑。“× 嘴给你扯烂，狗天天不拴就等你这号骚情货上门呢。”那个女人也大着胆骂，并不介意那样的玩笑，显然他们平时就经常这样嬉戏。众人又是一片哄笑。姚根正朝女人看去，见颇有几分姿色，打扮得也比一般农村妇女花哨。女人感觉镇上来的干部在看她，羞得把脸朝一个男人的背后埋去。炕上又有一个人说：“姚主任，我们聚宝家的唱得可美了，今天让给你好好唱一唱。”

“那太好了！谁能跟俊女人的歌声有意见呢？她的打平伙钱我出。”姚根正接话说，工作之余能找点乐子那也是两全其美的事呀。

“还用你出？这是我们的一号公关手，村上有专门费用呢。”李书记说。说时又给姚根正意味深长地挤了个眼，意思是：姚根正刚说的那话就很对路，再那样劝一劝就肯定能把聚宝家的留住。一边又对那个女人说：“聚宝家的你听见了没？姚主任也想听你唱了，完了你给咱好好露上两手。”

“我还有事呢。”女人说是那样说，最后却留了下来。

清利息的人来的来走的走。等到大锅里的鸡肉飘出香味时，姚根正统计了一下，还有四五户没清。李书记说没清的那几个得明天，要么是没通知到，要么是有事来不了，明天肯定能全部到位。姚根正又问贺会计表填了有多少？其中一个李老师数了数，说填了八十六户还不到一半。贺会计说填得手困，不想填了。姚根正让他再坚持坚持，争取赶吃饭时填过半。又说：“明天清利息的人少了，我也可以上手填了，那样就更快一些。”并且答应完了给贺会计多代两杯酒。贺会计这才勉强来了点劲，又跟那两个李老师笔走蛇飞了一阵。直至肉熟了，姚根正才收拾了工作摊场。连锅的炖肉和一脸盆的米饭摆了上来，村部里成了另一番景象：猜拳行令，杯碗碰撞，谈笑风生。耳热半酣之际，聚宝家的唱开了一首首清脆悠扬的酒曲：

三十里的明沙，二呀么，二十里的水。
五十里的路上，来呀么，来眊你。
半个月呀眊你，十五回，十五呀回。
就因为呀眊你，跑成一个罗圈腿。

三了畦畦韭菜，两呀么，两畦畦葱。

一了畦畦辣椒，数呀么，数你红。

三了杯杯烧酒，敬呀么，敬亲人。

双了手手端起，一呀么，一口清。

连续七八天，姚根正就那样一直在农村的天地里忙得不可开交。对于上次看对象的事，他已淡忘了。然而，他和何小敏并非就此一别，因为还有几个人仍在为这事紧锣密鼓地张罗着。尤其是任玉凤，自从吕双仁从何月峰的家里回来后，女方家的情况她就全清楚了。吕双仁说何月峰的家境确实富足，主要是孔云焕的家道也好，家具摆设是纹丝不乱，一尘不染，做饭的手艺那更是没的说。唯一美中不足的是：单从人样方面来讲，吕双仁认为何小敏还有点配不上姚根正。任玉凤可不那样认为。她认为一家富一家穷，一家人样好一家人样一般，这正好抵平了。她还是那句老话，过日子了又不是看年画了，人长得漂亮能当饭吃？再说了，从小言传身教，大人们家道好，下来的子女们也肯定错不到哪里。所以，她想着必须要把这事给促成。能为儿子在婚姻大事上一锤定音谋个永久的幸福，这多少能弥补一些她多年来没有抚养过的欠缺。于是，她亲自出马催开了她的三妹夫。

“那事你办成怎个了？引的见了一面再不管了？”

“哪能不管？自从揽下你们这桩闲事，害得我鞋也多得两双！”孔德树夸大其词地回道。

“是媒不是媒总得跑三回，说成了还能少你双鞋穿？”

“我五回也没跑住！”

“那怎什么动静也没了？”

“嗨，别急，这两天有那个乔江呢——小敏顾陪着她转呢。等过两天她走了再说。真不是个东西！她肯定没说什么好话，我妹夫和我妹子都同意，就是小敏有点不太愿意，没受她瞎掺和才怪呢！这种事刚开始最受不得闲言，尽碰些狗搅星！”

“年轻女孩心气高，见一面不愿意也正常。你让他们多接触接触，感情要慢慢培养呢。”

“我知道呢，这还用你安顿？”

这天，孔德树又来到何月峰家。他那敦实肥胖的身体塞进门时，孔云焕正在沙发上织毛衣。她脸色阴沉，嘴角向上噘着，见孔德树进来也没搭话，只拿织针格外用力地一针一针挑着毛线。孔德树立即觉出大妹子正在生闷气，心上想今天说话得小心点。妹子那脾气他知道——她的脾气一来，事事肯迁怒于人，弄不好他还要无缘无故地挨她的一顿臊。打定主意后，孔德树在沙发边上坐下来，短粗滚圆的手指轻车熟路地拈来一撮茶叶。倒水时，他才小心翼翼问："小敏不在？"

"死出去了。"孔云焕没好气道。又说，"一个个都大了，都翅膀硬了，没一个能让人省心！小鹏、小鹏，几天也见不上面，要回家除非是没钱了！小敏、小敏，这个也看不上，那个也看不下，就准备一辈子不嫁人！"

"嗨，这事还真不好说！她不愿意，咱还不能大包大揽，将来不顺心了，反倒怨咱呢。"

"我的眼睛还没她的亮？人家姚根正怎了？要单位有单位，要工作有工作。人又长得高高大大、端端正正。他娘的，我说十句还不顶乔江说一句！说什么，人家有点呆板、土气，没情趣……哪个好？世上哪有个十全十美的？"

"那个乔江还不走？"

"走呀，今跟小敏到火车站买票去了。实在是不顺眼！你看她穿那衣服有样没？半裤是短得不能再短，只套一件长褂子，给人感觉就像没穿裤子光屁股在跑；几根头发，一天一个花样；吃饭挑肥拣瘦，这个爱吃那个不爱吃；一天到晚穷洗上个没完！洗也罢了，水龙头往开一拧就不管了，澡早洗完了，水还在那哗哗流个不停！"因为乔江在这事上没说好话，孔云焕对她已是十二分地反感了。

"不是些过日子人，光知道贪图享受呢。"孔德树附和道。又说，"跟上好人出好人，跟上巫婆会跳神，小敏跟得多了迟早——"迟早后面的话他没说出来，但是他的表情已替他说了。

"嗨，临时住两天我强忍着，想着要给小敏带个面子。哎哟，总算熬到头了，她明天就要走了，赶紧往走死！"

"等她明天走了，我想把姚根正和小敏再约一约，让他们再见个面。就上次见了一面，谁能了解个谁？姚根正那边我估计没什么问题，我妻姐姐天天催我着呢。小敏这边——"说到这时，孔德树又停了下来看孔云焕。

"你安排去，小敏有我呢。什么事都能由着她的性来？我还没死呢。"

孔云焕已想着要用家长的权威来给女儿施压了。

其实，不用她施压，何小敏的心思本身就已发生了变化。跟姚根正在滨河公园分了手，她当时毅然决然没什么后悔。可是，越往后，心上的情形就越不同了。孔云焕在她的耳边天天吹风说：姚根正就很好，单位不错，人也稳重。她看他不是那种目光短浅、头脑里没东西的人。什么情调？什么土气？谁第一次见面不拘束？相互熟了不就自然了。何小敏听不出她母亲哪里说错了，姚根正也确实没给她留下什么让她特别反感的地方，她只是觉得和他在一起有点别扭，那就真的可能是不熟的缘故了。这些天里，她和姚根正在滨河公园里的那一幕，有好几次又在她的脑中萦绕。她想如果她没看错的话，他当时的表情应该是十分不情愿分手的样子。可是到现在他情愿不情愿，她也拿不准了。七八天过去了，他没给她发过一条短信，来过一个电话，更没来找过她。她这才知道自己的心里其实很失望。如果他继续来找她，她也许还会拒绝他。然而，他却像泥牛入海一样杳无音信，这反倒使她深受打击。因为他向她折射出一个危险的信号——那就是他使她越发看清了自己的容貌太一般了，不会迷住任何一个男人的心！

“唉，这是一个男人比钱、女人看脸的社会！排除条件不适合的，人家不满意的，自己看不上的，可供丑女人选择的余地其实并不多啊！”何小敏已在心里有点后悔地想过，“我不要那么快地和他决断了，说不定还要好一些。他在滨河公园里说：‘要不咱以后电话联系？’我当时应该说：‘那以后看吧。’那样还能留有一线余地，以后还可以顺其自然地发展……”可她当时却说了不用，把他给赶跑了。这下就没了下文！近来，她越来越觉得有丝丝的失意在她的心间缠绕，只是残存的骄傲又不允许她主动去回头。所以，她只是一个人在内心里倔强着，闷闷不乐。她的这些心思变化，只有乔江看得一清二楚。这些天里，何小敏尽地主之谊带着乔江到处逛。陪她们闲转悠的还有何小敏的弟弟何小鹏，和何小鹏的两三个朋友。本当，几个年轻人在一起，吃喝玩乐，游山玩水，挺愉快的。可何小敏却总提不起劲，对什么也不感兴趣，有时还会莫名其妙地出神。所以，乔江知道她是对上次看对象的事还不能完全释然。她们大学四年，同窗兼舍友，她对她是太了解了——何小敏的性格内向，有什么事总憋在心里。如果她对姚根正没一点点的好感或者是她对这件事前前后后没有认真地思量过，那她就不会这样了。这么一想，乔江又觉得自己当时的建议太有点武断了。有时，她又会宽慰她说：“嗨，真缘分散不了，千回百转总会来。散了的就是没缘分了！”

何小敏只苦笑一下，不说什么。

一次，乔江见何小敏又发呆。她急了，拿出手机说：“什么男人！说他胖他还喘上了？来我给他打个电话，问一问他在忙什么‘正事’？他那脑袋要不是榆木疙瘩，肯定一溜烟就来了……”慌得何小敏赶忙往下夺她的手机：“你瞎掺和什么，谁才稀罕他。”她嘴上虽这样说，可心上却感叹：自己是永远也学不来乔江的样！尽管乔江整天把‘男人没一个好东西！别当回事’这样的口头禅挂在嘴边，可她的身边却总不缺男人，男朋友换得像走马灯似的，仍有不少男人朝着她前赴后继。只因乔江有一张她无法比拟的脸蛋，有一副女人都想拥有的身体。乔江是一束受宠的花，会撒娇、会嗲气、会风情……那些令男人们心急火燎的那一套她都会。她只用一根小手指就可以把他们勾得团团转。而自己呢？自己只是一根草，普通得不能再普通的草！不会说、不会唱、不会跳……更不会和男人调情打趣，整天只知道默默地活在自己的世界里。虽然她也很想跟一个心仪的男人来一场认认真真的爱情。然而，爱情的雨露阳光却从没沾过她的边，跟姚根正相一次亲还是相得如此扫兴、不了了之！就这样，这些天里，何小敏总在心上这样凄凄自怜着。此刻，她和乔江两个人正从火车站走出。乔江说：“要不再买上一张票——你也跟我下去转几天，散散心。”

“请不开假！和人家倒班下去转上几天，回来就得连着上几天，太累。”

“唉！看你这样没精打采的，我也挺不是滋味。”

“没什么，我已经习惯了！”

“我估计我走了，你妈和你大舅他们还会给你牵线。现在想一想，他其实也不赖，要不你和他再相处相处，说不准果真是一对。”

“别说他了，行不行？你烦不烦？”

“我知道你呢——净会嘴犟。只要有那个意思了，就要顺着自己的心来嘛。什么时候你归入重色轻友的行列，我也就放心了。”

“谁像你一样，重色轻友！”

“呵呵，到时候你就知道了。”

“滚，下午吃什么？”

“小鹏他们去哪了？”

“他们在那边打台球，等着咱一块儿吃火锅去，怎样？”

“那行，走吧。”

一顿热气腾腾的火锅后，何小鹏又提议去蹦迪。乔江拍手称快。何小敏本不想去。她不喜欢那些灯红酒绿的场所，在那些地方她从来也不是别人关注的中心。久而久之，她也就不爱见那些地方了，每次去了那些地方能带给她的只有出门时比进门时更深的无聊。但是其他几个年轻人也都想去，况且乔江明天就要走了。所以，她也就不便说什么。再说了，到哪也是心烦，那就无所谓到哪了。

傍晚，街道上华灯初上，霓虹闪闪，两辆带着绿顶灯的出租分别载着何小鹏、何小敏他们几个来到风舞迪厅的门前。风舞迪厅脱离了主街道，门面不是很起眼，只有“风舞”两个红字在一条昏暗的小巷里静静亮着。一个穿旗袍的门迎将他们躬身带入，转折下了几级台阶，拐进一道幽门，另一片狂欢的天地豁然洞开：地板随着音乐嗡嗡震颤，灯光跟着节奏强烈旋转。这里是歌的世界，这里是酒的海洋！一名戴耳机的男士正在喊麦。他的手指在键盘上陶醉地跳跃着。有两个三点装的靓妹正分别在两个小圆舞台上疯狂地晃动。她们的腰肢如蛇一般游走，秀发随着脑袋的摇摆忽左忽右地飘洒。底下，人头攒动，熙熙攘攘。一个个全像发疯了似的，全都忘我地摇摆着脑袋晃动着屁股。一些穿黑马褂白衬衣的服务生在这亢奋的人群里忙碌地穿梭。

何小鹏的手指朝空中勾了一勾，一个服务生立即猫腰小跑过来。他对着服务生的耳根喊了句。几个人就被领进一个半圆形的敞口包间，酒水果盘随后摆了上来。服务生麻利地启开半打，顺手将瓶盖一一揣进襟前的口袋。碰了几杯后，乔江拉起何小敏让她去跳舞。何小敏忸怩不去跳，又被何小鹏的那几个朋友强拉了起来。几个男的把何小敏和乔江她们围在当中，随意晃动着身体。乔江即刻就投入了音乐，她双目微醺，身体合着节拍纵情摇摆起来。可何小敏却怎么也放不开手脚，她自己都觉得自己那肥硕的身躯一扭一晃惹人难堪。没跳几下，她又拨开众人，原回到了座位上，将一罐雪碧送至唇边，冷眼盯着这些欢乐的人儿。周围声浪喧嚣，敲击震耳，她却无动于衷，心上滑过一丝凄凉的孤独。那是那种身处热闹之中心无所属的孤独。看看何小鹏和他那些穿T恤衫的此刻正摇头晃脑的小年轻朋友们，她反倒觉得“冰度”酒吧里穿衬衣戴领带的姚根正的身上有一种大男人的冷酷与气度。他的眉宇之间好像蕴藏着一些比她弟弟们更成熟更深邃的东西。

“怎么，难道是爱上他了？”何小敏惊讶地问自己，随后又说，“不会，哪有那么容易。”她一向以为神圣的爱情应该是历经艰难方成正果的东西，怎会来得如此简单呢？可是，为什么近来一不留神，他的身影就会闯进她的心里。尤其是他在滨河公园里的那些窘态，还有他那些诺诺的言语，怎会时不时就会来拜访她呢？她也说不清了。“他现在在哪？正在干什么呢？假如他也来这里，会是什么样呢？也许他也会纵情狂欢，轻浮浪荡；也许他依然是一副不为所动冷眼旁观的样子……”何小敏出神地想着，想象里自己似乎更喜欢他那平静肃然的样子要多一些。迪厅里的音乐更激烈了。红、黄、蓝、绿、紫的光线统统熄灭，只剩下黑白两色急速变换着，舞动的身体出现了重重的幻影。一首DJ版的情歌像重炮一样轰击着人们的心扉：

风来了，雨下了，花儿都谢了。
爱远了，情变了，星星也哭了。
秋来了，叶落了，随风飘完了。
冬来了，雪下了，剩下我一个。
你是真的爱我吗？
为何梦中喊着他？
……

次日，拎着大包小包的乔江和何小敏的身影出现在了拱形的火车站候车大厅。大厅内人声聒噪，到处是皮箱包裹之类的行囊；大屏幕上不停地滚动着开往各地的列车时刻；多个窗口前已排起长长的人流；一个个旅客，有的行色匆匆，有的面容疲倦，有的相互招呼喊叫着，有的自顾躺在长椅上休憩……乔江只觉脑袋发涨，太阳穴处微微向外裂得疼。昨晚酒喝得太多了！起先的场面，她还记得很清楚，起先是一块儿吃着火锅喝着啤酒。只是，后来就有些断片了！她只恍惚记得后来是去了迪厅，又喝，又跳，然后继续再喝……至于再后来是怎么回去的，她就有点想不起了。此刻，她只感到腹中像火一样发烧，口渴得很厉害。何小敏在一个报刊亭前给她买了两瓶冰镇矿泉水。她咕咚咕咚一口气喝了多半瓶，才觉略微舒畅了一些，只是浑身还有些发软。这时，扩音器里播报开往省城的8117次列车开始检票进站。她们两个又穿过两边是不锈钢栏杆的通道进了站台。上车后，安顿好行李，乔江将脑袋探出车窗对何小敏说：“我走了，你照顾好自己。”

“路上别睡得太死。”

“没我打搅了，你正好可以认真考虑一下你的终身大事了。”

“我知道呢，滚——”

“……”

东面调度室的屋檐下响过一阵铃声。各个车厢口的乘务员走上列车，拉起脚踏板，关闭了车门。车头传出一声长鸣，车底“唰——”的一声松了刹车，像是扎破了一个大气囊。所有各车厢之间的连接带骤然一紧，巨大的杠杆开始扯动了铁轮。何小敏感觉脚下的站台轰隆一震，紧接着那震动越来越快越来越轻。一扇扇车窗从她的眼前滑过，也越来越快越来越远。她看见乔江的一只手在向她挥舞着，那只手渐渐变成一个黑点，直至消失。乔江的声音顺着气流向后飘来：“争取十月一带着他，一块儿来玩……”

送走乔江后，何小敏出了车站，她感觉漫无目的没了去处。这几天，上班、吃饭、陪着乔江到处逛，日程安排得满满的。猛然间，乔江一走，却有一种曲终人散的空落。火车站的广场上，阳光直射，人影稀疏。近处，几个卖冷饮的小贩在遮阳伞下打盹。远处，有两三个园林工人正懒洋洋地剪修着绿化带。一个小孩蹒跚学步，他母亲一边在前面给他若即若离地递着手，一边倒退着走。何小敏无所用心地看着，也不急着离去。这时，她包内的手机响起。孔云焕在手机里问：“乔江走了？”

“刚走。”

“你明天下午有事没？”

“怎了？”

“你大舅想请你吃饭。”

“我大舅怎会想起请我吃饭？”

“还请了姚根正。”

何小敏心上一明，嗔怒道：“我嫁不出去，你们就看着不顺眼。”

“你到底去不去？”

“去呢，我去吃饭，又不管有谁没谁。”

孔云焕没料到女儿的答应会如此爽快，之前准备好了的——女儿要是不去就跟她怄气的一些话全没了用武之地，只化作一句：“嗨，老娘都是为你好哟。”

第七章

“你连个恋爱也不会谈？对女孩子你该主动热情一点，怎能不闻不问！难道这些本事还要三姨夫给你教呢？”孔德树在电话里责备姚根正，对他前期的表现相当不满。在他看来姚根正能攀上这门亲事就是他的福分——同样都是上班人，何小敏的家境要比他的好得多，一结婚他就能过上安逸的好日子。他应该使出浑身解数来争取，这才对头嘛。可他也是一副冷冰冰的态度，一点也不主动，所以这让孔德树很生气。姚根正对孔德树的责备说不出什么。要说刚见一面何小敏就一副拒人千里之外的态度，你让他怎谈？这样的话相当于是给孔德树婆婆妈妈地诉苦，显得自己不会讨女孩子欢心，他不想说。其次，他又不能表露自己真实的想法——对于这件事他也只是抱着成也好不成也好的态度，何小敏根本没让他心动到非要争取的地步。他只是在心里略微倾向于能结婚就结了吧，只要她和他在性格上或其他方面没有太大的分歧。至于感情和性爱这些婚姻的真正的要件他倒没怎考虑过。他也像局外人一样拿世俗的眼光综合衡量着这桩婚姻，心上浑浑噩噩，摇摆不定，基本等于是听天由命！所以姚根正只在电话那头木讷地嗯着，只听见孔德树又说：“小敏我又给你约好了，明天下午你来我们家吃饭，你们见面再好好谈一谈。你呀你！为你这事我可没少费心，这回你再不努力，我就真的不管了。”语气里显然是又替姚根正办下了一件功德无量的好事，等着他来感恩道谢。

“呃，明天？”

“怎，明天你有事？”

“这几天有点忙，又要收利息又要给农户评级建档，我怕请不开假。”

“明天不是礼拜六吗？”

“我们农村不说礼拜六、礼拜天，一个月就那固定五六天的休假。”

“这……这……人也给你约好了，总不能——”孔德树有点犯难了。

姚根正又踌躇道：“那……那我明天尽可能来。”

“什么尽可能，要一定来。你跟你们领导请上个假，我想你们领导也不会不通情理吧。”

“嗯。”

“那就这样说定了。”

姚根正又嗯了一声，孔德树这才挂了电话。

星期六，制革厂老工人——孔德树的不到五十平方米的小房间里迎来了三位客人。最后受邀请的姚根正最先来到，随后而来的是孔云焕和何小敏。何小敏还是滨河公园见的那身装束：浅黄色的圆领半袖衫，棕色的短裙，细白的白金项链在胸口露出一截，时不时泛出点点白光。只是她的头发不像上次那样披散着，而是在脑后绾了个髻，髻中又插一支簪子，整个人看起来清爽利落了许多。孔云焕穿一身绛紫色的连衣裙，搭配一双红色的高跟鞋，手臂处挂一个精致的小包。项链、耳环、戒指，金光闪闪珠光宝气，浑身上下洋溢着富丽的气象。任玉霞在嘴里不住唠叨：“你看我们这点家，你看我们这点家，一来个人就没地方落脚！”

孔云焕笑：“制革厂不是快破产改制了，到时分上十几二十万换上一套大房子。哎哟，一辈子就住这点烂地方，也能换一换了！”

“分——说上分也很长时间了，就是还不分呀！”任玉霞一边说，一边将一个水果盘挨个给众人递，让姚根正他们随意挑自己喜欢的吃。果盘里有刚洗净的苹果、橘子、圣女果和一串熟透的葡萄。姚根正拣了一颗小一点的苹果。何小敏轻拈了一两颗零散在盘里的葡萄。

“估计快分了，这次老工人们上访，再没结果，就按原来定下的方案分呀。”孔德树在一个折叠式饭桌前摇着蒲扇说。

“让我说你就别去，告什么状、上什么访！”任玉霞对孔德树说。

“不公平嘛！”孔德树又愤愤道，“厂子干好了，领导们多拿点没人眼红。现在厂子干倒塌了，他们还要多拿！按原先定下的分配方案要跟职务挂钩，这样算下来副厂长以上的要比我们这些人——分得多得多！厂子能干倒塌，说一句良心话——数受他们的害多，难道再让他们多拿？”

任玉霞又说：“人家捞了一辈子了，你还能挡住人家最后捞一回，什么时候也是官官相护！快别上访了、告了，早些安安然然分了算了。分多分少也比一年多不发工资强！”

“为什么不告。”这时，孔云焕在一边说，“原来那会儿怕领导呢，巴结领导呢，现在这会儿谁还尿他们呢。”

何小敏心里一窘，暗自怪孔云焕在姚根正面前口无遮拦地说粗话。她瞅了她母亲一眼，又偷偷看了看姚根正，见他闷头闷脑吃着苹果好像没大理会她们的谈话。任玉霞又问鱼怎么吃，是水煮还是红烧？孔云焕问腌了没？孔德树说全刮好洗净了，就是没腌。“那就水煮。”孔云焕放下手包，“多弄点生姜和葱，我来做。”孔德树笑说：“哦，想吃好饭，还要靠你哩。”接着任玉霞和孔云焕就进了厨间去忙碌。中途，任玉霞寻这寻那进进出出好几次，她抽空隙给姚根正使眼色，意思是：放机灵点，多招呼招呼何小敏，别把人家冷落了。

姚根正感觉今天的气氛好多了，不再是他一个人单方面的努力了，何小敏也有说有笑的，这就容易多了嘛。况且，孔德树还一直在中间穿针引线：一会儿问问他的工作情形，一会儿又问问何小敏单位上的一些小事，三个人谈得既轻松又融洽。吃过饭，姚根正又邀请何小敏：“到外面转会儿？”

何小敏看了看她母亲。孔云焕用眼睛指使她快去。走出孔德树的家门，她打开一把带碎花的粉色遮阳伞。姚根正不远不近地走在伞的外围，碰见路边的小石头他就像踢足球一样地踢。她问他：“之前，你没来过我大舅家？”

“没，从来没。原来一直不知道还有这么个三姨夫，我和我亲生父母那边也生得很！”

“……”

“你叫大舅、我叫三姨夫，咱两个不是亲戚吧？”

“你说呢。”何小敏笑。

“这关系太绕。”姚根正扳着指头翻腾，“听起来像亲戚，实际上又没关系。你们常来呢？”

“也不常来，一般正月里来给我大舅他们拜回年。我们这边舅舅姨姨多，外甥们一来就是一大群，每次一来就跟你三姨说的那样——没地方落脚。我们也只是站一站，把拜年的东西放下就忙着走下一家了。”

“哦，那地方的确太小了，看来普通人要在城里买一套房子真难呀！”

“我大舅他们过日子一直还算仔细——那几年积攒得买下几个地基，这次制革厂破产了，分上点钱就能盖新房了。”

“前几年制革厂还红样了那么一阵子，怎么现在说破产就要破产了！”

“咱这制革厂的鞋你没穿过？”

“穿过，样子不太好看但结实，三年也穿不烂一双。”

“穿不烂，人们有穿的就卖不出去嘛！”

“哦，看来质量太好也能把企业做倒塌。”

何小敏起先没怎留意这话，过后她才觉出幽默，不由得笑了笑说：“质量好也能把企业做倒塌，你那叫什么谬论。”又说，“唉，公家的企业没法说——搞采购的吃回扣，搞销售的也吃回扣，到处都是漏洞，不破产能行。”

姚根正若有所思道：“有漏洞可以堵塞嘛，技术不行可以改进嘛。就会个破产改制，改来改去全是卖尽分光。咱这的一个个企业——毛纺厂、地毯厂、制药厂、制管厂，全都这样给改没了！连一个像样的企业也没有，那产值、就业、税收、财政……这一系列的社会问题怎弄嘛！”

“没看出来，你倒是挺忧国忧民的。”

“说说而已，我连我找对象的事也忧愁不来，还顾上忧愁那些。”他的话拐了弯。她慌乱地向路边瞟了瞟，又有意无意地说了句：“那就好好找呀。”

“这不，正在努力着。”

“……”

何小敏顿觉得心里有一只小鹿在蹦撞。

“你朋友走了？”

“你说乔江？嗯，昨天刚走。”

“这几天你一直陪她。”

“瞎逛呢，也没啥好去处。你呢？”

“在农村下乡。”

“你们下去了主要干些什么？”

“社会上不是有顺口溜么——政府干部下去了主要是催粮要款、刮宫引产。我们呢？我们下去了就是催本要利……”

“黄世仁呀？”

“别说得那么难听好不好！不是黄世仁应该是财神爷才对。”

“我知道呢，听说人家请你们吃饭都要排队，主任们不是更牛？”

“马马虎虎。”

“不像我们——往那一坐，前后不到一平方米，动也动不了，比坐牢还难受！”

“也挺牛的！过往车辆哪一个不是自动停下乖乖缴费。我们有时候还要跑出去风餐露宿呢。”

“那也算牛？你上一上试试。尤其是夜班，一个夜班下来能把人瞌睡死，人也感觉老了许多。唉，现在也被折磨得有点人老珠黄了！”

“胡说什么呢？一点也不显老呀，正是妙龄花季啊！”隔了隔，他又说，“不过熬夜真的挺伤人的！平时打上一晚上麻将，第二天眼冒金星，满脑子都是条饼万，确实受不了。”

“你赌博呢？”

“算不上赌博，耍一耍而已。”

“耍和赌还有区别？”

“当然有区别了。我认为——在一个人经济能承受的范围内，那叫耍，超出了承受能力的那才叫赌。”

“强词夺理。”

“也就那么回事——你说赌博赢来的小车，四个轱辘不会转？只不过是成者王侯败者寇，赢了可以显摆，输了就没的说。”

“感觉什么话让你一说就变味了！上次见你可不是这样呀。”

“上次什么样？”

“西服领带，正正规规，还像那么回事。”

“样子像那么回事，结果却不像那么回事！”

“得，得，打住，不跟你说了，油嘴滑舌！我们去哪，滨河公园？”

“那地方还能去？”

她一时没反应过来，问：“怎了？”

“上次被你一脚蹬得现在还有点疼！”

何小敏自然懂他的意思，脸上虽静止着，心里却觉划过一道光，泛起了难以遮拦的喜悦。她原以为上次的分手对他没一点影响，没料到他也会有那么点痛楚，这就说明她在他的心里并不是无足轻重呀。只听见姚根正又说：“没事，我这人抗击打能力还行，只要别委屈着你就好。”

她尴尬了一下，局促道：“我真的觉得你和上次判若两人。”

他又半认真道："有些人像白开水，初见滚热烫手，再看又平淡无味了；而有的人则像浓酒——需要慢慢品呢。不知你喜欢哪一种？"

"哪一种都喜欢，就是不喜欢你这种——油腔滑调，胡搅蛮缠。"

她白了他一眼，却把手中的伞向他的方向挪了挪。路过一处本地青年绘画者们举办的露天画展，画有山水画、人物画、花卉画……工笔、写意、泼墨，各种画法皆有，作品全装裱过，摆在马路的一边。围观的人并不是很多，他和她放慢了脚步边走边看，也只是约略地浏览。走过最后一幅时，何小敏顺口说了一句："挺不错呀！"

"一般般了。"

"你懂画？"

"不懂。"

"那你——"

"我只知道好画要有意境。比如说，有的山水画要表现的是山势的磅礴，让人一看就有那种大气的感觉；有的山水画要表现的是山势的险峻，让人一看就能倒吸凉气；而有的则是直接画出鸟语花香高山流水的景象，给人一种清爽心情。同样是画一个老人，有的人只能画出皱纹的深刻，表明年事已高。而有的人却可以画出皮包骨头的瘦弱，让人能感觉到衰老背后的一些辛酸和凄凉。很明显，后者的画法就比前者的高明多了。"

"蛮谦虚的，说得头头是道呀！"

"我平时喜欢看一些文学之类的书籍，看得多了，好像就稍微多了那么一点点的领悟罢了。"看得出，何小敏的脸上还是困惑居多，姚根正又给她加以解释："任何包含思想的创作统称为艺术。文学、绘画、音乐、雕塑，这些艺术与艺术之间其实存在着紧密的联系，彼此间有着触类旁通的效果。"

"举个例子——"他继续说，"比如一本好书——你一看就有画面感，里面的人物一个个能跃然纸上，仿佛是活的。同样，好画也应该是这样。比如，齐白石画的蝉——你可以看到蝉翼的透明。他画的虾，没有水，你却能感觉到虾的须在水中浮动。当然，音乐也是这样。贝多芬的音乐你静静地听，欢乐时犹如天使从天而降，雄壮时犹如千军万马奔涌而至，胜过海上的狂飙巨浪，有横扫一切的力量。以此类推，雕塑也是同一个道理。比如米开朗琪罗的《哀悼基督》那更是要细细地品味——圣母玛利亚既没有捶胸顿足地哀号也没有撕心裂肺地发疯，而是安静地超越了所有的情绪，那是一种痛到极致无以言表的悲哀，比哀号和发疯更能让人感到一种心碎肃穆的沉痛。同样，他的《大卫》也跟所有人雕刻的都很不一样——他没有把大卫放在胜利者的姿态里，而是把胜利的意义放在了战斗之前。战斗之前那才是每个人生命的最佳状态，是每个人潜能极限的高度准备。米开朗琪罗好就好在能刻出这种最佳的效果，他硬是用生硬的大理石雕刻出了大卫那柔软的头发，刻出了大卫那紧张的肌肉，也刻出了他那自信与沉稳的眼睛，让人可以看出一种随时准备投入战斗而又必胜的神态。所有这些，当你掌握了作者的思想和意境之后，再回头看这些作品，那就更能看出一些传神和伟大之处了。”

《哀悼基督》和《大卫》何小敏不懂，但是她却觉得姚根正的形象在她面前陡然放大了许多。他的艺术素养和气质让她产生了一些近乎崇拜和景仰的心情。她想起：那天晚上她和乔江在卧室里对他的一些谈论。乔江说他开个夏利车烂得够呛，人却西服革履粉饰得一团崭新，总之不伦不类有点像那种农村一夜暴富的土包子！此刻，她很遗憾乔江没能和她一同在场，没能亲耳听一听他刚才的那番言论和见解。假如乔江也在场，她相信她会和她有同样的惊讶，惊讶她们的第一印象出了差错。而且，她敢断定乔江的惊讶并不会比她的少一点点，因为她确实能感到：到目前为止，同她所有认识的同学同事相比，姚根正也绝不是那种泛泛之辈。他的身上隐隐之中流溢着一种卓尔不群的风范。相形之下，她反倒觉得自己太有点孤陋了，只是顺着他的话接了句：“那些大师们真是太伟大了！”

“伟大的东西总是来源于异常的艰辛！”姚根正仿佛沉浸在某种思考中。

“你说那些大师们是不是都有超人的天赋？”

“那肯定了，有些高度常人达不到就是达不到。但是，多数一流的作品，还是产生于长期的练习。至于那个练习的过程有多艰辛，那恐怕只有搞过的人才能有所理解了！”

“这就叫宝剑锋从磨砺出，梅花香自苦寒来吧？”

“也是一个才女呀！”

“跟你这有文化的人在一起，能不附庸风雅吗？”

“别贬我行不行？”他耸了耸肩膀。

“谁贬你了，”她又笑了笑，说，“说你有文化还不好？有时想一想那些大文豪、大画家、大雕塑家……真的让人挺佩服的。”

“就那样——当一个人在某一领域里有了突出的才能，那么他的光辉就可以遮蔽一切。人们甚至会把他的某些缺点和癖好都膜拜为个性和风采。爱因斯坦经常蓬头垢面，光穿个睡衣，趿拉个拖鞋就跑上街了。但是，因为他是爱因斯坦，人们都会说那叫不修边幅。普通人那样试一试，人们肯定会说不是个疯子就是个神经病。唐伯虎整天醉卧花街柳巷，人们却说那叫风流倜傥。普通人喝得醉醺醺的让人看见在那些场所游荡，你说那会是个什么概念？”

“什么概念？”

“那还用问，当然是一个个嗤之以鼻了，至少要给你定个好色鬼混罪。”

“那就别鬼混呀。”

“食色性矣，人人心里其实都向往着鬼混！”

“你这人，说着说着就歪了！”何小敏嘴上虽这样说，心里却觉得姚根正即使是歪邪不恭，却也不无道理。不觉中，已来到繁华地段：街道十字相交，车辆喧嚣，人流密集起来；红绿灯间隔交替指挥着交通；四周的商场店铺一家挨着一家，一家比一家辉煌高档。在一家商场的门前，姚根正说进去转一转？她顺顺跟了进去。商场内灯光如织，衣服、首饰等一些商品被柜台里的射灯耀得熠熠生辉。一曲萨克斯吹奏的《人鬼情未了》在空中萦绕，曲调舒缓音色凄婉。他们缓缓转悠。走到一个卖皮具的柜台前，姚根正停了下来。一名标致的女营业员立刻笑脸上前。他指了指一个女式挂包。营业员拿了过来，说：“这款是今年最流行的，卖得挺好，搭配她肯定好看。”

显然，营业员是把他们两个当一对情侣来看的。何小敏也看出姚根正的心思是想给她买那个包呢。她往前拽了拽他的衣角让他走。他站着没动。营业员已将包向何小敏递了过来：“来，来，挂上试一试，感觉感觉效果嘛。”姚根正也让她挂上看看。何小敏推辞不过，也就试了试。她挂上那个包在镜前正面照了照，又从侧面摆了一两个姿势。果然，他的眼光就是不赖：那个包是由奶油色和深灰两色的正方框罗列而成，样式简单大方，颜色整体明朗却又不扎眼。无论从手感和质感哪一方面来感觉都挺不错，挂起来明显比她现在的这个包有品位多了。这当儿，营业员一直在一边不停地给姚根正说着：“你看，你看——她挂上多好看？多大气时尚呀，简直是量身定制！”

说心里话，何小敏也有点爱不释手，只是又想着以她目前和他的关系来说，还没到能接受他礼物的份儿。况且，她已在试的当中偷偷看了看那个包的吊牌价——价格当然也不菲！她就越觉不太合适，强忍住心中的喜欢放下那包，又对姚根正说走吧。他问她感觉怎样？她不答，只说家里还有包呢。他说各是各的样嘛。营业员又对何小敏说："真的挺好看！你看那颜色和你现在穿的这身多搭配，大小也刚好适合。哎哟，挂上就太有气质了！"

何小敏的脸上闪过一丝犹豫的神色。

"打折不？"姚根正朝营业员问了句。

"看你也是痛快人，实心想给女朋友买呢。一口价——八八折。"

"开票。"他已从口袋里往出掏钱夹子了。

买这么个还不算太便宜的东西就这样如此潦草！何小敏又觉得这似乎太有点不妥和不慎重，好像商品也会在这样的随意里减值。她又轻轻拉了拉他的手，说："走嘛，再转转看。"姚根正说就这个定了，他看见她挂上确实好看。她看出再阻拦他也没用，又问营业员："八折也行了吧？"

"这已是最低价了，低了这个价真的没卖过。你放心，一文价钱一文货，有什么质量问题，你可以随时过来更换。"营业员最后一遍做着何小敏的工作，同时已按开了计算机。

付了款，出门后，姚根正将包向何小敏的手里递："把这个挂上，你的那个，来我给你拿。"

何小敏迟疑了一下，未接。

他硬往她的手里塞，又说："送给你，拿着嘛。"

"你急什么急，也不说砍砍价，八折她也肯定卖呢！"

"哎呀，八折和八八折能差多少，只要你挂上好看就行了。"

她的心霍地被感动了，仿佛长久以来四周那层坚硬的保护膜正在开始销蚀和剥落。她这才知道自己并不比其他的女人对衣服和包包这类东西的诱惑能多一点点的抗拒力，对于男人的慷慨和大方她实际上也不会有半点的反感。随后，她又像记起什么似的说："她说给女朋友买呢，你也就在那胡乱点头？"

"我点头能算数？什么时候也要你点头才能算数嘛。"他带点死皮赖脸说，转而又正经道，"不过，真的希望有朝一日能看到你的点头。"

"想得倒美。"

何小敏挂上新包、撑开伞，噔噔向前走去。

姚根正拿着她那个旧包，屁颠屁颠跟在后面。

天空仍然是一样的天空，街道仍然是一样的街道。只是何小敏已觉得自己走进了另一个世界里：阳光从未如此明媚过，空气从未如此清新过，连同街边那些嘈杂的噪音也变得是那么地悦耳！

之后的日子里，何小敏和姚根正又一起逛过几次街，吃过几次饭，也去过一些咖啡厅、KTV 之类的地方。无论走到哪，她从他脸上都看不出那种没见过世面的寒碜与俗气。他总是一副从容的样子，对她既没有匆忙讨好的献媚也没有迫不及待的妄为，只是时不时又说一两句语意双关的话语，这令她常常脸红心跳。“他喜欢我吗？他爱我吗？”何小敏在私下里琢磨，又觉有些不足为凭。回顾他们的交往，他对她的追求算不上是十分地热烈，一直好像是正规的业务洽谈，客气有礼而又不逾分寸。她在心里又有些拿不准和不踏实了。她努力挑拣一些他有过的神情和举动来加以分析和印证。有一次，在她想来应该是确定的——他应该也是爱着她的。那次是在影院里，银幕上放的是爱情剧：男女主人公深情相对默默无语。这时，他的手在黑暗中握住了她的手，指尖触碰到了她的手掌心。最初的那一刻，她的心差点要跳出胸口，几乎快要窒息，浑身紧绷着，手慌乱得想要抽出却又没能动弹。随后，她又觉得有股奇异的欢乐在血液里慢慢升腾，仿佛他的气息跟她的气息在无声中缓缓接通。她知道自己的一颗心已经落在了他的身上。从此，他们之间不再那么一本正经了，变得随意起来。没有姚根正的日子何小敏开始怅然。不知打什么时候起，她也主动给他发开了信息、打开了电话。打电话要说什么其实她还没想好，只是手指就已拨了出去。说来无非是想听听他的声音，想知道他在干什么。电话那端他所在的地方也因为有他而让她觉得格外生辉而又心驰神往。一个大夜班后，她计算着时间比较宽余，在超市里买了一大堆的零食和水果，又在一家专卖店买上那件几天前就为他看好的夹克，就去了他的单位。

姚根正的宿舍不大，既是寝室又兼办公室。一张桌子，一把椅子；一组三件套的木材沙发，中间摆一条茶几；一个玻璃门立柜，立柜下层叠着放衣服，上两层摆一些书籍——有金融法律类的，有文学名著类的。书都不是崭新的，棱角处已起了毛边，看得出他平时经常翻阅。墙角那张单人床上仍铺着他上次刚买回来的那块竹片凉席。床上的被子叠得方方正正，枕头平放在被子上面。床头挂一幅《泰坦尼克号》的黑白剧照：露丝和杰克在巨轮的前端振臂翱翔。整体看来，宿舍的陈设简洁空落，却也布置合理，没有单身男人通常的那种脏乱，给人一种情调清雅的感觉。

“这就是你的宿舍？”何小敏扫视了一遍，把提来的大袋小袋往桌上放。

“怎么样？”姚根正边给她倒水，边说，“坐，坐呀。”

“还不错，比我们的办公环境好多了！”她在椅子上坐了下来，又问，“论起这离城也不太远，怎么没班车呢？”

“一天一趟，你错过点了。打的出了多少？”

“六十，没挨宰吧？”

“正常价，这里的人很少打的，你打一趟的就相当于人家坐了十二次班车。”

“你给报。”

“太昂贵啊！”

“谁让你说上来玩，完了我怎么回呢？”

“这你不用担心，当然是我送你了。不回也有住处呢，可以跟朝露一块儿住。”

“不行，我没给我妈说去哪了，一会儿又要催了。”

她喝了口他倒来的水，看看窗外静悄悄的院落，带着城里姑娘不常来农村的新奇说：“嘿，一个人也没，真清静！有时觉得农村也挺好的。”姚根正说这段时间是淡季，来单位的人少，春上来贷款的人那真是源源不断，根本没她想的那么清闲。何小敏一时又觉无聊，试着学姚根正平时办公时的样子——坐直了身子，绷着脸问他：她像不像一名信贷员？

他立即装出一副求人办事的面孔，逗她：“何主任想贷点款，行不？”

她哧地笑出声来，说：“不给你贷。”

“不给贷你们吃什么，我们贷户可是你们的衣食父母啊。”

“来找你贷款的，有你那样的？”

“没，一个个都诚惶诚恐，生怕不给贷。”

“蛮神气的，有钱有权就是好！”

“嗨，芝麻大点权力，有什么了不起。”

何小敏无所事事地拉开桌子中间的那个抽屉，里面全是些办公用品。她合上后，又拉开右下角的一个，见里面放一本影集和一本毕业纪念册。她随手拿出来翻看。大学生已初步懂得了世故，毕业纪念册上的留言——赞美之词多于中性的言辞，大多是预祝今后在事业和爱情上能够取得双丰收。她走马观花，兴趣不是很浓。突然，一行娟秀的字迹映入她的眼帘：

保持联系，好吗？留言者署名唐娟，旁边还附一张照片。照片里的女孩秀发飘逸，面容姣好，穿蓝格子半袖衫牛仔短裤，倚在一株垂柳下。何小敏本能地就停了下来，对着那个女孩细看起来，只觉得那单单六个字的留言好像封盖了一段悱恻缠绵的往事，有一种曾经沧海已无须多言的意味。之后再翻影集，拱桥园林，锦绣山河，他到过什么地方她已不再留意。她只想找找看再有没有那个女孩的照片。果然，又有两张：一张是在华山之巅，姚根正和那个女孩的头发被雨水淋得稀湿，气温好像很冷，她依偎在他的怀里取暖。另一张是在一个饭店的雅间里，他们两个脸贴着脸共同吹一个生日蛋糕上的蜡烛，周围的同学在拍手道贺，女孩的眼睛里荡漾着幸福的光辉。“哦，果不出所料——他不可能没谈过恋爱呀，他的过去倒是蛮浪漫啊！”何小敏涩涩地想着。他的过去她谈不上忌妒，也不是很难受。没有过去的男人，她反倒认为有点稚气，可也又不能完全释然，仍不免有些丝丝缕缕的醋意。

“唐娟是谁？”合上影集，何小敏看似轻描淡写地问。

姚根正的心霍地一动。心动倒不是因为何小敏发觉了他的过去，他有所顾忌，而是她提到了唐娟的名字。本来他已不再想起唐娟，他想唐娟最厉害的时间是他刚参加工作的那一阵子。那时，他们刚刚从学校分离，他和唐娟曾经在一起的点点滴滴，总是稍有闲暇就从他的脑中往外冒。像经典电影里的桥段，令他反复咀嚼回味：他们一块儿吃饭，一块儿游玩，一块儿看通宵录像的甜蜜情形；他们闹矛盾，她喝得跌跌撞撞来骂他是混蛋的情形；还有她不理他，他为了表诚心在女生公寓楼底痴痴等她的情形；这些情形总在他的脑中闪现，令他难以忘怀。最难忘的是，毕业那天，他先走，唐娟来车站送他。当卧铺车开出很远，他探出头向后张望时，她仍然伫立在原地。天空细雨蒙蒙，凉风习习。她的身影在风雨中瑟瑟发抖，越显得形单影只。他分不清自己脸上是泪水还是雨水，只知眼前一片模糊，嘴里喃喃道：“别了，亲爱的恋人！别了，纯洁的初恋！别了，美好的青春！”

那时，每当想起这些情形，姚根正就会好长一阵时间里恍然发呆，恨时光不能倒流。他想给唐娟打电话，可他刚参加工作的第一个信用社，单位里只有那部落后的手摇把式的电话机。从一个邮电所摇到下一个邮电所，再从下一个邮电所摇到县级邮电局，千回百转才能对接，而且话费昂贵。加之，一路竖着耳朵的话务员和嘈杂的噪音又让他们根本无法畅谈。他给她写信，信件飞越万水千山，一个月后再收到复信时，早已面目全非，和当初写信时的心情对不上了号。慢慢地，距离隔断了思念，时间治愈了忧伤。他想起她时不再那么心如刀绞了，看到她的赠品抑或听到别的同学说起她时，也不再那么激动难当了。确切地讲，应该是后来和朝露有了巫云楚雨的关系才将唐娟逐渐替换了。前者如淡淡的茶花正在记忆中远去，后者如火红的罂粟正在当下里怒放。然而，时隔多年，今天当何小敏再次提起唐娟时，他的心里仍会泛起一层涟漪。一种久违的情感又飘然而至，唐娟的面容宛如又在昨天。他这才知道：他实际上从未将她彻底遗忘，而是埋葬在心底一个很深的地方，不愿轻易触动罢了。

“唐娟是谁呀？”何小敏又问了一遍。

“同学。”姚根正回过神来搪塞着。

“同学？恐怕没那么简单吧？”

“关系比较好而已。”

“装呗，不是你的初恋情人？”

“那时不是没遇见你嘛！”

姚根正言不由衷的瞎话张口就来。这时，朝露却已倚在他的门框边问：“你那再有票没？我要结账呢。”早上刚交过票，朝露只是借口来看一看何小敏。从何小敏提着大袋小袋一走进信用社大门的那一刻，她就在办公室里瞧见了她，也猜到了她是谁。当时她就想走出来，又觉太急切有些不妥。于是隔了一会儿，找了这么个公事公办的理由。姚根正当然也心照不宣，镇静地说了句：“没了。”又让朝露进来坐。朝露站着没动。他从袋子里拈了一颗橘子给她递，同时指了指何小敏说：“我朋友，何小敏。”又看了看朝露对何小敏介绍道：“我们会计，朝露。”

这两个实际上早从姚根正口中就已认识了的只是还没见过面的女人，相互颔首微笑了一下，彼此迅速将对方从上到下打量了一遍。何小敏感到朝露身上有股她所不能达到的成熟女性的风韵和气质，这让她无形中就产生了一些羡妒和焦虑。虽然她知道朝露已经结了婚，是一个四岁孩子的母亲。无论从哪一方面来想，她认为朝露和姚根正不会、也不应该有什么染指。可是任何一个能和他便利相处的女人，仍又让她不由自主地就多了这么一分提防和危机感。尽管她对她微笑着，心里却清楚地知道她们只是面子上的敷衍，永远也不会走心。这是一种先入为主的定位，说来很怪，有时却也很准。

朝露看见何小敏并不漂亮，比她原先想象中的要差远了。她自信对男人而言，她的姿色要比何小敏强上很多，有绝对的优势，可她还是一点也高兴不起来。因为她刚过来的那会儿，正看见姚根正对着何小敏点头哈腰。虽然她没听见他说的那句“那时不是没遇见你嘛”的话，但是她能看出来他是在向她献殷勤，讨好她开心。这让她又立即妒火中烧，对他们之前的关系产生了质疑。“他对谁都是一样地逢场作戏，他对谁都是一样地三心二意！他才没有真心爱过我呢！他的心里究竟更爱谁？”她在心里想着，只觉浑身有股恨意袭来，仿佛本来专属她的权利被人抢分了一样。她真想面带鄙夷狠狠地挖苦姚根正：“你就是一个骗子，我再也不会相信你的那些鬼话！你对谁都是一样地滥、一样地贱……”可是这种恨意又不能持续很久，转而却变成了另一种欲罢不能的难受。她又想死死抱着他，低怜地乞求他：“别跟其他的人好，只爱我一个，行吗？以后我什么都听你的……”所幸理智还在支撑着她，使她仍能照常行事，也就是机械地点头，勉强地微笑。

“不了，你们聊，我先过去了。”朝露没接姚根正递来的橘子，强作大度地说了声。说罢就匆匆转身回了她的宿舍。

“忙什么，吃一个再走嘛。”姚根正拿着橘子追了过去。

“你赶紧过去，把人家冷落了，我可担当不起。”朝露在她的宿舍里往走赶他。姚根正想向她解释点什么却又无从开口，只怔怔地站在那里。隔了一会儿，他又苦笑了一下，说：“我……我……我想给你说……”

“说什么？我不想听。”

“其实……其实……我根本……根本不……”

他的声音有点哽咽，面露一时难以向她说清楚的痛苦。她能感受到他内心的矛盾和挣扎，不用他说出来她也能想来他要说的是：他根本不爱何小敏。一时，她又觉得自己的心被软化了，只呆呆地不知所想地沉默在那。

姚根正又说：“我能有什么办法！到了这个年龄，父母在催，社会的眼光在催！如果我能跟你结婚，那将是我最大的幸福。可是有些事你也知道，并不是能由着我们任性而来！也许我正朝着一条错误的道路走去，可是这条路除了你和我，符合任何人的期望呀。”他对她感情上真实存有的深度使他的这番话说得很恳切。

“你真的赶紧过去，让她觉见呀……”基本是同样的话朝露又说了一遍。只是这次她说得声音很低也很急切，没了之前的愤怒和恼恨，而成了对眼前情况的真实担心。当她明确知道他的身心仍倾向于她时，她又感觉她对他的情欲有所升华了，刚才那痛苦和忌妒的心情仿佛减轻了许多。不知为什么，她真的想让他过去陪何小敏，甚至是他能对她好一点。

“一会儿我请你们出去吃饭。”姚根正把橘子放在了电视顶上。

“她喜欢吃鱼不？红梅那有鱼呢，东子昨天刚从水库里打来的。我请你们。”感情上已降温了的朝露，又恢复了常态。她想着何小敏是第一次来，由她来做东会更好一些，那样也能给姚根正争个面子。

“还是我来吧，你代我请一下庆国他们。”

“我一会儿就出去，让红梅先做着。”

“嗯，那我先过去了？”

他在取得谅解后并没有得意忘形，仍像犯了错的小学生那样征询道。

她点了点头，朝他惺惺相惜地瞥了一眼。

红梅饭馆里，曹庆国、曹柱、东子、姚根正和朝露这些人又围坐在了一起。只是因为多了一个何小敏，众人又觉得比平时拘谨了许多。饭桌上明显是客气有余，欢快不足，人人都有些放不开手脚。何小敏也知道这是由于她的缘故。并且，她知道，他们这些人都是在用一种审视一个新人的眼光观察打量着她，而且他们还会在她的背后交换这种眼光，品评她的优劣。这让她也很不自在。虽然她跟朝露时不时寒暄一两句，说什么城里有哪家新开的商场，说什么曹店镇一些特有的风光，却也分明能感觉到彼此是貌合神离，心不在焉。所以，她心里只想着能早些离开饭桌。见打开了酒，她几次暗示姚根正让他少喝点。可姚根正不大理会，仍招呼众人好好喝。后来，她见他又打开了酒，忍不住说：“你完了不送我回家了？”众人自然识相，匆匆收了场。姚根正心中却有点不悦，觉得何小敏有点不合群、上不了厅堂！结账时，曹庆国抢着要买单。姚根正在一边阻拦。红梅说都不用抢了，朝露早付过了订金。两人这才停止争攘。曹庆国又附在姚根正的耳边低低调侃：“有本事男人，今天是大的二的欢聚一堂啊！”

慌得姚根正连连对他嘘气，让他别捣乱，小心被何小敏听见。饭后，没过多久，他就送她回家。这时期，从曹店到遥平的路面已全铺上了沥青，只有几处边沟护坡之类的附属工程还在完善中。多年里，受尽了坑坑洼洼土路的束缚，猛然间通了油路，使经常走这条路的每个人都有一种插翅飞翔的舒畅感。姚根正放开了车内的音响，加足马力向前猛开着。何小敏让他慢些。他自豪地说他们这现在也成了城关镇，用不了半小时就可以进城，并且让她计时看他能不能准时到达。她又劝他：“你慢一点，谁又不和你比赛。”隔了会儿，突然又问：“平时你们单位上就你和朝露两个人？”

他立即闻出她那火力侦察的味儿，刻意往清撇道：“郝主任大多数时间也在呢。”又说，“她丈夫也经常来看她呢。”

她反倒觉得是自己太有点多疑，不再说什么。突然，她看见一辆摩托车从道路一边的一个树巷里飞驰出来。她慌忙拉他的手臂，说：“看——看——”

姚根正一脚急刹车，车后胎与路面擦得冒了一缕青烟停了下来。那摩托车却从车头绕了个大弯，扬长而去。他心惊之余，忍不住骂道：“日你妈的，赶着投丧去了？”由于刚才的急刹车带转向，车后身几乎横了过来。何小敏被惯性甩在了他的身边。此刻，危险虽然过去了，但是她的手臂仍然套在他的手臂里，似乎不愿起来。他看出她还在期待着他有进一步的行动。他低下头，吻了她。

何小敏闭上眼，脸颊烫得像火烧，把舌尖热烈地伸进了他的嘴里。吻后，姚根正觉得怪怪的很不舒服。既没有他当年吻唐娟时那种怦然心动的感觉，也没有他现在吻朝露时那种急着想撕去她裤子的感觉。至此，他彻底探明了自己的心底：实际上，近两个月以来他从没有过想要占有何小敏身体的冲动。他只是凭着对两任情人的经验和对女人一贯的温文尔雅，就轻而易举地把何小敏朝着婚姻的殿堂引近。现在他已差不多获得了成功，但是他却感觉不到丝毫的高兴。

“我一点也不爱她呀！”他在心里嘀咕道。可是这样的话他已说不出口了，她对他的真心实意已使他拿不起狠心去伤害她了。于是，他又想：“不过，我们两个在其他方面应该还算是般配呀——同龄等岁，都有工作……也许我们可以像做朋友那样做夫妻的。”

“想什么呢？”她张开五指在他的眼前晃悠。

“没想什么。”他难堪地笑了笑。

“又想你那唐娟了？”

“没有。”

他只轻轻摇了摇头，不再跟她去辩解。让她吃着陈年的干醋，总可以使她放松一些对眼前的警惕。

“以后可不许再想那些娟了、丝了的，知道没？”

俨然，他刚才的那一吻已相当于给了何小敏一种权利和承诺。她已经开始用未婚妻的口吻对他说话了。

“一定不想。”

姚根正又是一句空口白话的保证。同时，他在心里已预感到他们的婚期会如期来临。

第八章

婚期没有像姚根正所确信的那样准点，而是稍稍晚了一点。从理论上讲，结婚完全是两个人的事，只要双方愿意，到民政局领个盖钢印的红本子就算完事。可实际中，这样结婚的能有几对？实际中，结婚是关乎两个家庭的一件大事，那是一套古往今来一直延续下来的几乎没变过的程序，那也是一场需要有亲朋好友们来参与和见证的喜庆仪式。当姚根正和何小敏如火如荼有了进展时，孔云焕就开始关心起那些另外的事来。她问孔德树："他们两个现在倒是火彬彬的，形影不离。你也该问问什么时候订婚、结婚这些事了吧？提亲、看日子、明媒正娶这才是个理么……"

孔德树哦了一声，说他这就去商谈。

孔云焕又说："彩礼、衣裳什么的，那些都是小事，最主要的是房子。要是城里没房子，那就凑现在谁也没把谁裁坏剪坏，趁早拉倒算了。"

孔德树知道大妹子的心病终究还在房子这块。随后，他就去任玉凤家转告了女方的要求。听了孔德树的中心意思，任玉凤说："我们的家底你还不清楚？老大老二结婚时，你二姐夫他还在位子上，就那也是捉襟见肘，只摆了两场普普通通的筵席。至于房子，哪个不是娃娃们后来靠自个的工资才慢慢买下的。现在，越发他也退休多少年了，我们两个就靠那点死工资过日子！你说让帮上个一万、两万的，那还能行，再多了我们也确实拿不出来，这你该清楚吧？你就不能先给何家说一说，看房子这些事缓后一步再说行不行？"

"唉——"孔德树叹了一口气，"那几年条件普遍不好，有些结婚没房子还能勉强说得过去。现在这几年，你要娶个城里姑娘，又是个有单位的，没房子那哪能行？打个颠倒，自家的女儿往出嫁，男方要是没房子，你会怎么想？现在的房价又那么贵，半辈子租赁个房子，风雨飘零，还得时时看人家房东的脸色。让你说——你也舍不得把女儿往出给吧？嗨——房子这事无论如何还要想办法往下弄呢，要不我也真的不好说了。”

任玉凤又说买房也罢不买房也罢，这事说到底还要先跟老姚商量商量了，看看老姚准备怎么办呢。毕竟姚根正已给了人家，姓的是姚，又不是姓吕。按理说老姚才是正主家，他们只不过是个副主家而已。这些大事终归还要看老姚怎么承头出力呢，指靠他们那无非是个添风补雨嘛。紧接着又说：“唉！估计也是买不起，一个农村人哪来那么多钱。”

孔德树想了想，道理倒也是这么个道理，不管长短他应该先跟老姚通上个气，探探底再说吧。于是，他第一次跟姚守健正式接通了电话。

“老姚，”孔德树在电话里这样说，“我是吕双仁的三挑担。咱在他们老大老二的亲事上还见过面，你记得不？我叫孔德树。”

“哦，记得，记得。他三姨夫，甚事？”身躯佝偻、两鬓斑白的姚守健想不来这位从来也不来往的亲戚会有什么事来找他。

“哈哈，天上掉馅饼的好事让你老姚给等上了！儿媳妇马上就要进门了，你恐怕还不知道吧？”孔德树爽朗地笑着。

姚守健仍是一头迷雾，愣在那里。

孔德树这才把姚根正和何小敏的事，前前后后根根由由地细说了一遍。临了，还不忘夸了一夸他大妹夫家的经济实力。最后又说：“媳妇也绝对是个好媳妇！人乖静本分又实在。”

姚守健那张皱巴巴的老脸上泛起了笑容。有人给自己的儿子提亲，这让他心里乐开了花。他连连道谢：“实在是让你费心了，他三姨夫；实在是让你费心了，他三姨夫。”

“我费点心没什么，谁让两边都是我的外甥呢？手心手背都是肉，你说是不是？哈哈！”

“那是，那是。”

“现在总算是费心也有了点眉目，这些天我看两个娃娃心里倒是很愿意了。”说到这时，孔德树又转为设身处地的口吻给姚守健说，“只是咱这当老人的人恐怕又苦轻不了了！嗨——儿女的事就是咱这辈子最头疼的事！”

姚守健虽老实巴交，但也能明白孔德树的意思。他说：“那肯定了。结婚就得花钱，这是十辈的规矩，咱也不能例外。有什么礼数，他三姨夫你就说，只要能把家给他成了，我的一桩心事也就算了了。”

“那我也就不藏着掩着了，成与不成咱都说在明处。彩礼钱、衣裳钱、给儿媳妇买点金银首饰钱，这些该不用说吧？再说了，给点衣裳钱、首饰钱，到头来还是咱自己的一口人穿了戴了，又没给到外处。”

“那是，那是。”姚守健诺诺应承道，又说，“就怕你们城里的这些乡俗和我们农村的不一样，高低等格有差别呢。”

“也差不多，城里和你们那的农村我都了解。现在城里一般的彩礼钱也就是两千四，和你们那没大差别吧？至于衣裳钱那就没等格了，人家有钱的三万两万也给呢，没钱的也有给三千两千的。金银首饰也没个具体规定，三金还是五金，白金还是黄金，还是黄金白金都给呢，那就要看你的门户了。逢事遇主了，各有各的样。”

姚守健小心翼翼说：“高的咱肯定比不来，但是咱也不能太低，什么事也要能给众人交过眼了。你说呢？”

“这些都不是问题，都好说。”孔德树说，“老姚，现在一眼能看到底的是，根正将来不管在哪工作，肯定要在城里安家落户。但凡有个工作的女孩，人家就不可能跟他到农村的单位住，也不可能回你那大川镇的老家来住。这不现实，你说是不是？”

姚守健听得心里咚咚像敲鼓。

“与其说将来在城里买房子，那就不如抓早动快现在买。”孔德树继续说，“凑现在的房价还不是太贵，按我看城里的房价还要猛涨呢。听我们挑担说你们现在在城里还没房子。我也不知道你的经济实力怎个？如果稍有实力的话，你就应该首先考虑这事了。既要结婚总得有个地方住，你说是不是？”

“那倒是。”姚守健实在想不来还有什么话可说，又没一点底气地问了句，“城里现在的房价大体怎个？”

“一般点的得二三十万，好一点的就得三四十万。”

姚守健不禁倒吸了一口凉气，叹道：“唉！不怕你笑话，他三姨夫，那么高的房价我连想也不敢想！”

“现在买房的渠道也多呢。二三十万不一次性付也可以，有首付有按揭，其实手头有个十万八万也就能——”

“唉——”姚守健长出了一口气，欲言又止。停了片刻，他又怯怯地说：“他三姨夫，你能不能跟何家再商量商量，看先不买房子行不行？”

“这个——”孔德树为难地说，“这个，我肯定给你说不通，老姚。假如你现在买下房子，我敢给你打保证——房子装潢的事你就不用管了。从里到外，从家具到电器，连同锅碗瓢盆，我想我妹夫肯定会给他们备办得齐齐全全，而且还要装得漂漂亮亮。可是现在这么个，我就实在不好说了。”

姚守健愁肠得站在那里，好久没了反应。

孔德树半天听不见回音，又说：“不管长短，老姚，你再考虑考虑。实在是现金不够，还能跟亲戚朋友抓借了吧？一次性把事情弄到位，得利的是根正。我妹夫家要房子，说到底也是为了根正他们。你说是不是这么回事？咱现在也不忙，你再好好想想。咱好事多磨，好事多磨嘛。”听得老姚又沉闷地嗯了一声，他这才挂了电话。

挂断电话后，姚守健提个猪食桶在原地转开了圈圈。他原本是回家来给猪舀吃的来着，却被这个喜忧各半的电话打得有点头大了。过了老半天，他才看见自己手里的猪食桶，这才记起先前还要干的活。他又走进灶房，舀了半桶玉米糊和烂菜叶提到院墙外的猪圈来，把猪食倒进了猪食槽子里。一头胖黑猪和一头小猪崽立即哼哼过来，把头挤进槽子里吭哧吭哧吞个不停，弄得菜汤四溅，还把几片菜叶掀在了它们的脑门上。姚守健屈一条腿半站半坐在猪圈的矮墙沿上，一边看着猪吃食，一边给自己点了一锅旱烟，心思又比先前一点一点活泛开来，慢慢地想着：“媳妇倒是个好媳妇——城里姑娘，有工作，家境又好，配自家应该是绰绰有余。人家要点彩礼、衣裳钱，这没什么，自古结亲就有这些礼数。退一步说，人家就是要房子也不过分，将心比心，换了自家也会这么做。况且，孔德树刚才已经把话给撂明了——只要自家能买个空房子，人家就会给装潢，并且配置得齐齐全全。只是自家现在的情况太不行了！嗨，别说是自家花大头人家花小头，就是人家花大头买房子，自家花小头只装潢一下买点家具，那也是困难重重呀！”

自家现在的情况姚守健心上是再清楚不过了。刚才孔德树说“其实手头有个十万八万也就能——”，他长出了一口气，欲言又止。其实他要说的是：“唉！他三姨夫，你不知道——那几年手头上还有两个钱，可是在老家修了一处地方又花光了。这几年，我也老了，根正又上了几年大学，这对一个农村家庭来说确实是够呛——几乎年年挣得赶不上花，一年下来还得点倒负。直到现在才好不容易刚把饥荒给还完，手里真的是空空的！”可转念一想，他又觉得给人家说这些穷了吧叽的话有什么用？家家有本难念的经呀！于是话到嘴边他又咽了下去，改为："你能不能跟何家再商量商量，看先不买房子行不行？"心上想着只要何家先不要房子，自家就是再负一次外债也要把彩礼、衣裳、首饰这些聘礼弄得像个样。不比最高的，但最起码也要弄得中上等一点。三万五万的外债对姚守健来说还不是特别地害怕。他相信凭他和儿子两个人努力，这点饥荒还是有办法能还清的。但是，孔德树之后的一箩筐的话表明：何家非城里要房子不行！这就严重地超出了他的筹措能力！二三十万、三四十万，这对姚守健来说，那完全是个天文数字，他这辈子连见也没见过那么多的钱，更别说是让他去借、去赚了！

姚守健一生只是个普普通通的庄户人。吃苦、耐劳、能受罪、不偷懒，这些一个优秀庄户人所必需的品质他全具备。种庄稼、犁地、施肥、打农药、饲养大小牲畜，这些营生他全在行。打土坯、烧砖瓦、劁猪崽、掌蹄铁，掰开骡马的嘴唇看一看几岁了，手搭在褡裢底下和人家捏一捏成交价，这些活计他也全会干。他一生从不喝酒，更不会赌钱，平时一分钱恨不得掰成两半花，从早到晚像蚂蚁一样地劳碌就是他生活的全部。年轻时，他砍柴放羊；中年时，他在农业社里参加集体劳动；至七十年代末八十年代初，那些反冒进、"大跃进"、砸锅炼铁、吃大锅饭、"四清"运动、大字报、批斗会、政治夜校、农田基建会战……好多轰轰烈烈的场面猛然间在中国农村这片广袤的土地上不见了，四下里的村庄全一下子变得寂静起来。这时，姚守健才和大多数农民一样从懵懂中逐渐反应过来——时代已经变了，政策开始放宽，另一种商品经济的细胞正在这个社会的大肌体里悄然蔓延。过去一些被认为是投机倒把，走资本主义路线的商贩活动现在已经被允许了。白猫黑猫抓住老鼠就是好猫，鼓励一部分人先富起来，带动另一部分人后富起来，已成了新时代的标语。要想过上好日子就得农商兼顾，双管齐下，单从自留地里刨挖只能解决温饱问题，并不能解决其他日常用度的紧缺。于是，姚守健也同大多数农民一样——跳入了改革开放的洪流，利用农闲之余干开了他自己的副业。

但是，他所能干的也只是吃苦卖力的小本买卖。他从他们大川镇老家出发，向北走六十公里后到达遥平县城，经过遥平县城再向北走，然后到达姚根正现在工作的那些地域，甚至更远。在那里，他买几头牛马驴骡或者一群山羊绵羊，赶回老家饲养一段时间后，然后再贩卖。一路上干粮自带，昼走夜行，困了打个盹，实在累得不行了，就绊住牲口的腿在路边歇一会儿。有时，汽车的喇叭或灯光会使个别牲口受惊，他就得一个人前追后撵地忙乱一阵子，把牲口重新赶在一起。有时，烈日炎炎猛然间会来一场暴雨，他和牲口就会被淋得浑身哆嗦，牙齿咯噔噔发响。有时，寒风凛冽冰雪飞舞，他和牲口照样得深一脚浅一脚地走在那茫茫的天地里，滑倒了站起来，接着再走。就那样靠着从牙缝里抠、血汗里榨，数年后，他又在老家盖起了一处像样的房子。之前他住的是自己在半山腰掏的土窑洞，青砖门面，楼门院墙，也挺好的。新盖的房子是移在了山根底：三间楼板平房，两间倒座小房，瓷砖门面，水泥地板，白灰墙壁，自来水管。买了彩色电视机、录音机、洗衣机这些家用电器；还请木匠做了一张双人床和一套当时流行的高低高组合柜。本当，他以为有了这样的一处地方，到儿子结婚时就可以派得上用场了。到时候他也可以像村里的其他村民那样，杀一口大猪，摆一回四盘八碗的席面，雇一班锣鼓喧天的吹手，把儿媳妇热热闹闹地迎进洞房来。然而，儿子却出息了，成了公门上站的人。这么一来，他所有的未雨绸缪的努力全成了无用功。何家要的不是这样的房子，而是城里的单元房，这就把老汉给难住了！现如今的姚守健，只剩下一把六十一岁的年龄和一副虚弱的身体：两条腿由于早年严重吃力早已扭曲变形，走起路来疼得一瘸一拐，阴天和换季的时间里更甚。他的雄心壮志和他的强健体魄也早被积年累月的劳苦所击垮，已经没了任何气力来应对这新的难题了。他吧嗒吧嗒抽着旱烟，想来想去仍是一筹莫展。一阵咳嗽从胸腔涌来，吐出一口浓痰后，他把烟锅嘴子在布鞋底上磕了两下，站起身又朝家中走去，心想："这事还得跟儿子商量商量，看儿子有什么好办法没。"事实上，自从姚根正参加工作以来，他已逐渐成了他们这个家庭的主心骨。

手机打了一下午没打通，直到第二天一早才打通。一打通，姚守健就在电话里急切地说："你昨天去哪了？害得我直打了一下午的电话。"

正睡得迷迷糊糊的姚根正听出是父亲的声音，叫了声爸爸后，才说："我和我们主任一块儿下乡去了，那没信号。"

"哦，既然和领导在一块儿工作那就应该不会有什么事。"姚守健一直担心的是儿子不好好工作，只顾贪玩，别弄出什么乱子来。想过之后，他又说："都这会儿了，你还不起？"

姚根正看了看表（七点刚过）伸了个懒腰，拖长了声音，说了声：

“起——”

“赶紧起，单位上可不敢睡懒觉，让人家打发回来呢。”

“打发，打发，动不动就打发。我又没犯什么错。”

“你这娃娃一点也不注意影响——公家单位可不同咱自己家，咱在公门上可是没一点腿胯哟！”

“啊呀，我知道呢。你一天尽瞎担心那些！”

姚守健这才盘问起孔德树昨天所说的事来。姚根正约略回了个大概，最后他说估计这次是要结婚了，省得他们整天在他的耳边唠唠叨叨。

“结？要结那可不是一句话了！”姚守健给儿子算了一笔账：“彩礼、衣裳钱得一万多；金银、首饰钱得一万多；吃饭、烟酒钱得一万多；先不说买房子，就是租赁个房子，简单地置办点家具又得一万多；随随便便下来就得五万多，稍微高一高就六万也不够了！”又说，“让你平时花钱不要大手大脚，你不听。你看这到时费钱不费钱？”

姚根正挠了挠头发没吭声，心想：“父亲说得也是，这结婚还真不是一件容易的事，一无所有还要置办得样样齐全那就更不是一件容易的事了！”只听父亲又在那边说：“这些钱，我准备跟你三爸借上点，再跟你姑姑她们借上点。不管长短先把家给你成了，我的责任也就算尽到了。不过，我听你三姨夫那口气可硬了——何家非城里要房子不行，没房子恐怕根本不顶事。唉！实在不行……实在不行……那就只能看别处再有合适的没。横竖怨咱穷，怨咱高攀不起人家！”

“谁高攀谁了？”姚根正一听父亲那可怜巴巴的声音就来气，只是父亲话中那份另有的自责又让他不忍心再发火。他转而说道：“爸——你对我的责任早就尽到了，别再拿那些老古板的思想来鞭策你自己了。谁规定父母必须要给儿子成家了？谁规定没钱买房就不能结婚了？别想那么多。你现在年纪那么大了，一辈子受的罪还少？再借下钱你能还了？该借该贷我会想办法呢，我自己的事我自己来解决。你不要跟我三爸我姑姑她们借钱，听见了没？我肯定能想下办法了。爸，你放心，打不了光棍，说不定再过两天就把儿媳妇给你们带回来了。”

儿子成竹在胸的气度又让姚守健看到了一线希望，仿佛两天后儿媳妇真的就进门了。他又说：“带人家回来时先给我和你妈打个招呼，也好让我们准备准备。”

“准备什么呢，有什么好准备的。”父母那种人穷心多，对屁大点事都战战兢兢的态度，姚根正一贯认为那是杞人忧天呢。

“嗨，看你这娃娃说的，人家第一次上咱的门，我们总得——”

“嗯，我知道了。”姚根正敷衍道，又问了句，“我妈的身体还好吧？”

“好着呢，你别担心。你要好好工作了，千万不敢吊儿郎当。”

“嗯。”姚根正答应道，又说，“有什么小病小痛你们把药吃上，别酿成大病那才麻烦呢。”但是他知道自己说了也是白说——在父母眼里，伤风感冒、头疼脑热那就根本不是什么病，拿身体硬往过扛，那才是他们的拿手好戏。他们可不会算那笔——究竟是买药贵还是住院贵的长远账；他们也不会有那种舍车保帅的大局思维。所以，他只能是惯例地叮嘱叮嘱而已。说完，只听姚守健在电话那边嗯了一声，临挂电话时他又说：“赶紧起，不敢睡了。”

姚根正这才从床头拉过衣服，慢腾腾地往身上穿，同时已感到还真有那么一点压力来临。知子莫如父，他平时花钱总是大手大脚，从来也没攒过钱。工作这些年来，没事时，他还喜欢玩两把纸牌或麻将。用他给何小敏的话来讲：那应该叫作承受能力之内的耍。但是不管赌也罢耍也罢，最容易给人养成挥霍奢侈的习惯。因为相对于任何劳动而来的钱，赌博来的钱是最不费力的，所以赌博人不会珍惜。赢了钱，心情高兴，花天酒地。输了钱，也不在乎，有输的没花的？只要明天再多押一注，押中就好了。那是赌博人的逻辑，梦的逻辑！所以姚根正一直就那样胡乱地花钱！从升学到工作基本一帆风顺，从没栽过什么大跟头，以至于他也不懂得居安思危瞻前顾后，车到山前必有路、船到桥头自然直那才是他的人生信条。只要手中有了钱他就随心所欲地乱花：买个包、买块表、买身衣服、上个KTV什么的，这些都无所谓。他不看这些消费本身的贵贱，而是取决于最近的输赢状况。所以看姚根正花钱的样子，他绝对是个有钱人。而实际上他没钱，他最有钱的时候就是他不负债的时候。不过话又说回来，那时的他还不至于弄得不可收拾，最多也只是寅吃卯粮，随后就能弥补上。现在，他想三万五万那倒也不是什么特别的困难。他整天管的就是钱，以他目前的收入和人际交往借那点钱应该还是没什么问题。当然，要说在城里买房子，那就有点难度了。他知道自己也没那个能量，再多了他也不敢往下胡捣腾。“应该和何小敏认真摊一次牌了。”穿好最后一件衣服后，他已在心里有了决定。

的确，姚根正的本事比他父亲的本事大。姚守健束手无策的事，几天后被姚根正三言两语就轻松化解了。几天后，再见到何小敏时，他是一副郁郁寡欢的样子。何小敏问他怎了？他说没怎。

“你有什么事？”她又问。

“没事。”

“那你怎了，半天不说一句话，脑杵得盯瓷。”

“没事嘛。”

“看你也不像没事，感觉你今天和平时不一样。你到底怎了？”

“唉——我看咱两个的关系，只能到此为止了！”

“他到底还是看不上我！”何小敏顿时僵在那里，手指机械地抠着姚根正上次给她买的那个包的背带。一直以来，她的潜意识里其实总有那么一点担心，担心她的容貌配不上他的风度。现在看来他果然还是不愿意！她只觉心中一阵阵地难受，喉咙处哽咽得说不出话来。这时，只听姚根正又说：“尽管我也很想跟你在一起，可是我的经济实力不配我有那样的奢望。说实话，我现在在城里根本买不起房子，而你们家看房子又比看一切都看得重要！”

“哦，原来只是为这个。”她心里说，“我还以为是——”一颗揪着的心又舒展开来。跟姚根正相处的这段时间里，她已知道他的家庭情况不是很好。有时，她也考虑过这些物质方面的条件，但是考虑得不是很多，旋即就跳了过去。她觉得她现在就是跟他在一起吃糠咽菜、浪迹天涯她也愿意。更何况她知道只要他们两个在一起了，她的老爸就不会不管他们。这一点，她还是蛮有把握的，所以她也从来不把这些事当成阻碍。此刻，她反倒感到有点高兴。她看着姚根正因为不能跟她在一起而难受的样子就有种说不出的幸福。她存心就想让他多急一会儿，让自己的幸福再延续一会儿。于是，她又故意说：“没房子，难道住大马路？”

“谁说没房子就要住大马路了，人家租房子的不也一层呢？”

“租房子？你知道租房子有多难吗？”

“我当然知道，肯定没住在自己家里方便。但这只是个过渡期呀。”

“你想得太简单了——现在的房价那么贵，而且一直在涨，靠我们说不准一辈子也买不起一套房！”

姚根正无话可说了。这是一个沉重的现实啊！

何小敏又说：“你买不起，其他的人应该给你想办法呀。”

他明白她所说的其他的人是指谁。他也能听出她话里那分认真的味儿。

不管是谁，只要还能开口相逼他那几乎快要油尽灯枯的父母，姚根正就觉得太有点冷酷了。这样的婚姻与农村里用几匹布、几斗谷子、几石米……换取一个媳妇有什么差异。这不是结婚，这是买卖！这也不是他感情范围内所能接受的事儿。不免，他心中就有点生气和厌恶了，只冷冷地说道："车子、房子、票子，父母都给我们准备好了，难道我们这一代人生来就应该是吃现成饭的？有时，我简直搞不懂——结婚到底是跟人结呢，还是跟房子结呢？"

她没吭声，觉出谈话朝这个方向继续下去，势必会把他们逼向决裂的边缘，那可不是她想要的结果。只听姚根正又说："当然有个好老子，儿吃老子那是鼻涕往口里流的顺事。只可惜——我只有一个心有余而力不足的老子，这你也是知道的。所以，我觉得我们之间的交往真是困难重重。假如要继续交往下去，那就只能是让你受委屈了！"

蓦地，何小敏就感到真有一股委屈从心底涌了上来。他要什么没什么，她却打定主意要跟他在一起。而他竟然不懂她的心思！要房子那是大人们的事情，她什么时候说过非要房子不行了。不这么想还好一些，这么一想就越觉得有些委屈，竟有一汪热乎乎的液体在眼眶里打转，快要流出来。她不想让他看见，又匆忙背转身去。他扳过她的身子，看见她红红的眼圈，诚恳道："我们一起奋斗，好吗？"

她轻轻嗯了一声，就把头埋进了他的胸膛里。

他紧紧抱着她，一股淡淡的发香沁入他的鼻孔。那一刻里，他分不清自己究竟是出于感动还是出于爱情。他只知道自己也是真心万分地说了句："我会一辈子对你好的。"

第九章

“嗨，养女不中用哟，古话早就咒死了！你们听听她现在说什么，说什么‘没房子的不也照样过得好好的，为什么非要房子不行’。哼！他娘的，我在这给她争呢、占呢，哪个不是为了她将来能好过。她倒好，胳膊肘子朝外拐，一肚子怨气倒朝我撒开了，好像是我在害她，我阻止她了。这叫什么事儿！”孔云焕在客厅里对何月峰和孔德树气愤地说着。

孔德树有点坐不住了，事到如今，好像是成了他存心给自己的大妹子挑来这么个没家底的女婿，让他们左右为难。他略带点推托地说：“我又跟姚守健说了好几次了，真的是没钱、拿不出来！如果能拿出来，他也肯定愿意往出拿呢——一共一个儿子，又不是怕给了这个，那个眼红呢。确实是没钱呀，银钱这东西太硬了——没一丁点的变通！要不……要不……嗨……现在关键是小敏也愿意……这就……这就……”

“你们二挑担呢，他不是当了一辈子的领导，连这点钱也拿不出来？”孔云焕没好气地问。

“唉——也是真的没钱！”孔德树又叹了口气。

“都是噼噼啪啪的一堆说客，没一个能办了事的！听名是两个老子两个妈，到时连一个没有也不如。”孔云焕对这些还没有成为亲家的亲家们已是十二分的鄙夷了。

“那你说怎办？”何月峰心烦道，“当初小敏不愿意，你硬让谈。现在是她愿意了，吃了秤锤铁了心，你又不让结！那怎办？”

“怎办？怎办也不能把女儿往穷坑里填吧？咱又不是除害呢。”孔云焕独自嘟囔说。

“实在不行……实在不行……我看不如让他们先自个儿租个房子住去吧。”孔德树试探着说，“咱就只当挑了女婿这么一个人。俗话说‘量老也不量小’，年轻人以后有什么出展谁能说得来。”

“租房子？租房子恐怕不太好吧——他们不嫌丢人，我还丢不起这张老脸！”何月峰皱了皱眉。孔德树看了看他，没再多言。只听何月峰又说：“说来说去咱也是为了小敏好，只要她愿意、她不嫌弃，那就随她的心意来。咱还能说什么呢？嗨——谁让我是她的老子呢，这我认了行不行？你给姚守健他们说去——房子我陪，装潢房子的事我也管，这总该没什么问题了吧？”

“那还能有什么问题，那还能有什么问题。”孔德树连连说，“剩下的事都好办，都好办。”

“唉——到时过上苦日子，就别怨她老娘了。”至此，孔云焕也长出了一口气，算是做出了极不情愿的让步。

出了何月峰的家门向右拐，走上不到五百米，有一处住宅小区。其中二号楼二单元的三楼、五楼各有一套单元房的产权就在何月峰的名下。三楼的单元房自然是给儿子结婚准备的；女儿与儿子的唯一不同就是：得多走两阶楼梯上五楼去住了。几天后，两套单元房的装潢同时开了工。何小敏的三舅、四舅、大表兄、二表兄、三表弟……这些平时跟着何月峰在工地上干活的人来了效力的机会。他们争先恐后，勤勤恳恳，竭力表现着自己的忠心。从铺地板、粉刷墙、安装卫浴、吊顶、镶护套、设计影壁、油漆橱柜……到最后的选灯、买盆景、装空调、挂窗帘……一件件干得是格外精细格外卖力。何月峰只是每隔两三天才过来看一看进度，顺带指点指点。

一个多月后，一套崭新漂亮的新居就亮相了：客厅宽敞明亮，水晶吊灯闪闪生辉；影视墙用细沙打磨，两边镶有流水纹的石材；大卧室色调柔和，格局温馨；小卧室带一点卡通的味儿，充满了童趣；单另还隔了一间书房，这是何小敏的建议——其实也是姚根正的意思。书房里配了一把椅子和一张书桌，书柜雅致，茶台飘香，开窗正对着小区中央的翠草绿树。之后，又一些家具和电器陆续搬进了这个新居。吕双仁和任玉凤给儿子买了一套茶几沙发和一台液晶电视；两个异姓同父母的哥哥给弟弟合资了一台海尔冰箱；这边同姓异父母的姐姐给送来了一台半自动的洗衣机；姚守健把老家那张早几年前就做好的双人床搬运了上来。双人床样子虽有点粗笨，却是当地匠人舍本下料的十成货，木材厚实，坐着睡着不会摇摇晃晃吱吱呀呀，十分稳当。姚根正自己跟联社申请了一笔四万元的贷款——下了聘礼，给何小敏买了几件首饰，又付过十几桌的订婚酒宴后就所剩无几了，连结婚的饭钱也没了着落。但是他并不担心——他平日里交友五湖四海、三教九流，随出去的份子钱也一贯大方。那也相当于是他的另一笔无息不定期存款，到时候收回来的礼金应该管够应付那些不足之处。更何况，他已看到了何月峰对他伸出的援助之手。有这么一个坚强的后盾着实使人腰杆硬了许多，胆气也增了不少！负点债，欠点账，怕什么？从此以后，他也将摇身一变成为这个城市里有产阶级的一员，这是一眼可以展望到的未来。

婚礼，定在了农历的十一月十四，天气已进入隆冬季节。这天早晨，东方曙光微露，何小敏在一个表妹的陪同下去了“浪漫佳缘”。这家影楼前期给他们拍过婚纱照，今天将为她提供最后一程服务——盘头化妆和婚纱的打理。街道上空空荡荡，路灯尚未熄灭，只是渐亮的天色让灯光已失去了作用，显得惨淡无力。隔不远处，有一两个清洁工人在不紧不慢地挥动着扫帚。几家早点铺的门前，掌柜的走出来或捂一捂耳朵或哈口气暖暖手，然后才把门板卸下来准备营业。“浪漫佳缘”里却已是灯火通明，楼上楼下早有不少新娘坐在了一面面椭圆形的化妆镜前。每逢这样宜婚嫁的黄道吉日里，遥平城内总有许多对新人扎堆挤进他们的二人世界。弄得各个酒店在十几天前就被抢订一空，中午时分的主街道又会被婚车弄得格外拥堵不堪。给何小敏化妆的是一个留齐刘海儿，吊两只圆形大耳环，瘦得有点过分的女化妆师。女化妆师形如一条线，穿长筒皮靴配米色披风，颇具摩登气息，审美情趣看来也不错。她细细描摹，前后梳理，近一小时后，何小敏活脱脱变了个模样：额前枯黄的细发打了髻，贴在两鬓；稀疏的睫毛变得浓密，还向上翘着弯；一些轻微的雀斑隐匿于粉扑扑的胭脂之下；那张薄唇小口仿佛成了一颗让人垂涎欲滴的樱桃。她站起身换上洁白的婚纱，纱裙曳地，表妹在身后给她揽着。她轻提着裙摆，在一壁水银镜前，正面、侧面、背面，挨个细细查看了一遍，生怕有半点疏忽之处。看后，她也相当满意，眼睛里禁不住露出一分欣喜和喜悦，心上憧憬着那甜蜜幸福的时刻赶快到来。

与此同时，姚根正去了一家花卉店。花卉店的门前也是乱哄哄一片，好多家的迎亲车辆已来这里装饰。老板和店员忙不过来，有些司机干脆自己动手，把大红的“囍”字和一些塑料花带往洗干净了的车上粘贴。姚根正跟朋友们借来了四辆车：一辆帕萨特，三辆桑塔纳。帕萨特是主车，装得豪华隆重一些，披红挂绿，引擎盖上还立了一对心形玫瑰花瓣底座的模特新人。其余三辆车的装饰相对简单一些。装饰停当后，迎亲的队伍从他那个新居的楼下出发，环城游街绕了一大圈，来到几乎和出发时是同一个地点的何月峰的门前。前后两顿简餐，迎亲队伍再出发，沿原路返回。

小区内，响起噼里啪啦的鞭炮声，阵阵硝烟弥漫。几个小男孩争抢着地上没有燃着的零碎炮仗。这时，姚根正和何小敏牵手走下车来。五颜六色的锡纸屑从他们的头顶撒落，几股泡沫彩胶从四面向他们射来，将两人喷散。何小敏蹲下身把头发间的碎纸屑往下拨弄。姚根正在一边擦了擦脸上和肩上的花红柳绿。一帮嬉闹的朋友又将他们聚拢，让姚根正抱着何小敏上楼。他抱起她，顿觉十分沉重，眉头隐隐蹙了蹙。没有人知道，在那轻微的一蹙之中，朝露那性感轻俏的身躯已在他的心上闪过一道影，闪过之后越让他对眼前的这具身躯多了些不遂意。朋友们只嫌不够热烈，又把何小敏的头往姚根正的脸庞扭，让他们当众接吻。何小敏顺势迎了上来，姚根正却在下意识中又发出一躲。尽管那一躲微乎其微，旁人几乎难以察觉。可何小敏却分明看到了他眼中那一闪而过的不情愿，一种被人羞了脸面的屈辱使她犹疑地怔了怔，心间仿佛落了一滴冷雨。姚根正也立刻觉出他的过失所造成的后果，责备自己不该那么做。可他已经做了，当他再要回过头来贴一贴何小敏的脸庞时，她已经没了心情来回应他。好在朋友们继续混闹着——百般刁难，把他们堵在洞房的门口要红包。这一系列的簇拥和嬉戏将他们心灵间的那分嫌隙就此带过，让何小敏根本没时间细想细分析他之前为何会发出那种细微的表情。

中午时分，酒店的旋转门前，姚根正西服笔挺，领带飘飘，头发被摩丝打得硬铮铮发亮。何小敏改穿了一身大红锦缎旗袍，胸前别了一朵有新娘子标志的粉色插花，搭一双纤纤细高跟的枣红皮鞋。他们亭亭玉立笑容可掬地恭迎着每一位来宾。餐厅内已是沸沸扬扬，剥糖纸、嗑瓜子、开饮料、倒酒水的声音搅混成一片。相互间熟悉的客人彼此招呼着座位。曹庆国、曹柱、东子、巧婶的丈夫，和曹店镇另一些开门市的人已围坐了一桌。李家滩的李书记、贺村长他们也来贺喜，和其他几个村的书记、村长们坐在了一起。还有镇政府、七站八所平时跟姚根正关系要好的那些上班人也坐了一桌。郝主任有点忙不过来。他充当半个主家的角色，既要招呼这些人，还要招呼系统内平日里那些有礼尚往来的同事，尤其是联社领导们的接待工作。此外，姚根正的初中、高中，那些出了校门后仍保持联系的亲近同学们又来了几桌。何小敏关系比较好的同学、同事、朋友们也来了几桌。双方的七大姑八大姨，拖家带口的亲戚们又来了好几桌。不大一会儿，大厅内已是人声喧嚣、熙熙攘攘，几乎快要座无虚席了。

这边，靠左首的一张圆桌前，何月峰、孔云焕、孔德树、任玉霞、吕双仁、任玉凤、姚守健和姚根正的母亲这些人也已经落座。何月峰衣冠楚楚精气十足，孔云焕仪态华丽面带笑靥，两人神色俊朗气象富贵，犹如最初有美联储足额黄金支撑的美元一般强盛。相比之下，姚守健和姚根正的母亲就有点相形见绌了！姚守健穿一身华达呢面料的中山装，平底布鞋。姚根正的母亲眼袋虚浮，面色间掩饰不住长期操劳所致的枯衰。她穿夹袄罩一件暗紫色的细料面的外套，和一条深蓝色的半纯棉厚裤子。尽管这已是他们最好的看家衣服了，但在这样豪华的大厅里，仍让人一眼就能看出衣服主人的寒微和一些底气不足的味儿来。吕双仁自从二儿子的婚礼后已有好多年没见姚守健了。此刻，他拉过姚守健那只布满老茧的手，真诚说："老弟，这些年你可没少受罪啊！今天总算熬到头了！"

姚守健憨厚地笑了笑，又看了看孔德树，谢道："这也多亏他三姨夫了，全凭他三姨夫费心费力。"说着便给孔德树颤颤巍巍地倒了一杯酒，"来——他三姨夫，喝上一杯。"

孔德树接过杯，问："今天高兴吧，老姚？"

"高兴，高兴。"姚守健有点合不拢嘴。

"高兴就碰上一杯。"孔德树又邀请道。

"我平时不喝酒，不会喝。"

"不会喝也要喝呢，今天可不是一般日子。"

孔德树说时已一饮而尽。姚守健试着抿了小半杯，却觉一股辛辣从胃里直冲上来，呛得他连连咳嗽不止，眼睑处冒出两滴生眼泪来。姚根正的母亲将一沓餐巾纸悄悄递个他，低声说："不会喝就不要喝了，别丢人现眼。"

吕双仁笑："老弟，酒这东西也要平时经常锻炼呢。"

姚守健难堪地说："唉，指我恐怕陪不好你们！你们自己可要好好喝，不要客气。"说罢又给何月峰倒了一杯，站起身，双手端起说："亲家，我就不喝了，你可要好好喝。来——"

"没事，没事，我们自己来。"何月峰颔首笑领。他看出亲家们就是一对一般的农村庄户人，不会什么交际应酬，也就不再勉强了。不过他对今天的场面还是十分满意，甚至觉得有些超出了他的预想。他知道这一切全是女婿一手操办的。从烟酒的档次，从来宾的身份和地位来看，他认为论年轻人——女婿在办事和社交方面的能力，真有点不容小觑。这时，只听姚守健又说："亲家，根正以后离你们近，有什么不对的地方你尽管指教，就当你自己的儿子一样。"

何月峰笑了笑，说："那倒是——不结亲两家人，结了亲就是一家人。咱现在的心情都一样，都盼他们能走正道、过得好。"

这面，孔云焕一直摸着姚根正母亲的衣角不住客套："哎哟，亲家，你这回上来可要多住几天。"实际上，儿子的新居亲家母昨天就已经见识了，家电齐全，顶壁辉煌，连同床上那些用品都是那么地雍容奢华！她四处看看、摸摸，心上想儿子就是有福气，从工作到结婚真是一路顺畅呀。只是那整个的新居她没投资一分钱，又觉得待着住着总有那么点理亏和不踏实。只听孔云焕又说道："当初我说把大卧室和书房往小放一放，再隔出一间卧室来，你们上来也好住着。你儿子说'有小卧室管够住了'，嗨，年轻人总也想不周全。"亲家母略微尴尬地笑了笑，说："够好了，够好了。我们住不时长——家里的鸡和猪还没人喂，让邻家给喂着呢。明天，最迟后天，我们就要回去了。""哎哟，看你说的，好不容易来一趟，你们可要多住两天，让他们再喂两天那有什么。"孔云焕十二分的殷勤越发让亲家母受宠若惊。她本是个没嘴的葫芦，平时一贯不太会和别人对答。碰上孔云焕这么个八面玲珑的亲家母，她更是局促，半天才说："来呀，以后还来呀，以后来了再住。"说着又把瓜子盘往孔云焕面前推了推，说，"亲家，你吃糖，吃瓜子。"孔云焕三指轻拈了一撮。亲家母已顾不上再招呼她了，只探着头在人群里搜寻儿子和儿媳的身影。儿子和儿媳那对伉俪情深的身影让她怎么看也看不够，看着他们幸福的模样她就有种说不出的喜悦，多半生的含辛茹苦仿佛从来不曾有过。

门外，又是一长串的鞭炮响过之后，喜筵正式开始。大厅里稍微静了些许，服务员开始给各个桌子配送凉菜，偶尔发出杯盏碰撞的清脆声音。为答谢亲朋好友的厚意光临，新人和新人的父母照例双双手执圆盘挨桌往过敬酒。姚守健和姚根正的母亲所到之处，众人纷纷离座，爽利地喝干。老两口只会一迭声地道谢："吃好，喝好，你们慢慢吃。"碰上了本家的亲戚，他们才略微自然一些，话又多了起来。亲戚们客气着："快别倒了，我们自己来。"有知情的亲戚给不知情的亲戚用手指，"那边，那边坐的那个就是根正的老丈人——包工头，有钱呢！根正的命真好，这下又掉到蜜罐里了！”老两口听着、傻傻笑着，感到从来没有像今天这样开心过。

姚根正和何小敏也从另一边开始敬酒。可他们敬酒就没那么轻松了，被双方的那帮朋友们为难得面红耳赤，连连告饶。朋友们每喝一杯就要耍戏他们一番，逼着他们做一套这样那样的动作。动作做不好还要重来，做好了又是哗声一片。何月峰和孔云焕听着起哄声、喧哗声，简直不好意思朝那边瞧去。吕双仁在这边招呼：“来，来。咱吃，咱喝。新婚三天没大小！”直至最后一道“黄花肚丝汤”端上桌，嬉闹才告一段落。客人们有的已开始陆续起身，只留下残羹满桌，狼藉遍地。姚根正和何小敏理一理凌乱的头发和褶皱的衣服，再来到旋转门前一一躬身相送。送走客人后，他们刚刚扒拉了两口饭菜，姚根正的手机又响个不停。他那些平时关系最好最特殊的朋友们已经比他先回到了新房，催着他和何小敏赶快回来。他在手机里不住点头，说：“马上，马上。客厅里有茶有酒，你们先自己喝着嘛。”

“快点，我们又不是没地方喝。光喝有什么意思，你们想躲安稳呢……”手机那头已是七嘴八舌的吆喝声。

姚根正和何小敏只得再匆匆往家里赶。

深冬的日子，太阳落得急。马路上已暮色苍茫，四周影影绰绰。他们回到家后时间虽尚早，但是天已经擦黑。当最后一拨闹洞房的朋友们离去后，屋外已经是完全漆黑了，窗玻璃上能清晰地照出人影。新房里一下子又变得寂静无声了。屋顶悬挂着的彩带在柔和的灯光里纹丝不动。墙壁上的“囍”字，床头上的“囍”字，柜子上的“囍”字，新被褥上的“囍”字……也在这柔和的灯光里，静静泛着鲜艳的红色。暖气徜徉，绸纱蔓拢，一只招财的小瓷猪懒懒地伏在阁子上，一切是那么地安宁静怡，一切是那么地温馨和睦，空气中好像飘溢着缕缕喜庆祥和的味儿。然而，姚根正却像丢了魂一样，心中焦虑无比，感觉不到一星半点的喜悦。谁能想到，他新婚大喜的日子却是他惨痛失恋的日子！

早晨，朝露给他发来一条信息，四个字：**新婚快乐**。那时，他刚装饰完婚车，给她回拨了手机。手机响了很长时间没人接。他以为手机不在她身边，没当回事。隔了一会儿，他又拨了一次，还是没人接。紧接着，他又打了单位的电话，也不接。他这才意识到：朝露是刻意不接他的电话。她要在今天这样的日子里和他正式一刀两断。那“新婚快乐”四个字就是他们曾经所有情意绵长男欢女爱的最后祭奠。本来他也想到过：在今天这样特殊的日子里，曹店镇有不少的人都来参加他的婚礼了，街面上要比平时冷清许多，单位上也只剩朝露孤零零的一个人。她肯定会比平时分外伤心，甚至会独自一个人喝醉、黯然落泪。他早就想好了要给她打个电话，安慰安慰她。也许她在电话里会哭哭啼啼。也许她会忌妒得抓狂，愤愤挖苦他："你现在美酒佳人相伴！还给我打电话干什么？她一个人还伺候不好你？"也许她也会强忍着心中的痛苦做出艰难的抉择："我们真的该断了，你好好对她吧。"不管是哪一种情形，姚根正都想到过。细想那些情形，不管朝露伤心也罢、痛苦也罢，或是忌妒也罢，他其实挺高兴。他不能否认自己乐于听到或看到她因为他而伤心难受的样子。不得不承认真爱即是如此自私，她的痛苦正是他幸福的源泉。但是，他也很想对她说明真实的情况："我其实并不是你想象的那么快乐；我的心现在也在你身上牵挂……"他甚至会听从她的意见，努力克制自己的内心，试着和她割断那种关系，渐渐转为红颜知己直至普通同事，使双方的家庭从此走上各自的轨道。然而，朝露却出乎他的意料，好像没有任何的不舍，起码他感觉不到她有什么难受，说断就断了！他接受不了她这种斩钉截铁的绝情。这就好比电影不是顺顺结尾，而是在高潮处突然断了电。她越不接他的电话反而把他的心越牵引在了她的身边。他只觉得朝露爱他远不如他爱她爱得那么强烈、深刻，因为她能游刃有余地控制自己的情感。而他说来说去却是放不下她，一心想着要和她说说话，再听一听她的声音。她一直不接他的电话。他一阵比一阵焦躁和不甘。当第四次打过之后，姚根正简直快要发疯了，其中已有了丝丝的恨意。他真想逃离婚礼的现场跑到单位去找她，问一问她："你到底爱没爱过我？我现在才发现——你简直就是一个铁石心肠的人……"然而他更想做的是痛哭流涕地跪倒在她面前，说："我爱的是你呀！"

可是婚礼已像一条绳索把他和何小敏牢牢地绑在了一起，容不得他分身，甚至是分神。当迎娶上何小敏时，他就再也没了给朝露打电话的机会。何小敏问他婚纱好看不好看？他心不在焉地点了点头。当朋友们让他抱着何小敏上楼时，他又想起朝露那轻俏的身躯，而眼前的何小敏却是那么地臃沉！当朋友们再把何小敏的头扭向他的脸庞，她要吻他时，他就不自觉地发出了那一躲避。那一刻里，姚根正其实也从何小敏的眼中觉出，他的神情和举动几乎出卖了他，他差点就要在她的面前露馅了。可是，不管何小敏是否看清，他已经顾不来了；他只知道箭已上弦，他不得不继续装下去。本来，从曹店镇往回送何小敏的那次，也就是他们第一次接吻时，姚根正就觉出他和何小敏之间似乎存在些许问题。对一个女人而言最高的爱意莫过于就是想睡她，而他对何小敏却真的没有那种感觉。可他仍然勉强着自己和她继续交往着。问一问自己为什么要那样做？答案当然很明了：他已把婚姻当作了一块通往富贵的跳板。他追求的只是一桩爱情之外的婚姻。他所需的只是一桩旁人眼中体面的婚姻。他想的是——他可以不爱她，但是他们在一起了，仍不失为一对令旁人羡慕的物质无忧的夫妻。为此，在以后的交往中，有好几次，他还装出一副迫不及待地想要吻她的样子。他的手在她的乳房上抚弄揉搓，并且顺着腹部向下延伸。每当那种情形里，何小敏总像是从晕乎乎的迷醉中猛然惊醒。她执拗地往开推他："不，不要那样。到时再——"姚根正则正中下怀，本身他也是强迫着自己那样做的。不过，他却从中可以看出何小敏的确是一个传统的女孩。她对男女之事知之甚少，简直相当于空白。因为她的神态是那样地兴奋而又紧张；她的动作是那样地娇羞而又不老练。只是正因为传统，她才把贞洁看得尤为宝贵。只是正因为空白，她才不爱则已，一爱就爱得更诚挚而又强烈。今天，也就是她所说的"到时再——"的那个时刻终于到了。姚根正看得出来何小敏比平时更多了一分欣喜和自愿。她的眼神里荡漾着激动和召唤，仿佛在说："从今以后我就是你的人了，我要把我的一切奉献给你……"尤其是在那些朋友们的哄闹中，他完全能判断来她是十分幸福和享受的。尽管那些哄闹有的已接近于猥亵和下流，但是那些猥亵和下流却在实际上挑逗起了她身体里固有的只是长期潜伏着的欲望。那欲望像逢春的枯木，也像遇光的花蕾，开始慢慢苏醒和绽放。很明显，在闹洞房的后期，何小敏已开始贪恋起那些露骨的玩耍了，变得格外大胆和主动了。而姚根正却被朝露弄得心神不定，焦躁不安，感觉自己再也装不下去了。有好几次他强迫自己，在心里说："不要胡思乱想了，要爱何小敏，要让她幸福。"可惜，一切都是枉然。要爱上一个不爱的人和要忘掉一个爱着的人是同样地困难！

此刻，他疲惫地仰面躺在了床上，四肢摆成了一个大字。他还想下楼去再给朝露打个电话，可又实在想不出任何借口——家里烟也有火也有，再说了外面已黑咕隆咚的，洞房花烛夜他一个人跑出去散什么心？何小敏就是再笨也要起疑心。他只好作罢，又强忍住想念，任焦灼和不甘像蚂蟥一样一点点地钻噬着他的心尖。他听见她在客厅里扫地上的瓜子皮花生壳，洗酒具和茶杯。他知道她不一会儿又要来纠缠他了。而此刻，他简直害怕和她单独相处，只想一个人静静地舔舐自己的伤口。果然，何小敏扫完客厅，给茶几上重新摆上水果，再到洗盥间卸妆后，就走进了卧室。她轻拍着刚洗过的脸蛋来到窗前，拉闭了第一层窗纱，又走近他，带点讨好地说："你洗一洗再睡嘛。"

"累得动也不想动。"

"我也累得不行了！"她说着顺势躺了下来，把头枕在了他的胳膊上。

他感觉浑身的肌肤起鸡皮疙瘩，仿佛她要将他吞噬。他想抽出胳膊地说了声："啊呀，实在累！"

她又撒娇："躺一躺嘛。"

他勉强不动了一会儿，可终究还是说出"发麻了"几个字，将胳膊抽了出去。

她疑惑地看他。

他觉得自己就要被她看穿，真想用被子捂住脸。

须臾，她一声没吭地转过身去。

她实在想不来为什么会是这样？本当，她以为今天将会是她一生中最幸福的一天。然而，从上楼时他抱着她发出躲避的那一刻起，她就觉得他们之间好像有一种怪怪的东西在作梗。她从他的眼睛里看不出任何欣喜和激动的神情。虽然他也笑，但那只是面部神经的抖动，她能感到那不是他发自内心的笑意。他像一个空心的萝卜站在她的旁边，对于朋友们的那些嬉闹他根本没什么激情，一切配合只好像是应付差事完成任务而已。不过，她还在一直为他开脱，在心里说："他今天实在太忙了，一会儿要应付这个，一会儿要应付那个。也许男人们天生就面嫩，害怕在大庭广众之下出洋相。"可是，她又觉得自己为他的辩解是那么地无力！就在刚才，她还是多么地想让他抱一抱，说一些温柔爱怜的话语。但是，她得到的又是他的排斥和不愿意！再也无法自欺欺人了，因为那是她不愿相信却又十分分明的感觉。虽然她不知道原因，但是她已委实觉出他们之间隔着一层穿不透的坚壁。一整天里都是她一个人在一厢情愿地空欢喜，无论她怎么努力都无法挤进他的心里。不想还稀里糊涂，越想越觉得扫兴和失望，越想越觉得难受和委屈。不觉中已有两颗硕大的泪珠顺着她的鼻梁滚落，打湿了枕巾，冰凉一片。前面的两颗一开了头，后面的跟着就涌来，无法控制，转而竟成了呜呜咽咽的啜泣。

姚根正瞥见何小敏的肩膀在一抽一搐。他当然明白她为什么哭！如果他刚才温柔地抱她、吻她、抚摸她，进而进入她的身体，那么此刻他们早已紧密地结合在了一起。可他确实那样做不来！看着她哭泣，他又在心里骂自己太狠心太不应该冷落她。他很想亡羊补牢给她来一次男人的实质性的抚慰，那要胜过任何的千言万语的滋润。可是他又分明感到自己的下半身没一点反应！“真糟糕！”他在心里说，“平时一见那些美腿翘臀就想入非非……今天这是怎了？正到需要的时候却蔫了！”他再暗中努力，并且遐想一些妖艳风骚的画面，可是底下仍不争气。他这才发现这事和失眠一样，着急强迫不得，越是着急强迫越于事无补。他只好把手伸了过去，搭在她的肩头，讪讪说：“你怎了？”

她不答话。

他往过扳她的身子：“你怎了吗？”

“没事，你睡你的。”

“好好的，哭什么哭！”

“……”

猛然间，她转过身来用湿红的眼睛死死盯着他，说：“你是不是后悔了？”

他心虚地避开她的视线，咕噜了一句：“我后悔什么？”

她依旧不依不饶地盯着他问：“你是不是从来就没爱过我？”

“你说什么呢。”

“我说你是不是从来就没爱过我。”

姚根正眼看着自己就要彻底崩盘了，又强作镇定，甚至还带点起火的意味说了句：“我不爱你？我不爱你，我疯了？我和你结婚呢。”显然这句话起到了意想不到的效果。何小敏反倒觉得有点错怪了他，转而放松了紧逼，说：“可我老是觉得咱两个怪怪的！”

“啊呀，你没事尽瞎想！这不好好的。”

“一早上那个娃娃就打碎了一个杯子！”

“你大妗不是说了嘛，那叫岁岁平安。”

“……”

“好了，别胡思乱想了。来——”他伸过一只胳膊搂她，又用另一只手擦了擦她脸上的泪痕。她这才变得柔顺了些，依偎了过来，说：“还有——也不知道你们那个朋友怎样了？”

“手腕脱臼，饭也没吃就回去了！”

“贴个对联怎就把手给弄脱臼了？”

“咱那凳子太不稳，往上一站就一个倒栽葱！”

“他的技术可真好！一只手还把车开得呼呼的，硬是没误事。”

“他是我信用社最好的朋友，平时就想给领导们开个车。可惜领导们命贵，怕我们这些摇头晃脑得把不住——把他们给送行了。我下午给他打电话了，他说‘不碍事，拍了个片子，打了点石膏就回去了’。”

“咱应该去看一看人家。”

“嗯，明天或者后天。”

“那个眼上有点疤的也是你信用社的朋友？”

“我师兄，我参加工作第一站就和他在一块儿。”

“他可真舍得下手，不是拿针扎就是拿棍敲。实心打呢，打得人生疼。”

“瞎熊！他结婚时我可没欺负他呀。今天让他把咱给整惨了，这会儿还浑身疼呢。”他说着把衣服的前襟撩起。她看见他身上青一块紫一块，用手摸了摸。他又发出“哎唷”的一声。她离了手，说：“啊呀，结个婚真是累人！一天到晚站着，还让他们给整得——”

“我还好一点。你穿那高跟鞋更累。这会儿不是脚也肿了？让我给你揉一揉。”

姚根正想用另一种温柔来将功补过。

何小敏不自觉地把脚往回缩了缩，说：“没事，这会儿好多了。”

隔了一会儿，他又说：“也不知道今天的饭菜怎样？招待好了没？”

“我小姨她们说还行，就是上菜的速度太有点快，蹿得人吃不完！不过我看你奶妈倒是吃好了。她就是一个嘴客，说得八面光堂。正让她出钱，拿个烂沙发和茶几来糊弄人，今天给红包才给了二百块！”

他难堪地笑了笑：“那茶几和沙发是烂的？再说了，我姓姚又不是姓吕。他们管也好不管也行，我才不在乎呢。你说那些有什么用。”

她咕哝了一句：“我看他们就是看见你不亲呀。”

“愿亲不亲呢，我把这边的老人孝敬好了就行了。说起了，你小姨也真不是个东西！今天进洞房差点又把我挤得一个趔趄。好像我一先进门，我一当了家，咱这个家就完蛋了。本来我也没想当呀，以后肯定是你当家嘛。”

“你还说呢！上次就因为你说那，我小姨给我妈说了好几次了。她说你怎那么个人！”

姚根正又想起了上次的一些情形：那是订婚前他带何小敏去买首饰。孔云焕派了何小敏的小姨来作陪，说是作陪其实是督办。姚根正看上一对耳钉。小姨说这个不太好，这个好。姚根正顺着她的手指看过去。她看的那个耳钉要比他看的那个大一倍。他又看上一个戒指。小姨又说这个不太好，这个好。他再看过去。她看的那个要比他看的重十几克。到了看项链时，小姨仍说这条不太好，这条好。姚根正一看，果然她看的又比他看的那条要粗很多。他心上莫名就来了火，顿时冒了一句："你看见好，给你买上得了。"当时就把何小敏的小姨给戗得脸上红一阵白一阵，差点扭头就走。何小敏被尴尬地夹在了他们两个人的当中。之后，再看什么买什么，小姨干脆看也不看了，黑着脸一声不吭。此刻，他搂着何小敏说："大的肯定比小的好，粗的肯定比细的好，那还用她看？总不能因为结个婚，就把人弄得债台高筑吧？"

"那你也不能那样说呀！直筒子一个！"她刮着他的鼻子说。

"那就不说了，以后都听你的好了。"

喁喁私语中，两人感觉又亲近了许多，关上门俨然还是一个一致对外的小家庭嘛。姚根正的心情也稍微好了起来，进而想进一步获得何小敏的谅解。他看似有意无意地说了句："男人就不能喝酒，一喝酒身体就不行！"他相信她能明白他所说的身体是具体指身体的那个部位。

显然，她也懂得，只说了声："那就睡吧，你不洗？"

"洗——"他从床上站起，伸了个懒腰，向洗盥间走去。当他再进来时，何小敏已经入睡了。她今天确实是累了，只见她嘴唇微启，鼻息浓重，胸脯跟着呼吸均匀地一起一伏。他脱了外衣，轻轻骨碌在床的另一边。对面正好立着一幅镶了框的婚纱照。那大幅婚纱照里，何小敏肩披白纱，手握百合，深情地仰望着他；他身穿黑色燕尾服打一只白领结也低头凝视着她，眼神里满含爱意。姚根正对着那幅照片久久出神，仿佛从中看到了另一个自己。

"我真是一个入流的演员啊！也是一个出色的骗子啊！"他在心里骂自己，"现在，我已生生把她演得睡在了同一张床上。可是以后该怎么办呢？"

他已真切地感到自己真的再也演不下去了！刚才他是费了九牛二虎之力才把她安抚得睡着。那是一场违心的作秀呀，没有谁比他更能体会来这种戴着面具的负累。以后天天如此吗？天天拿语言哄着她睡觉吗？那就成了一项沉重的负担啊！负担也罢，即便是再沉重，只要她高兴她幸福，实际上他还愿意继续演下去。只是他也分明看到：一结婚后，他们实际上就已成了一个共同体，一个相互敏感的共同体，一方有了痛苦，另一方也就无幸福可言了！要不她怎么会在新婚之夜哭泣呢？

“我真是太把婚姻当儿戏了！”他又在心里说，“这么草率地就结了婚！别说是享受了，就连夫妻间最基本的那点事都办不了！这以后可怎办？”

但是，婚姻的确如一双鞋子，只有穿上了以后才能知道它合不合自己的脚，而且不合脚也不容易悔改呀。他难道能对着他的父母，她的父母，还有今天请来的数百口人宣布“我们明天离婚”吗？

“不，根本不敢那样做，那纯粹是冒天下之大不韪！”他再次自言自语道，“无论如何也要挣扎下去，说不准以后会慢慢好起来……”

事到如今，他也只能硬着头皮继续撑下去了。至于能撑到哪一步，他又实在没了底。床底下他母亲塞进去的一些花生、桂圆，隐隐垫在他的腰间。那喻义不言自明：当然是希望他们能早生贵子了。然而，他和她却在新婚之夜和衣而睡，而且各睡一边！不用说，何小敏的心头肯定还多少滞留着一些疑虑和失望。而他的心头则更是笼罩着一层难以启齿的阴影。

第十章

新婚蜜月本是人生眷恋恨短的日子。然而，姚根正的蜜月过得却像老牛拉破车一样缓慢。白天还稍微好一些，白天有何小敏的舅舅、姨姨、姑姑、堂兄、表姐……这些人轮流着请吃新饭。她家在城里的亲戚特别多，一天排班一到两家也吃不过来。只有在那些混混乱乱的应酬当中，姚根正才能将朝露暂时忘却。可是稍有空隙，朝露的影子又会乘虚而入。她仍是不接他的电话。他的各种急躁和猜疑则是此起彼伏：

“她肯定还爱着我。她这样做只是为了让我们都能幸福。”

“她也肯定很痛苦。她只是一个人压在心里不说罢了。”

“不，她压根就没爱过我！要不她怎能这样绝情呢？假如她像我一样发疯地想着她，那她就不可能不接我的电话呀。”

姚根正不由得又想起曹庆国给他说过的李站长请朝露吃饭的一些事来。一想起李站长这些人，他的心更是忌妒得发急，仿佛已看见李站长正对着朝露摇尾乞怜地献殷勤，而她则是半推半就地又和他好上了。不知为什么，他更愿意相信她的情欲终究耐不过长时间的寂寞。在孤单寂寞中，她又会跟别的男人上床。想到她那光滑的白生生的身体再被别的男人所霸占，姚根正更是感到一阵阵的绞着痛的恨意袭来。他真想立即跑回单位把她狂揍一顿。

“唉，算了吧，我为什么要想她呢。”他又强迫自己说，“我应该拿起骨气，将她彻底忘记。即使是看见她卖俏迎奸，也要对她鄙夷地一笑。”

可是那样的想法压根就不能消除他内心的焦躁和妒意。他又想：“她让我这样痛苦，我就要让她更痛苦。婚假一结束，我就把何小敏带到单位，当着她的面和何小敏亲亲热热、搂搂抱抱，做出一副恩爱的样子来……”可是没一会儿，他又觉得即便是那样做，对朝露也没什么挫伤力！因为何小敏的容貌根本敌不过她的容貌，跟一个没她漂亮的女孩你依我依，那样做只会让她在心里更看不起他更鄙夷他。最好是近期再发展一个比她更年轻更漂亮的女孩。如果她不知情他还要适当地给她透露一点信息，就是要让她疑神疑鬼地焦虑和吃醋。当然，最理想的状况是让她在无意间撞见他和那个女孩正勾肩搭背地亲着嘴。那样她就会……他存心就想看见朝露那脸色煞白、嘴唇哆嗦和伤心欲绝的样子。但是，只要让他看见她有一点点的难受和受不了，他便会立刻丢下那个女孩，跑去给她说明一切真相——这个世界上没有什么能比她不理他更让他心如刀割。

白天就那样：新婚的幸福难觅踪迹，倒是失恋的滋味无孔不入！

到了晚上，晚上更不好过！由于第一夜跟何小敏在床事上的失败，第二天刚到下午，姚根正就在心里强调说：“今晚一定要勃起，今晚一定要完成那事，今晚一定要让何小敏满意。”可惜，要跟要不一样。一种要是日谋夜算挖空心思的想要；一种要是竭尽全力逼迫着自己要怎样。虽然都是要，但是前一种要，是发自内心的想要，而后一种要，则是带有下定决心的意味——非那样做不可。不用说，姚根正的要自然是属于后一种。到了晚上，他一紧张一逼迫自己，又是一个原样。第三夜，仍然照旧！第四夜，当他再抚摸了何小敏一会儿，底下又没了动静时，何小敏只懒懒地说了声：“睡——”说罢就转过身去，顺手熄了床灯。他们的家庭里已开始生出了一股牢笼般的窒息，那张绵软宽松的大床根本不是他们寻欢作乐的福地，而成了一个令他们都尴尬和害怕的道具。

清晨，他听见何小敏在厨房里准备早餐的声音特别重，不时有碟子碰着碗筷发出声响，或是碗筷碰着案台发出声响。毋庸置疑，那声响明明就是冲着他而来。每响一声，他的心也会跟着咚的一下。他根本无力回击她在向他发出的那种失望和不满。他在家里一刻也不能待了！好在，他们也不必久待，因为他们还要出去应酬、吃新饭。一出门，他们两个的脸上又挂上了一副幸福恩爱的面具。因为亲戚们认为他们是幸福恩爱的一对，因为何小敏的父母也认为他们是幸福恩爱的一对。所以，他们也只能那样做给他们看。可实际上，情况已是到了心照不宣的地步——原来是他一个人在演戏，现在是他和何小敏两个人一起演。他想再也不能这样下去了，再这样下去他们的关系越将岌岌可危，说不准她这会儿也在心里怀疑——她是不是找了一个有生理缺陷的男人?

“不行，我得赶快想想办法。”姚根正在心里暗自说。

中午时分，他给何小敏撒了个谎，就一个人偷偷去了一家医院。掀开皮肤性病科的门，一个男人正在往住系裤带。那个男人出来时，给迎面过来的姚根正笑了一笑。那笑容含混不清，既好像有点羞涩又好像有点同病相怜的味儿。姚根正也同样难堪地回笑了一下，就朝着大夫的办公桌走去。大夫是个白头、白眉、白大褂，一双手瘦骨嶙峋，上面生着点点褐斑的老头。老头的职业操守倒是没任何问题，就是说话有点冲和喜欢调侃人。他向上扶了扶老花镜，问道:“怎了?小伙子。是不是也是瞎混得多了，感染了?”

“不是……我……我想咨询你个事……”

“到这了，就别不好意思;是怎么个情形，你就痛痛快快地说。”

“你说……你说……我……我……干那事不行，怎办?”

“怎个不行法?给你说了，不要吞吞吐吐。你囫囵吞枣，我能听明白?”

“也不是不行，跟其他的人都行，就是跟一个人不行。”姚根正以为自己这是全国首例，生怕老大夫听不明白。谁知，老大夫却是见怪不怪，又揶揄道:“你这小伙子也是死牛顶强。不行就算了，谁行就跟谁来。一棵树上往死吊呢?”

“唉，不行也得来!”

“哼哼，家花不如野花香吧?”

“你这有那种足劲一点的药没?给我开上点。”

老大夫又说药倒是多的是。只是他那不是生理上的病，而是心理上的病。最好是自己好好调节调节。比方说，不想干时就别勉强自己，要顺其自然。其次要多锻炼锻炼身体，但也不能太累。要多注意个人卫生，内衣内裤要勤洗勤换。有条件的话，也可以多洗洗澡、蒸个桑拿什么的，对那方面也是有挺好的效果。最后才说:“你确定要开?是药就有副作用，年纪轻轻吃坏了命根子，那也不是闹着玩的。”见姚根正面有退却之意，他又说了句，“去吧，去吧。上面端了，下面自然也就硬了。”

一出门，姚根正谨遵老大夫的吩咐，直接就去了一家洗浴中心。洗浴中心的大池里雾气蒸腾，他懒洋洋地泡了进去。许久，才走出来又进了桑拿间，直蒸得满头大汗后，又给身上抹上一些沐浴露，再用淋浴冲了一冲，顿时就感觉多少天里残存在体内的酒精和疲乏好像被涤荡一空，整个人前后之间已变得精神起来。

这夜，当他和何小敏的身体一接触，明显能感觉到自己那清爽光滑的肌肤的确比平时敏感得多，下身立即有一股久违的燥热和劲道又涌了上来。他不失时机地挺进了她的体内。她发出了微微的喘息，双眼紧闭着，两眉之间似乎还蹙着，说不清究竟是痛苦还是舒服。可他顾不了那么多了！他只想着能把做丈夫的责任先尽到，能把做丈夫的任务先完成了。若是平时和朝露做爱，他肯定会慢慢做足前戏，轻轻抚摸她的每一寸肌肤，直至她两腿深处的那块芳草地。通常她会急不可耐地握住他的东西，放入她的体内，然后她的身体也会像火一样燃烧起来。而他则在她的迎合和刺激下会越战越勇。他们那是鸳鸯戏水，双双一致奔赴极乐顶峰的做爱。但是跟何小敏他不敢那样做——他的那股燥热和劲道好不容易才找来，他害怕稍有闪失再萎缩了回去。事实也是如此——很明显——何小敏还只是个青涩的少女，她根本不会主动去挑逗他的性欲。不过当他进入后，他感觉出她还是兴奋居多，因为她的下身早已温热而湿滑。只是长期习惯于相互淫荡式做爱的他，已经对这种单方开发式的性爱没了多少兴致。即便就是在此刻，他也仍在遐想着睡在自己下面的那个人是朝露，靠着虚幻中朝露的淫浪，而深入浅出地动着。快要泄时，他听见何小敏的双唇间低低迸出：“疼呢……”他又一下子没了趣味，停顿在那里，不知该进该退。不过何小敏似乎又在某处暗示了他，让他继续。显然与那惬意相比，她愿意忍着疼。他又奋力动作了一番，终于泄了一摊。

尽管这次做爱，姚根正根本没有那种淋漓尽致的快感，只好像是逼迫着自己攻克了一道难关而已。但是何小敏已是很满足了。他看得出来她已打消了多日里的疑虑，认为他们已经水乳交融地融合在了一起，再也不是以前那种你是你我是我——油浮于水的局面了。事后，她娇羞地依偎在他的怀里，脸上焕发出了一种被滋润过的光晕，对他越发体贴有加了。而他也极自然地感到：享受她的体贴比以前更加心安理得了。第二天，他从床上醒来，见床头柜上整整齐齐地叠放着另一套从内到外的衣服，旁边还放了一杯牛奶。何小敏从外面进来，温柔说：“把那换上。”

“净着呢……”

“穿多少天了还净着呢？让你换你就换，换了我好给你洗呀。”

“换，换，听你的。”

“今天我小姨请客，订了一个大包间，几大家子都请着呢。”

“又要喝酒了！”

姚根正故作痛苦状，一面在偷偷观察何小敏心上到底愿不愿意让他喝酒。因为他喝了酒，身体就会不行她是知道的。

“你不会少喝点……”

“多么地贤惠和开通啊！”他则在心里想，“一次的性爱，就让她变得如此周全而又体贴，可见性事在一个家庭里的重要性。通常人们总拿感情不和四个字来给一段失败的婚姻盖棺论定，其实质多半应该是性不和谐。如果那事能颠鸾倒凤，谁又能舍得离开谁呢？可惜，我跟她在一起，只是我一直在偷偷地痛苦地逼迫着自己啊！”

“不过，这也已经很进步了！”他又对自己说，“只要她能高兴和满意，只要我们能这样相安无事地过下去那也是求之不得呀！现在最重要的就是——以后一定要守口如瓶，梦里也不能说出真话，千万不能让她发觉我心里的真正秘密。这才是我们能相安无事的前提呀！”

之后的十几天里姚根正和何小敏又做了两次。他依旧是要把身体调整到最好的状态，依旧是要靠那些淫秽的遐想来帮助完成。可何小敏的身体却已经发生了一些变化。她开始从少女的行列迈向了真正的女人，开始懂得和贪恋起那方面的享受了。原有的羞怯逐渐在褪去，新兴的贪恋逐渐在增长。事后，她甚至敢开口说：“刚才好痒，好舒服，真好！”而他则暗自庆幸她不曾看到他的内心世界，也暗自庆幸法律从不追究人们在思想领域的跑马，那样他们才能得以维持这个刚刚建立的同床异梦的家庭。临到婚假快要结束时，姚根正觉得时间越难熬了，简直一日三秋！好不容易到了假，他如出狱般地高兴，飞也似的奔向了单位。

朝露隔窗看见姚根正在大门外下车，哗里哗啦搜寻他腰间钥匙串上那把开大门的钥匙。旁边曹庆国的门市里好像有人在给他打招呼，他扭过头去嘻嘻哈哈地回应着。“瞧他多得意！瞧他多精神！一个婚把人给结得多幸福！”她不由就在心里妒恨道。他的婚假什么时候到期，她实际上比他算得更清楚，她知道他今天一定会来。原以为他一来，她便会立即跑出去，看一看他变成什么样了。可是，当她真看见他穿着新婚的笔挺的西服，流露出一副精气神十足的样子时，不知为什么她又莫名地发开了狠：“人家是那样地喜气洋洋，人家是那样地神采奕奕。我为什么就要这样犯贱呢……”

于是，朝露又强行克制住了自己，屁股依旧沉在椅子上。以至，当姚根正走到她跟前时，感觉她的身上散发出一股疏远的阻拦他的气息。他们之间的关系仿佛原回到了暧昧之前，甚至远不如之前。一路上想好的那些话：“你为什么老不接我的电话？我快要痛苦死了！我真的好想你……”根本说不出口了。在这样的气氛下说出那些话来于情于景都不适宜，那无异于是痴人说梦。所以，他只得没话找话地问了句：“结账呢？”

她的头略微动了一下，嘴里含混不清地嗯了一声，声音低得几乎她自己也没听见。她是在结账，只是此刻脑子里已一片空白，报表上的那些数字犹如蚂蚁在沙地上爬过的足迹，一个数也看不进去了。她只感觉自己的心在怦怦撞击着胸口，血液也在轰轰冲击着血管，好像要从里面冲出来。连同她那浑身的神经也似乎有些紊乱了，四肢僵硬极不协调，很难自然地放在某个合适的位置上。她没想到自己依然会这么情不由已，这么激动难耐。但是，她身体的各个器官已向她诚实地表明：他其实从未从她的心里彻底走出，他已像一颗钉子一样深深地嵌在了她的骨子里，令她在任何时候一见他都会心跳加速，呼吸加快。尽管她看似平静地坐着，但是她的心里已是翻江倒海了，正在激烈地争执着。有一个再也不能这样继续下去了的声音一直在向她提醒着。

本来，从十一月十四，姚根正结婚的那天起，朝露就已经经历了一场撕心裂肺的痛楚。那天早晨，郝主任从单位出发时，问她准备给姚根正记多少礼钱？她犹豫了一下说：“你记多少就给我记上多少吧。”实际上她想给他多记点，晚上她已想好了让曹庆国把礼钱给她捎上。即使是曹庆国看见了她的礼钱数目会诧异，她也不怕了。他曹庆国不是早就怀疑她和姚根正两个人的关系不正常吗？何止是怀疑，他那就是实实地知情。因为他曹庆国在姚根正面前说过的话就等于说在了她朝露的耳朵里。当然，她也知道姚根正在曹庆国面前实际上已相当于是招认了他们的关系，只是曹庆国没好意思在她面前挑明罢了。一直以来，她还感激着曹庆国那张不是破马张飞的嘴呢。今天她也豁出去了：他曹庆国想想什么就想什么去吧，想说什么就说什么去吧，反正她就是想给他多记点礼钱。想来这只不过是把曹庆国所知道的事实进一步确证了一下而已，她也不在乎了。此外，她更信得过曹庆国不会乱说什么。他现在不也知道了吗，不也照样风平浪静吗。她甚至还想过：在给曹庆国礼钱时，眼神里一定要流露出求他保密的意思，她和姚根正的关系只能局限于他们三个人的范围，他已是他们的同盟了。

但是郝主任这么早就出发了，又和她商量起礼钱的事来，这让她很不好办。同是一个单位的人，一个记多一个记少，那不是明摆着此地无银三百两吗？所以，她又改变了主意，说了声：“你记多少就给我记上多少吧。”

郝主任走后，单位静极了，一道大院只剩下朝露孤零零的一个人。阳光无力，北风凄惨，只有菜地边角的那几片枯黄的菜叶在清冷的风中偶尔发出咝咝的响动。除此之外，再没有任何的声响和任何的活物来打扰她那酸涩的心情。她感觉自己就要在这一片死寂中死去，可是又不能安然死去，分明还有一根尖锐的针头在一下一下扎着她的心尖，令她沥沥滴血。

“啊，假如不曾有那么多的欢娱，也就不会有这么深的痛苦了！”她不禁在心里说，“早知道会这么痛，我宁愿不曾享受那份欢娱呀！现在，他已去了另一个温柔的港湾，而我却要在这里独享这杯苦酒！唉，算了吧，忘了他吧，不要想他了。所有的痛苦就让我一个人来承担，但愿他能幸福就算了……”

于是，她又出于礼貌，用那强作出的大度给他发了那条“新婚快乐”的信息。至于要表达的是让他快乐呢，还是让他不快乐？她不敢细问自己。如若要问——刺激他、提醒他，让他知道远处还有一个人在默默地受苦那恐怕才是最接近真实的答案。发过之后，朝露仍觉得自己的痛苦并未减轻一点点。姚根正那西装革履喜笑颜开的样子，何小敏那白纱曳地羞喜交加的样子，他们两个在众人的簇拥下搂抱接吻的样子，那些画面和情景总在她的眼前纷纷扰扰，挥之不去。她又竭力安慰自己道：“何小敏一点也不漂亮呀。我知道呢——他并不爱她；他心里一点也不情愿。说不准他这会儿也是一副心不在焉的样子；说不准他这会儿也在心里想着我。应该是这样的……”

可随后，她又觉得自己的这些想法还是过于乐观，缺乏铁证来支撑。“不！不可能是那样的！”她又在心里焦躁地想着，“何小敏的胸部那么大，那么挺实。她的臀部也那么肥，那么饱满，手感也肯定不会差。他根本无法抗拒那些诱惑。男人啊，没一个不是喜新厌旧的东西！他这会儿早把我忘到九霄云外了！有她的那两件宝贝就够他品味珍玩了！即便是他不爱她，那又能怎样？他这会儿不也照样搂的是她吗……”这样一想，朝露更是感到一阵阵的心烦意乱和坐卧不宁。她从宿舍到办公室里来回转了一圈。可所到之处又都是她和姚根正过去相爱和贪欢的陈物遗迹！没一处不让她触景生情，没一处不让她黯然伤神。他的印章，他的钢笔，他签过字的借据……无一件不让她看得涩涩发疼。那个沙发，那把椅子，还有那张小床……在那里他们曾经无数次地相拥相吻过，那些器物无一个不勾起她酸楚的回忆。那些物是人非的荒凉简直让她难受得要死，她需要出去透透气，要不她就要发疯了。于是，她又漫无目的来到了曹庆国的门市。

庆国门市里，庆国老婆和几个婆姨正在纳鞋垫。见朝露进来，庆国老婆说："你们单位就是这不好——老是要有人值班！要不你也能参加根正的婚礼去呢。"朝露没说什么，只无力地笑了一下，那笑容里难掩惨淡之色。庆国老婆又说："你去了那就更热闹了——你可以闹他的房，也可以跟他好好玩一玩。"也许说者无意，但是在朝露听来庆国老婆的那些话就好像是在故意刺痛她。"她什么意思？我去了更热闹，我可以跟他好好玩一玩！莫不是庆国也在枕边给她说了我和姚根正的风流事？"她觉得自己现在已成了别人暗地里的一个笑柄，眼泪也快要流下来。之后，那几个婆姨又你一句我一句地说着。说什么城里和农村的婚礼不一样，说什么根正今天肯定高兴得嘴也合不拢。朝露偶尔也应答一两句。但是她说了什么她不知道，她们说了什么她也一句没听下。她只知道自己一直在竭力控制着自己，尽量让自己显得平静得体一些，别出什么洋相。后来，她实在是待不下去了。她和她们在一起纯属是阴阳两界的人，她们的快乐她难以分享，她的酸楚她们也难以理解。于是，她又一个人悄悄地走回了单位。至于怎么走回去的她也不知道，仿佛在梦游。不一会儿，巧婶又来了，问她想吃什么？朝露说什么也不想吃，让她不用做了。巧婶看见她脸色不对劲，又问："你是不是感冒了？"

"不是，没感冒。"

"这几天流感可厉害了！你要注意呢，别不当回事。"巧婶说着，又要给她叫卫生院的卢医生。

"没事，不碍事。你忙你的。"朝露慌忙说，费了好大劲才把巧婶这个毫无分析头脑只有一片好心的人给打发走。

巧婶一走，她无力地瘫软在了椅子上，整个人好像被掏空了一般。不知什么时候起，一大滴一大滴的眼泪开始簌簌滚落。随着眼泪的流出，她又感觉郁积在心里的痛苦也好像流出了许多，身体也好像比刚才轻松了许多。她又有了些许的气力和精神，可以用来静静地思忖起一些事来："一切都过去了！我和他终究也不会有什么结果！现在，他已成了何小敏的丈夫。我如果再想他、再纠缠他，那就太不应该了，也太不要脸了！与其长痛就不如短痛吧，我们应该结束了……是该结束了……”

也就在这时，姚根正的电话打来了。朝露清楚地知道他今天打电话绝不是要告诉她——他有多高兴，而是他在心里还惦记着她。这就让她足够欣慰了。假如他不来电话，她说不准还会止不住给他去个电话，问他高兴了满意了？但是他打来了，她就好像有所补偿了，这就越增添了一份力量来维持她那个刚刚下定的决心了。看着姚根正那一遍一遍的来电，她仿佛能看见他心急如焚的样子。不知为什么，能感觉到他在发急，她就有一种说不出的高兴。这是一种恶作剧般的高兴——就像一只猫在戏弄它爪下那只已经逃不掉的老鼠一样。她根本不想去责备自己的绝情和狠心。她只知道他那着急的来电能使她处在一股幸福的暖流里。但是，到了晚上，姚根正再就没来电话！她知道他已经和何小敏睡在了一起。她的心又难受起来，怎么也睡不着了，翻来覆去中记起：柜子里还有上次林立奇和郝主任姚根正他们喝剩的多半瓶白酒。她拿了出来，猛灌了两口。本身她也没什么量气，加之喝得又太猛，朝露立即就招架不住了，只觉天旋地转，往床上倒去。刚往下一倒，腹中又有股翻腾的液体直涌了上来，催得她根本来不及坐起身，只侧了个头就口如井喷。之后再怎么折腾，她已没了很清醒的意识，只知迷迷糊糊中犹如昏死过去。可是，第二天她却起不来了，头疼发晕，手脚冰凉，手指间涔涔渗出冷汗，下身也好像来了大姨妈，淅淅沥沥淋个不停。她强行挣扎着下床，洗脸漱口，清理了昨夜吐出的秽物，再走一两步，顿觉眼前发黑，直冒金星，脚下如踩了棉花。她赶紧又躺了下来。

巧婶再来时，看见朝露脸若白纸，说话有气无力。这次她说什么也不听她的话了，直接叫了卢医生来。卢医生给她号了脉，说她是气火略重还有炎症——这几天要忌生冷多喝开水，顺带又给她开了几剂西药。吃了两天，仍不见好转，只能再打针、吊液体。病来如山倒，病去如抽丝。一个礼拜后，朝露才渐渐恢复过来。随着身体的痊愈，她觉得自己好像有了脱胎换骨的变化，姚根正也好像从她的心里搬出了许多。她已经能用较为平常的心态去想他了。但是，此刻他又站在了她的眼前。她没料到自己仍会这么地激动而又紧张，对于死灰复燃仍是没有多少信心将它扑灭。“不，再也不能那样了。”她再一次和自己较劲般地说，“好不容易断了就断了吧！但愿我们能平静地相处一段时间，慢慢回到各自的从前。我的痛苦永远也不能让他知道。要怪就让他怪去吧……”

“郝主任呢？”姚根正又问了一句。

“下乡去了。”

“……”

“你的婚假就到期了？怎这么快！”

明明是漫长等待的十五天，她偏要说过得飞快。以至于姚根正再一次觉得她对他说话的口吻用的是同事间最寻常的口吻。他感到他在她面前已没了任何不同于别人的优待！“怎么会这样？她为什么会这么心硬？”他的心情沮丧到了极点，喉结上下滚动了一次，不知再说什么好，完全没了自信和方向。半天，才努出一句：“你觉得可快了？”

“……”

他冒失地往前走了走，想要抓住她的手。

她发出了躲避。

紧接着，他又犯了一个更严重的错误，想继续纠缠强把那只手抓住。

“哎呀，你别动我行不行？”她的语气里已带出一丝真实的怒意。他怔住了，诺诺说：“你怎……”

这时，巧婶从灶房里走了出来。朝露朝外喊道：“巧婶，你把床单和被罩给我拿回来。”

中午洗出去的床单和被罩挂在院子里的铁丝上，稀稀落落地挂了半道院。巧婶直接抱了一大堆回来。她先已听见姚根正的车声，这时才看见他，笑着说：“哎哟，感觉好长时间没见你了。胖了！”

姚根正腼腆地笑了笑：“没胖吧？”

“能不胖？人家新婚蜜月，好吃好喝的！”朝露和巧婶打哈哈。

“她看起来神情自若，完全不像有心事有痛楚的人。”姚根正失望地想着。

巧婶问朝露：“还有点潮，套上？”

她用手摸了摸被罩，说：“不碍事。”

然后，她们两个开始一人在一边扯着被罩的两角往开抖搂。地下的空间有点不够用，姚根正又往边上让了让，坐在了那个小沙发上。

“你没把老婆也带上来？”巧婶边套被罩边回过头问姚根正。

“都要上班呢。”他苦笑了一下。

“你们这些双职工挣钱倒是比我们挣得多，就是连个家也顾不了！一个在东一个在西，刚结婚就要分开了！婚假才半个月？”

“也能请一个月了，我请了半个月。”

“那你为什么不请上一个月？”巧婶问，可随后又说，“不过你们这段时间也确实忙开了！临年腊月贷款都到期了，郝主任一直在下乡。今天又走西滩村了，走时还说估计你来呀，你要是不来让我再陪朝露住上一个晚上。朝露那几天又病了一场，输了一个礼拜的液。唉，一共三个人的单位，走上一个就转也转不开了！”

朝露在一边不易觉察地瞅了巧婶一眼，暗自怪她太能絮叨。

“她病了一场？”姚根正则在心上想，“莫不是因为……”

朝露和巧婶继续铺床叠被子，收拾一些零乱的东西。他们三个东一句西一句地说起曹店镇的某人某事和最近单位上的一些事。巧婶一走，气氛霎时里又回到了僵冻的状态，朝露又恢复了之前的冷若冰霜。姚根正心想：巧婶连不走也不如！巧婶不走他还能借着巧婶和她说话。虽然得不到她的什么特别的恩赐，但是还能和她平常地交流。可是巧婶一走她似乎也没什么要跟他说了！他进退两难，又讨好地问了句：“你前几天病了？”

“感冒了一两天。”她掩饰道，感觉自己的心又要被他的关切所动摇了，下意识中却形成了越要严防死守的念头。随后就说了句：“我要出去呢。”

这话在姚根正听来，意思很明显：你是要继续留在这，还是回你宿舍去呢？朝露这副公事公办的态度让他简直无从应答了。他不想走，可要留下来又没什么好理由。他只能带点无赖地说：“我要看会儿电视。”

“以后你把电视搬到你的宿舍去，行不？”

“她这是明白无误地撵我走呀！”他只感到一阵阵的难堪和屈辱袭来。他对她曾经有过多少深切的爱，随之也就涌来多少深切的恨。“她太过分了，她太无情了！我就是和她没好过，她也不应该这样对我呀？到头来我却落得连别人也不如了！”情急，自怜，愤慨，不甘……种种情绪一股脑地往姚根正的心里猛灌，他恼羞成怒地脱口道：“我在这看电视影响你什么了？”

“不影响。搬到你那——你想怎看就怎看，不是更好？”

“我就要在这看。”

“我不想让你看嘛。”

“我偏要看。”

“那你则看着。”她已不想再继续和他纠缠下去了，只朝着门口走去。

“朝露——”他从沙发上站起来，伸出手臂阻拦她。

“别拦我。”她不耐烦地甩开了他。

他不听她的话，继续阻拦她。

她只管暴躁地往开推他。

“你为什么会这么绝情？你真是一个婊子，不是婊子怎会这么没良心！”

她吃惊地看了他一眼，转瞬又低下眼睑，什么也没分辩，只继续要走。他看到因为自己的口无遮拦所带来的更严厉的惩罚——她的脸上已明显现出对他的轻蔑和厌恶了。他更不知所措了，只知道用身体一个劲地挡住她的去路，进而又哀求道：“朝露，你听我说么。”

“我不想听，你要说什么？”

他的两只手死死抓住她的两只手腕，喃喃道：“朝露，你为什么要这样？我到底是哪里做错了？让你这样对我！”他的话犹如隔着油布敲在她的脑门上，让她闷闷地震颤。可随后，她又只想着要离开，便不顾一切地往出抽她的两只手，嘴里狂吼道：“你放开我，我要出去。”

他被她从一进门到现在的拒绝弄得心伤欲裂！他怎么也想不通她为什么会变成这样——对他冷酷到了近乎仇视的地步。他又是一阵心寒绝望，只感到被抛弃的痛苦在每一个还有知觉的点上泛滥。他像一个孩子一样委屈万分，声音已在不觉中变成了呜咽：“我不知道……我为什么要这样执迷不悟……为什么要爱上你这样一个无情无义的女人……而……而还要去伤害另一个人……我也试过、我也努力过——要让我忘了你……可是……可是我根本做不到呀……我做不到像你这样狠心——说断就断了！我只知道我爱你，到死也爱。你是不是后悔了？后悔了你明说呀……为什么要这样一声不吭地往死里折磨人！只要你明明白白地说一句话……我发誓……我发誓——我绝不会再来纠缠你……我要是再来纠缠你……我就是王八蛋。”

他的话说完了，同时他不知道她什么时候起已停止了挣扎，变得安静下来。刚才扭作一团的身体已经不动了，她的双手无力地搭在了他的两肩。他能感觉到她的身体在他的怀里阵阵战栗。当他再低下头看她时，她的眼角处闪出泪光，一颗已溢出眼眶要掉了下来。他轻轻捧起她的面颊，用深情的一吻，吻尽了她所有的暴躁与不安。

她微弱地叹了一声：“你真是我的冤家啊！”

他不再说话，只是一遍一遍地吻她。渐渐，他感觉她也有了回应。他们的舌头开始相互吮吸，似乎要把那间断的部分重新弥补回来。他腾出一只手从她的后腰伸了进去，摸到了她的臀部。那只手又向上移动，想从后面解开她的乳罩。她的身体轻微地扭动了一下想要抗拒，但是这次的抗拒远不如之前那么剧烈，随后就不再反抗了。他的那只手继续在她的衣服里游走，想要褪去她的裤子。她在恍惚中朝外看了看，说了声：“大门。”

姚根正懊恼地走出去锁了大门。再回来后，朝露已整理好衣衫坐在了床边，表情无喜无悲，像一只木然的木偶。他重新坐了下来，靠在她的身边，用手指轻轻抚弄着她的每一根手指尖。她一动不动，似想非想，仿佛没了知觉。他再次低下头吻她，吻她的唇，吻她的脸，吻她的眼睛……再次腾出一只手在她的衣服里上下游走，直到大腿的内侧。慢慢地，两个身体向后仰去，衣服一片一片地散落在床头。事毕，他刚要抽身，她的两只胳膊却又死死箍住他的臀部。他知道她已到达了高潮，只是余韵未尽仍要他继续停留在那。直到她那潮水像雾一样渐次隐退，他才翻身下来。而她则又一次风情万种地躺在了他的怀里，前后判若两人。一切已无需追问，她的身体已向他证明——他们又回到了从前。可他还是忍不住问了一句：“你难道从来就没想过我吗？”

“想又能怎样？”

“……”

“你和她好吗？”

他诚实地摇了摇头：“一点也不好！”

她无奈地说了句：“我们这样迟早要遭报应呀！”

第十一章

婚后，何小敏把姚根正的名字在手机通信录里换成了亲爱的老公。对于亲爱的老公，她开始全方位地呵护和监督了，每天都要表达她的思念和爱恋，早、中、晚，定时定点地给他来电。而姚根正却被这种关照和挂念弄得不胜其烦！每天都是千篇一律的"你在哪？在干啥？"，他真想对着电话吼："我能在哪？我能干啥？一日三餐，早起晚睡，每天哪有那么多的新鲜事可说。你能不能没事少打电话？"可他仍顾及着她的感受，竭力控制着自己，只在那乏味地答着她的问话，有时简直是在痛苦地搜话，直至她自讨没趣地挂了电话。何小敏好端端的心情也常被这种乏味的通话弄得苦闷不堪。没打之前，想打，打过之后，她又分明觉出她对他毫无吸引力可言。他们之间根本没有恋人间那种该有的如胶似漆，也毫无情人间那种心心相通的感应。"我是不是把他逼得太紧了，让他反感了？女人应该矜持一点，或许会更好一些……"她在心里琢磨道。

于是，她也开始学着动用一些爱情里的小手腕——强迫自己两三天不给他打电话。果不其然，等不到第三天姚根正就会主动给她来电——诧异她这几天是不是有什么事？但是，她仍能听出那只不过是出于一个丈夫对妻子应有的责任和问候，而不是出于想念的缘故。他们的谈话不温不火，礼貌而实用，像同事间的谈话，像朋友间的谈话，像兄妹间的谈话……唯独不像新婚燕尔情人间的谈话！他从来不说想呀、爱呀、亲呀……那些她所期盼的言语。有时，她会问："你下午回来不？"

"这两天单位上忙，我走不开。"

"晚上回来，明天一早再到单位，又不会误什么事？"

“嗯，”他一面承认着，一面又说，“可郝主任不在我要值班呀，我们单位就是这制度太他妈的严！”

“那我明天来你单位，我明天休假。”

“明天……明天……我可能还要下乡去。”

“……”

“过两天就忙完了，一忙完我就回来，好吗？”

她一声不响地挂了电话，又被他这种冠冕堂皇无懈可击的理由弄得无法发作。但是，久而久之，何小敏终于明白了——他就是想尽一切办法来躲着她，他从来也没有因为思念她而急着想回家的心情，他根本就没有想过她、爱过她，他们的婚姻只是用来给别人装装门面罢了！一想到这些，她就感到浑身一阵阵地不寒而栗，一种被骗的钻心的恨意汩汩袭来。她真想对着他天翻地覆地大闹一场，然后指着他的鼻子骂他：“你真是一个无耻的小人！你真是一个万恶的骗子！”可她又不能那样做——那样做就等于是宣告了他最不可告人的最丑恶的一面，也等于是宣告了她作为女人最惨痛失败的一面。何况她真的很爱他，只想着他也能爱她。现在，既然一切已成事实，与其连血带肉地揭开伤疤，就不如让它春风化雨地悄悄愈合。不管怎么说他已成了她法律上不可动摇的丈夫，这就是她最后的慰藉。她仍精明而实际地想着：“只要我爱他、对他好，铁石心肠也终有被感动的一天。”所以她又隐忍不发，固执地坚信他们之间天长日久迟早会擦出爱的火花。然而事与愿违，他们之间的关系非但没有进步，反而被生活里的一些鸡毛蒜皮的琐事弄得越朝着各自相反的方向发展去了。

每个月里有五六天，姚根正是在家里度过。那是他正常的休假，他再也没什么理由不回家了。一回到家他才发现——他不是娶了一个老婆，而是把自己嫁给了何家。他们的小家离何月峰的大家太近了！他们两个家在无形中搅成了一锅粥。他的生活可以被人随意地闯入。他不回来，何小敏仍像没出嫁以前那样在娘家那边吃。他回来了还一样，是他们两个一起在何月峰的家里吃，要不就是何月峰和孔云焕来他们这边吃。当然，饭菜是由孔云焕动手，比平时张罗得更丰盛更可口。只是姚根正觉得有些不自在——他跟何小敏本身也是貌合神离，所以他根本不可能爱屋及乌，跟岳父岳母那更是客气得疏远。渐渐，孔云焕有了些微词，对何月峰嘀咕道：“他这人怎这样？没一点热乎劲，直来直往的！”

“身子骨也好像有点懒，本来也没什么事让他做，可总不能一吃饭就扬长而去吧？”

“单位忙归忙，可回来了还一阵也待不住，家里好像拴了老虎一样……”

何月峰心上虽有不满。但他还不至于跟女婿唇枪舌剑——他把这归结为年轻人还不懂得恋家顾家。但是孔云焕却忍不了了。她的那双眼睛实际上从来就没有放松过对女儿女婿的观察。她发现女儿自结婚以来实际上就没怎么开心过，有时甚至还会在不经意间流露出一丝落寞来。她不知道深层的原因，但是她要就她所看到的表象做出干预和修正。她要改变女婿的一些顽劣，要让女儿过得幸福舒坦一些。有时，她见姚根正起得迟，就会满脸阴沉；有时，她见他回来得晚，也会面带怒容。还有一次，她直接就对他发开了凶：“你一天到晚跟狐朋狗友的瞎混，也不说接一接小敏。她上一整天的班，这会儿再一个人往回走。你也不想想她累不累、敢不敢走？”

“我刚打过电话，她说不用接自己回来。你什么也不知道，就在那发什么凶！谁上班不累？我不回来，天天一个人走。我一回来，怎就不敢走了？”姚根正心上虽这样想着，脸上却仍赔着笑说：“我这就去接，这就去。”

一出门，他再给何小敏打个电话：“你起身了没？”

“刚出发，一会儿就回来了，等我。”

“我来接你，不用骑摩托了。”

“已经离开单位了，你不用来嘛。”

“啊呀，让你等着就等着，怎这么麻烦！”

何小敏只好再把踏板摩托车骑回单位，心上想太阳从西边出来了——他今天怎非要来接我不可？接上老婆，姚根正免不了又咕哝一句：“你妈也真是——”

“又怎了，一天把你好吃好喝地伺候上，还不好？”

“咱说得好好的——你自己回来。她硬让我来接你！”

“她不说，你会来接？”

“那我给你打电话时，你说来接不就行了嘛。你说不用接，这会儿她又让接！这不，我再不给你打个电话——小车开道护送个摩托，这该够排场了吧？”

“你就是心里没我。”

“怎没你？”

“有就不用打电话，直接来接不就行了。”

“话都让你说了！”他无可奈何，又说，“那我以后回来天天包接送，这总该行了吧？”

“那还不把你累死了，我可消受不起。”实际上，她根本就不需要他有来接她的行动，她只需要他有一颗想来接她的心就足够了。再走一会儿，她又兴趣盎然说：“去国贸。”

“去国贸干啥？”

“给你看下双鞋，买上。”

“有鞋呢，又买？”

“啊呀，倒换着穿嘛。”

就这样，姚根正又在何小敏和孔云焕恩威并济的夹击下没了脾气。说实话，作为老婆，他觉得何小敏真是无可挑剔。她每天都把家打扫得一尘不染，把他们的衣服洗得干干净净，叠得整整齐齐。她理智而又实际，像一个纹丝不乱的钟表，事事有着规划和打算，待人接物一丝不苟，正儿八经。这些不能不说是她的优点。可他只觉得她不是那种能够让他深爱的类型！她不娇嗲、不妩媚、不妖艳，一笔一画，平淡刻板！尤其是她对他的那种默默的近乎卑微的爱更让他觉得像是一座座大山压得他喘不过气来。她正一步步成为一个需要他极力报恩的人，而不是一个令他肝肠欲断的人。有时他真希望她能少爱他一些，让他轻松一些，因为他不能回报她以同样的爱。可她除了要他爱她再对他别无所求。有时他甚至会想：“她什么时候能大病一场也好，那样我就可以出出力、尽尽心，好好伺候她一回。”赎罪也罢，找个心理平衡也罢，他总觉得他亏欠她的太多。可是她的身体一贯壮实，始终安然无恙。唯一有点意外的就是小肚子渐渐鼓了起来，尽管他们的房事仍像逢年过节一样稀少。

时光荏苒，转眼到了何小敏的分娩期。婆婆来伺候月子，婆婆一来祸事跟着就来。媳妇对婆婆有先天的成见——从结婚到现在，公公婆婆等于一无用处，既没帮过什么忙也没出过什么力，想来好像连让她高兴的话也没说过几句。何小敏没体验过贫穷，所以也就不能深刻理解没钱的无奈。总之，她对婆婆就是有种说不出的鄙夷和厌恶。婆婆站着，她觉得她呆眉呆眼。婆婆走动，她又觉得她少精无神。此外，婆婆是农村人，适应不了城市的环境——不是找不上米就是寻不见面，不是壁挂炉开不开就是燃气灶不会用，事事都要问她。“比不来还要麻烦……”她在心里想，心里这样一想，对婆婆的问话就成了消极不抵抗政策——有时哼一两个字，有时干脆哼也不哼心烦地用手指。见婆婆还是寻不见米、开不开燃气灶，她又实在忍不住走过去，动气地说："啊呀，我来！"婆婆则像做了错事的孩子一样站在一边。姚根正看得分明，他没法改变母亲，使年迈的母亲成为利索的讨自己妻子喜欢的人。他也不想在妻子快要生产时和她怄气，只是比平时勤快了许多，忙着跑前跑后。

"他倒是挺会心疼他的母亲！看来他并不是一个木头人嘛，他心里有谁就会心疼谁呀。只是没见他这样心疼过我一回……"何小敏不免又在心里说。这天下午，她的腹部开始阵阵下坠、频频入厕，疼痛也一次比一次剧烈。姚根正、孔云焕和婆婆几个人赶紧把她送进医院。她躺在产床上有气无力地呻吟着，隔会儿又会撕心裂肺地惨叫起来。再隔一会儿，又稍微平静了下来，成了气若游丝的情形。猛然间，又是一阵更厉害的剧痛袭来。她眼睛大睁而又恍惚，一只手死死掐着孔云焕的胳膊，牙齿紧紧咬着一块枕巾，脑袋发疯般地左右摆动，一颗颗豆大的混着泪水的汗水从脸上唰唰滚落，浑身转眼如水浸了一般。接生医师一直在一边辅导着："用劲……用劲……对……就这样用劲……"可随后又没了动静，一切又缓和了下来。再过一会儿，又是一次痛彻骨髓的剧痛，痛得她死去活来。就这样剧痛间隔交替着，一次比一次凶猛，一次比一次长久，一直折腾到子夜时分。何小敏已是面无血色，嘴唇干裂，湿透了的头发一绺一绺贴在她的脸上。最后一次剧痛袭来，伴随着"哇——"的一声啼哭，她这才虚弱地闭上了眼睛，只感觉自己的身体轻飘飘地升向了天空。

助产医师报告："千金一个。"

那一刻，姚根正瞥见母亲的脸上闪过一丝失望的神色，不知为什么在那一刻里他真的对母亲有些恼恨和不满。何小敏已经如此受苦受难了，她还在那计较什么儿子和女儿。况且，他从来也没想过一定要有个儿子，儿子是灰扑扑的土豆，女儿是水灵灵的明珠，从内心来讲他甚至喜欢有个女儿比喜欢有个儿子更胜一点。他欣喜地朝那个小东西看去，只见那小东西红彤彤的脸盘正慢慢变淡，蜷曲的四肢在轻轻蠕动。他很想抱一抱她，可又怕自己那双粗笨的大手会弄疼她，只是把白炽的灯管用报纸缠了一圈。他担心那耀眼的光芒会刺伤这个从黑暗世界里初来乍到的小生命。不一会儿，何小敏的奶水就下来了。孔云焕在一边催促她赶快给孩子喂奶。这时，姚根正又看到那个小东西尽管还闭着眼睛，可那张粉红的小嘴自动就找到了该去的地方，啧啧不停地吮吸起来。瞬间里，他就觉得那个小东西是无比地可爱！她那小生命里天然的灵性正将他潜藏的父爱一点一点地激活。这时，孔云焕问他："快给我们的妞妞起个名字，叫什么呢？要不干脆就叫妞妞好了！"姚根正早就想好了要给女儿取个单名"遥"字。其一，遥即是远的意思，深远的东西总比肤浅的东西要好一些；其二，遥与姚谐音，姚遥这样重叠着叫也亲切。他说了出来。孔云焕用手指轻轻刮着小东西的鼻头，疼爱地唱起了童谣："姚遥……姚遥……快快长大……姚遥……姚遥……摇到外婆家……"

第二天，何小敏、姚遥母女平安回家。家里不久就生出了奶味尿味混合的月子房的味道，也多了一份添丁加人的忙碌。姚根正买了羊和鸡，孔云焕炖肉，婆婆熬粥，一家人围着那个小宝贝团团转。第三天，何小敏那些城里的七大姑八大姨也都来探视。女人们在卧室里七嘴八舌：

"脸盘像根正了……"

"眼睛随她妈了……"

"再偷着生个儿子就好了……"

"……"

外间餐厅里拌了凉菜，备了酒席，姚根正在一边作陪。何小敏的那些舅舅姨夫们吃着、喝着、说笑着……其他的人说什么姚根正倒没在意，但是孔德树的一些话在他听来就有些含沙射影了。孔德树说什么：这下有小孩了，再不能不顾家了；固然工作忙可以理解，但是工作也是为了家吧，对不？小敏没任何问题吧？你不能说她不是一个好媳妇吧？你要好好对她呢。她在我们这边从小到大可是没受过一点气……显然，孔德树和孔云焕在背地里没少评论过他这个女婿。他们对他这个女婿还是有颇多的不满。今天，孔德树这是代表女方家来给他敲敲警钟紧紧发条，希望他们能把小日子过得和和美美。孔德树的有些话，姚根正也能听得进去。他知道那是他自己做得不对，他就是不想回家！他们夫妻间的关系只有他们心里清楚，准确地说是只有他自己心里更清楚，他自己心里也对这种不能融和的状况时时苦闷着。可那是他自作自受，那又能怪谁呢，那又能解释给谁听呢！但是孔德树的另一些话，姚根正就有点听不进去了，心想："什么没受过一点气，我也没给她气受呀。"

不过孔德树一来是长辈，二来也是一番好意，为了他们小两口好。所以姚根正也不说什么，只是一味地点头尊听。一副有则改之无则加勉的态度。直至酒足饭饱，他又将这些人一个个毕恭毕敬地送到楼下。谁知，到了楼下临走时，何小敏的小姨，那个他们订婚买首饰时姚根正就看着不顺眼的小姨，又给他扔下一句：“你以后要好好对我们小敏呢，要不然——”要不然之后的话她没说出来，但是威胁的味儿已经够浓了。

这下姚根正就有点火了，在心里说：“自己真是忘了一句古训：‘嫁女须胜若吾家，娶媳须不若吾家。’人家这是战线同盟啊，自己这是单兵作战呀。我又没把何小敏怎样？就是怎样了，要指责也轮何小敏来指责我。何小敏指责我，我心甘情愿无话可说。犯得着你们这些人吃着我的喝着我的来联合镇压我吗？哼！要不然——要不然你还能把老子吃哩……”

他气鼓鼓地上了楼。一回到家，另一幕情景更是让他气上来气。床前他母亲像个小保姆似的垂手侍立，很明显她是在等待媳妇手中的那只汤碗。何小敏喝完了，却把碗随手搁在了床头上，婆婆像空气一样在她眼中不存在。婆婆又拿起碗，小心问：“还喝不，再给你舀点？”她厌烦地摇头，不知是厌烦米汤还是厌烦婆婆，总之就是一副厌烦的面孔。母亲出去后，姚根正终于开口了：“你能不能对老人热心点？”那话的声音说得不高，但是透出了一股冷冷的威力。

何小敏心头一怵，可随后却又不想认错地说了句：“我怎不热心了？”

“热心不热心你自己心里不清楚？来多少天了也没听见你叫过一声妈。”

“叫妈不叫妈又有什么，你发什么凶？”

“没什么，不叫也无所谓。但是以后你最好是少摆你那公主架子。”

“我摆公主架子了？谁一天衣来伸手饭来张口。我摆公主架子了？你妈有你这么个好儿子，谁敢对她不好，不好了看你这架势是要把人吃哩了。”

“我哪敢？”姚根正回敬道，“我还敢吃你？我看我动上你一根手指头，我有十个脑袋也不够顶命。不看看你们这一大家子，哪一个我能惹得起？”

“我们一大家子怎了？哪一个对不起你？你除了会心疼你妈，你还会心疼谁？你把你的那份好心也给别人用上点……”

何小敏前面的话仍气势汹汹带着责问，可她说到“你把你的那份好心也给别人用上点”时，已转化成了丝丝的委屈和幽怨。这对姚根正来说远比那气势汹汹的杀伤力更要大得多。长久以来，他不是不知道自己在感情上亏欠着她。所以，他顿时又心软道：“好了，少说上两句，没打算要跟你吵。都算我错了，行不？”

何小敏自然也知道自己有不对的地方，随即就借坡下驴，不再吭声。可在客厅里收拾碗筷的孔云焕早听见了女儿和女婿的争吵。前面的声高她听得清楚，后面的声低她也没听清。可惜，她已闯了进来，脸色铁青地问姚根正：“你咋了？”

姚根正一见孔云焕那副怒气冲冲的神态，也不由就没好气地回道：“咋也没咋，咋了？”

“没咋，小敏能生气？”

“她要生气，我有什么办法。”

“亏你还是个男人！你不知道女人坐月子时不能动气？”

他低下了头，不准备再针锋相对。但是，孔云焕却得理不饶人，又愤愤说：“我们一家老小见天把你当老人一样伺候着，还伺候得不满意？狼儿子喂成了虎儿子了，反倒咬开了！咋了？没给你生个儿子你不高兴了？还是看见她们娘俩不顺眼了？”

“你爱咋想就咋想。”

见女婿敢对自己也不客气，孔云焕更是气急败坏。她说：“爱咋想就咋想？老娘才不想想。你看见我们不顺眼，我们也不稀罕。我们走，我们走了好让龟儿子利索。哼，不知哪个龟儿子才离不开呢！”说罢她就给何小鹏打电话，电话里只说了声：“这边有事，你让你四妗她们过来。”

何小鹏、何小鹏的四妗、三妗，还有两个表嫂表姐都过来了。众人见孔云焕和姚根正像两只斗鸡一样怒目相对，僵在那里。而姚根正的母亲早已浑身哆嗦，六神无主地扶着卧室的门框。来的人面面相觑，不知原因。何小鹏和姐夫平时一贯是酒友，也清楚自己母亲的脾气。他给姐夫有意无意间摊了摊双手，意思是：你别惹她不就行了！姚根正对小舅子的这种宽宏大量也在眼神里表示了感激。

何小鹏又对他母亲说：“妈——你这是怎了，好时大节的！”

孔云焕恨恨地说：“那龟儿子心怀鬼胎，见不得我们了。”转而又成了三行鼻涕两行泪的控诉，说自己是如何如何地伺候，结果却换来了如何如何地冷心。控诉接近尾声，她猛又一提声音对众人说道：“把小敏的东西都给我往过搬，我还不信到头来是苦了谁的儿。往过搬，离了狗粪也种大白菜呢。”

姚根正的母亲哀求道：“亲家，你别跟那鬼仔子一般见识。”

孔云焕冷脸冷色不理不睬。母亲又拽自己的儿子，让儿子给丈母娘低个头认个错。母亲的低怜下气和丈母娘的盛气凌人两相对照，越使姚根正来了那股八匹马也拉不回的犟劲。一时间里气冲脑门，他倒是真想看看他的丈母娘到底能跳几丈高。任凭他母亲拉拽喊骂，他就是纹丝不动，索性愤然转身出了卧室，坐在客厅里。

这下孔云焕也骑虎难下了，她又对还在你看我、我看你的众人说："看什么看，没见过人家这副德性。等什么等，还等人家开口撵呢。搬——把小敏的东西都给我往过搬。"众人终于动手了，扶大人的扶大人，抱小孩的抱小孩，拿东西的拿东西……她们把何月峰平时对她们的关照之情全报答在了忠实执行孔云焕的命令上。顷刻间，床上的小被子、小枕头、爽身粉、奶瓶子、尿垫子……被席卷一空，家里只剩下垂头丧气的姚根正和他的母亲两个人。

母亲说："你快过去给人家说上两句下气话，把小敏和娃娃给咱接回来。"

"我哪有那么多的下气话给她们说。自始至终我只不过说了一句我该说的话，就惹来这么大的事！这么厉害的一家子，谁能顶戴得起？"

母亲不说话了。儿子和媳妇为什么争吵她知道，媳妇这些天里对她的态度她当然也能觉见，心上着实委屈着只是不愿流露出来罢了。只要儿子和媳妇能过得好，这些都无所谓了。可现在，她却觉得自己成了难辞其咎的罪人，心上只想着："假如我不要来，他们也不会成这样呀！"只听儿子又说道："有本事走，就有本事不要回来。"

"糊脑子哟！人家不要回来，人家不要回来，这是你的地方？人家不回来，最终要走的是你！再说小敏也好着呢，又没怎。我和她都不爱说话嘛，你再不要怪她了。你看咱那娃娃多亲！快——听妈说——快过去给人家低上个头，又没低在外处。"

"我不去。"儿子依旧转不过弯来。

"唉——"母亲长叹了一声。隔了一会儿，她又热了碗粥，端上默默朝何月峰的家走去。只要儿子和媳妇能重归于好，比这再多的难堪她也愿意忍受。可何家等的不是要她来，她们等的是——姚根正前来负荆请罪。一下午过去了，姚根正没来。一早上过去了，姚根正还没来。一大中午又过去了，姚根正仍然没露面。

"哼，真是茅坑里的石头——又臭又硬！"孔云焕在心上愤愤地想，"既然第一次和他较量开了，就要让他彻底服软。"

至于何小敏呢？初离开家时，她还有些许的自责和悔意。但是到了此刻，这些自责和悔意也全没了，全成了深深的失望和憎恨。她原以为姚根正会尾随而至，即便是昨天不来今天他也应该来了。只要他来，她再面子上绷一绷也就跟他回去了。本来他也没什么错，她也没打算要让他承认什么错误。“但是现在看来是自己太痴心妄想了！”她不由就想道，“一直以来他就是心里没我！一直以来他就是不爱我！现在看来，他连自己的女儿也不爱呀！纯粹一个无情无义的东西，而我却一直那么地对他好……”所有这些前尘往事简直不敢回想，一回想，平时那些长期积聚在心里的被疏离和被排斥就全转化成了委屈，继而委屈又成了深深的恨意。她对自己心硬道：“既然他这么无情，也就别怪我无义了。要闹就闹吧，对他这种人根本就没什么可值得珍惜的。过成了过，过不成了，大不了不过了算了，最坏也无非是从来就没人心疼没人关心罢了，走到哪一步算哪一步吧……”

这天下午，孔云焕和何小敏母女俩又杀了回来。一进门，孔云焕看见姚根正在沙发上看书，抽着烟品着茶，悠闲自得。这个情景越让她生气和发狠，心想：“他倒是过得老美气！人家才不在乎我们的死活呢！”这样一想恨意就更甚了，她顺手就把一个茶杯扔在了地上，狠狠道：“我让你过得美气。”接着又把那个茶壶也打翻在地，又狠狠道，“我让你过得美气。”还觉不过瘾，再把那个烟灰缸也砸向墙壁，继续狠狠道，“我让你过得美气。”随着三件物品粉身碎骨后，孔云焕正式的数落才像扣动了扳机的机关枪一样向姚根正一梭子扫了开来：

“哼！老娘把小敏领回去，难道还要老娘再给你说好话把人送过来？你真是茅坑里的石头——又臭又硬！

“当初小敏就不愿意，是我瞎了眼硬把女儿往火坑里推！还有我那瞎眼的大哥，当初说你不知有多好。现在就应该让他来看看你这只喂不熟的白眼狼！

“你说，自从你结婚到现在，我们何家哪一点对不起你？

“你说，自从你结婚到现在，你哪一顿饭不是吃在我们家里？小敏还说你爱吃这个不爱吃那个，我一天变着花样给你做，到头来好心却换你这副驴肝肺！

“你说，自从你结婚到现在，你是交过水费还是管过电费？还是为这个家做过芝麻大点的事？

“你说，自从你结婚到现在，我们小敏又有哪一点对不起你？她一天挺个大肚子还为你洗衣裳，你从来动过一下手没？不动也罢，她一天上班早出晚归，你就不能接一接送一送？你心上想过她没？

“你说，这个家从里到外，有你的一根针还是有你的一根线？你还牛什么牛？你有什么资本来跟老娘怄气？

“今天我就把话给你说明——你想住，住；不想住，现在就滚。”

姚根正被丈母娘这一浪高过一浪的问罪批得体无完肤。他没想到他平时不经意的生活常态，此刻全成了她给他定罪量刑的款款罪证，全成了她跟他秋后算账的条条证据。一个家庭里凡事要泾渭分明，让他如何能分辩得清。起初，他还想分辩两句：“我怎没接送过小敏？这个家怎没我的一针一线？电视是你的？冰箱是你的？还是床是你的？正因为我没交过水费电费，所以五月端午、八月十五、时分八节，我好烟好酒地孝敬你们比孝敬我的父母还多……”可孔云焕的口才确实优秀，不亚于一个善辩的律师，懂得环环相扣和排山倒海的气势，让他根本插不上话。当他听到“想住，住；不想住，现在就滚”那句最后的通牒时，那已完全超出了一个男人自尊心所能忍受的范围。姚根正不想辩了，也不屑辩了，他只像个胀满了气的气球一样立在那里，任她们随便来。但是，今天这个气球注定要爆裂。当他抬眼看去，见何小敏也在那砸碎了他们的一个相框，对他的母亲还是那副颐指气使的神态时，他就彻底怒了。他只觉自己浑身的青筋在暴跳，自己浑身的热血在上涌。他猛的一拳砸向了电视。电视机从内部发出“咔咔”的裂响。他又狂怒地吼道：“砸吧，砸那些小玩意儿算什么本事。有本事砸大件，力气不够拿斧头来砸。都砸了，都他妈的干净！我不是你理想的女婿，也不是她理想的丈夫。我现在就走，这行了吧？”

孔云焕和何小敏母女俩被这阵势给镇住了。孔云焕给何小敏朝门口扬了扬头意思是让她先走，两个人这才一前一后地撤离。临出门时，孔云焕又给姚根正扔下一句：“走？想走也没那么容易。好来，好来；不好来，跟你小子没完。”接着，才是“咣当”一声沉重的摔门声，门框“嗡嗡”发抖。

姚根正一头扎进被子堆里。他被这场同时爆发的——西方丈母娘同女婿间的武斗和东方婆婆同媳妇间的争吵——这两大世界顽症给击倒了，好久缓不过神来。本来，他已想好：要么今晚、最迟明早，他肯定要到何月峰家里去。不为别的，单只为母亲这两天那惨淡的面容和那心碎的样子他也要去。再说，一个家走了女人和孩子就不能称其为家了，家里已是冷冷清清很凄凉了！他想他应该去低这个头了，凡事不能过了头，过了头有理也就成了没理，何况跟自己的老婆有什么理值得可争呢。可是刚才这场突如其来的疯狂打砸，砸碎了他所有的打算，也砸尽了他长久以来对何小敏的愧疚和歉意。他的歉意到此为止。他再也不用因为何小敏得不到他的爱而自责了，他再也不用因为她是一个贤妻良母而自己是一个不忠的丈夫而不安了。他甚至觉得猛然间他已卸去了心中长久以来的重负，反倒轻松了许多。现在，他的眼中只有何小敏刚才那不带情义的凶狠的面孔，那令他感到厌恶和憎恨。现在，他只想着只要她何小敏愿意离婚他是求之不得，即使是她不想离他也不愿再踏进这个家半步了。许久，客厅里发出轻微的响动，是他母亲在打扫地上的那些残渣碎片。姚根正走出卧室，说了声："妈——你明天回去吧。"

母亲眼里噙着泪花，问："我回去，你们怎办？"

"没有我们，以后只有我了。我想离婚。"

"唉——不要瞎说，已经有咱的娃娃了！"

"……"

第二天一早，母亲仍不想走。可姚根正非让她回去不可。其一，他今天必须要回单位了，把母亲一个人在这种情况下留在这里他实在不放心。其二，他知道靠他母亲也处理不了他这烂了边的家事。母亲拗不过儿子，这才收拾行李，和儿子一同来到城南客运中心。城南客运中心人来人往，嘈杂不堪。西边有一群老头在悠扬地打着太极拳，东边有一群老婆在昂扬地扭着秧歌。这个世界依旧忙碌，这个世界依旧阳光，没有人会在意谁的心里已经阴暗到了极点。只是姚根正的母亲感到自己好像是来自另一个世界，她和所有的人顶的不是同一片天空。她的天空要塌了！有太多的难言之隐在这个一夜间已白了头的老人的心里翻滚：儿子心情沉重，而她走了，他会不会有个什么三长两短；儿子去了单位，她再一走，孔云焕又会说三道四，看得出来亲家母可是什么话也能说得出口；冉说了回去又怎么交代呢？村邻院舍都知道她是去伺候媳妇的月子了，可前后不到一个礼拜她就回来了！明眼人不用说也能猜得出来一定是出了什么问题呀！"唉，丢人死了！"老人在心里说，"丢人也罢。可儿子以后会怎过呀？我再连个小孙女也见不上了？我的命怎就这么苦呢……"班车徐徐启动了，她又将头探出车窗，给儿子叮嘱道："过两天等小敏气消了，你再跟她好好说一说；床头吵架床尾和，夫妻没有隔夜的仇呀。"

"我会处理好的。"姚根正竭力做了个让母亲放心的表情。

第十二章

每个阳历年的最后一天即 12 月 31 日，都是金融机构法定的年终决算日。一年来，所有的业务活动和财务收支情况都将在这一天进行一次全面的总结，各项经营成果都会在那最后一刻扎定的数字里体现。任何一个从业人员都会切身感到这一天的不寻常。从中午起各网点就会张贴公告，停止对外营业，着手准备决算前的各项工作：解票记账、抽卡销据、核对总分、提留结转……任何一项工作都容不得马虎，任何一个数字都不能有误，任何一分一厘的不平也需要快速查找，否则，不光是影响本网点的决算工作，而且还会延误上一级的决算进程。

通常每到这一天，各网点总会全体人员集体上阵，加班加点，算盘提速，记账加快，电话成了热线，颇像进入了一场战斗的状态。而会计人员则是这场战斗的主帅，其他人员连同平日里的领导也统统成了打杂跑堂的下手：买水果饮料、烧水泡茶、切菜炖肉……全力保障着后勤服务工作。到了晚上，室外总是寒风凛凛，甚至雪花飘飘。室内却是炉火熊熊，笑颜暖语。全体人员围桌而坐，来一顿丰盛的年终会餐。除会计人员之外其他的人尽可开怀畅饮。因为会计人员还需要在会餐后继续熬夜加班，直到那所谓的或红或黑的决算报表出来为止。这样的一天，虽然紧张劳碌，但是主力工作者看着自己亲手制出的年终决算报表，绝对会有那种大功告成后的放松和欣慰，也能感到那种劳动过程中本身所存在的快乐。不像现在，一切已被电脑系统自行代替，任何人都没了高度辛勤的使命，失去了亲自动手和参与的体会，每天都成了稀松平常的每天！

2002 年的决算之夜过后，自下而上层层报表汇总，遥平县信用联社借助着这些年来遥平地下资源的不断开发所带动的整体经济向好的大环境，又是一个全线飘红的年度。各项存款大幅增长，各项贷款也是水涨船高，所有关键比率均在核定范围之内，利润开创了历史新高。总之，该降的降，该升的升，成绩可喜，局面良好，各项业务呈现出稳健发展的强劲势头。但，这是就整体而言，也有个别网点的某些数字不容乐观，尤其是有两个网点的不良贷款一直居高不下，与遥平县信用联社整体贷款的管理水准出现了步调上的不一致。

这两个网点一个是姚根正的老家大川信用社，另一个是遥平县最东面的一个贫困山区的小社——瓷崖信用社。说到一个信用社的不良占比，那自然与这个信用社所处的当地经济环境和信用氛围是密不可分的。大川镇作为遥平县的南大门，早年商贾云集经济繁华，是周边各乡镇乃至更远地区的一个重要的商品贸易集散地，有着小香港的美称。但是随着近年来交通的日渐便利，信息的飞速共享，大川镇便不再有早年的优势和垄断地位了。许多商人开始跳过这个二手基地直接去了一手的货源地，于是大川镇的商贸开始疲软：商铺、饭店、旅馆、粮油、五金、百货……各行各业纷纷受到影响，生意萧条，收入锐减，经济进入了一个持续低迷的下滑期。倘若政府不能在这非常时期打一剂刺激经济的强心针，靠大川镇自身是很难有转暖的回天之力了。皮之不存毛将焉附，整体外部经济不景气，当地信用社的日子自然也就难过开来。

而说到另一个信用社——瓷崖信用社，那更是有着久远的历史。瓷崖、瓷崖，顾名思义，因瓷而得名。瓷崖镇坐落在遥平县东面偏南六十五公里处，山大沟深，土地贫瘠，可谓穷山恶水。这里的山是土山，这里的崖是土崖，崖悬壁峭，地形险峻，只是崖土呈红褐色，具有黏性可做瓷。所以上世纪九十年代之前，这里的男人做瓷、女人织毯，这是当地的两大支柱产业。这里所产出来的瓷虽不及汝窑定窑那些有着深厚历史底蕴的产瓷地的瓷闻名，也不及景德镇青花瓷的工艺和釉色，但是在当时来说这里所产的瓷具有实用价值。因为这里所产的瓷是粗瓷，黑黄两色，以黑色为主，可做水缸、面瓮、醋坛、酱罐、尿盆等器皿。所以，一方水土养一方人，瓷崖镇虽然交通闭塞，偏安一隅，但是靠着微薄的山地农作物收入和卖点瓷、卖块毯的收入，这里的人倒也过得其乐融融。

每逢集日，四面八方的村民从各个山道和各个小沟里走出，来到瓷崖镇的街面，把那条用青石块铺的高低不平的小街挤得水泄不通：摆摊的、贩粮的、打铁的、磨剪刀的、放录像的、卖老鼠药的……吆喝嘈杂，灰尘扑土，却也热闹非凡。男人们吃一锅炖肉或猪肝羊杂之类的下水，再喝一碗当地自制的老蒸酒，这个集日就算赶好了。女人们则买点油盐酱醋生姜茴香或扯块布料弄点肥皂洗衣粉之类的日用品，经营生计才是她们赶集的主要目的。在这土色土味的集日里，也不乏有山窝窝里飞出金凤凰：一个个女孩不施粉黛却也清纯俊美，她们或站或走或嬉闹，为这个原始的天地注入一分明亮欢快的色调。

可是随着改革开放现代化的加快，这些自给自足如世外桃源般的地域无一例外地受到了冲击。手工毯成本昂贵被机织毯所代替；瓷缸、瓷瓮、瓷罐也统统没了用处，被一些不锈钢或塑料等先进的材质所替换。于是毯架上没了那刀剪铿锵的声音和女子间的嬉笑言谈，转而蛛网横织，尘丝吊顶。瓷窑上也没了往日的喧嚣和叫嚷，坯轴停转，窑门熄火，一片坍塌颓废，只有破碎的瓷片成堆地倒在那里，令人看得心慌。两大支柱产业顷刻间凋零倒闭，靠那微薄的山地农业收入难以持续发展，人们该何去何从成了一个新的社会命题。

这一时期，中国的大地上又掀起了一次人口迁徙的大潮，较之八十年代初的下海经商，这次称之为农民工进城。于是瓷崖镇的农民也随着这股大潮纷纷开始进城务工。有的家庭走男人留女人，有的家庭走女人留男人，有的家庭走壮年留老年，有的家庭走中年留儿童，有的则举家外迁，有的则彻底背井离乡。就这样一个人口上万的镇子不到几年中就被走成了空巢镇、空巢村，留下来的人口多为老弱病残智力不全者。街面上再没了往日的热闹：店铺多半关闭，黑咕隆咚；饭馆只剩下一个，生意冷冷清清；遇集日也是人影稀疏，清风扫街。不遇集时，更是仅有几个老头躺在向阳处晒太阳，偶尔在一块又黑又烂的棋布上来两盘车马炮的对弈，显得孤寂零星，凄凄惨惨。没了人自然也就没了工作。镇政府白白养活四十多个干部，一来上班反倒费水、费电、费炭、费米饭，所以书记下令一个月放多半个月的假。派出所毫无用武之地，基本没什么治安问题需要处理，留一个协警管理户籍，顺带给政府书记当司机。电管站月底派人来抄一次表、收一次费，平时单位的大门就靠那把铁将军把守。卫生院倒是有两名本地的医生，可惜只会消炎打针，治不好但也绝对治不坏，实在不行患者就只能转院进城了。至于工商、税务、法庭，这些原来建在瓷崖镇的单位，现在统统撤在了二道梁镇，只有中小学和信用社还算建制齐全。但是信用社也被这大量的人口外流弄得岌岌可危，款一放出去就找不上了人，不良贷款年年持续走高。

为此，遥平县信用联社采取了一系列的措施——换了两任主任前去治理。两任主任被那恶劣的环境和一盘散沙的局面吓住了。去了以后，蜻蜓点水，无功无过，赶快想办法平安调走为上策。于是联社又下狠心出狠招，重金许诺：治理不良贷款有功者——主任工资晋升两级，一般员工工资晋升一级，临时工可以就地转正。重赏之下必有勇夫，又是一名主任带着三名年轻的临时工奔赴了瓷崖镇。其间下了不少苦工，也采取了一些办法——依靠政府、借助法庭、联络村干部……的确取得了一定的成绩，不良贷款增长的势头得到了遏制。但是内部管理却又出现了问题：一名员工因旷工十五天被除名；另一名员工因工资分配不满意愤然递交了一份辞职报告，扬长而去。主任几乎成了光杆司令，治理工程实际上又等于宣告了失败。这下，联社理事长坐不住了，心中有了不快："小小一个瓷崖信用社到底怎了？问题怎老是层出不穷！"他开始慎重考虑，心头酝酿着再一次走马换将了。

2002年的决算日这一天，理事长在联社总部坐镇指挥，联社主任、监事长和两名副主任分为东南西北四组带着烟酒和水果前往一线慰问各个网点的员工。下午回来后，联社七层大楼里依然忙碌不停：一楼营业部的员工，有的在整理档案，有的在计算数字，有的在装订文件，有的在抄写笔记……人人忙乱地完成着各自手头的任务。会计在汇总各项报表，头发凌乱，面色憔悴，鼻头上不知在什么时候已沾了一块墨黑，仍顾不上理会；二楼保卫科的同志将各个网点调缴回来的库款一一清点，超核定库存部分准备押往人行总库；四楼信贷科相对较安静，科室人员在统计着贷款规模情况，随时调整指控着一些社的偏离数据；五楼财务科早在几天前就已抽调了部分精兵强将，此刻电话频传报表纷飞，没有一个人可以偷闲片刻；其他科室的闲杂人员都在灶务处帮灶，剥葱捣蒜、拣菜头、洗瓜果、铺桌布、配椅子，准备着九点整将开始的机关全体人员的会餐。与此同时，三楼的小会议室里召开了一次严肃而重要的理事长办公会。

椭圆形的会议桌前坐着全套班子成员：理事长居中，一侧是联社主任和一名副主任，另一侧是监事长和另一名副主任，人事科科长在对面做着会议记录。会议首先对全县的一般员工进行了一次较大范围的调整，班子成员就各自所分管片区内的一年来因工作或个人问题需要调整的人事做了汇报，然后由理事长来一一定夺。接下来才是对个别网点主任的变动，说到主任们理事长讲话了。他说：

“火车跑得快，全凭车头带。两个肩膀扛一颗脑袋的都叫主任，但是我要说‘一个优秀主任和一个平庸主任的差别，那真是天壤之别’。优秀的主任——对内，他可以团结职工，带领大家心往一处想劲往一处使；对外，他可以打出我们的品牌，获得群众的赞誉和认可。而一个平庸的主任——那就是对内只会搞得乌烟瘴气，对外只会搞得怨声载道。不说别的，就说一说我们瓷崖信用社职工旷工的问题：基层社一般职工的假期都是五天，在这个期限内，主任可以根据职工的需求自由掌握。职工走到第六天，主任为什么不去找？是找不上吗？找不上，这可以原谅。第七天还找不上，也可以原谅。那么，第八天，他为什么不给我们打招呼？给我们打来招呼，我们可以找呀，我就不信一个职工能平白无故地在这个地球上消失了。而为什么非要等到十五天后才把这个问题给我们原盘端上来？既然端上来了，我们就得处理。我们的制度是——无故旷工十五天必须开除。制度面前人人平等，兵不斩就不齐，所以职工被开除了！但是我要说：这样的主任也让人从心里看不起。因为，这事情一推敲一琢磨就等于秃子头上的虱子明摆着——职工平时不把主任放在眼里，想走连招呼也不打就走了。反过来主任也恼羞成怒：‘好，你不把我放在眼里，我也让你吃不了兜着走。’这叫搞管理呢？这叫牛顶牛斗气呢。管理的最高之道应该是——不战而能屈人之兵，即使是你批评了人家，骂了人家，也要让他心服口服。而不是这样给人家穿小鞋，一棒子打死，断送了人家一生的饭碗！所以我认为瓷崖信用社的主任也该撤换了——”

人事科科长在会议记录上唰唰记下了瓷崖信用社主任的名字，并且在后面附了撤职两个字。

理事长继续讲道：“下来——我还要说一个问题——这个问题也发生在瓷崖信用社。但是据我所知我们其他的社或多或少也存在着这样的问题。绩效工资是我们今年才开始试行的一种新的工资机制，它是一种以业绩论英雄的典型机制，相对于传统工资更具有激励性。但它更是一把锋利的双刃剑！应用得好——可以调动广大职工的积极性；应用得不好——更容易导致两极分化，挫伤一些职工本来真诚火热的心。说到底，工资才是每个人最敏感最关心的话题，有多少人能觉悟高到只干活不拿钱？从明天开始，活由大家一起干，工资由我一个人来拿。你们在座的，谁还会坐在这里听我讲这讲那？谁还会坐在这里再给咱出谋划策？”

说到这，理事长把目光左右询问了一遍。班子成员没人答话。联社主任给他回了个表示认同的笑容。监事长把桌上的烟拿起，给众人散了一排子。抽烟的有理事长、联社主任、监事长，和监事长身边的那名副主任；另一名副主任和人事科科长不抽烟。当监事长散完烟后，欲给理事长点火时，却发现他已经自己点着了，已自顾自抽开了。监事长又把手中的火苗移向联社主任，主任双手掬着监事长的手，深吸了一口，吐出一缕烟雾后，又把脖子前后左右转动了两圈，长期的伏案及开会等已让他的颈椎近来越感不适了。

这时，只听理事长又说道：“从现在看来——我们今年所实行的绩效工资这一机制运行得并不是很好！是起到了刺激的作用，是有些人开始眼红了，但是反感和不平的呼声也高了。这说明：我们与绩效工资相配套的一些机制还没能很好地同步运行。绩效工资——以绩取酬是它的核心。那么这个绩，由谁来准确评估？又由谁来有效监督？主任说谁好，谁就多拿上点；主任看见谁不顺眼，谁就少拿上点。这应该不行吧？还有，业绩有些是实绩，有些是虚绩，有些业绩是有形的，有些业绩是无形的。我们又如何客观公正地来区分这些呢？举个例子——存款是银行的立行之本，所有银行都在这块上下足了功夫，这也成了竞争的焦点，每个从业人员最大的压力就是揽储。层层加压，级级下划，有时我们不得已而为之——搞一些月底、季末的突击。猫不上树狗追着呀，因为上面要数字呀！但是作为搞经营的人——我们都应该清楚：这些突击的虚数有百害而无一利。因为那些资金并不能为我们所用，三两天就走了。其次人家帮你三回，你总得帮人家一回吧，这就无形中加大了一些客户对我们贷款有所要求的权利。所以我说这些突击的虚绩意义不大，只是应付上面而已，可是偏偏就有人把这些虚绩当作功高如山的业绩来取酬！这是不是成了，谁弄虚作假越能行，谁带来的害处越大，谁反倒拿得越多？这个问题是不是很应该值得我们认真商榷了？再举个例子——一笔贷款职工辛辛苦苦跑了三趟，结果还款时客户却把钱还给了主任。主任权力大嘛！客户想给主任表一表自己的好信誉——以后再贷点款方便嘛！你们说这个业绩该怎么算？主任说这笔款是他收回来的，往自己的功劳簿上一登。职工们是不是只能是打了门牙往肚子里咽，冤枉得驴也能掉眼泪！因为主任的业绩是有形的，有还款票可以作证；而职工的业绩是无形的，跑了三回谁看见了？证据不向他说话呀！

这不，瓷崖信用社就因为这些事情的日积月累导致了矛盾最终地爆发！主任在贷款管理上是一把绳索，却在考核中比谁的收贷多，比谁的收息多！谁多？这还用问。结果是一算账三个职工也拿不过一个主任，账是依据数字算出来的，职工们拿不上钱还说不出个所以然！所以只能是一纸辞职报告释放了一肚子的怨气！可你们知道，当我看到那份辞职报告时，我是什么样的心情？”

会议的气氛有些沉重了，班子成员都知道理事长为那件事情不高兴了好几天。因为辞职行为对于上级来说基本上就是一种愤然的抗辩，有时也可以理解成——是一个人对组织失望到了极点，而做出的无奈的过激之举。一贯刚强正派的理事长受不了在他领导的阳光天地里出现这样不和谐的黑点。尽管他对那名职工做了挽留，但是那名职工去意已决。所以理事长觉得那名职工不仅是打了瓷崖信用社主任的脸，而且还打了他的脸。因为他分明看到那名职工在离开他的办公室时，脸上挂着的是一种受够了这种管理考核的怒意。为此，理事长难受了好几天，随后也做了深入的调研，他要知道绩效工资的考核究竟在哪一个环节上出了疏漏。这时，联社主任叹了一声：“唉——我们有些主任真是太自私了！”

理事长接话说：“所以我们要时常教育我们的中层领导，要切实提高他们的素质，要让他们明白——有些业绩的取得完全是离不开团队的配合。如果没有柜台人员的尽忠职守，如果没有外勤人员的跑腿打杂，主任一个人就拍翅膀就打鸣，他能有时间来完成他那些丰硕的业绩吗？既然离不开大家的配合，就应该学会大体差不多的分配。凡事要交过众人的眼，凡事要能安抚了众人的心。可是我们有些主任就是——”

说到这时，理事长又无言了。他用恨铁不成钢的表情给班子成员摊开了双手。仿佛他手里捧的就是这些主任，他要让班子成员看看这些主任到底搞成了什么样子。之后，他才提高了声音，又说：“但是更重要的是——我们要建立一种有效的制度来保证绩效工资的运行，要建立专门的巡查小组定期监督绩效工资的分配，削弱任何人在这里面的随意性。会后，这项工作由你来落实，我要见到详细可行的贴切实际的指导意见。”理事长说这话时，是对着联社主任说的。联社主任一边在他的笔记本上记着建立定期巡查小组，制出绩效工资指导意见，一边说了声：“没问题。”

接下来，理事长又转为拉家常的口吻说：“在工资这块我们永远也不敢马虎，因为人本身就有一种劣根性——人们可以接受都低，但是不可以接受你高我低。人人给挣上三千块，什么事也没。你给这个挣上四千块，给那个挣上五千块，平均水平提高了一千五，可挣得少的却还要有意见！而且这种红眼病的范围不大：他就是跟身边的人做比较，至于明星大腕一天挣几万、几十万，他也不眼红。那离得远，他管不了，反倒只会跟风瞎崇拜！所以，我说我们在工资这块绝对不敢马虎，这项工作如果处理不好极容易导致小圈圈里闹矛盾——消极对抗，敷衍了事，出工不出力！什么'爱社如家'、什么'主人翁精神'，这些我们所提倡的作风，统统会变成空谈和没人理的口号。柜台人员坐在那里怎么算怎么拿不上钱，他会高兴吗？他会微笑服务吗？不发火那才是怪事。所以，我们一定要制定出一些切实可行的办法——既要让他眼红，又要让他感到只要付出劳动就会有公道的回报，这才能和我们实行绩效工资的初衷相吻合。"

说完后，理事长又看了看联社主任，意思是这项工作责任重大，一定要慎之又慎。联社主任也给理事长郑重地点了点头，表示一定能完成好。班子成员又你一言我一语地说了几句深感人性复杂、众口难调的话。理事长喝了口水，听完众人的议论后，又说："下来——我们再说一说大川信用社的问题。这也是一个老生常谈的问题了，在这里我也不想多说了。固然我们都知道大川镇这几年经济下滑，生意萧条，外部环境很不好！但是我们的不良贷款都是由外部环境造成的吗？你们都清清楚楚——检查了多少次了，是不是三分天灾七分人祸？归根结底，还是我老说的那个问题——不给送东西不给贷，送了东西乱给贷，过来过去就给他身边的那几个狗头军师贷，这样做，不往死放贷款能行嘛！我原想一辈子的老主任了，让他拖且到退休。现在看来也是等不得了，等不得咱就撤。不光是撤职，真正有什么大问题，不排除更严厉的措施。离任审计这块由你来负责。"理事长的眼光转向了监事长。监事长接到命令后，嗯了一声，又说："以后对这些到了红线年龄的老主任，我们就应该提前两年让他们离开重要的岗位。"理事长表示了认同。人事科科长又在会议记录上记下了大川信用社主任的名字，同样在后面附了撤职两个字。

会议的总基调已经定型，拔个萝卜空个坑，撤了两名主任自然就需要提拔两名来填补。大川信用社规模很大，经研究由一名人品实在、现在干得很好的中年主任前往。他手底下的一名副主任就地提拔，接任了他原来的职位。瓷崖信用社是个小社，提拔一名年轻主任即可。联社主任提到了姚根正：其一，他是科班出身、专业对口，符合年轻化知识化的队伍建设要求；其二，从这几年的工作表现来看，姚根正除了主任的岗位没试过，其他的岗位他都能拿得下来；其三，平时领导们下乡去了，有目共睹——见他说话精干，头脑灵活，对领导们也能表现出应有的谦卑。并且领导们也在联社的内刊上见过姚根正所写的几篇豆腐块的文章，如《不良贷款的浅析》，如《如何加强存款的核心竞争力》等。这些文章看起来虽然有些个人感情色彩过于浓重，但是也能看出有些建议和意见确实是经过认真思考的，而且很注重实际，具有一定的可行性。所以联社主任把他提了出来。对于年轻人，在没有见到他们在一些大是大非上的原则立场和一些对疑难问题的解决方式之前，领导们本能地还是有些低估和不放心。但是不放心归不放心，从长远的眼光来看总得给年轻人一个练兵的机会，发展和培养年轻人才是保证后续力量的基本战略。所以，理事长最后拍板定案了，说了句："那就这样吧，是骡子是马拉出来遛一遛再说。"

于是，姚根正就成了这次会议上的一名幸运儿。他接到通知时，已是2003年的1月2日，通知要求他必须在1月4日前在新单位报到。姚根正感到时间紧迫，责任开始重大起来，同时也觉得胸中有股久已蛰伏即将凌云展翅的快意汩汩涌来。而且这一张任命的通知也仿佛将多日来笼罩在他心头的家庭阴霾也冲淡了许多，似乎带来了拨云见日的先兆。自从把母亲送走后，姚根正就到了单位，再也没回过家。何小敏也没给他打过电话，将近二十天了，这是他们结婚以来最长时间的一次冷战。姚根正对何小敏也没了把握——她到底是要离婚呢？还是等着他给她说好话认错呢？假如离了婚，孩子又由谁来带呢？再说了，从结婚到现在前前后后还不到两年，就这样闪电般地离了，对众人的眼光也不好交代呀！这些天里，他就这样愁眉苦脸地思索着，想来想去觉得能不离最好还是不要离。可是离与不离这个方向盘现在看来也好像不在他手里握着，何小敏的态度也好像很坚决，否则她早给他打来电话了。而要让他先给她打电话，这也确实很难开口——他已经一时冲动地义无反顾地离开了那个家，再让他低声下气地说要回去，他宁愿困死街头也不愿说那样的话——那个不是他自己买来房子的家已经让他的尊严丧失殆尽了！所以，这些天里他也就这样不死不活地拗着。但是现在却来了这张任命的通知，他觉得这不光是他事业的主弦开始奏响了，而且也会带动着他的其他方面向好的方向发展。因为，他现在就可以借着这个机会给何小敏打个电话，告诉她："我调了。"

想象中何小敏肯定会惊讶地问："调哪了？"

“瓷崖。”

“让你再吊儿郎当——调到那鬼地方，活该！”

“不是平调，还带点提拔。”

“……”

不出意料，何小敏的心情应该会很复杂，是喜是悲他判断不来。但是她至少应该重新认真审视他这个人了。他这个主任虽然在中国的官制里也没有级别，连屁股的股级也算不上，但是那却掌管着几百万的资金，应用得好了，在一个乡镇上和书记、镇长也是伯仲之间。那也是一个人在一个系统里能力和价值的体现，也是一张在社会上让人刮目相看的名片。这些黄袍加身的效应何小敏不会不明白。她平时不也一直鼓励着他，要让他朝着这个方向发展吗？妻以夫为荣这是个极正常的道理嘛！而且姚根正也确确实实感到他这个主任似乎也加大了他同何家抗衡的筹码，在他目前这种家庭情况下令他有了那种扬眉吐气的快感。他用不着对何小敏说那些小人得志便张狂的话语，如“你妈把我骂得一无是处，可我们领导的眼睛好像还没瞎”。他想，只要他给她打通电话后，真诚地对她说：“我想好好干点事业，以后家里就多辛苦你了！”然后再问一问女儿的情况，这样一来，他们的家庭矛盾就应该很能缓和一下了，他也就可以顺路回趟家了，这些天里他也真的很想念他女儿那张粉扑扑的脸蛋了。可是他又想起孔云焕那张怒气冲冲的脸来，还有她那些信口雌黄的话语来。他不由得又恨道：“狗眼看人低，欺人太甚！她们想怎来就怎来吧，我奉陪到底……”

于是他又没打那个电话，继续默默整理着他的行李。他的行李不多：一捆铺盖，一箱子破书，几件随身的衣服，便是他全部的家当。本来郝主任说等朝露送报表回来，一块儿吃顿饭，他再组织几个人把姚根正送到瓷崖镇，仪式弄得隆重一些。但是姚根正谢绝了。他不喜欢那些迎来送往的张扬场面，他更喜欢一个人平静地出现在一个地方上，用他的眼睛用他的心去直接感受一些真实的情况和一些真实的气味。此外，朝露也送报表走了，顺带回家几天，这是她每个月的惯例。这期间姚根正一般不会给她打电话，这也是他们之间默契遵守的一个约定。虽然跟朝露也不能来个告别仪式了，但是姚根正觉得他现在想起朝露来心情也不是那么沉重那么绞痛了。在事业面前，儿女情长也似乎让开了一条大路。此刻，他只想着披挂上阵立即就前往瓷崖镇，披荆斩棘干出一番业绩来回报领导们的知遇之恩。尽管瓷崖镇的艰苦与偏远他早有所闻，尽管瓷崖信用社的规模与质量他在联社每月下发的统计报表中也有所了解：240万的贷款，一半正常，一半不良！但是他同样也知道——正因为那样他才有可能干出一番业绩来，如果人家前任主任干到了相当的高度，那么他要保持住人家的水平都很困难。现在，他只觉得自己有绝对的信心和气冲霄汉的豪情去摆平这一切。

1月3日的一大早，姚根正就出发了。曹店镇和瓷崖镇在遥平县正北面五公里处岔开了，就像一棵大树的两条枝丫：曹店镇在遥平县的西北十五公里处，瓷崖镇在遥平县的东面稍微偏南六十五公里处，而姚根正的老家大川镇则位于这棵树的南部根底处。通往瓷崖镇的前三十公里是柏油路，一条宽不到六米厚不足四寸的普通乡村柏油路。柏油路的两侧有五六个不大不小的煤矿，每天向外运煤的车辆源源不断。在那些超载加长的重型卡车面前，这样的柏油路就显得不堪一击，早被碾轧得惨不忍睹。三步一坑，五步一洼，煤渣遍地，灰尘漫天，任何车辆在这样的路况下都无法正常行驶，只能是摇摇摆摆缓慢地向前移，车速稍快就会颠得人心肝易位。走完前三十公里就到了二道梁镇，柏油路也到了尽头。剩下的从二道梁镇到瓷崖镇的后三十五公里全成了土路。与后三十五公里相比，前三十公里虽然难走，但是仍可算作是坦途大道。因为那毕竟是柏油路，而且也基本不用爬山上坡，而后三十五公里则完全成了另一番景象。

此刻，姚根正那辆红色的夏利刚走到二道梁镇，一拐过二道梁镇的街面便是一座红胶泥的大山，像是要给人一个下马威：山体巍峨，山势险峻，山顶处栽着一架电信公司的铁塔，直插云霄。起初，山根底的坡度还比较缓，弯道也绕得很大。渐走，弯道愈来愈急，坡度也愈来愈陡，车头向上翘得老高，引擎盖挡住了视线，仅能凭感觉而行。这些年已走惯了沙漠草滩那些平坦地区的姚根正被这险峻的山路吓出一身冷汗。他的双手不由得握紧了方向盘，眼睛一刻也不敢放松地盯着前方，下意识中就把车靠着山体内侧走，外侧则是陡峭的崖壁、万丈的深渊！盘旋弯转上至山顶，视野豁然开朗：远远近近全是连绵不绝的大山，一个个山头像蒸笼里的馒头，高低错落，蔓延无际。道路在这些馒头之间盘绕蜿蜒，一会儿向左一会儿向右，一会儿向上一会儿向下，周围不见一个村庄一个人影，只有车后的黄尘滚滚飞扬。不知走了多少时候，猛然又开始下山，坡度变得急了起来，愈走愈低，愈走两边的空间愈窄，最后车子完全降至了一条深沟里。旁边是浑浊的瓷崖河在淙淙流淌，两岸深山对峙空谷幽幽，抬头仰望只见一线苍天，仿佛把人跌入了一个连同呼吸都困难的深井里。

至此，姚根正才开始有些失意了。他发现自己之前把这六十五公里的路程太有点轻视了，更忽略了这段路程将给他今后生活带来的巨大变化。很明显，这六十五公里的路程将把他送入一个几乎是与现代文明相隔绝的荒山野地里！相比之下，之前在曹店镇的那些优越和舒适就显得越有些珍贵和不舍了。在那里，他半个小时就可以进城，下午和同学们聚个会喝个酒，什么事也不误。晚上回去，还有朝露那销魂的玉体在等待着他。“可是现在这一切已全变了！今后再也不会有那种风流惬意的生活了！唉，把她也调在瓷崖信用社那该多好啊……”他在心里想，可随后又自言自语道，“尽想美事，即便自己是个理事长也不能那样任性妄为呀。嗨，努力干工作吧，事业才是主流，争取在事业上施展身手，早日收兵回营……”

正想着，前面又是一截车辙很深的路段，依姚根正判断沿着旧车辙过，肯定要托住底盘。于是他把方向向外打了一点，想让左边的车轮骑在原来两行车辙的中间，右边的车轮沿着路的最外侧行驶。突然，车身一崴，车头向右下方倾斜。他慌忙倒车，却感觉右前轮已吃不上劲，前后不能动弹。姚根正下车查看，发现右前轮处的土畔已塌陷。他寻思得一张铁锨铲一铲或者有什么东西来垫一垫，四下张望却什么也没有。他来到河畔，准备寻找点石块什么的。可是有的石头又大又圆他搬不动，有的石头深陷在泥里他拔不起，能捡到的又太薄太碎不济事。他只好又返了回来，重新上车试着又开了一次，车轮越陷越深，根本不敢再开了。于是，他又下了车，站在路边干等。可是老半天过去后，仍不见有一辆过路的车和一个过路的人影。无奈之下，他锁了车门向前走去。走了不到半里，路左侧有条小沟，沟口呈喇叭状，沿沟而上层叠着几户人家。碎石片垒着围墙，羊圈的木栅栏被日晒雨淋得发黑又发霉，院落里的苹果树、梨树、枣树，在这个季节里只剩光秃秃的枝条。姚根正喜出望外向上快走了几步，双手拢在嘴边，喊：“喂——有人吗？喂——有人吗？”

半坡处，一条黄狗扯直了脖子上的缰链要往沟底扑。荒山野地不常见生人的狗要比城市里的大路狗格外凶狠。那黄狗一次次扑了出来，一次次被缰链弹了回去，仍又一次次地往出扑着。“汪汪汪”的撕咬声在山沟里回荡。这时，一个四十来岁的男人从硷畔探出头，向下张望。姚根正急忙说：“喂——老乡，帮帮忙，车崴住了！”男人没答话，转身朝里走回。正待姚根正失望时，却见那个男人又走了出来，手中已拉了一张铁锨，身后还跟了个和他年龄相仿的女人。女人手里拿着一根细绳子，穿黄色军用裤、黑布鞋。他们没有走绕坡的车道，而是顺着斜坡上一条已经踩开的泛白的小路连跑带跳就来到姚根正面前。

“真是麻烦你们了，真是麻烦你们了。”姚根正的感激之情溢于言表。

“没事，出门人——谁没个闪失。”女人热心肠道。

“崴哪了？”男人问。

“不远，就前面那。”姚根正用手指。

“咱三个能推动不？不行——再给你叫两个人来。”男人又说。

“没问题，铲一铲就能得出来。”姚根正说，又问：“你们这是什么村？”

“黄渠。”男人回答。

“啊呀！路烂得实在厉害，也不说修一修。”

“秋上刚修的。”男人说。又骂道：“婊子儿——钻井队家又来了几回，就碾成这么个样了！”

姚根正笑了笑，问：“钻出来什么了没？”

男人懊恼地说：“什么也没钻出来！来了走了，勘探了一年多了，我看他们也是在那冒钻呢！”

说话间，三个人已来到停车处。男人把刨开的虚土铲过，又给右前轮向后铲开一条斜坡。姚根正上车挂了倒挡，男人和女人在车头处用力一推，车就出来了。他又走下车，给男人递了根烟，说：“谢谢，太感谢你了。”

“这有什么，谢什么谢。”男人大大咧咧地说，又端详姚根正给他递来的纸烟——见比他们农人们抽的烟高档，又看姚根正穿得西服革履的，才说：“你不像是我们本地的，去瓷崖呀？”

姚根正嗯了一声，问：“还远不远？”

“不太远了。过了韩家峁，再走上十里就到了。你去瓷崖有什么事？”

“上班，我来你们这信用社上班。”

一听信用社三个字，那男人马上就火了。他愤愤地说：“早知道你是信用社的，我给你往出推车？哼，我还想把你这车往沟里掀呢。”

姚根正不知原委，窘在那里。

女人往前拽了拽男人，嘀咕道：“过去的些事了，你说那有什么用。”

男人余怒未消：“日他妈的——气人呢！去年娃娃考了个大学，要贷五千块，跑了四回也没贷得一分钱。不给贷就说不给贷，还说明天来后天来，绕得老子白白跑了多少回！”

瞬间里，姚根正就对瓷崖信用社的前任主任生出了一些反感，他在心里骂道："羞先人呢，搞工作呢！"又对那个男人说："老乡——你不要介意，以后有什么事，你尽管来。"男人见姚根正态度真诚，缓和了口气，委屈道："我们又不是骗人的人，为娃娃念书实在没办法才贷款呢！年底猪羊变卖了就能还钱，咱能欠下公家的？"姚根正心情沉重地说了句："我知道了。"又说，"走吧，我把你们两个顺路捎回去。"

"不用了，早上砍下的柴还要往回背呢。"男人用手指了指河对岸，河对岸是成片的枯黄的玉米秸秆。又说："你走你的。哎，还没问你呢——你是当官的还是当兵的？"

"能给你办贷款的。"

当姚根正再上车时，他感到心中多了一份义不容辞的责任和一种要拨乱反正的使命。他的第一直觉已告诉他——他现在首先就应该好好扭转一下自己单位和当地群众的关系了，群众基础如此之差，他怎么能开展好工作！

第十三章

1月7日朝露回到了曹店镇的单位。本来她应该1月5日就到单位，但是1月6日是她儿子的生日，所以她又跟郝主任临时请了两天假，7日才来。一进信用社的大门，她就感到单位上发生了一些异样的变化。郝主任正在菜地边上跟一个四十岁左右的男人拉话。那个男人和郝主任是同样的工作服：深蓝西装，白衬衣，棕色领带，一看也是一名信用社的职工。“不会是人事已经调动了吧？”朝露不觉就在心里问。

“咱的会计，朝露。”郝主任指着走近的朝露对那个男人介绍道，又对朝露说，“这是常建华，咱新来的同志。”

“姚根正呢？”她脱口而出，已忘了掩饰急切的神情。

“哦，调了，调到瓷崖信用社当主任去了。”郝主任又说。

朝露仿佛被什么猛撞了一下，脑中一片恍惚状。尽管在姚根正结婚那次她已经经历了一场刻骨铭心的剧痛，但是那次她知道他还会回来，十五天之后他必然回来。可是这次却不同了！这次意味着他们从此将天各一方了，她顿时就觉得心碎不已。隔了好一会儿，她才把失魂落魄的神态调整过来，对新来的常建华点头微笑了一下。常建华大方地说了声：“你好。”似乎还要和她握一握手。她只是惯性地用手碰了碰那只向她伸过来的手。只听郝主任又说：“你回来了，咱就人全了，我们先走。你一会儿到红梅饭馆来，今天就算欢迎欢迎咱的老常同志。”

朝露木然地应了一声，走回自己的宿舍。

办公桌上放着几份关于人事调动的文件，她把那张任命姚根正的通知拿在手里久久出神。看见郝主任和常建华他们走出大门，她又来到院子里，徘徊至姚根正原来的宿舍门口，隔窗朝里望了一眼。床依旧是原来的床，柜子依旧是原来的柜子，桌子也依旧是原来的桌子……只是床上已换成了常建华的铺盖，大红被面，深灰枕套，褶褶皱皱的，有点俗不可耐；柜子里已没了那些曾经熟悉的书籍；办公桌上那个白根绿叶白菜形的琉璃笔筒也不见了；连同墙上那张《泰坦尼克号》的剧照也卷走了，只留下一块苍白的印记。一种人去楼空的凄凉袭来，她看得一阵阵难受，拿出手机拨了姚根正的手机号。虽然她不确定他此刻是在家还是在单位，但是她已经顾不了那么多了。即便是何小敏在他跟前，她也要听一听他的声音，跟他说一说她真的快要难受死了。只听对面却传来一个女孩的清甜声音：“你好，请问你找谁？”

朝露疑心自己慌乱中拨错了号码，匆忙挂断。看了看，没错呀，接着再打。还是同样的声音同样的问话，她又一次挂断手机，心想：“这是怎么回事？这趟家回得真是天翻地覆，一切都变了！”

没过多久，她的手机响了。

“你给我打电话了？”一个再熟悉不过的声音传了过来。

她说不出话来，牙齿紧紧咬着下嘴唇，眼泪却先行泛了出来。

“你到单位了？”姚根正又在那边又问。

“嗯……你什么时候走的？”

“3号。”

接着便是长时间的沉默，两个人谁也不知道再说什么好，都沉浸在一片已分别的肃穆里。这种时候里，任何的言语反倒好像是一种多余的浅白，与那沉重的气氛格格不入。许久，朝露才问了句：“你的手机谁拿着？”

“哦——瓷崖这没信号！我昨天爬到对面山顶上摇了老半天，好不容易才摇来一格信号，凑那一格信号我把我的手机转接到我们单位电话上了。刚才去了一趟镇政府，回来听我们会计说：‘今天单位的电话可怪了——响了两次，接起都没人说话！’我估计是你，所以……就……”

朝露的脑中已闪过一道人影，那是瓷崖信用社会计许丽丽的身影。她和她认识——在联社召开的会计培训会上，年终决算会上，业务技术比赛时，她们遇到过。平时月底送报表也偶尔碰面，只是匆匆打个招呼而已。可是此刻，那个平时不经意的从未多想过的身影却在她的脑子里反复闪现：许丽丽身材中等，面孔清秀，脖颈修长，眼睛有点低度近视但不用戴眼镜，眯缝起来看人反倒显得萌气十足，睁大了又乌黑水灵，十分动人。她的身体活力四射，满含着青春的气息，各个部位正处于含苞待放的舒展期。她知道她是一个正当花季的漂亮女孩，参加工作的时间虽不长，但是各项业务技能已经初露锋芒——翻打百张传票、点钞、计息……全有越来越“精、准、快”的趋势，是个绝好的苗子，经常受到表扬。不知为什么，她立即就觉得姚根正又会跟许丽丽暧昧不清。这让她比忌妒何小敏更忌妒得厉害。何小敏是有权利的，况且她知道他不爱她，这会儿想来倒也罢了。但是许丽丽就不同了！她总觉得姚根正对许丽丽又会像对她一样——起先殷勤备至，百依百顺，然后就你情我愿地同宿同眠了！现在，他当了主任，那更是有一百种手腕可以将她随便弄到手。他可以假公济私，恩威并济，很快就会使许丽丽成为他工作和生活中的一个小秘书。比如他要检查她的账务顺便和她乘机接触；比如他可以给信贷员放假好让他们两个在单位上单独相处；比如她送报表回家他也可以开车送她，同她一道走……总之，他有太多的机会和她接触了！朝露就这样在心里胡思乱想着。以至，姚根正的话早就说完了，她仍在那酸酸地盘算着，半天没了回音。他又问了句：“你不在听？”

“你那连信号也没？”她这才回过神来。

“嗨，别提了！”他给她一五一十地说了他 3 号来时，瓷崖的路是如何地难走，以及路上车崴住了，那个老乡听说他是信用社的要把车往沟里掀的情形。之后又说：“这还是平时，听说雨天雪天都会封路——路中间横锁一根木杠，想来来不了，想走走不了，十天半月就在这困着！”

“那么艰苦！”朝露觉得有点不可思议。

“艰苦也倒罢了。”姚根正又说，“问题是——这的人来不来都和信用社戗得厉害！路上，路上就那么个情形。还有昨天，昨天这遇集，下午集散了，单位上又来了个后生——喝得醉醺醺的，走路东倒西歪。他问我：‘你就是信用社新来的主任？’我说：‘嗯。’他说：‘想贷点款。’我说：‘我刚来不太熟悉情况，等过完年行不？’这话该没毛病吧？本身今天也就腊月初五了，我打算先熟悉熟悉情况，等过完年收了假再正式开始放款。你猜他怎么说？他说：‘你是要吃呢？还是要喝呢？’我一听那话的口气——人家根本就不是来贷款，人家本身就是要借酒来撒气呢。我也不由就有点窝火了，心想平时谁对不住你，你找谁去。我刚来，我又没惹你，更何况我的态度也够温和了吧，你给我撒什么气呢？于是，就臊刮他：‘有什么事，你明天来说——今喝得醉成这个样子，给你两个钱你也拿不了吧？’他一听话不顺耳，直接就骂开了：‘老子喝醉也比共产党养活你们这群败类强。’我说：‘你骂谁呢？’他眼一斜又说：‘就骂你呢。怎，不服？’接着就吵开了，他要往我身上扑，我也准备跟他开火。去他妈的，谁怕谁！这时，我们做饭的和会计，还有新来的信贷员听见了吵声，都走了出来。众人往开拉扯。正好，又来了个政府半脱产干部要取钱。他对那个后生吼道：‘赵牛，你喝得醉成那个屄样子了，还在这胡闹甚了？早些往回死。’看来那个后生还是挺尊重那个半脱产干部的，他巴了巴那人两眼，也再没说什么就那样走了。你说这气人不气人？来不来都是这个样子，啊呀，真真是穷山恶水出刁民！”

“你脾气不要那样火暴嘛，别因为公家的事跟人家惹冤结仇，谁知道会弄出什么事来！”

“那我该怎样？谁来了把我脑袋拍上一巴掌，我也就乖乖受去，那我还能在这待住待不住？我既来这也就没打算浮皮潦草地走过场，凡事总得先让自己心里有个底嘛。再说了我也没打算要跟谁惹冤结仇，能办的事我也绝对不会为难任何人。可你看他们——就不能等一等再发泄他们心中的怨气！真是——”

“总之你要小心一些，自己照顾好自己。”

“哎呀，没事，你别担心那些。树叶掉下来也怕打烂脑袋，哪能搞成工作？前天是咱联社刘副主任来这监交的手续，手续交接完，他还给我转达了理事长对我的要求：第一，原来的不良贷款能不能清降下来，那是一个涉及多方面的综合问题。但是新发放的贷款一定要谨慎，绝不能形成新的不良。第二，就是瓷崖信用社山高路远，偏僻闭塞，一定要注意好安全工作。你说我是听咱理事长的话呢，还是听他赵牛赵虎的话呢。现在就那样让他排排侃侃诈诈唬唬把款贷走，那以后到期了我是不是怕得连要也不敢跟他要了？”

“唉，那倒也是。只是现在这人越来越难应付了！动不动就——”朝露理解道，又问：“你们那也是三个人？”

“嗯，跟曹店一样——会计许丽丽；还有个信贷员宋平——昨天刚来，才第一天参加工作。长得胖乎乎的，平头、矮个、腆个啤酒肚子，走起路来就像个肉蛋在滚动，看样子倒是挺实在的。再就是也临时雇个做饭的，也是这的当地人。五十多岁，是个寡妇，还供两个大学生儿女，不容易吧？许丽丽叫她吴婶，我们也跟着叫她吴婶。吴婶的饭做得比咱巧婶好多了，人也好像比巧婶精明谨慎。我问她原来主任的一些工作情况，她不说好也不说坏。只说原来逢年过节，主任还给她五百二百的慰问费。还说原来那会儿信用社喝过的空啤酒瓶都归她卖。我给她说：‘那些你不用担心，待遇只会比原来的高，不会比原来的低。只是有一点——我和宋平以后肯定是跑出去收贷款的时间多，就许丽丽一个小女孩住这么一道大院实在让人不放心，你以后晚上间也要住到信用社呢。就这点要求，能行咱就继续雇用，不能行我再另物色人。’她说：‘能行，能行。’”

“让吴婶晚上住到信用社，他跟许丽丽发生关系的机会自然就少了……”朝露在心里想，嘴上却说：“刚一当官，就会关心起你们的会计了！”

“理事长不是说了嘛——要注意好安全。咱再能怎做？咱这安全说白了也就是靠老天爷照应着，多个吴婶也无非是多点放心罢了。人家蓄谋要偷要抢谁能防住了？”

“唉——就那样，靠命了！”朝露叹了一声，又说，“不过你们那的会计可利索了，将来肯定能给你出不少的力。”

“利索就好，她能把内部的事情管理好，我才有更多的时间来处理一些外部事情呀，盼不得她利索呢。”

“你又跟她好呀！”

“跟谁？”姚根正一时没反应过来。

“跟你们会计嘛。”

“哎呀，你尽瞎想些什么！这都快烂成筛子了，我哪有心思顾那些事？一共二百四十万的贷款，四十万的逾期，八十万的呆滞。还有三十多万的代理农行扶贫款——借据有上千张，每张只二三百块的金额，到期也有五六年了，却因为体量太大，贷户过于分散，从来就没来得及好好催收。去年，光咱自己的贷款，一次性就起诉了三十四户贷款，到现在也有二十七户没结案，诉讼费挂账，费用花得精光……总之，没一件事情能顺顺利利地结完，没一项数据能让人看得满意。这几天，我一直在考虑该怎弄呢？该先从哪一方面入手呢？”

“慢慢来嘛，我相信你一定能干好。”

“是想往好干，但是现在看来还真是有些困难呢。今天我问我们会计，一次性起诉了三十四户，结案的仅有七户，明知道效果这么不好，为什么还要起诉那么多。难道就是为了多树一些敌人，多给自己的工作加一些阻力？许丽丽说：‘嗨，快别提起诉了！去年起诉户中有个叫柳云山的，被执行了两次——关了一个月。可惜看守所所长之前是瓷崖派出所的所长，柳云山是柳岔村的前任老书记，他们两个在那个时候就是一把铁关系。柳云山进去了，白天出来扫扫院、种种地，晚上和看守所所长喝上一壶才回号里了。结果柳云山坐禁闭一出来就说比家里也舒服，有本事再把他关上两回。弄得这的人都看咱信用社的笑话呢！有些不还款的甚至还说——你们先把柳云山的贷款要下再来跟我要！’你说这叫什么事，全是些负面的影响，全是些敌对的情绪！”

朝露一时无言了。

姚根正又说：“我初步打算要起用一些人了——要起用那些有威信、有能力的人，比如集上来取钱的那个能把赵牛吼住的半脱产干部。我刚才到政府就跟他谈了不少。有些问题人家看得很清，也能说在点上。他叫高保义，是这高家沟村的村主任，瓷崖政府像他这样的干部有一大批哩——都是当地人，都在本村里任书记或村主任，又在政府里兼点职，不靠上面的财政，就靠政府自己的费用每月给他们发个几百块。我觉得应该要多用这么一些人，要让他们替咱信用社发出一些新的声音，要扭转一些旧的舆论呢。要不，单靠我们几个，单枪匹马根本不好搞呀。”

“嗯。”朝露在那端点了点头。显然，她对工作上的事不是特别上心，只听她又说：“这么多天了，你还没回家？”

“唉——”

“她也一直没给你打过电话？”

“没。”

又是一阵沉默，许久朝露才说：“你给她打上个电话嘛，女人家她想的肯定不是要离婚。再说了，现在也有小孩了……唉……你和她过成这样，或者是散了，我的罪过就越大了！”

“……”

“说实话，我真的很想你，这会儿也心上难受得厉害。可是我也真的不希望你过成这样。你给她打上个电话嘛——好好说一说，稍微能过还是要一块儿过呢。生活么——就那样——有时谁也烦呢，可不过又不行呀！”

“嗯，我争取弄好。什么时候你有时间也可以来这转一圈呀？”

“我不敢来——许丽丽认识我，我来了说什么呢？”

“那我来看你。”

“你现在来了往哪住？再说郝主任曹庆国东子他们这些人又会怎么想呢？肯定也不行呀！”

“那——”

“我下个月送报表再……”

“1月31号就是过年，送完报表你也肯定要回家呢。”

“过年我回西新，正月肯定还要来遥平——要给我大姑她们拜年呢。2月4号我过来，到时咱在城里见。”

“4号？”

“嗯。”

2月4日，这个日子便在姚根正的心里已提前刻下一道痕。他又说：“这几天到这真的不太习惯，尤其是晚上特别想你！”

“……”

“嗨，离得太远了！”

“没想到一下子就变成这样了！”

“我真想现在就飞到你身边来。”

“你亲我一下，好吗？”

他在电话里打了个嘣，问：“你听见没？”

“嗯。”

“……”

“那我先挂了？”

“好吧。”

听着“嘟——嘟——”的忙音，姚根正仿佛喝了碗含盐量很高的开水，越是渴得厉害，被这种远水解不了近渴的思念越弄得涩涩难耐。他放下话筒，在原地不停徘徊，心里只想着：“当了个主任，却失去了情人！唉——如果能……我宁愿……”又想：“也只能这样想想罢了！难道还能拆散两个家庭重新组合吗？根本不可能！唉，她说的也没错呀：‘生活么——就那样——有时谁也烦呢，可不过又不行呀！’再过六天，女儿姚遥也要满月了，可何小敏却……看来她这次真是铁了心了……”

想到这时，姚根正又感到何小敏这次这种长时间的平静太可怕了，心里泛起了一阵阵没了谱的虚和慌。他反倒有点怀念起他们刚结婚后的那段时光来，只是那段时光现在想来也已是很遥远以前的时光了！那段时光里何小敏是每天早中晚定时定点地给他打电话。那时虽然烦，但那也是一种被人牵挂着的幸福。现在倒好，二十几天过去了，她和他彻底断绝了联系！这又让他有些失落和不安。此刻，家这个大后方的作用，他才真正觉出一些——不管好与坏的一个家，其实对一个人来说仍很重要。一旦失去了这个大后方总会令人缺失一些底气，显现出孤零零的悲凄来。“唉，再不能这样了，我要主动给她打个电话……”他在心里说。说来也巧，就在这时，他办公桌上那个面包形的红色小分机又响了起来（主机在会计许丽丽的办公室），他再次拿起话筒。

“看来你连女儿的满月也不准备管了，是不是？”何小敏在电话那边怒气冲冲地责问着。姚根正却踏实了几分，甚至带点欣喜——她的责备也要比她的沉默好得多，只要她松了口他就有台阶下了。他忙说：“管呢，怎能不管。”

“管呢，管呢你多少天了问过一句？”

“这几天实在忙——刚调到新单位，好多事还没安顿好。”

“什么新单位？”显然，何小敏也很出乎意料。她同样也打的是姚根正的手机，自然也被转接到了他新单位的那个电话上。至于他的人在哪她并不知道，她还以为他一直在曹店镇呢。

“我调了，调到瓷崖信用社了。”

“听说那可远了，又很落后，怎把你调那了？”

“提拔了一下，当了个主任。”

她沉默了，心里不是滋味地想着：“他在工作中早发生了变动，而且还算是一个不小的变动，可我竟然不知道！可见他这次也是很寒心了，我在他心里连外人也不如了……”想到这时，她又觉得有股已被他完全摒弃了的恼恨涌了上来，不由又说：“怪不得越牛了，原来是当官了。那该美气了吧，则好好当你的官去。”

“这纯粹是一个烂摊子，我拼尽全力也不知道能搞好不！”

“你的工作永远是天，我们娘俩在你眼里能算什么！”

“其实……其实我也早想回家了……可是……可是一想到你们住在那边……我就……我就不知道该怎进那个门呢……我实在不知道该给你妈说什么好……”

“所以就什么也不说了？你厉害，你真的厉害！你的尊严就是一切，你会顾及我的感受而给别人低头？我做梦也不敢想！这下越是当官了，我们一家子跪着求你还怕来不及呢……”

“哎哟，有你说的那么严重吗？我当官难道就是为了给你们当？就是为了给你们耍一耍威风？”

“谁知道呢。”

“本身我也正准备给你打电话呢。”

“哼，我不打你会打？”

“我真的准备打呢……”

“我们早回来了，你连我们的死活也没问过一句！你能知道我们住在哪？再说了住哪不住哪，现在看来早跟你没什么关系了！”

“那我一两天就回来。”

“你愿回来不回来。”

何小敏说时已挂断了电话，先挂电话似乎可以在形式上表示胜利的主动权仍掌握在她的手里。但是实际上她知道他们之间这次闹矛盾她是彻底地惨败了。败的结果并不重要，赢了也赢不得什么。只是这次较量的过程太让她伤心和失望了！她曾是多么地盼望他能来，只要他来，她也会深刻地给他检讨一些她自己的不是。然而他没来，自始至终地没来！这就让她只看清了一个事实，那就是她在他的心目中毫无分量。“一个男人为了自己心爱的女人有什么不能做的，什么面子，什么尊严，这些东西在妻子儿女面前又能值几个钱？”她不止一遍地在心里这样想过，越想就越觉得姚根正真是一个无比自私无比冷漠的人。再往深处想，那就是他心中根本没有强烈的爱和强烈的思念来驱动着他做这些事情，从一开始他就是……她不由得又是一阵阵地恼恨和心寒至极。

可是女儿转眼就要满月了，坐月子期间，亲戚、朋友、同事来探望的也不少，按理也要摆一个满月酒席了，但这又不是她们女方家该干的事情。近来，何小敏越来越心烦意乱了。她看到形势已蔓延成了两败俱伤。她父亲何月峰整天黑着脸一句话也不说。她母亲孔云焕也开始摇头叹息了，嘴里仍骂着姚根正“纯粹不是个东西，一家子也没个人……”，同时也恼火开了她：“你连你自己的事情也处理不好，整天闷头闷脑的，哑巴了……”她这才意识到自己已经出嫁了，其实父母并不希望她长期住在娘家门上。所以，她昨天搬回了自己的单元，整整想了一宿，今天才给姚根正打了这个电话。但是，这个电话已不同于她以往给他打的任何一个电话了——在这个电话里出于感情的因素已经很少了，没了思念，没了爱意，也无所谓有强烈的幸福，也无所谓有强烈的痛苦。这些从她认识他的那一天起就一直伴随着她的情感纠结，仿佛在一夜之间也全部被埋葬了。她的青春也似乎一下子就逝去了，她的爱情也似乎一下子就凋零了，多梦的花季转眼就成了过去！单纯无虑的少女时代仅留在了回忆里！她现在已是为人女也为人母，为人妇也为人媳，为人友也为人职员的一个多重角色了。在这个多重的世界里，仔细想来多数的角色其实是要活给别人看的，唯有真实的自己却要时时退让隐忍！所以，她不再是屈从于自己的内心而给他打这个电话了，而是屈从于家人和社会等方方面面的考虑才给他打了这个电话。原以为婚姻才是爱情的最终归宿，爱情的加强保险，现在看来却根本不是那么回事！婚姻的本来面目也好像在她的眼前显现出来：在漫长的婚姻历程中，谁都会倦怠、生厌、不满足，拿别人的幸福同自己的不幸相对照，从而会在心底无数次生起过想要离婚的念头。只是稳定，要维持稳定这样的念头又会在多数时间里赶来姑息迁就，使之继续维持着。“唉，哪有那么多的爱！爱的成分又能占几分？”何小敏在心里悲哀地说，“无非是搭伙过日子罢了！有时如意得过，有时不如意也得过……”

现在，她就是这样的心情。曾经那些赋予婚姻的浪漫已经终了，唯有看不到头的生活道路还需要她继续走下去。要走下去就得委曲求全地妥协，不妥协不行呀，不妥协的结果就是进一步地决裂。那样看似争了一口气，实则仍是一时意气换来更长久的不幸。孰重孰轻，她又仔细掂量了一遍。掂量过后，她对婚姻似乎更多了一分清醒而无奈的认识。那就是绝对的幸福在任何婚姻里绝对鲜少有之，要想婚姻长治久安那就还得学会一些忍一时风平浪静地妥协。不过，姚根正在电话里的语气和态度又令何小敏暖了不少心。她分明觉出他在这段时间里也并不是一点也不在乎，一点也没牵挂。他内心深处的某个软肋部位仍似乎掌握在她的手里。很明显，他也记着女儿的满月，也不想在社会众人面前露出孤家寡人的样来。看来对待一个完整的家庭，不到万不得已时，谁也不会轻言放弃。所以她仍然等着他回来，用盼着来形容也许更恰当一点。

第十四章

两天后，下了一场小雪。大清早起来，姚根正问吴婶开车能回到遥平不?

“根本不可能，路肯定封了，今天班车也没走。”吴婶说。看着姚根正很急的样子，她又说:“这雪存不住，一两天消开了，就能走了。”

“可我今天要回呢!”

吴婶满脸无奈了。姚根正又问:“骑摩托走行不?”

“没什么事，你等一两天再走么，路可滑了，万一?”

“没事，我骑慢点。谁有摩托呢?”

“政府的干部都有了，开门市的也有了。”

他说了声知道了，就从信用社的大门走出，扶着政府的围墙，小心迈着碎步从那个半坡走下。信用社是一线六孔的石窑洞坐落在半坡之上，政府是两长排的石窑洞坐落在那个半坡底。两个单位相当于层叠着，信用社在政府背后的靠上方一点，政府在山根底那条街面的正中央。政府前一排的石窑洞对着一个大礼堂——旧时放电影也搞文艺演出，现在当会议室用。大礼堂和石窑洞的中间是一道大院，院子里栽一行小柏树，圆锥形的树冠上已落了一层薄薄的白雪。书记和镇长合用的一辆白色202吉普车停在树前。姚根正的那辆红色夏利车也停在那里。他来到后一排的一个窑洞里，开口跟那个高家沟村的村主任高保义借了辆摩托车。临骑上走时，高保义在他身后说:“姚主任，你千万要骑慢点，我不是担心我的摩托碰坏呢，我是担心你哩……”

“没事。”他回头笑了笑，就骑出了政府的院子。

天与地灰蒙蒙地混沌在一起，没有放晴但也不再飘雪。空气倒是很清新湿润，算不上过于寒冷。土路上干硬的地方确实有点滑，松软的地方，土和雪已和成了泥。他慢慢地骑着，两轮之下泥点飞溅，裤子没一会儿就被泥浆沾裹成了僵直的冰冷的硬片。骑了不到二十里，路中间果然横锁一道碗口粗的柳树杆子。他把摩托车放倒，从杆子底下拉了过去，接着再骑上走。又骑了不到七八里就走不动了，原来是摩托车的刮泥板和轮胎之间已被泥浆塞满了，磨得走不动了。他只好停下来，找了一根树枝划拉了一通，勉强再骑上走。之后，每走几里路就得那样划拉老半天。好不容易才来到二道梁镇的那座最高大的山根底，上山时又根本没法骑着走，只能挂个一挡推着走。有时是他推着摩托走，有时是摩托拽着他走。没冻硬的红胶泥地皮稀软湿滑，跌了好几跤，打烂一个反光镜。下山时更可怕，他也不敢骑着走，只拽着摩托车紧靠山体的内侧一寸一寸地向下移。有时见摩托的速度快了起来，感觉要放飞车了，他赶忙把摩托的前轮往崖壁上顶。就这样一点一点地，一步一步地，总算来到了二道梁镇的街面。茫茫无际、平缓开阔的地势才豁然尽展眼前。这点小雪对二道梁镇到遥平的路来说根本就没什么大的影响，运煤的大车依旧来来往往，轰轰隆隆，油路上的薄雪早已被大车的轮胎碾得精光。看着这繁忙兴盛的景象，他仿佛自己是从一个原始部落里刚穿越出来，深有那种“山中方几日，世上已千年”的感觉。他把摩托车寄存在二道梁信用社，搭了一辆运煤大车便匆匆回了家。

一回到家，孔云焕正在往暖气罩上搭一块刚洗出的小褥单子。见女婿一脸污渍满身泥浆，诧异道：“怎弄成这样？”姚根正叫了声“妈——”又给说了些路上的情形，就急着往大卧室跑。女婿当了主任孔云焕已从女儿嘴里知道了，又见他回来得这么艰难，再加上刚才那声低低地叫“妈——”，她的怨气立即就烟消云散了，火急火燎地朝大卧室里说：“小敏，你赶紧给他找两件能换的衣服。”自己则赶忙又到厨间里给女婿热羊肉去了。丈夫与母亲的对话何小敏也在卧室里听到了，当听到他说开不成车骑摩托回来时，她的心里不觉又泛起了丝丝的暖意。再当看见他走进卧室那副狼狈的样子时，她简直有点心疼了，不曾想到自己的心仍是那么柔软，依然那么容易被感动。她带点怪怨地说：“路不好走，迟回来一两天也行呢，何必——”

“大后天就要满月了，再迟回来能赶上？”

“也没什么事要你做嘛，你把做满月的饭钱准备好就行了。”她用一贯的喜欢嘲讽他的口吻说，又问：“从这到瓷崖全是土路？”

“一半油路，一半土路。你是不知道那山那路，什么时候你走上一次就知道了。日他妈的——真是太难走了！”

“先洗上个澡，再把那换上。”何小敏指着已从推拉柜里挑出来的衣服说。

姚根正却半蹲在床头端详着女儿。女儿的脑袋好像比以前圆了一些，身体也比以前大了一些，皱巴巴的额头和脸蛋也舒展开了，皮肤依然泛点红，但是已白亮了许多——又嫩又软又胖乎乎的，眯着那双小眼睛睡得正香。他把身体又往前探了探，用手指轻轻点着女儿的脸蛋，叫：“姚遥……姚遥……快醒来……”

“啊呀，你把床单都弄脏了，赶快洗澡换衣服去。”

“看看嘛，再看看嘛。”

“那么想看早就回来看了，记起了一阵子，记不起也就那样！再三年不回来，你看她会认你不？”

“她现在会笑不？”

“你以为跟你一样——冷血动物，没反应！她现在可灵了——大人们说话，她会转动脑袋找声音呢；你看她、逗她，她也会蜜汁一笑。”

他给何小敏涎了涎脸，又用手指点着女儿的脸蛋，说：“哈哈，宝贝……我的宝贝会笑了！”

“啊呀，你别老是戳她的脸蛋嘛——弄得淌涎水呀。”

“谁戳呢，轻轻点了点嘛。”

“点也不行，快洗去。”

“好了，不逗了。”姚根正这才站起身，准备到卫浴间去冲个澡。何小敏又从身后给他扔来两块湿尿布，说：“把这个拿出去，顺路给洗了，再看暖气罩上有干了的没，拿回来两块。”

“好的，好的。”他连连说，同时感觉到他们的家庭形态已发生了一些变化——女儿已像一个大圆环开始切割在他和何小敏这两条一直以来事实上只是平行直线的当中。何小敏又好像多了一项操控他的技能——她会借着女儿的名义来给他发布各种命令，而他也乐得这样被她支使着。当他洗完澡，换了衣服，餐桌上早已摆好了两碟小菜，一盆香喷喷的没骨头的羊肉丁和几个热气腾腾的馒头。闻到饭香，他这才记起自己今天真是饿久了，拿起一个馒头就狼吞虎咽起来，吃时又在心里想：“丈母娘是有点厉害，但是也不能说丈母娘不实用没功劳嘛。这不，一回到家又有了现成的吃喝。

嗨，有些人见不得可以不见，有些人惹不起可以不惹，可是有些人却不一定能离得开……唉，就这样安安稳稳地过吧！争什么气？斗什么法？先稳固了大后方，人才不会焦头烂额嘛……”

这时，孔云焕又走了过来跟他商量做满月的事情。这一刻里，丈母娘和女婿尽释前嫌，两人绝口没提之前发生过的事，只是谋划着该准备什么标准的酒席和应该请哪些人。女方家照样是人多，七大姑八大姨的，还有和何小敏平时在一个大班上收费的一些女同事和几个念书时就一直贴心的知己。这些人，数来数去看来是一个都不能往下落，一共算下来得六七桌。男方家，吕双仁和任玉凤两口子，姚根正这次就不打算请了，自然那边的两个哥哥家和两个姐姐家也就免了。姚守健老两口当然得来，这边的姐姐家也得来。至于同事们，他也决定一概不动，做满月那只是自己家里的一个喜庆事，大操大办那就有点变味了。朋友们也要精兵简政，请不请的范围缩了再缩，最后只留了八九个初中高中时最铁的哥们儿，算下来也就是一两桌。

三天后，姚根正在“星满楼”备了九桌佳肴，给女儿欢欢喜喜地办了一个满月宴。人逢喜事精神爽。这天，他是衣冠楚楚，神色俊朗，声音圆润，满脸带笑地招呼着每一个客人。尽管，他已在心里一再告诫自己不能太神气十足，一定要谦和有礼虚怀若谷，并且他也在实际上做出了一副宠辱不惊的很低调的样子。但是，他仍能感觉到自己的身份真的已是不同于往日了，有了尊贵和威严的气象。因为他分明能瞥见和听见何小敏的一些亲戚们在他身后用钦慕的眼光看他，并且窃窃低语着：年纪轻轻就当上了主任，原来是个有本事的男人呀……当他再给何小敏的那些同事和闺蜜敬酒时，有几个不喝酒，还没等他再怎么相劝，另外那些同在一桌上的女士，自己就在内部叽喳开了：

“嘿，大主任给你敬酒也不喝，以后想不想贷款了？”

“嗨，还是咱小敏的命好，我们怎就找不上一个当官的男人呢！”

“来，来，干——为姚主任喜得千金，步步高升，干杯。”

还有一个何小敏的闺蜜，颜容长得倒一般，只是说话的声音里自带几分妩媚和娇嗲，令男人们不禁就会生出那种怜香惜玉、想当护花使者的情怀来。她哝哝软语地对姚根正说：“姚主任——以后做点小生意、用点款，我们就来找你哟……”

“我尽力……我尽力……”姚根正腼腆地回道。心中却已是春风得意马蹄疾，一日看尽长安花。那一刻里，他真觉得：人啊，时也、运也！马有千里之程，无骑不能自往；人有冲天之志，非运不能自通；一旦时来运通，那便是凌云展翅、前呼后拥了。正所谓：运退黄金失色，时来顽铁生辉。

至于到了他的那帮铁哥们儿那里，那更是吵嚷得厉害。众人都说他是双喜临门，要大贺特贺了，今天光凭这一顿根本不行，晚上还要到KTV唱歌去。姚根正本也不是个吝啬之人，平时花钱一贯不痛不痒，何况今天是真的高兴，高兴要与人分享才能加倍地高兴。只听他爽快地说道："喝，喝，好好喝，今天全程我满请。喝得好的，表现好的，晚上唱歌时，再给你们上两个陪酒的美女……"

众人兴高采烈，海喝开来。结果，那一日，他与朋友们换了两三个场，白酒、啤酒直喝至半夜方才各自散去。

姚守健老两口是在孙女满月的前一天上来。这次，他们一走进儿子的家门，就觉得气氛在莫名中就融洽了许多，少了几分的拘谨和生疏。儿媳妇虽然也没说什么，但是谁都知道——是她那脸色和一些细微的举动自然而然地就消融了原来那种犹如冻僵了的冷气。有时，她也会说："妈，你把那个给我拿来。""妈，你给她热点米汤。"婆婆则把那个"妈"字听得格外真切，媳妇不使唤自己那才是见外，现在她能亲切地叫她妈并且使唤她，她就感觉自己又有了用处，激动得脚下生风。中途，孔云焕也过女婿家走了一次。她一来就满面春风地对姚守健说："哎哟，你快看你们那孙子，可亲呢！一点毛病也没，一天到晚不哭不闹——吃了睡、睡了吃。那双小手把人的手指攥得可紧了……"

"嘿嘿，小娃娃的手能攥死蛇哩。"姚守健憨笑着说。

事实上，自己的孙女他一来早就看过了，光看哪能看得够。他还要抱她，只要她醒着他就要抱她。尽管他那双起茧的大手在二十几年前就抱过姚根正，但是现在再抱孙女似乎有点生疏了，不会抱了。可他仍要抱，颤颤巍巍地晃着那两只大手把孙女揽在怀里，上下左右地兜圈晃悠，一刻也不想停歇，嘴里还不停地说着："来，给爷爷笑一个……来，给爷爷笑一个……"

何小敏在一旁看得真切：婆婆疼孙女吗？不用问肯定也疼。但是她不张扬，是那种来自内敛的疼，只用挚爱的眼神久久地盯着孙女看。所以，何小敏又觉得婆婆的心思仍然很深，她是害怕她有什么不当的举止惹她的讨厌呢？那就只能证明她们之间仍有距离呢，仍是面和心不和了。而公公疼孙女却不顾忌那些，他是两眼放光，急切地疼，他要把他全部的爱尽情地倾洒在自己孙女的身上。所以，何小敏又觉得公公这人一点也不讨厌。尽管他满头苍发，满脸皱纹，身躯佝偻着，样子很笨拙，疼自己孙女的样子更是笨拙，但是那笨拙里却处处透露出他毫无杂念的怎么爱也爱不够的真挚。这就让何小敏又多了几分得意和那种母以子为贵的尊荣。因为她的女儿就是公公的心肝宝贝，自然公公也就是她的同盟了。因此，她在无形中就对公公又多了几分的亲近。

第二天，一家人给姚遥洗了澡、剃了头，换上了一身崭新的白底红点的宝宝服，还在她的脑门心给点了一点何小敏的口红。小家伙看起来一下子就清爽了许多，握着小拳头“哦，哦”地不停发声，仿佛已过了一道关口进入了另一个崭新的成长阶段。婆婆给孙女戴上一个亮闪闪的银锁，孔云焕给外孙女套上一对镜面的滚圆的银手镯，众人把拴着钱的红线绳给小宝宝挂了一脖子。姚守健又一次抢着抱起自己的孙女，还把他的脸不住地往孙女的脸蛋上蹭。何小敏在一边急着说：“爸——胡子……胡子……”

他这才把脸离开了孙女，又拿嘴唇碰孙女的额头，并说：“细皮嫩肉的要锻炼，土圪垯林里的娃娃才耐长……”

他老婆没好气地对他说：“那你把她抱回去，让她跟你在老家受苦去。你少虚上点行不？胡子把娃娃给扎疼了！”

孔云焕在一边笑着对亲家母说：“呵呵，你让他亲去嘛，他在心里就看见亲呢嘛。这人啊——心都是往下疼呢……”

姚守健又呵呵说：“就是……就是……我看见她比我的命也当紧……”

姚根正见一家人和和睦睦，这才对父母说道：“爸——妈——你们这次上来了就多住几天吧，住到腊月二十几、临过年再回。我估计今天待完客，明天就得回单位了，你们就多住两天吧。”他说这话是有过考虑的：一来，自己结婚的时候，父母上来前后住了不到三天就走了；此外，在女儿出生时母亲上来前后住了不到五天又走了；这回如果再匆匆地来匆匆地走，那就会让他们老家的那些庄邻院舍们起蜚语——根正找了个有钱老丈人，在城里安了家，却容不得父母……这样的蜚语在农村那点小地方上已是很有分量了，这会使他不管在什么时候回老家都没面子。尽管他知道父母实际上在城里也住不惯，是活受罪。昨天，女儿一睡着，父亲就待不住了。在单元房里要换拖鞋，父亲不习惯；他那旱烟锅在这里也抽不成，他更是瘾得难受。结果，他是跑到楼下去，跟小区里看门房的老头，你一锅我一锅地抽了老半天。但是这又能怎样，人言可畏啊！明知是受罪也得住。有些罪就是专为给别人受的，自己受了罪别人看着幸福，自己也就迷迷糊糊地幸福了。二来，一个月子里全是丈母娘一个人在伺候着何小敏，现在轮也轮到自己的父母照顾照顾她了。所以，姚根正这样说了。

父亲和母亲相互看了一眼，很快就在眼神里达成了一致。

姚守健对儿子说："嗯，这回我们就多住几天吧。你明天就要走？"

姚根正说："单位有事呢。"

父亲又说："现在有娃娃了，你看咱这宝贝疙瘩多亲！以后可不能整天疯跑野逛了，要多顾家呢……"

这时，何小敏在一边说："嗨，你那儿子你又不是不知道——他待在家里也就是饭桶一个！再说了，单位上的事也当紧呢。"

她之所以这样说，是因为丈夫的一些打算她完全能理解。这几天夜里，他们俩隔着女儿睡，两个人很是絮叨了不少。絮叨他们这次冷战期间，各自都是怎么想的，怎么过的。话说开了，水拨通了，关系反倒比没闹矛盾之前更近了一步。关系一近，过去一些藏在心里的话也就跟着来了。她说他心眼也坏了，多少天里连面也不露，打算离婚呢？他拍着女儿说："刚有这宝贝蛋子，就打算离婚，那不是存心让她可怜呢？以后可不许轻易提'离婚'这两个字……"

"还算你的良心没全让狗吃了。"

"从结婚到现在，你们家对我的好，我都知道呢——这家，这房子，哪个不是……只是你妈那脾气，那说话，太有点过分了，真让人受不了。"

她不出声了，自己理亏在哪她清楚。

他也是点到为止，又说："这次，我妈跟我爸上来了，你对他们好一点。就算给我个面子，装也装上两天，行不？"

"滚——我偏要对他们不好，你以为就你是个大孝子。哎呀，你把你的胳膊拿过，别老是压在她身上嘛。"她说着用手推开了他放在女儿身上的胳膊。

"轻轻放着呢，又没压。"他在心里已知道了妻子会对他父母好的。

"你这次回来，再什么时候去单位？"

"一做完满月就得走。"

"瓷崖那么远，又那么艰苦，回来一趟比原来不方便多了，连不当这个主任也不如！"

“你懂啥？‘凤尾也不如鸡头’，‘铁打的营盘流水的兵’，又不是老待在瓷崖了——干上几年干得好了，好网点多的是，将来调哪也是主任吧。”

“你现在当主任了，假期上该自由多了吧，多待几天又没什么。”

“自己自由散漫，怎么管别人。”

“呵呵，刚当个小官，就有点官样子了。”

“许丽丽和宋平他们两个比我也年轻，哪个不想着能在城里快活？他们一天待在单位上待得是叫苦连天。我这回回去，准备在年前年后给他们好好放两天假，让他们彻底放松放松。”

“除了我们，你谁都会关心。”

“磨刀不误砍柴工，歇到来得快嘛。先让他们休息充足，春节收假后，都得动员起来，都要一心扑在工作上，真有用他们的时候了。最主要的是——我要待在单位呢，要利用这段时间好好了解一下内外的情况，不了解实际情况怎么搞工作嘛。”

“工作，工作，你一天除了工作就是工作！”

何小敏话虽那样说，但实际上她并不是不支持自己丈夫的工作。没女儿那会儿，她也没拖过他的后腿。她只需要他在心里想着她爱着她就行了。现在有女儿了，她更是早把多一半的心思已从他的身上转移到了女儿的身上了。她只需要他在心里有个顾家的念头就行了。就像这次——他能从冰天雪地里翻山越岭地赶回来，她就已经很满意了。男人嘛，有了事业才会有光辉，整天围着自己家的锅台转那就太有点小家子气了，太没什么魄力了。所以，当听到公公那样说时，她自动就站出来替丈夫解着围。

公公一听儿媳妇的话，又对儿子说：“那倒也是——人家领导抬举你，你更要给人家好好干呢，千万不敢马虎。”

“我知道呢。”儿子说，又对妻子投去温婉的一瞥。

给女儿做完满月的第二天，姚根正就启程了。临回单位前，他又去了趟联社。有些工作上的想法和思路他需要和领导们沟通沟通，争取要获得上级的同意和支持那才能更好办一些呀。其一，他想着在春节收假后，先大量发放一批贷款。大河有水小河满，只有先把大量的资金撒在那个地域里，当他下一步再跟那些不良贷户采取一些有力的措施时，也好让他们有个相互转借的地方。俗话说“一个篱笆三个桩，一个好汉三个帮”。只要那些不良贷户不是彻底的死人，那么，到时他这边催得紧了，他们自然就会在其他处想办法。退一步讲，从分子分母的关系来看，扩大分母也会起到稀释的作用，不良贷款的占比自然就会下降一部分。其二，他想他和宋平都是刚到瓷崖镇，人生地不熟。而瓷崖镇三十一个行政村，一万多人口，走的走住的住，短时间里很难对每一户人家的经济状况摸清底细。无论从放款的把关来说，还是从收款的信息来说，他都需要借助一些对当地知根打底、有了解有影响的人士来支持和帮助。比如像那个半脱产干部——高家沟村的村主任高保义之类的人。他想在前期雇用这么几个人。只是怎么个雇法他还暂时没考虑清楚，是从费用里每月给他们固定发几百块的工资呢？还是从那三十多万的代理农行扶贫款中给他们计提点手续费呢？收回来多少的本息就按比例给计提上多少的工资？这些事项，他都需要征求一下领导们的意见。

来到遥平县信用联社的那幢七层大楼前，姚根正觉得他这次来总部要比以前来这地方理直气壮多了。以前他是小喽啰，来这无非是领个什么东西或者是送个什么报表，见了那些领导班子的成员连多话也不敢说一句。现在可就完全不同了。现在，如果说那六个科室的科长们是朝廷重臣的话，那么他们这些三十个网点的主任们也就可以算作是朝廷的边疆大吏了。在全县二三百职工中，他们这些人也理所当然地是响当当的骨干和中坚力量，完全有和高层领导直接对话的权利。所以，姚根正觉得自己名正言顺，底气十足。不过，当他走到三楼理事长的办公室门前时，还是觉得头皮有点发紧，心里有点发怵。因为理事长这人太精明、太强悍了！以前早就听说过：有的主任给他讨好献媚，邀功请赏，弄虚作假地汇报工作。他都会毫不客气地戳穿，让人当面下不了台来。所以，姚根正又深吸了一口气，让自己尽量平静谨慎了些许。这才轻轻地敲了敲门，接着又把那扇虚掩的门再往开推了推。理事长看见了他，从那张真皮大转椅上站起来朝他招手，说："来，进来——"

他走了进去，坐在了一套雕花的红木沙发的边角上，屁股只坐了一半，身体朝前倾着，没敢四平八稳地坐。理事长的身后是一组四开门的书柜和一个搭衣服的红木衣架。书柜里立一些大部头的经济学之类的精装本和一些文件盒。大办公桌的前面单另摆两把简易的会客椅子，其中一张椅子上还坐着一个人。那人大背头，亮色夹克，面前放一个很有派头的精致皮包；手腕上的手表虽不是那么金光闪闪，但给人有一种平静朴实绝不是廉价货的感觉；从外表上看像是个煤老板、房老板、地老板之类的大老板。看来姚根正来得也正是时候，因为当他走进去时，那人已站起身，拿起他那个皮包对理事长说："那就这样，不打扰你了，你忙。"

理事长也站了起来跟那人握手道："好，好的。你把你的申请资料尽快报到营业部，我完了打发人先考察再说。"

"嗯，我尽快报，那就实在麻烦你了，理事长。"那人又对理事长恭敬地点了点头。临出门时，他还给姚根正友好地笑了一下。因为他从理事长招呼姚根正的表情中看出——姚根正也是一个受欢迎的客人，所以他才表示了一个同是圈内人的别见外的笑意。姚根正同样也给那人回笑了一下，又看见理事长示意他坐到前面来。他站起身走上前去，坐在了那人之前坐过的那把椅子上。理事长从对面给他扔来一支软中华，自己也从盒里抽出一支。他赶忙从裤兜里掏出打火机，隔着桌子探身给理事长点着。理事长吐出一口烟雾后，说："瓷崖那地方艰苦吧？"

"还行……就那样……理事长，我很感激你这次对我的提拔。"

"这些话就不用说了，说事。"

如此开门见山，让姚根正有点接不上茬，路上想好的要汇报的那两点在脑中突然短了路！理事长见他"嗯，嗯"的有些紧张，又说："刘主任把我的话都给你传达到了吧？怎，你不抽烟？"

"抽呢，刚抽过，现在不想抽。"姚根正客气说，心中觉得自己还没到那种能跟理事长一起吞云吐雾的辈分，下级就应该有个下级的毕恭毕敬的样子。他把理事长递来的烟往桌子边上放了放，又说："嗯，传达到了，都传达到了。两点：一是新发放的贷款绝不能形成不良；二是要注意好安全工作。我已经让我们做饭的长期住在信用社了，平时我也会在这方面多留心的。"

"那就好。"

"理事长，我想……"这时，姚根正才逐渐平静下来，平时那一贯的口才和头脑才开始伶俐起来，"我想在春节收假后，先发放一批贷款。我觉得我们现在在贷款投放方面，当地老百姓并不是很满意。另外，蓄水养鱼总比涸泽而渔要好些吧。先放一批贷款，给当地的经济起到一些助力和推动的作用。然后再收一些不良，恐怕相对来说效果还要好收一些……"

"你的想法很对，贷款的收放本身就是一个一体化的工作，我们要的就是要让资金能流动、生息。瓷崖原来的一些情况我也知道呢——好人不给放嘛！人家能满意？你去了一定要扭转这种风气。不要看不起人家那些穿得烂走得慢的老百姓，据我所知瓷崖有本事的人也大有人在。正因为那地方艰苦，所以艰苦的环境往往能逼出一些人才来。现在有好一些已进城的瓷崖人，生存能力都很强，不管是经商的还是从政的，干得有模有样的人确实不在少数。那关系真是盘根错节，千丝万缕——每个娃娃后面都站着大人了。别不当回事，平时一定要在工作上方方面面多考虑，你得罪了这个就相当于得罪了那个，人家能不阻挠你的工作？所以一定要沉下身来和当地老百姓打成一片。我就不信我们拿上钱——真诚帮助了人家，还能暖不了人家的心？还能交不下几个知心的朋友？任何工作只有人心所向了，才更容易搞好嘛。得多少？”

“先放上五百万再说。”

“好口气，放得了？”

“放得了，放得了。”

“能行。完了给信贷科写上个指标申请，形成书面的东西。”

“嗯。”

这时，门又被轻轻敲着。理事长说了声：“进来。”

一个办公室的女职员怯生生地走进来，轻声说：“理事长，这有份政府的文件，你看一下。”

“放那。”

女职员按理事长所指的地方，把那份文件放在了他办公桌的一角（那里还堆放着一些文件和一些其他的报表），然后才欠了欠身离去。

“另外——”姚根正重新说，“我和宋平都是刚到瓷崖，对当地的环境生得厉害。那地方又山大沟深，我们有时连个门路也摸不上！我想在前期先雇上三四个当地人，向导也罢收款员也罢——要雇就雇那种有威信，说话有分量，能办了事，能真正帮上忙的人。你看？”

理事长嗯了一声，才说：“这次我给你那搭配的人都年轻——宋平才刚参加工作，他是咱审计科李科长的外甥。不管是谁，到了你那你都要从严管理。年轻人可不敢让自由散漫，要让他们多学习业务知识呢。咱这是凭本事吃饭的地方，不懂业务，你走到哪别人都会看不起。就说给你个官当当，外行管内行自己也受掣肘吧。那个许丽丽我看还可以——眼睛转得骨碌碌的，脑子肯定灵动着呢，手法也利索。资质具备了，就看你能不能把他们管理好、带好。这次在人事调动会上我就想过——你们三个都是年轻人，业务能不能搞上去咱先不说。但是一定要干出那种年轻人的朝气和活力来，要在精神面貌上给咱树立一个轻快利落的青年标兵单位。”

“我争取带好，我一定争取带好，理事长。”

“带好了兵，你脸上也有光吧。将来人家走出去了——纪律严谨，业务过硬，说起来那是谁谁谁带出的兵，那也是你的一份功劳嘛。”

姚根正不好意思地笑了笑。只听理事长又说：“当然，你也不能光要求别人，你自己一天却行踪不定，花天酒地。要在生活上多关心照顾同志们，要学会理解同志们的难处。别刚当了个小主任，就一身的官僚气。要多站在别人的角度考虑问题，我想你还没忘记你当职员时的一些心情和感受吧？”姚根正见理事长的脸色比他说上一句话时严厉多了。他立即也郑重起来，给理事长认真地点了个头，说：“没忘记，我会严格要求我自己的。这你放心，理事长。”

“雇人也行呢，你准备怎么个雇法？”

“我打算给他们每人每月发上个五六百？也用不了多少钱。要不——我们那还有三十多万的代理农行扶贫款。那些借据我都看过了——金额不大，一笔也就三百二百的，基本涉及全镇的家家户户，现在到期也有五六年了。如果能收回来的话，利息都比本金大，抛过跟农行的约定利息，我们的赚头也不小。我想是不是可以在这些贷款的本息收回中，给他们计提点手续费。这些款应该好收，毕竟金额很小么。当然，我想收这些款的目的也并不是全在于这点款上；更主要的是——我想利用收这些款的时候，对瓷崖全镇来个拉网式的下乡，要对我们那些正儿八经的不良贷户从根上找起。看看那些贷户现在到底是住在村上，还是外流了。住在村上的现在情况是怎个，外流的又究竟外流在哪了……”

“好，很好嘛。”理事长很赞成地说道，“那些扶贫款不只你那有，我们好几个山区社都有呢——那是前些年的一些政策性的放款，政府贴息让老百姓栽枣苗了种果树了等等。农行对这部分款也不当紧，他们现在的主阵地已转向了城里。前些天，还过来一个农行的副行长跟我说，不行把本金给他们拿来就算了。我说：‘不知你们想什么美事，现金你们拿回去，给我们剩下一把死账？要不你们自己下去收去，我们也不想管。’他们才没精力下去收呢，你尽力往回收去。收回来了别说利息，本金我们也要先转上几年才考虑给不给他们。至于雇人，我认为——雇用外部人员，每月给固定发工资，没个具体的考核办法，他们不一定会给你很用心。要雇就按计提手续费来——收回来了拿钱，收不回来别拿钱，到时他们比你也积极。这些事你完了跟刘主任再具体商量商量，看按多少的比例计提合适，跟人家把雇用合同签好，报备上来。以后业务上的事，你要多给刘主任汇报，多跟他沟通，一定要上下一致……”

姚根正的心上尴尬了一下——他当然知道由他来给理事长直接汇报工作，那还是有点越级。交接手续时，来监交的刘副主任才是他们那一片区的分管领导，他应该首先向刘副主任汇报这才符合程序。但是，这毕竟是他当主任以后第一次来总部，归根结底他这个主任肯定还是由理事长拍板定案的，人家提拔了自己，自己总不能连人家的面也不见一次吧。既然要来，来了也就不能干坐着，总得说点工作上的事情嘛。所以他才进了理事长的办公室，至于以后，他才不会这样呢。并且，他在今天也早打算好了——刘副主任的办公室他待会儿同样得去。这时，只见理事长看了看表，说：“嗯，我知道呢。稍微等一下——”

姚根正顺着理事长的声音看过去，原来又是人事科科长从门里探进来半个身子，抬着一只手腕，用另一只手的一个手指给理事长指他那个手腕上的手表。姚根正明白留给他的时间不多了，他心中还有一句话真的想要给理事长表达。见人事科科长退了出去，把门掩上后，他才说：“理事长，知遇之恩应该是一个人一生中很难遇到的，也是一份很厚重的恩情！我真的很感激你，所以我……我还想……还想在正月里来你家走一次……”

“哼，哼。”理事长笑了一下，说，“我不知道你工作上的本事有多大，看来社会上的这些歪门邪道的本事你倒是都会！你来我家干什么？有你这句话，我就很高兴了，而我更高兴的则是你能把瓷崖信用社的各项数据给咱搞上去。至于来我家，我现在就明着告诉你——不需要。你懂不懂？”

“我懂了。”姚根正有点脸红得低下了头。不过，在那一刻里他也真的读懂了理事长的心思。因为他分明看出他的高兴是真实的，他不想让他来拜年也同样是坚决的。

“再有什么事没？”这时，理事长已站起身，去拿红木衣架上那件黑色的呢子大衣了，“今天省联社有个领导要来，我和王主任要到机场去接一下。”

“没了，再没了。”姚根正也站起身，心想：“来的人至少也应该是省联社的一二把手吧，要不然还用得着理事长和联社正主任两个人同时去接。”

披上大衣后，理事长又把刚才办公室女职员送来的那份政府文件匆匆浏览了一下。看来也不是有什么紧急要务，因为他看后原把那份文件随手放回了原处，然后就同姚根正一道朝门口走去。临出门时，他又拍了拍姚根正的肩膀，说："放开手脚好好干，争取给咱干好。我期待着你的好消息。"

"嗯。"姚根正用力点了点头，"那你先忙，我再到刘主任那走一走。"

"好，好的。"

刘副主任的办公室里，同样的事情，基本也是同样的话语姚根正又说了一遍。并且他还带点请刘副主任能谅解的意思说，他已到过了理事长的办公室，也说出了理事长就这些事情的意见。刘副主任爽朗地说："那就好办多了。咱那大掌柜你还不知道？只要他哼出来的事，那就基本等于定了。你回去详细写成书面资料给我报上来，完了就能实施了。"姚根正敏锐地觉出刘副主任根本不介意什么越级不越级的事，根本没有那种因为他跳过了他直接去给理事长汇报工作而产生的不悦。显然，目前他们的领导班子，正是一个在理事长一手带领下，内心真正团结的一心只扑在正事上的领导班子。根本不像前段时间里，他在瓷崖镇听到的那样——瓷崖镇的书记和镇长尿不到一个夜壶里，弄得底下的人都不知道该进哪一个门对！这就好办多了呀，这就省心多了呀，一门心思地搞工作，搞好工作那就是对领导们的最好的回报。

走出联社的大门，外面阳光温和，忽而有北风刮过，不太那么强劲凛冽，是冬日里一个难得的好天气。街道上人来人往，川流不息。对面一个大型综合商场正在开业，门前搭起了鼓鼓的气囊彩门，地上铺着鲜红的地毯，地毯上齐齐摆着六门金黄色的礼炮筒，多条恭贺的条幅从楼顶悬挂了下来，一个个拽着线绳的彩球在空中飘扬。有主持人，有礼仪小姐，有剪彩的领导，有夕阳红秧歌队，还有一些十八线的演艺人员……共同前来庆典开张。这面一个理发店的门口也立着一台大音响，音响嗡嗡震颤，一首首劲爆炫酷的音乐从里面传出。同车声、人声、各种声音混合在一起，形成了超分贝的噪音，咚咚咔嚓，让人有点耳聋心烦。但是，姚根正却觉神清气爽，那音乐仿佛在他的血液里沸腾，与他的脉搏形成了共鸣，催促着他亢奋前行。他脚步轻快，目光坚定，胸中已暗暗憋起一股建功立业的劲头来。

第十五章

山谷中偶尔有几点零碎清脆的爆竹声响过，回音袅袅，余韵寥廓，年味越来越浓了。孤寂了许久的瓷崖镇的街面上又热闹起来，临近过年的这几天，天天要比平时的遇集日还要繁华——那条狭窄不平的巷道里人头涌动，吆喝不断，两面摆满了一些各色各样的小摊点。有卖反季新鲜蔬菜的，有卖卤水各色调味品的，有卖烟酒饮料豪华大礼盒的，有卖冻豆腐干粉条海带木耳的……也有一些农人将自家一年来喂养的土鸡、土猪肉、山羊肉统统拿来销售。这些东西最受欢迎，辗转运至城里，成了年夜餐桌上的美味佳肴。此外，街面上也比平时多了一道道吉祥火红的颜色：挂历、福字、对联、灯笼、爆竹、烟花……在这些熙攘的置办年货的人群里也多了一些时髦的新面孔。他们的穿着打扮已不同于平素在这里经常出现的那些粗布烂衫的村夫村妇了。男的或西服或夹克或风衣，还配有一双亮晶晶的皮鞋。女的穿着打扮五颜六色，色彩斑斓，式样各个不同。有的把乌黑的发梢染成了浅黄的抑或是泛红的颜色。有的把指甲保养起来，还文上了精美的花纹，指白肤嫩，已很是一副城里人的派头了。原本他们都是这大山里的子民，只因生活而流入了城市。在洪流滚滚的人潮里像蝼蚁一样四下奔波觅食，像蜗牛一样从最底层负重向上攀爬。年关将至，他们把一年到头辛苦所赚来的钱带上，然后再从那点为数不多的不敢轻易打动的钱里抠出一些来给自己换上一身新装，强装出一副不曾受过苦难的笑容来和亲人团聚。这里仍有他们年迈的父母，这里仍有他们尚幼的子女，这里仍有他们操持家的妻子，这里仍有她们种地的丈夫……这里仍是他们难以割舍的根脉，这里仍是他们不可忘却的故乡。年前放下一切地赶回来，年后再不带一切地奔出去。

离过年还有很远的几天前，吴婶的两个念大学的儿女也放假回来了。儿子回来了可以坐享其成：每天吃过饭，走亲访友，和过去那些没考上大学的已在山里开始劳动的同学们再聚一聚。然而，他发现无论他怎么放低姿态，他都和过去的那些同学们有了一丝鲁迅和闰土般的隔膜，他们的友谊再也回不到了从前！原来友谊在时间、距离和不同的环境面前也总会变质变味，让人莫名地感伤和哀叹。后来，他也干脆不出去了，只待在家里看电视。女儿回来了却要帮着妈妈干活。她和吴婶好几天里一直忙碌不停——里里外外地清洗，洗床单、洗被罩、洗门帘、洗新旧不等的衣服……上上下下地打扫，扫地、扫院、扫炕、扫锅台，扫门框窗棂上的灰尘，扫天地土神所居的神龛……此外，再擦拭一些大大小小的用具和器物，擦桌子、擦椅子、擦柜子，擦生锈了的铜器，擦起垢了的茶壶……然后又淘米、碾糕、蒸黄馍、酿浑酒、泡醉枣、做油茶……所有这一切的准备，都是为了能过一个清净、祥和、团聚的年。吴婶每天除了做这些，还要抽空到信用社来给新来的主任和许丽丽宋平他们做两顿饭。另外，她还得给他们准备一些正月里能便宜吃的熟食，比如涮片粉、蒸白馍、造饺子馅、煮猪头肉、炸酥鸡、炸丸子、炸土豆条什么的。

信用社的门庭依旧冷落，鸦雀无声静悄悄的。许丽丽和宋平发现新主任这次来了，还是没有任何的安排，也没有任何的布置。他整天闷头闷脑的，不太多说话，无非是翻翻账务看看报表，要不就是到各个单位里转悠转悠。有时他也到就近的几个村子里溜达溜达，回来了又圪蹴在街上和那几个半死不活的老头下两盘象棋。偶尔问话也只是三言两语，东一榔头西一榔头，让人有点难以捉摸。“新主任到底是个什么样的人呢？他好像不太爱说话？也许人家这是刚当主任要显出城府摆摆架子呢，要给下属一个下马威呢。他凡事又好像有点漫不经心、满不在乎？是个马大哈吗？马大哈的人那才好说话呢……”两个下属不免在心里猜测着，却又估量不出其深度来。姚根正的缄口不开和不慌不忙既像是胸有成竹又像是心中没谱。他究竟是有本事还是没本事，究竟是有水平还是没水平，他们暂时还无从判定。总之，泥菩萨只因不开口才让人心存膜拜，多少有点敬畏。他想什么他们不得而知，他打算怎样干他们也无需关心。人家是领导，人家怎样安排自己就怎样来，那还能有错？不过，有一点却让这两个下属乐坏了！那就是他们最关心最急切的事，姚根正已经爽利地放话了：这段时间里，许丽丽和宋平他们两个尽可以自行安排轮流着回家。并且连春节期间值班的事项也定了。（宋平值大年到初五；主任值初六到初十；许丽丽值十一到十五。）这下就好了，两个年轻人别提有多高兴，还有什么事能比让他们脱离这个枯燥落后的鬼地方更让人高兴呢。他们两个你来我往地回家，心想：“管他呢，总算能在城里好好玩两天。以后一直就这样才美呢。”又想：“哪有那么多的好事，肯定不会老是这样吧？”

这天，吴婶在灶房里炸酥鸡。

姚根正在一边隔会儿用手拈着吃一块。

吴婶说：“还生着了，要不我先给你蒸上一碗。”

“不用，就这样好吃。”

“姚主任，许丽丽宋平他们，你都给放假了。能不能给我也放上两天？哎哟，整年里绑在这，也真的苦闷呢！正月里想走两天亲戚，散散心。”

“过年到十五，全是你的假期。”

“真的。那你们怎吃呀？”

“做出这么多的年茶饭，自己热一热不就行了。”

“能行不？”

“能行。”

“宋平在这过年呀？”

“嗯。”

“怪可怜的——说起来他还算是孩子呀，就一个人扛一道大院，孤零零地过大年！我怕他受不了，年夜饭就在我家吃吧。”

“没办法么，只能这样安排了！”

“嗨，你们这单位，过年也不能让人安生！”

“工作嘛，各有各的难处，各有各的辛苦。哪个好？都是这山看见那山高。你给他吃好喝好——吃好喝好就不想家了。”

“你放心，这些不用你安顿。家里还藏两瓶好酒呢，我让他跟我儿子除夕夜喝上一瓶。你初五来了，再喝上一瓶。”

“呵呵。”

“那你什么时候回呀，姚主任？”

“我看二十八九吧。”

“……”

腊月二十九，姚根正才回了家。女儿比原来又大了一些，越白胖了。

何小敏也从月子里的拖累和休养中走了出来，换上了平素的衣服，气色很好，恢复得好像比以前更丰润了。她穿一件圆领驼色的绒衣，弹力紧身裤，一双鞋口翻毛的黑色平底鞋。只因脚大又肥硕，那鞋看上去就像船一样大而长。姚根正不由就想：“她怎那么不会打扮自己！又不是不知道自己那腿形还穿那弹力裤，整个上下一个粗木桶，大腿小腿就像几根倭瓜的拼凑！”不过他没敢说出来，只说：“我们什么时候回？”

“回哪？”何小敏明知故问。

“回老家过年呀。”

“他们刚回去没几天，我们再回去？”

“过年呢，又不是跟平时一样。”

“哪过不一样，我妈那边都准备好了。小鹏每年饭碗一撂，就跟那群狐朋狗友游荡走了，也就我妈和我爸两个人——冷清清的。”

他想想也是，又说：“那我们初一回吧。”

她没吭声。说实话，她实在不想跟他回老家过年。一想起他们老家的那道大炕和那些长短不一的沉重的被褥她就不舒心。此外，还有那个厕所，两块青石板中间留一条缝，圪蹴着来，这也让她有点犯愁。更主要的是他们老家的那些农村亲戚们，她不用想也能想来——他们会给娃娃三十五十的压岁钱，她才不稀罕呢。其次，他们表面上会跟她亲亲热热，而实际上却会在一旁暗暗观察着她——看她吃完饭会不会主动干那些洗碗刷锅之类的事；看她会不会对姚根正的父母一迭声的爸妈不离口；看她有没有城里姑娘的脾气和架子，会不会头昂得比天高，看不起他们这些乡下人。凡此种种，以此来评判她的贤惠程度和孝顺程度。这些都让她有点别扭和不自在！不过丈夫已经做出了让步，同意留在城里过年，她也就不能再说什么了，只是心上仍想着：“到时再看吧。”

这时，姚根正又说：“咱这家才清闲哩，什么都有人准备呢。”

“怪你命好嘛！今天出去转转——哎哟，可长时间没出去了，闷得人！出去给她买两个气球，再看有衣服什么的没，给你买两件。你过年就穿这？”

“这怎了？这不新新的。”他拽了拽自己的西服说。

“今年，人家都流行穿皮衣——那种夹克型的，穿着挺好看。”

“把她也抱上？她能出去不？”

“没事，今的天，阳阳的。”她已将手伸出窗外测试着气温。

"你就穿这裤子出去？"

"怎，不好看？"

"光溜溜的！"

"不好看就不好看吗，还会拣好听的说！"她娇嗔地恼了他一眼，开始一条一条地换，每换一条就说："这条怎个？越胖了，都穿不上了！"

姚根正看着也是，每一条都被她撑得又短又变形，没一点美感！又见她换了一条棕色的条纹直筒裤，虽然大腿处仍绷得滚圆，但比先前那几条看起来顺眼多了。他已带点敷衍地说："这条还行。"

何小敏换好裤子，把女儿用小被子裹扎起来递向他，说："给，你把她抱上。"

"走——姚遥，跟爸爸逛街走。"姚根正接过正睡得哧呼哧呼的女儿，临出门时又说："你再没鞋穿了？"

"你什么意思吗？不是裤不好看就是鞋不合适！是不是嫌我跟你出去，倒你这大主任的牌子呢？我们不出去了，你则一个人去，看哪有跟你般配的了！"她已气得一屁股坐在了沙发上。他忙又乖哄道："我是说……我是说……这双有点毛茸茸的……看起来实在……实在有点肥嘛……"

"肥就肥嘛，以前一直肥你又不是不知道。今天才发现？"

"好了，好了。走，走。出去我给你买一双，你看看我的眼光，你不会打扮自己还怨我。"他说着伸出那只不抱女儿的空手去拉她。

她气呼呼地打开了他的手，这才从沙发上站起来。

街道上花花绿绿，两边的树枝上已缠上了一些塑料彩灯，一行行的路灯也套上了打结带穗子的灯笼。人声喧嚣，车笛鸣响，有的私家车和一些出租车已提前在车头上贴上了出入平安的小对联，到处都是一派年前的最后一次的熙攘和繁忙。何小敏把手臂套进了姚根正的胳膊里，头依着他的肩膀走。姚根正的心头打了个冷战，强行将自己不乐意让她紧缠着的情绪压了下去，免得冲断她的温情脉脉，顿生干戈。走了一会儿，他把女儿从这个胳膊弯里倒换在她套他的那个胳膊弯里，说："她还重呢，困得人。能顶几斤的个西瓜？"

"刚走几步就不行了！还说你一天亲不够，就会逛嘴。"

再走了一会儿，姚根正感觉胸前热烘烘的，腾出手看了看，说："嗨，她尿了！"接着就听见女儿"哇哇"地哭开了。何小敏赶忙接了过去，撩起上衣就给喂奶。小肚子露得明晃晃的，一只奶子的底边也露了出来。路上行人不断，她全然不顾。显然，羞耻害臊什么的情感在母爱面前是那么地无足轻重。喂完奶，他说："来我把她抱上。"

"你那是当老爷的身子，还是我来吧。"

"嘿嘿，我来，我来。再不行也比你的力气大吧？"他又将女儿抱了过去。

路上，买了一袋子红黄蓝绿的气球。再走，路边有卖竹编小风车的。风车的齿轮间隔糊着红绿油光纸，在微风里滴溜溜地转动，挺好看。也买了一个；再走，一边又是一些卖十二生肖吉祥物的，布的瓷的摆了一地。大脸的猪、抖冠的鸡、挠头的猴、竖耳的兔……个个憨态十足，又给女儿买了一个仿唐三彩的小马驹。渐渐，两个人的手里都不空起来，提的、扛的、握的，满满的，实在是没法拿了。最后才来到一家商场，姚根正给何小敏看上了一件咖啡色的短风衣和一双粗跟小方头的皮鞋。他实心想给她买。她却穿也穿了试也试了，就是不买，说："等上班了再买吧。"硬是要给他买那件米色的皮夹克。他把女儿往前抱了抱，让她掏他上衣口袋里的钱夹子。她问："你有钱了？"

"年底发了点奖金。"

"多少？"

"万儿，不到两万。"他少说了一万。

"那就上交呗。"

"还了结婚时的一万贷款。"这也是实情。

"你那饥荒什么时候才能还完？"

"快了。"

"唉！你则留着慢慢还你的饥荒去。"

何小敏掏出了自己的钱包，里面有女儿满月时的收入。姚根正的心里淌过一道被关心和被理解的暖流。但是那道暖流仍无法把他的心融化到他也想融化到的那个程度。他完全知道妻子对他是一片真心。她情愿为他付出她的全部。她所有的心思总是围着他们这个小家庭打转，希望他们能相互疼爱，在人前体体面面。这就是一个过日子的好妻子呀。他本不该有任何的不满足。可是他同样也在心里知道：他对她的爱意里仍有鬼祟在作梗，他在肉欲方面仍排斥着她。她只有在不触碰他身体的情况下，他们才可以相安无事地幸福地过下去。可惜这种谦谦有礼的"幸福"远不如那种原始赤裸的"性福"在根深处相互吸附绞缠得紧密。这种"幸福"仅停留在表面，很难在骨子里形成如胶似漆的一体。而那种“性福”却可以消融男女在生活里的一切矛盾。可惜他们就是达不到那种程度！他们的这种“幸福”最终能经得起怎样的风吹草动，实在是让人焦虑茫然！

大年夜，遥平全城披上了灯光的外衣。城市的方圆轮廓在灯光中被勾勒出来：西边开阔无际，一片火红的蔓延，犹如星河火海；东边有山，万家明灯层层叠叠，与天上的星星交相辉映动静流转，让人分不清天上与人间；远远近近，可听见长串的鞭炮声一直响彻不断；时不时有带哨的烟花呼啸着直插云霄；时不时又听见此处“砰”的一声响，彼处也“砰”的一声响；再抬头，空中已是万紫千红，五彩斑斓。在那灿烂之中又见缕缕白烟随风飘散，整个空气都越来越混沌了。何月峰的宅院坐落在东边的山根底，与千家万户一样张灯结彩。大门上贴一副宽长的对联：**春满人间百花吐艳；福临宅院四季常安**。对联上的金字在大红灯笼下静静泛光。家里楼上楼下灯光全开，雪明瓦亮。餐桌上摆着：菜干杏仁、红白皮冻、干炸带鱼、猪手耳片、风干兔块、酥鸡炖肉、水煮红虾、清蒸羊肉、蛋片汤、三鲜汤……偌大的一个红木圆桌已经摆不下了。孔云焕仍在厨房里炒热菜，旁边还有一盘已经包好的饺子搁在那里，那要等到最后的守岁时分再来一顿。何小鹏指着放白酒、红酒、洋酒的酒柜问姚根正：“咱喝哪个？”

“就来白的吧。”

何小鹏打开一瓶“五粮液”，与何月峰、姚根正三个人喝了起来，又给炒菜的母亲端了一杯。何小敏抱着女儿坐在姚根正的身旁，用筷头蘸各个碟里的汤水给女儿咂。女儿却摇头皱眉，小手向外摇晃，粉嘴嘟嘟着不吃。姚根正忍不住在女儿的脸蛋上亲了一口。见孔云焕炒完菜坐回桌上，他这才站起身正式给丈人丈母娘敬酒。何月峰喝后，说：“工商银行那存五十万，过完年就放在你那吧。”

“好好，我给你弄成定期，那样利息大些。”

“利息倒无所谓，主要是为支持你的工作。”

姚根正十分感激地看了老丈人一眼，感觉天时地利人和开始在他的身边汇聚，自己正处于一个顺风顺水的上升期。一个人能在单位里获得信任与重用，其他各方面的好运和助力也似乎会跟着而来。很明显，何月峰目前对他的信任已超过了对小舅子的信任——平时何小鹏开口跟他要钱也就是三千两千的，再要说什么投资的事项，他纯粹是不搭理，他还把他当小孩子看哩。

这时，只听孔云焕说：“来——姚遥，让婆婆抱，让你妈先吃饭哟。”抱过外孙女，她又对何小鹏说：“你今天就别出去了，就在家里陪你姐夫好好喝。”何小鹏说：“都说好了，要去无量山呢。”无量山也是遥平城大年夜的一景：大雄宝殿居中，左右分别是财神宫和福禄阁，古寺幽幽，香火缭绕。人们结伴而来，抽签许愿，放孔明灯什么的；回时再拾一些柴火，寓意来年能财源滚滚。“年年去，有什么意思？就在家里热闹。”孔云焕责怪儿子。何小鹏又说：“来来，姐夫——喝——不去也行呢。”“想去就去，玩呢嘛，你们那帮哥们儿少了你也不热闹呀。”姚根正跟小舅子碰杯说。不一会儿，何小鹏那些曾陪着乔江和何小敏她们到处闲转悠、逛迪厅的朋友们也就来了。他们都是这里的常客，孔云焕像训儿子一样一个个地训责：“都不许走，都在这喝，好吃好喝的还伺候不下你们？”并且点名让谁谁谁完了陪她打麻将。年轻人相互努嘴扮鬼脸，结果坐下来跟姚根正上开了劲。一个个面带尊重，嘴甜情浓，一口一声：“姐夫，来——”姚根正虽酒量大，却也双拳难敌四手，被他们灌得有点不胜酒力。再看晚会时，电视里的明星已成了双重身影，就上楼到何小敏未出嫁时的卧室里去睡了。

第二天早上起来，准备出发。何小敏却说：“她好像有点感冒！”姚根正低头看女儿，见女儿的脸上是有点微红。正看时，又听见女儿咳嗽了一声。“不碍事吧？车来车去的，一半天时间应该没事吧。”他问。

“再让风一吹，越严重了，怎弄呢！不行你一个人回去吧？”

“这——”他有点左右为难。

“哎呀，你给他们说一说嘛，明年咱一块儿回家过年不就得了。”

“哦，那也只能这样了。”

姚根正无奈地说。可他分明觉出何小敏的心里正感激着女儿的那点小病来得正是时候。那点小病说轻不轻，说重不重，拿来当作借口倒是恰到好处。他也就不能太勉强她了，心上虽有点不高兴，嘴上仍没说破罢了。于是就一个人走了。一回到家，父亲和母亲便问：“小敏和姚遥怎没回来？”

“唉，娃娃有点不乖！”他给解释着，但那解释连他自己都觉得是在替何小敏捣鬼。显然老两口十分失望，又有点担心。母亲急着问：“找人看了没？”

“也没大事，过一两天应该能好。”姚根正安抚说。

父亲却说过大年，人、神、鬼，天上、地下，三界全放假、没人管，莫不是让什么小鬼给撞克了。说着又拿了一沓黄表纸，到村口的龙王庙烧纸祷告去了。仿佛那黄纸一烧，泥塑的龙王就会立即抽出真身，化风出动将小鬼捉拿归案，自己的孙女也就百病全消了。

接下来，姚根正开始给叔伯、姑姑、舅舅、姨姨们拜年，一天半的时间里一直忙忙乱乱。无论走到哪，人们见面第一句都是同样的问话："小敏和姚遥怎没回来？"他掩饰着说："唉，娃娃有点不乖！"心里却渐渐有些难堪：一面是心烦这些亲戚们的这种关切，这种对别人家私事的过分关切有时就成了一种伤害呀！一面又是对何小敏有些暗暗恼火了，恼火她连这些人情世理面子上的事也不愿意维护。正心情恶劣时，何小敏又打来了电话，问："你什么时候回来？这边的舅舅姨姨还没给拜年呢。"

"谁没个舅舅姨姨，该都要拜完才能回来了吧。"他的声音早已提高了八度，话一出口又觉得有点重了，随后又缓和了语气问："娃娃好了吗，应该没事吧？"

"没事了。"何小敏说，紧接着又说，"好像还稍微有点不利索。"

事实上，女儿过完初一，身体就完全好了。可她也不知道自己为什么又会对他加了那后半句。她甚至在那一刻里真的希望女儿还有点不利索，过后连同她自己都奇怪自己怎么会有那种恶毒的想法，却又无从解释，只知道自己的确是那样想过。啊——人性啊，细思极恐！

"哦，不行再给她吃点药。我看，我争取晚上回来。"

"嗯，你路上慢点。"何小敏格外温柔地说。仿佛对他温柔体贴一些才能缓减一些她因捣了鬼的抱歉和不安。

初三，他们一家三口又忙着给何小敏这边的亲戚们拜年，每到一处也无非是吃喝玩乐的事情，年假里的好时光眼看就要结束了。初四，也即是阳历的 2 月 4 日，又是孔云焕在家里大请客。何小敏的那些舅舅姨姨们都来了，各家以各家为单位，大人领着小孩，一簇一簇地来。孔德树怀里抱着一个孙子，还和任玉霞两人之间共同拖着一个孙子，也来了。楼上楼下乱哄哄一片：男人们打麻将看电视，女人们帮忙炒菜做饭……孩子们玩得更疯，叽叽喳喳不停地跑进跑出。何小敏给姚根正悄悄说："最后热闹一天了，你明天就要走了！我妈原计划过完小年在酒店里请客，又说凑你在呢，就今天请吧。"

他却有点为难地说："我今天恐怕还得要出去！"

"去哪？"

"外地回来几个同学，说要聚一聚呢。"

“人家正月都是跟家人在一起呢，你们同学怎？”

“一年多没见了，那会儿关系都很好，非得见一见不行。”

“你可讨厌了！”

“没办法嘛！”

中午时分，姚根正在一边看何月峰孔德树他们打麻将时，觉见口袋里抖动了一下。他拿出手机瞧了一眼，是朝露发来的信息：**我到遥平了，这会儿有空**。为了逼真，他竟格外大胆地把手机给离得还有点距离的何小敏在空中晃了晃，说：“这不，他们叫呢。”所幸何小敏也没说来她看，只示意他让他给她爸打个招呼那就去吧。他又回过头来对何月峰孔德树他们说：“我出去一下。”

孔德树问：“去哪？这圈打完，才准备正式开始跟你喝呢。”

“唉，回来几个老同学，非要聚一聚，也定在今天了！”

何月峰有点不高兴地说：“能早点回来，尽可能早点回来。”“嗯嗯，我争取——”姚根正点了点头，又说，“估计也得一阵，你们先喝吧。”

一出门，他就给朝露打手机：“你现在在哪？”

“咱市联社家属楼那块。”

“好的，知道了。我过来接你，最多十来分钟就到。”

大街上除了几个烟酒门市仍坚持营业外，其余的店铺基本都关了门，只贴着鲜红的对联。路上的行人三个一伙、五个一簇，大人小孩全都衣服崭新，手里提着烟酒礼盒什么的，一看就是从一家到一家的拜年团。过往的车辆分外稀少，整个城市似乎都在休息，难得如此畅通清净，让人感觉比平日里少了许多的压力和烦躁。姚根正将车驶上惠民路，一直向西开去。老远就看见朝露在市联社家属楼的门口处怔怔站着。她的头发好像剪短了不少，曲卷着向里贴着脸颊；穿一件亮红的绒质外衣，也是同样的黑色弹力紧身裤。可那在他看来，她穿那紧身裤要比何小敏穿紧身裤好看多了。她是那么地漂亮惹眼，S形的曲线是那么地柔顺分明，该挺的地方挺，该翘的地方翘，衣袂飘飘，亭亭玉立，犹如这寥廓天地里一道亮丽的风景。他将车停在她的面前。她拉开车门坐在了后排。

他回过头看了她一眼：“坐前面来嘛。”

“万一碰见熟人呢！”

“这会儿有个鬼了，哪有个熟人呢，来嘛——”

“哎呀，就这也一样，走吧。”

他又向后探身摸了摸她那搭在膝盖上的一只手。

她静静不动，只催他快走。

他这才开动了车子，问："你什么时候过来？"

"今天早上。"

"林立奇他们没过来？"

"也过来了，这会儿跟我姑父他们已经喝得差不多了。"

"那你给他们说你去哪了？"

"我说我要到郝主任家走一趟。"

"哦。"

"……"

"我们去哪？龙岩祠去不去？"

"不想去。"

车厢里又静默了，只有两股不言自明的心思在暗中合流。姚根正顺着西边直走，一会儿再右拐，将车驶向新城区那一块。高楼渐渐多了起来，星级酒店一家挨着一家。来到那家比较出名的凯红国际酒店门前，他停了下来。酒店大厅里同样也是冷冷清清，只有一个女招待在前台侍立。登了一个标准间，领了房卡后，两人就乘电梯直上到了十三楼。两边一长串的房门个个紧闭，楼道里更是悄无声息，只有绵软的地毯静静铺在那里。开了 1317 房门，插了房卡后，他就急不可耐地将她紧紧搂住，同时用脚后跟磕闭了房门。她感觉自己又像一支羽毛在空中摇曳，多日里干涸的身体又开始嗞嗞舒展，慢慢蓬松，像要酥化一样。不知何时，他们已共同倒在了床上。随后，她知道他已进入了她的体内，自己的下身处也开始阵阵发热膨胀。他的捣腾和撞击像海浪一样，一波一波的，来时四壁充实，去时又空旷发痒，令她欲燃欲焚，魂销魄荡。许久，她从模糊的无意识中惊醒，突然说："不敢射在里面，这段时间可危险呢。"

他却已控制不住，射了进去。慌得她连忙滚下床来，半蹲在那往出倒他的东西，嘴里狠道："哎哟，数你最坏了！快给我拿点纸来。"他把床头柜上抽纸盒里的抽纸抽了一堆递给她，涎着脸道歉说："你那实在太好了！"她瞅了他一眼，用纸探在深处往出蘸，之后又进了卫生间。

姚根正听见淋浴的水和浴缸里的水同时哗哗响起。他懒洋洋地躺在雪白的被堆里，一米几乎没有温度的阳光从落地窗纱里照了进来，耀得他手臂上的汗毛泛起茸茸的黄色。窗外是新城广场，广场中央立着一面巨大的牛皮圆鼓，广场上也不见一个人影，四周空空荡荡。只有远处的淙淙溪水绕城而过，一连串的黄土山峰在冬日的阳光里连绵不绝。

“你不洗？来嘛——进来给我搓一搓。”朝露在卫生间里喊他。

他站起身走了进去，见她已泡在浴缸里。他也滑了进去，水哗哗向外溢出一地。两个人被水浮得轻微晃悠，彼此的身体贴不紧密。不过，双方的手却一刻也没有停歇过，一直在那抚弄着对方的每一寸肌肤。之后，再来到淋浴下，他给她打沐浴露。她的肌肤在沐浴露中如脂如绸，格外光滑，双臀紧翘，两只奶子柔实而又弹挺。他的双手一前一后在那凹凸有致的身段上上下滑动。当她给他打沐浴露时，他则浑身犹如过电，酥痒腻滑，简直快要爽死。她又用一只带浴液的手在他的那里一摸一攥。他更是一阵战栗，血液加速得仿佛要胀裂，那东西立即又在她的手中直挺挺地硬了起来。他迫不及待地用水冲了一冲，就将她抱在盥洗台上。又是一番酣畅淋漓的交战后，她感觉到自己的热流和他的热流交汇成了一片，那温热漫过周身向每一处神经末梢扩散。

事毕，姚根正先走了出来，半躺在窗前那张长条棉布沙发里。一会儿，朝露也裹着浴巾走了出来，又依偎在他的身边。他略微向里挪了挪，再一次把她的身体拥进他的怀里。她的发香和她的体香幽幽四散，清徐地钻进他的鼻孔。他感到一阵微醺袭来，心旷神怡。两个人谁也懒得再说什么，也不用说什么，只默默望着窗外，任时间在温柔静默中嘀嗒流逝。许久，她的手机在包里响起。她拿出来看后，食指竖在嘴唇中间对他嘘气，同时说：“你已睡了一觉起来了？”

“……”

“我刚刚才出来。”

“……”

“这会儿街上一个人也没嘛。”

“……”

“快了，我一会儿就回来。”

挂了手机，她给他说：“我得走了！”

姚根正只觉得时间太不留情，一阵强烈的留恋漫过他的心田。他带点悲怆地说：“以后我们要见一面，就是这么困难！”

她的眼睑动了一动，没说什么。

“下个月还不知道什么时候才能——唉，走吧，我送你。”

她边穿衣服，边问："你房子不退？"

他也边穿衣服，边说："退呀，先送你，我完了回来再退吧。"

"还不如刚才就登上个钟点房！"

"……"

离市联社家属楼还有很远的一截距离时，朝露说："我就这下，走回去。"

"没事嘛，再往前走一走再下。"姚根正知道她是以防万一怕碰见熟人。朝露没在曹店信用社上班之前，就已在市联社的打字室里临时分发了一年半的文件，现在她在这块的熟人也不算少。而她更害怕的则是在家属楼门口碰见她姑父她姑妈或者是林立奇他们之中的随便哪一个人。所以，她又坚持说："就这下吧。"

他停了车，将手搭在她的腰际和臀部以上的曲线里，随后又滑落至她的手指间，与她的手指相互轻轻捻捏着。此时，那捻捏与抚摸已不含多少欲望了，只多了一分更深沉的情感上的不舍。她对他婉然一笑，目光在他的脸上停留了一瞬。那短暂的停留里她似乎要把他的身影和神情都印在她的心里，汲取了足够多的可供分别后回忆的养料后，她才从他的手中猛抽出手指，打开车门、匆匆离去。他看着她的背影拐进一道小巷不见了，这才掉转车头回酒店去退房。

当姚根正再回到家里时，何月峰那边的客人已经散去。何小敏也回了他们这边的单元。见他开门换拖鞋，眉目俊秀，脸色清爽，她有点异样地问："咦，你今天怎没喝酒？"

"都在他们的大城市里待得文明了——以茶代酒，没意思！"

"你们在哪吃的？今天人家有开门的？"

"叫个什么'清客庄'——在新城区那块，转了好几圈才找上。"

"明天走时，把这些给你带上。"她指着正在打包的一些熟食说。

"不用带太多，单位上有做好的年茶饭呢。"他看着那些卤肉之类的熟食却已是饥肠辘辘。不过没喝酒已属极不正常，再说没吃饭那就根本讲不过去了，不能自找麻烦呀。他泡了一杯清茶到客厅里看电视，拿茶几上的苹果花生充饥。

这夜，何小敏绕过女儿钻进姚根正的被窝，头枕在他的胳膊弯里，手搭在他的胸前，温存脉脉。过了一阵，她的手又向下摸去。他却被朝露掏得精光，身体如死鱼一般，下面没一点反应。

“自怀孕到现在，你都快一年没碰我了！”

“你现在能行了？”

他感觉自己的演技越来越纯熟了。因为他仿佛能看到自己脸上那欣喜和兴奋，那神情完全可以向她表明：一直以来他实际上也是急不可耐了。

“嗨，这几天又来了！”

“呵，真幸运！至少今天是不用履行那道工序了。”他则在心里想，嘴上却说：“可惜老是不对路！”说时，又把她的身体往紧抱了抱，毕竟这是可以做到的，也不用担心抱到了火候，挑逗起她的性欲，她会对他有索求。

她却盯着他说：“行——你也不行呀！”

“唉，放坏了，枪要越擦才越亮嘛。看来又要重新启动了，下回——等我下回回来，好好和你睡一觉。”

“胡说，哪有放坏的，你是不是背着我偷吃了？”

“哪有那好事？我能到哪偷吃呢？”

“谁知道你呢！感觉你今天鬼鬼祟祟的，到底干什么去了？”

“哎呀，你怎么整天神经兮兮的，老是不信人！”

“那就再信你一回。记着——下回——”她轻轻拧他的鼻子。

“总算又安抚过去一次。唉，能过关一次且算一次吧！”他则在心里暗自说，同时也庆幸自己的哄骗又一次获得了成功。只是这样哄来哄去实在太累人啊！他已经不止一次地感到这个物质宽裕的家对他来说真的没什么吸引力。自结婚以来，他实际上一直是在想方设法地应对和逃避着她。原以为他和她可以像做朋友那样地做夫妻，现在看来却是大错特错了。很明显，夫妻间只朋友关系远远不够，还需要性爱经常来调和和滋润。那点事虽然不是什么明文规定的必须要有的，但实际上却又无任何关系和形式可以代替。毫无疑问，她今天是身体不允许，假如她身体允许的话，那么她心心念念最想的仍是那件事了。如果他能给予她，那么他们将会更加和谐。反之，那就有可能无端起纷争，那些纷争往往看似无由头很无聊，而实则皆是出于对那的无法说出的不满和失望。并且多数会愈演愈烈，毫无其他行为可以化解和变通。可惜，他在那方面对她怎么也来不了兴趣！他们两个在一起就像两个没有润滑油的齿轮在一起磨合，干涩而牵强，出问题的概率实在是太大了。要不出问题他就得一直用另一个伪装的自己和她生活在一起，而真实的自己却要永远藏在背后。为了防止那张伪装的面具一不小心掉下来，其中所付的疲惫和压抑那就只能由他一个人独自来啜饮了。

第十六章

过完初六，城里的各个单位就算收了假。说是收了假，可人们的状态仍留在假期里，来单位上班无非是点到应卯，瞅时机再溜了出去和亲朋好友们继续玩乐。领导和员工都心照不宣，考勤不会太严。这其中似乎有一个潜规则一直在沿用，那就是直到十五的元宵节过后，春节这个假期才在人们的心中算彻底结束了。至于农村的单位那更是慢了半拍，有些单位过完十五后再开个会，继续放假，非要等出了正月看上面有什么安排布置，然后才行动。不过，瓷崖信用社今年却有点不一样。正月十五一过，姚根正就来了个内部的小整顿，一切雷厉风行起来。前期，他之所以没安排没布置，那是因为他还没有了解清楚情况。对待工作他不喜欢乱发言，更不喜欢不切实际地随意操作。随着四十几天的暗暗观察和征询盘问后，他已基本吃清了瓷崖信用社当前最大的症结。那些千头万绪的事务经过一一梳理和多次思谋后，已在他的脑中形成了清晰的有轻重缓急的步骤：

第一，要大量放款，要支持大多数人，笼络人心树立威信，争取开辟一个全新的人脉基地。

第二，一放完款就要来一次全面深入的下乡，从根上对那些不良贷户有所了解和有所掌握。然后再具体问题具体对待，特别事项特别处理，努力做到一家一家地来盘活，一户一户地来解决。

第三，要尽快处理那 27 户还没有结案的起诉贷款，能结案的争取让早日结案，能重新签订协议的争取重新签订协议。尤其是上次许丽丽提到的柳岔村柳云山的那笔诉讼贷款，那更是要重点对待。

从内心来讲，姚根正并不主张起诉贷户。古人云“以和为贵，和气生财”。一起诉即意味着撕破了脸，撕破了脸，双方就成了对立关系；一对立，那自然便是恶语相向、冤家路窄了，那就不是搞工作的初衷和最高目标了。搞工作的最高目标应该是：要与客户形成唇亡齿寒的鱼水关系，倡导双赢的理念，努力做到共同发展，那才能无愧于“群众身边的银行”这个称号。那种简单粗暴的催收，那种急功近利的讨要，那仅仅是一个低级别催收员的所为。什么时候能站在对方的角度，给予真诚的理解，为那些困难户注入信心，引导他们始终与信用社站在一起，风雨同舟，共渡难关，那才是长远之大道。往小了说，那才叫真正意义上的搞信贷；往大了说，那才是真正意义上的做金融。所以，他不打算在他的手上轻易起诉任何一个贷户。但是对于前任主任已经起诉了的贷户，他就要尽快协调，争取早日结案。看着那些零零碎碎的诉讼费用挂在账面上他就不舒服，尤其是那个柳岔村的柳云山更让他心里憋气。欠债还钱，天经地义。难道有个看守所所长的庇护就不用还钱了吗？难道有个看守所所长的庇护就没了王法，没了公理了吗？真正有困难，实在拿不出钱来，可以等待。但是他柳云山不应该不还钱还反倒更嚣张，把欠债不还还引以为荣呀。很明显，他这是一个老鼠坏了一锅汤，对整体诚信氛围的恶化起了传染源的作用。所以，对于这样的刺头，姚根正已在心底萌生了要拔掉他的决心。他准备倾其全力再和他较量一次。虽然胜算的把握能有几分，他不敢十分肯定，但是必须要和他再较量，已被提上了日程。当所有的这些想法和思路逐渐成熟后，正月十六的一大早，他就正式点燃了他新官上任以来的第一把火。

清早起来，姚根正召集许丽丽和宋平到他的办公室开会。两个下属一看新主任一本正经，不像平时打哈哈的样子，也就立即郑重起来。许丽丽拿出了单位的会议记录，正正规规地坐在了姚根正办公桌对面的那个长条沙发上。宋平挨着她坐了下来，也在膝间摊开了自己的个人学习笔记。人数虽少，但俨然很像那么回事。姚根正又觉气氛有点过于凝重，他笑了笑，说：“这段时间你们都休息到位了吧？回家也回美了吧？”

宋平腼腆地点了点头，很明显还带有刚参加工作的那种拘谨。

相比而言，许丽丽就比宋平要放得开了。一面是，抛开实际天数从两头来掐算，就像报虚岁那样，她也够得着两年的工龄了，也算是一个有点履历入了门道的老兵了；另一面是，男女上下级之间本身就有那种不会太庄敬、太抵触的微妙心理。只听她清脆地回道：“还行。”又笑着说，“看来自由自在的好日子就要结束了！”

“呵呵，你真聪明！”姚根正同样笑着说，刻意把自己的心尽量朝两个下属靠拢，“光放假不干活的单位，我也想找一个了，有呢？”

许丽丽的脸色潮红了一下，不好意思地缩了缩肩膀并吐了吐舌尖，又和宋平迅速相视一笑。这一系列的表情过后，姚根正觉出他们三个人之间的距离已比先前近了些许，那正是他所需要的。他不希望两个下属对他紧闭心扉，从明里看是恭敬顺从，而暗里却意见老大。他需要的是他们在心里慢慢认可他这个排头兵，从人格上愿意紧紧跟随着他，而不是因权力所致，逼迫着他们拥护他。接下来，他才清了清嗓子说道：“本来咱们早就应该开个这样的小会了，但是却一直没开。原因是前期临近过年，人心惶惶，你们都想回家呢，我说了你们也不会认真听。其次是我也没什么要说的。与其无病呻吟浪费时间，那还不如不开。既要开会，咱就是为了针对问题，然后达成共识。接下来，我就我前期所看到的一些问题和今后我们所要搞的一些工作简单讲几点，也算是对我们共同的要求吧。”

说时，姚根正也打开了他面前的那个黑皮子的工作笔记本。上面只干巴巴地记有几条提纲：**1. 学习、作息；2. 服务质量；3. 环境卫生；4. 工作效率。**但是围绕着这几条提纲该说些什么，他实际上已在昨晚上打了腹稿。两个下属第一次见识新主任正儿八经地安排工作，起初他们只是带着新奇劲在那掂量着新主任的本事和分量，渐渐他们就感觉到了一些不一般，随之也就多了一分佩服和敬重。新主任的讲话不像有些人那样照本宣科依葫芦画瓢地念文件，而是自由发挥的居多。但是他自由发挥也不是那种天上一句地下一句地乱说，而是有点有面、有因有果地摆事实讲道理。并且他的讲话紧贴现状，客观中肯，时不时又抑扬顿挫，带有强调性，不令人枯燥生厌。只听他说了一通年轻人应该抓紧时间刻苦学习等，猛然又提高了声音说道：

“当然，有些人爱学习，有些人看见书本就脑仁疼。能不能在业余时间里养成一个博览群书的好习惯。这个，我实际上管不了——因为那毕竟是业余时间，也是一个人的私人问题。但是，有一点我要管，那就是对于联社的来文来函我们必须认真学习。对于上级给我们的任务，一问三不知，工作心上没数，眉毛胡子一把抓，那不行。尤其是对一些规章制度和具体业务的操作流程，不知道不领会，那更不行。不能想当然地在那瞎干，与联社的要求背道而驰。背道而驰了联社肯定要收拾我。不用问，上级收拾我，我自然会回过头来要收拾你们。是谁弄错了？是谁有章不循？

到时——那咱就得说个一二三了。这就是我们今天开会需要明确的第一点。我再强调一遍，对于联社的来文来函我们必须认真学习，直到吃透弄懂为止。”

许丽丽在会议记录上唰唰记了一条。宋平才似乎觉出自己也应该做点什么。他也照样学样地在本子上记了起来。不过，他的文化程度不高，只是初中毕业，看起来写得有点吃力。同许丽丽一对照，两个人明显是两种不同的风格：一个手法利索，敏捷灵动，有快刀斩乱麻的干练；一个慢慢吞吞的，迟钝木讷，但是又让人能感到有那种态度端正，凡事肯用心钻的韧劲和厚重。

“至于作息和服务质量，”姚根正接着说，“我认为我们现在做得就很好。前段时间，我实际上也没少观察——许丽丽在办业务时，手法的确很快，也很精准；对谁也是和和气气，一面微笑。这就很好嘛，希望你能继续保持。”说完，他又看了看许丽丽。对于自己在工作中的努力和付出，领导能看得见，并且能给予中肯的表扬，许丽丽也是由衷感到高兴。她郑重地给姚根正点了点头，随后又说了一句：“不过——现在的有些人，有时真的可挑剔可难缠了！”

“那肯定了——众口难调呀！”姚根正接话说，“我们面对的是形形色色的客户群体，无论你怎么做，总有一些人还会说三道四。我不太主张——现在的服务单位只一味地把顾客奉为上帝，只要自己的人和客户发生了争执，不问青红皂白，不管三七二十一，先罚了自己人的款再说！对于一些蛮横无理的、过分苛刻挑剔的客户，我想，有时我们还要分清事实、另当别论。当然，假如我们不把自己的负面情绪带入工作中——时时眼中带笑，始终真诚为别人服务，那样，那就很难发生什么争执呀，俗话说‘拳头不打笑脸人’嘛。所以，我们也要多从自身找找原因，多看看自己是不是无可指责。此外，我还想说——在农村搞服务工作，我们就应当学会用一些农村人的语言来和他们打交道。不要太文质彬彬了，太缺乏乡土气息了。比如，你可以多说一些这样的话：‘大娘，你这是卖鸡蛋的钱？’‘大爷，今年山地的收成怎样？’……这样一来，你就会很快走进他们的心里。同样，他们也就不拿你当外人看。他们也会问你一些：‘闺女，你给我看看这张钱是不是真的？’‘闺女，你说我存成一年的好还是存成二年的好？’……关系处到那个份上，你即使给他们说：‘我今天感冒、头疼，不想办业务……’他们一般也不会为难你、投诉你，这点，信不信由你们。

说到底，还是农村人最纯朴最厚道，最具有一颗理解同情别人的心！”

“是了。”同样是农民家庭出身的宋平应声道。

许丽丽也嗯嗯着点头，表示她今后会向那个方面努力的。

“下来，我再说说我们的环境卫生。”说到这时，姚根正停顿了一下，之后才说，“说到环境卫生，我就不敢恭维了。你看看你们的办公室，再看看你们的宿舍——不穿的衣服是揉一堆，不穿的鞋和袜子是到处乱扔！碟机、游戏机是东一个西一个，线拉得是横一根、竖一根，整个一个盘丝洞！”

宋平低头给许丽丽努嘴挤眼。许丽丽同样给他回应着，又朝姚根正的方向扬了扬下颌，意思是：主任正看着呢，注意点。他们当然明白主任所说的衣服揉一堆是指谁，他所说的线到处乱拉又是在指谁。原来主任心上一直就有数，只是前期没指出来罢了。他今天这是有的放矢，看样子对于这些事，他不会再像前期那样放任自流了。这时，只听姚根正又说道：“不穿的衣服你把它叠得整整齐齐，不穿的鞋和袜子你把它摆在床底。音乐可以听，游戏可以打。但是你要把它弄得井然有序。尤其是办公室，更是要干净整洁，给人一个舒服的感觉。各种办公用品要合理摆放、随手可取。要弄成——账本是账本，簿子是簿子，报表是报表，各有各的归放处。不要乱七八糟一锅粥，自己找个什么东西也找不上。这就是我们今天开会需要明确的第二点。会后，首先打扫卫生，各人打扫各人的宿舍。不光是要打扫，而且今后一直要保持，这才是关键。”

许丽丽又在会议记录上记了一条。

宋平也写了起来。

姚根正看他写得停了下来，这才继续说：“到现在为止，我估计我不用多说，你们心上也能觉见了——我们今后的工作肯定要比前段时间紧张起来，肯定不会像前段时间那样松松垮垮了。当然，我并不是说搞开了工作就纯粹不让你们休息了，不是那个意思。每人每月五天假，我肯定要给大家保证，这点请你们放心。需要七天完成的工作，你能在五天内干好，剩下的那两天时间你还可以自由支配嘛。我要的是那种说干就干，说歇就歇，炉里能出旺火的工作法。而不是那种腰来腿不来，不燃不熄、不死不活地在那磨洋工。不要干着工作还想着别的事，回了家又想着还有哪项工作没干好，两头兼顾，结果两头都顾不好。要休息咱就要尽情放心地来休息，要干活咱就要集中精力地来干活。说穿了，这其实就是一个工作效率的问题。要想工作有效率，那就得动脑筋、想办法，学会一些统筹安排的方法。说到这了，宋平——”

他停下来，把目光落在宋平身上。

宋平也抬起头盯着主任的面孔，认真等着他的下文。

“从明天开始我们就要大量放款了。咱那放贷款的手续是有些繁琐，不过，你可以先填上两份空白的合同，当作样本，给我这放上一份，给你那放上一份。来的人让他们照着填，不识字的可以让那些村里的老会计、老牌高中生们帮着填。要善于利用那些农村的文化人，要不然光靠我们一天也办不出去三五份！另外，需要人家带的手续，你一次性给人家交代清楚。不要人家拿来个印章，你说少个身份证，人家几十里山路上再寻来个身份证，你又说还缺个户口本。最后，款也给人家贷了，忙也给人家帮了。人家却嘴上不说，在心里骂：‘日娘的，贷这点钱比赚这点钱还费劲！’那就太有点因小失大了，那就太有点得不偿失了！这些细节都要注意呢，这些小事都要认真对待呢。从今天开始，我们要从方方面面体现出我们有一个高效快捷的新风气。”

“嗯——我完了就填。”宋平答应道。

这时，姚根正一改之前一直绷着的比较严肃的面孔，转为座谈拉话的方式说：“那就这样吧，我看我今天就说这些吧。至于将来任务如何分配，绩效如何考核，这些事情等联社春季会议开完后，咱们再具体定夺。在这里，我提前向大家申明一点——我可以比你们多想多干，但是绝对不会比你们多拿多占。关乎我们切身利益的这一块，我一定会用‘公道’二字，来时时提醒我自己。不能因为这些事情弄得我们不愉快，甚至离心离德。这一点，也请你们经常监督和审核，我一定说到做到。最后再说一句——咱这是一个相当艰苦的地方！你们心里最盼望的是什么我明白，我和你们所盼望的也差不多。所以，我衷心希望兄弟妹子们，咱们能一道共同努力，共同奋斗，争取用比较满意的成绩，使我们都早日走出这片沼泽地。好吗？”

许丽丽和宋平没有用轻薄的语言来表态，只是跟姚根正那征询的目光接头时，都微微点了点头。但在那微微的点头中分明流露出一股坚定的决心。姚根正读懂了他们的心声，也感觉到了他们那种被鼓舞起来的情愿发力的士气。他又亲切地问了句：“你们有什么要说的没？”

许丽丽回答没。

宋平摇了摇头。

“那咱就散会。”

一散会，宋平就打扫开了自己的宿舍——擦桌子扫地，洗了袜子，把原来摆在窗台下的一双皮鞋和一双运动鞋填进了床底。见主任室、会计室、信贷室、档案室的几块门牌中有两块斜了下来，他又拿小锤子叮叮当当地往起钉。许丽丽整拾自己的碟机和游戏机，归并了办公桌上那些杂乱的东西，又打了一盆清水把所有的宿舍玻璃挨个往过擦。姚根正也把他的被褥往齐整叠了叠，擦抹桌椅，收拾一些零散用品，又把一盘瓜子花生和一包香烟摆在了茶几上。吴婶见人人都在行动，自觉就拿起扫帚扫了院子。扫过之后，她还撩洒了半盆洗用过的剩水，轻飞的尘土立即被压了下去。地上湿点斑斑，空气里阵阵清怡。信用社依旧是一线六孔的石窑洞，老式的锅台盘炕，半圆的门框窗棂，两棵梨树，一片菜地。整体看起来，什么也没多，什么也没少，但是却给人感觉从内到外已焕发出了一种整洁爽朗的精神劲。

中午时分，又一批客人被请到了姚根正的办公室。他们是：高家沟村的村主任高保义，刘跃沟村的村主任刘连廷，赵渠村的村主任赵壮和韩家峁村的村书记韩尚富。高保义永远是一身黄咔叽的中山装。从部队复员回来，多少年里他一直就是这身装束。冬天夏天，几乎一成不变，如同他的诚实和公正一样，经年累月始终恒久稳定。他的人品早已深入人心，他的装束早已定格成形。假如他偶尔换了装，人们反倒不习惯，仿佛哪里出了怪。在人们看来，黄咔叽中山装就是高保义，高保义就应该是黄咔叽中山装，那已成了他特有的标志和品牌。刘连廷穿西服，戴眼镜，不长唇髭，脸色黄中泛白，像戏里的奸臣。实际中他也有点奸，奸中带滑，滑得又让人无可奈何。他能说会道也讲道理，凡事看着他得了利，却又能摆在桌面上，也讲得过去。对上，他既会奉迎讨好又会凑趣出主意，以至于多少任书记、镇长一到任还没几天就离不开了他这个谋士。对下，他既会怀柔也会打压。有时，在村里有些事情实在实行不下去了，摆不平了，他还另有一套绝招，那就是他会绕着弯弯走妇女路线。他可以通过给婆姨们做工作，然后让婆姨们回去再给自己的老汉做工作。和婆姨们说荤打诨过嘴瘾是他一贯的喜好，这喜好造就了他和婆姨们的关系总是熟稔不生分，经常有人戏称他为妇女主任。所以，从大多数男性村民们的目光来看，刘连廷的威信要比高保义的差那么一点点。不过，异曲同工，殊途同归，多少年里他和高保义一样，也一直稳稳当当地掌握着他们村里的政权。

赵壮是个瘦高个，四十来岁，穿着时尚又干干净净，像个完全吃公饭的干部。他酒量大，脾气也大，一喝醉酒就肯骂娘，嫌人家喝得不痛快。不过，了解他的人都知道他实际上是个大好人——心里藏不住事，快人快语，光明磊落，凡事只对事不对人，有着极廉明的原则。即使和谁吵过架、骂过仗，他也不计较。回过头来，这些人有什么困难再找他，他依然是一副热心肠。所以，从来也没有人小心防着他，大家都已经在心上很放心和很认同他这个当家人了。韩尚富年龄最大，苍头狐眼，虾腰曲腿，性格和赵壮正好相反。他整天狐眼眯眯，脸上自带一副和悦的笑容，遇事轻易不表态，心里有自己的总主意。他说的少，干的多，干起事来又绝不拖泥带水，像老虎扑食一样稳健迅猛。连同高保义、刘连廷、赵壮这些人平时都管他叫叔。有时候，有些事，众人已习惯于跟韩叔商量商量。韩叔呢，依旧是老样子——笑眯眯的，听的多，说的少，不说就不说，既说出来，那就一定是众人意见的综合择优，有一锤定音的效果。

总之，他们都是瓷崖镇这里的当地人，既在本村里担任职务又在政府受雇用干点事，俗称半脱产干部，是介于农民和干部之间的双栖人员。比起村里那些走出去的大老板，他们算不上富；比起那些仍留在村里的农民，他们又比较富，算得上是这里的能人和精明人。多少年里，他们一直在这山大沟深的地域里干着公家的事也忙着个人的事：从下面往上面征集三统筹五提留的款项，也从上面往下面争取各种各样的项目资金。修桥补路、拦田打坝，架电引水，封山禁牧，既管牲畜的防疫也管人口的计划，既修建学校和村部又修建牌楼和庙堂，既参加政府的开会学习也主持村里各家各户的婚丧嫁娶。总之，七杂八落，花花样样，一言难以蔽之，不管是官方的还是民间的种种事务里，总有他们的身影在其中或主导着或协调着。就这样，经过漫长时间里的沉淀和积累，他们的关系在这里枝枝丫丫地蔓延，他们的人脉在这里错综复杂地结网；就像古藤攀壁那样，早已将根须深深扎入了这片土壤。他们是这里的权威，他们是当地的土神。每逢政府换届选举，为了确保万一，书记、镇长都要提前跟他们联络一下感情。曾经就有一次，一个上面有后台，工作却无甚资历的花瓶镇长，就被这些人一捣鬼一串联当场选得泡了汤。这就足以证明他们这些人在这里所具有的能量和所代表的民心民意了。今天，他们这些人，早在姚根正初六至初十值班期间就被约好了——约好在正月十六中午来信用社开个座谈会。这四个人，身份地位基本相同，所不同的是分别来自瓷崖镇的东南西北四个大方向。可见姚根正在选用他们之前，无论从地理位置上还是从威信能力方面，都是从利于工作的角度出发，经过综合衡量和精心物色的。他们四个一走进信用社的院子，就在相互间啧啧称道：

“嘿，信用社好像有点不大一样了！”

“看人家这院子，看人家这玻璃，一尘不染，黑明黑明的！”

“哈哈，连灶房也擦得明光锃亮！”

“人家这是新官新气象嘛！”

“……”

听见声音后，姚根正走了出来，顺着先后跟他们一一握着手，然后把他们请进他的办公室。宋平挨个给散烟点火。许丽丽给他们泡茶端水。刘连廷接过水杯后，就说：“姚主任，许丽丽可是个好女娃呀——又利索又精干，还又热情！你有她这样的兵，你这官也就好当啊……”

“看——看我们的刘主任，不愧是妇女主任！走哪也最会替女同志们说话哟！”赵壮调侃道。

“怎，我说得不对？”刘连廷反问，“许丽丽来咱这也快有两年了吧？那表现大家该有目共睹吧？我又不是高夸人家。好花还要绿叶扶呢——当官的再好，当兵的不要说给你拆台了，就是给你顶不上事、跟不上步，那就不好弄呀！你说是不是这么个道理，姚主任？”

“那当然了。”姚根正和悦地笑了一面，再跟众人简单地寒暄了几句，就开门见山说明他今天请他们来的主要用意。他说：“我跟宋平都是刚来你们这地方，以后就少不了要请你们这些叔叔辈们多帮忙了。今天请你们来，是有两件事想跟你们商量商量。一是，从明天起我们就准备开始放贷款呢，想请你们多给把把关。你们可以把你们村上的或者是走出去的也或者是亲戚朋友们——只要是干正事的，有资金需求的——你们就尽管往来引，我都会以你们的意见为主，极力办理。二是，咱这信用社还有三十多万的代理农行扶贫款没收回来，到期也有五六年了，这些款我也想请你们帮忙往回收呢。将来，我打算分成两个组——由我带上一个组，宋平带上一个组，咱们下去好好把这批款往回收一收。当然，我也不能白使唤你们，收回来多少，就按一定的比例给你们计提多少手续费。你们看怎样？考虑考虑。”

这些精明人一听姚根正的话，心上立即就明白了——这两件事对他们来说都是很上算的好事呀！其一，能帮乡里乡亲说上话、贷点款，那当然是非常有面子的事了。不用说，只要给办了事，那肯定是皆大欢喜，不图有什么丰厚的回报，至少也能多喝两瓶好酒吧。连同平日里有什么磕磕绊绊的小过节儿，也可以借此来缓解缓解。农村工作嘛，就是这么笼统。有时在计划生育上惹了人，再给放个宅基地就可以平平怒气；有时在封山禁牧中罚了钱，再给帮忙给贷点款就可以补补面情。总之，这面搞搞可以平平那面，那面压一压又可以抬一抬这面，反正转转弯弯都要搞，那就面面俱到吧。其二，给手续费收扶贫款的事，那更是真金白银的好事情。他们这些人本身就靠政府补贴村上工资和一些零碎小工程来生活，像鸡一样东一嘴西一嘴四处啄着吃。现在又有了这点赚钱的小项目，那当然是求之不得。所以，刘连廷当即就说："哈哈，姚主任——你这是明抬举暗陷害我们呢！贷款这事有后遗症了——现在看去没问题，谁知以后会怎样。我们这些人，今天走到你这了，也不是给你自夸呢。你要说我们有多好多好，那倒不尽然。但是，我敢给你说，我们都是说一不二的人，都是讲原则的人。平时不管干什么也都是一心一意、踏踏实实，绝不会无理取闹、胡作非为。正因为这样，别人才多多少少给我们点面子。今天，我们不揽你这事便罢，既给你揽下了。我们就要给你弄得光光堂堂，总不能给你弄得胡胡麻麻，坏了我们的威信吧？"

"那肯定了。"对于刘连廷得了便宜卖乖的话姚根正能听出来，而他更想听的则是他那后半部分既想干又带有保证性的话。紧接着，他也笑着将了一军："眼睛闭住瞎放我也会放呢，还用得着你们了。把你们请来，就是想借助你们的火眼金睛呢。今天下午灶上炖羊肉也给你们准备好了，羊肉有白吃的吗，老叔们？"

"哈哈。"赵壮笑，"看来你这顶紧箍咒我们非戴不可了！我们吃了你的炖羊肉，以后就少不了要在工作上保你黑籽红瓤呢。"

"那就好嘛。"姚根正说，"以后干得好了，咱再多吃两顿也不是个事嘛。"

"那咱就争取多吃——"高保义也亮出了鲜明的态度。

这时，赵壮又说："那些扶贫款肯定好收——当时是建设'红枣镇'呢，每家每户给贷个三百二百的，全撒了胡椒粉，屎用也没，白白给老百姓添了些零碎账！现在七八年过去了，都他娘的把这回事忘了。不过也没事——好收，绝对好收。现在的老百姓对那几百块钱也不是很在乎，咱们下去了，只要能见上人，就都有办法呢。即使是见不上人的，有些也可以让他们的父母兄弟或者是种他们地的人先给代还呀。”

“好收就好，这样一来对你们也有利呀。”姚根正高兴地说，“不光是要收这些扶贫款，我们那些正儿八经的死账也要借助这个机会好好往回收呢，这才是更当紧的事。”

“唉！说到这了，”赵壮又说，“姚主任——我说句你不爱听的话。你们信用社以前放款本身就有问题了——不想给放的是说成什么也不给放，想给放的是转着弯弯多给往出放。给一个人放得多了，那就自然放死了嘛！俗话说：‘十个饿狼也吃不了一个没啦！’现在，他债务一大，就剩下光人一个，你能怎么办？”

姚根正脸上闪过一丝尴尬，因为他深知赵壮那是切中了要害的中肯话。

刘连廷接赵壮的话说：“哦——没钱就真的没什么好办法！不过，也不全是那样。有些人现在虽然没钱，但是仍一直在努力着了——我知道我们村就有五六户，到现在也欠着你们信用社的钱。有几户确实是还没翻身。有两户这几年可以了。一户在城里卖豆腐，一户在煤矿上下煤窑。今年下来，都有处理的意向呢。多数人还是没钱，有了钱谁也不想欠债呀。”

“好，咱要的就是这些信息呀。”姚根正又说，“只要有意向咱就可以慢慢来解决嘛。不忙，先易后难，一户一户来。只要不是他柳云山那种就好办，别动不动不还钱，还说有本事再把他关上两回！我还真不相信我就把他没办法了。”

“哈哈，柳云山的事你也知道了？”刘连廷问。

“详细情况还不太了解，也就听说了这么个大概。不过，我总觉得他太有点过分了，不能不还钱还反倒有理了？”

赵壮说：“其实柳云山也不是那种有钱不还的赖皮，那几年让一场车祸给弄倒塌了！原来的柳云山也是一个极爱面子的人，走哪也出手大方、好交游，三朋四友、海吃海喝，也算是一个场面上的人。只是养了一回大车，碰死两条人命，赔了几十万，一下了就把个人给弄得掉不转头了！现在，又等上人上了年纪，没了收入，就彻底没办法了！过了这个年，我估计云山至少也有五十大几了吧？”

“有了，不止那么个。”刘连廷说，“他跟我大哥他们同岁，属羊的，今年是本命年，六十一了。人常说本命年犯太岁，太岁当头坐，无喜必有祸！这不，你们看，姚主任又给他咬上牙了，弄不好云山今年还得两天冷饭吃。嗨，这事怎说呢！云山这人整体来说其实还行，就是嘴有点不成事，一辈子爱吹吹打打。我估计进了看守所，高所长也肯定招呼呢，毕竟那会儿——高所长在咱这当所长时跟云山关系不错。他进去了肯定不用和人家那样挨打受气，不过也肯定不是他说的那样——有酒有肉，比家里也舒服，有本事再把他关上两回。呵呵，这就叫病从口入，祸从口出。他说那些话非但解决不了问题还白白惹得信用社下不了台，到时候吃亏的还不是自己！”

“红脸汉爱面子，再没个好说上的嘛。”赵壮说，“咱又不是不知道他那个人——他就喜欢说自己过五关斩六将，不喜欢说自己喝米汤尿炕嘛。实际上他也愁肠呢。那几天，我们还在路上碰上了，圪蹴在路畔拉了两句。说起这事，柳云山直摆手说：‘唉，别提了，说是那样说了，到什么时候也是咱自己理短么，要怪只能怪咱自己欠着人家的！你想想，我怎能不想还呢？只是有时候人在气头上就犯浑，实际上什么时候能把信用社的钱给还了，我也就放心闭眼了。还不了，给儿女们也丢人呢！’”

“哦，日落西山看到底，靠柳云山还这钱肯定是还不上！”这时，高保义说，“我听说本金不是也有六万呢，现在利息不是也有两三万了？”说完，他又看姚根正，意思是：是不是那么个钱数？姚根正说大体就那么个。高保义又说：“姚主任，你要想往回收这笔账，就看有什么办法能把这笔账给云山的三个儿子摊开不，要不真的不好往回收。他的三个儿子现在都可以着了——老大在城里开个汽车配件门市，生意挺好；老三还没成家，跟老大一块儿干着呢；老二也成家了，自己给工地上供石子，听说一年收入也不少……”

姚根正听着、记着，感觉自己用对了人。很明显，高保义他们这些人对瓷崖镇的确是很熟悉很了解，他们几乎知道这里每家每户的鸡零狗碎。而且以目前来看他们对他已敞开了不避讳的胸怀，他们的建言献策不偏不倚又贴切实际。这样一来，自己就相当于有了一个开明的智囊团，以后在工作上也就能更好地把握方向了。这时，只听赵壮又说：“还有一点，姚主任——你打算明天开始放款，放开了款，你可要注意我们这的那群‘围胡放板’的后生们呢。”

“什么‘围胡放板’？”姚根正随口问了一句。

“咱也不太懂，”赵壮回答，“反正就是些不务正业的人。靠赌博混社会过日子，什么抽头放高利贷，就叫‘放板’；什么组织维持野外的赌场，就叫‘围胡’。总之，乱七八糟，清一色都是些新名词！”

“嗨，龙有龙门，鼠有鼠道，一个人有一个人的吃口呢。”刘连廷说，“他们那些人也有混得好的了。我听说数黄义佳的儿混得最好——长两个大脸蛋子，绰号‘脸蛋哥’，手底下带二三十号小兄弟，一年就赚了大几十万。过年开回来个黑疙蛋小车，车头上有四个环子，好像说叫什么奥迪也是奥拓？可高档了！唉，现在的这些老板们，有了钱就造孽，都爱把钱往那黑风洞里扔！”

高保义摇头：“不要看车高档，都是些露水财主，有今天没明天。世上哪个赌博人有好下场呢？共产党不管就不管，一旦管开了，对那些都像喂胖的猪一样，等有膘了才收拾呢。呵呵，总之——姚主任你最好是跟他们少接触、少深交。”

姚根正嗯了一声，心上没以为然。他知道既要在一方搞工作就肯定要面对一方的形形色色的各种群体，能镇得住各方势力稳得住整体大局那才算是一个合格的主任。而且他也相信自己完全有能力有办法来应对那些。所以，他只问了句：“我雇你们，跟你们在政府的工作没什么冲突吧？”

“没冲突，没冲突。所有的工作都要下去搞了，一举两得的事嘛。再说，你信用社也算是当地政府的一个单位嘛，你的工作搞顺了搞好了，对政府也自然是有利无害嘛。”赵壮说。高保义又建议最好是给书记镇长打个招呼，倒不是说非要打招呼汇报不可，这只是人对人的一种最起码的尊重。不要让他们的两个领导有什么想法——哼，你雇我的人连招呼也不给我打，你倒是耍了个大。有时候细节就决定成败，任何工作只有上下齐心左右逢源了，才能更好地开展嘛。姚根正说这些他也想到了，本来他也打算近期请书记和镇长一块儿吃个饭呢，相互好好沟通沟通。高保义说那就好，那就好，同时在心上想着：“这新来的主任确实不一般！人家人虽年轻，不过人家这想法和做法不能说是不清晰不周全，而且又有那么一股子气宇轩昂的势头，看来信用社的工作要有一些起色了……”

谈话一直在继续，瓷崖镇的又一些方方面面的情况也开始在姚根正的脑中有了轮廓，又一些能干事靠得住的村干部的名字也开始在他的心里有了初步的印象。自始至终，韩尚富基本都没怎么说话，一直笑眯眯地在听。不过，他的心里其实早已如明镜一般，对当前的情形一目了然了：很明显，信用社的新主任这是倚重他们这些老同志呢，想在这里干出一番成绩呢。而且能看得出来——人家头脑精明说话工巧，性格也率直坦诚，该谦和的地方会谦和，该礼让的地方也全礼让到位了。更何况还有实实在在的利益紧随其后，那么自己就什么也不用说了，给人家出把力帮个忙吧，两全其美何乐而不为呢。

第十七章

信用社放开了贷款，这消息不胫而走。瓷崖镇的街面又像年前的那几天一样热闹起来：各村的村民坐着嗒嗒嗒的三轮四轮从各个沟口里四下而来。有的是买化肥尿素需要点资金；有的是买猪买羊需要点资金；有的是种烤烟建烤炉需要点资金；有的是酿酒买高粱需要点资金；有的是修房买家具需要点资金；也有的是亲戚朋友们告诉他们弄点资金放到他这的某个生意上来便可赚钱，也算是小投资吧。总之，各有各的用处，各有各的谋划打算，只有先弄到钱才可以更好地干事创业嘛。还有那些走出去的户籍地仍在瓷崖镇的村民们也纷纷返回。他们或坐班车或开小车或骑摩托，从城里出发经过二道梁镇一批又一批地涌来。在城里开个饭馆扩大店面需要钱；养辆大车生意好，想再上一辆也需要钱；租块地搞个建材租赁门市也需要钱；贩煤贩炭搞工程建设那更是需要钱；春季做防寒服冬季才可以销售，其间大量的布料、辅料、棉絮的储备也需要钱。总之，钱是个好东西，很难想到它在哪里没有用处。他们这些人皆是为钱的事而来，而钱就掌握在姚根正的手里。于是，正应了那句话，“贫在闹市无人问，富在深山有远亲”。每天来找姚根正办事的人源源不断。他的办公室经常被围得水泄不通。姚根正一脸从容有条不紊，一拨一拨地接待着，一拨一拨地答复着，一拨一拨地给办理着。经过初次的接触和打交道后，这些人一走出信用社的大门便对他的为人处世等方面议论开来。一时之内，姚根正成了瓷崖镇炙手可热的被关注的头号人物，关于他的一切被这里的老百姓们三个一簇五个一群口口相传着：

“啊呀，咱这信用社新来的主任绝对是个好人，人家基本不为难任何人，开口基本都给面子呢……”

“主要是痛快干脆，说给办，当天就能拿上钱。不像原来那些——今天着、明天着，三一回五一回，能把人磨蹭死！”

“也可会说呢，不给办的也能转转弯弯说得让你没词。”

“你以为了——人家没本事能年纪轻轻当上主任？听说是科班出身，银行学校毕业又自考法律本科。你没看他办公室那一堆一堆的厚书，自古就文官厉害嘛。文官动动笔，武将跑断腿……”

“不过也不是那种文绉绉的弱秀才，听说喝开酒来电闪雷鸣拿大碗碰呢——咱这好几个大酒量都被他喝得东倒西歪。”

“嗯，那倒是，看上去文静，其实也是一个刚强豪气爱面子的人。而且人品也绝对没问题！咱这有可多人已经试过了——有人给他送钱送礼，人家根本不收，除非是看着人对路才出来一块儿吃个饭、坐一坐。”

“我就搞不懂——人家为什么能这么快，就对咱这了解得清清楚楚？枣、核桃、果子不一类数，该给谁贷多少就给谁贷多少……”

“哼哼，干一行、务一行嘛。人家那是专业放款的能不在这方面用功。你以为他坐在那心上没数？现在高保义、刘连廷、赵壮、韩尚富这些人都是他的参谋哩，背后给他传话的人不知有多少。你几斤几两该匹配多少贷款，他早就调查得精精明明了……”

“哦——怪不得呢！我就说——怎刚来，有时倒比咱也对咱这知道得多。”

“总之，是个有本事的人，以后还真有发展前途呢。”

“嗯。既然人家对咱够意思，咱也就不能拖人家的后腿呀，到时还款咱也要积极些了。”

“……”

就这样姚根正的声名威信开始在瓷崖镇这里慢慢确立，逐渐有了深厚的群众基础和将要呼风唤雨的外部人缘。在这些众多的来人之中，也来了一位特殊的客户，那便是刘连廷上次提到的黄义佳的儿子——脸蛋哥。脸蛋哥本名叫黄浪，生性聪明又凶勇斗狠，只因家庭贫困高中还没毕业就辍了学，辍学后便在遥平城南客运中心那一带混迹起来。他不偷不抢，只是有点好逸恶劳，喜欢靠智力和碰运气吃饭，爱在那些小旅社里扎金花和摇单双。输光了又在街边摆残棋或者是摆猜火柴棍等等。这类型游戏摊主通常暗中设局，具有坑蒙拐骗的性质。但是比起要填饱肚子，良知和美德就不得不退居其次了。脸蛋哥饥肠辘辘又不想正当劳动，只好玩开了这些把戏。可他摆残棋却也不顺利——谁的地盘谁做主，在城南客运中心这一带还另有一个混混叫赖四。

赖四在这一带根深蒂固，手底下兄弟众多，名头响亮，人人都得给三分面子，三教九流他都要插手管理。小旅社里扎金花和摇单双他得抽点头；班车上那些顺手牵羊之徒得了手他得分点红；鸡头老鸨们也得按时给他上点贡；至于歌厅洗浴那些场所，赖四去了，老板们更是客客气气，消费基本全免单，因为他们能看见赖四身后那些一言不合就有可能打砸的虎狼之师。自然，脸蛋哥的摆残棋这一行业也要受赖四的管理，这是自古以来弱肉强食黑吃黑的规矩。他摆开残棋没几天，便来了四个左臂文青龙右臂文白虎的小混混。其中一个混混指着他的鼻尖骂："日你妈的，你不知道这是谁的地盘？不拜大哥，就想开业，是不是活腻了？"脸蛋哥没吭声。另一个小混混已一脚踢飞了他的棋摊，棋子四下散落，一个卒骨碌碌地滚出几十米远。脸蛋哥收拾棋布、棋子，又走出几十米外捡起那个卒子，然后悻悻离去。不过，隔了两三天他又在那个地方摆开了残棋。照样，那四个小混混又来了。这次一来，不踢棋摊而是直接对人。一个混混骂："妈的，你小子还横得不行？"一个走上前就是一记耳光。另外两个踢的踢蹬的蹬，四个人把脸蛋哥暴揍了一顿，扬长而去。

然而，当他们一个礼拜后再看到脸蛋哥又蹲在那摆残棋时，四个小混混自己就在心里有点发虚了。不过出于道上的脸面和名声，还有仗着人多势众，他们依然走了过来。其中一个说："走——给四哥打个招呼，叫一声哥，以后咱就是自己弟兄了。"脸蛋哥说他不拜大哥，他在自己家里就是大哥。"那你这是公然叫板了？"又一个混混问。脸蛋哥回道："不是，打你们已经打了，我只想混口饭吃，咱们今后谁也不欠谁的，行不？""不行，别给脸不要脸，规矩永远是规矩。"又一个混混说，说时已伸出了一只胳膊准备再次抄摊子。说时迟那时快，一道白光闪过，一声惨叫紧随其后，谁也不知道脸蛋哥什么时候已从背后抽出了一把砍刀。那个小混混的手背已血肉模糊了，食指的一节在地上嘣嘣直跳。另外三个吓得抱头逃窜，脸蛋哥在后面追赶，他照着一个跑得慢的后脑门又是一刀劈了下去。只听一声杀猪般的号叫，那个被砍的混混继续亡命奔逃，右耳与脑袋之间只剩一线相连。当脸蛋哥再回过头来时，那个被砍了一节食指的混混也早已连滚带爬地逃出了老远。脸蛋哥没去追赶，怒气已消失了大半。怒气一消失，这才开始感到一阵阵的后怕袭来，他知道自己已闯下了大祸，脸色不觉中就成了死灰一般，脑中嗡嗡乱响，两腿簌簌站立不稳。他勉强靠着路边的一棵榆树站定，刀垂在手里，一点血顺着刀刃滚落，路人看着远远绕行。当天下午，脸蛋哥就被捕了，后经伤情鉴定，已构成了重伤害，被判刑七年。

入狱后，脸蛋哥仍是一副少言寡语、我行我素、人不犯我我不犯人的风格。但是，他的狠名早已传开，有不少小年轻犯人自动就追捧在他的周围。他成了老大一级的人物。狱警们也有一套以暴制暴的管理办法，而脸蛋哥这类的人物正是他们满意的马童。他们给脸蛋哥安排了一个较苦轻的营生——让他给犯人们分发消炎治感冒之类的药品，也给打针输液，当然，有时也要协助他们管理，替他们给犯人们传达一些他们的指令。脸蛋哥默默遵从，慢慢竟成了半个赤脚医生，闲来无事看一些医药入门书籍。医务室还有一本不知谁扔在那的发黄的脏兮兮的《红楼梦》。初时，脸蛋哥觉得《红楼梦》文言古词看不进去。可他又没得选择，过来过去就只有那一本书，而这里的时间又多得没法打发！

后来，脸蛋哥静下心来，天长日久竟把《红楼梦》前前后后读了五遍。从中他渐渐看到了它的妙处：禅经悟道，词曲诗赋，园林建筑，医药膳食，孔孟之道，程朱理学，家规国法，人情事理，官场市井，荣华富贵与世态炎凉……那简直就是一本浓缩版的封建社会的百科全书，完全有仁者见仁智者见智的功能。对于木石前盟、金玉姻缘的缠绵与凄婉，脸蛋哥倒不怎么感兴趣，他最喜欢的就是凤姐、凤辣子这个人物。他欣赏王熙凤的八面玲珑和杀伐决断，还有她那份细腻的心机和谋虑。他认为凤姐在那个时代就会放印子钱那完全就是一个胭脂堆里的英雄。及至看到凤姐死时的凄惨，他不觉竟悲从中来。唉，争什么争，斗什么斗，最终都是镜花水月万事皆空罢了！总之，书籍在无形中褪掉了他身上不少的暴戾之气，也在无形中熏陶了他的性情和修养，又给他加注了一股世事洞明、人情练达的从容与智慧。他甚至能从凤姐身上分析到：人可以狠，但不可以毒。狠有时可以是对着自己来，那实际上是一种卧薪尝胆的鞭策。而毒则多数是对着别人来，那就成了一种作孽和为害，那样做冥冥之中似乎终会有因果报应的存在。脸蛋哥觉得自己有所顿悟，心念也开始趋于和善和宽容，不再那么坚硬和钻牛角尖了。有时，他也想：自己出狱后开个小门诊，过个安稳平静的日子算了。然而，人在江湖身不由己，要想金盆洗手也不是那么容易。

五年后，脸蛋哥因表现良好获减刑出狱。出狱后，社会上的正常人实际上对这些有前科的人总是抱有戒心敬而远之。倒是在江湖道上脸蛋哥变得名声隆盛、身份加重了，那五年的牢狱生涯仿佛在这个世界里给了他一张管用的文凭和学历。同他一时出狱的还有两个小混混，这两个小混混始终愿意紧随其左右誓死效命。其间，瓷崖镇他们老家走出来的一些游手好闲的小年轻人也聚拢在他的周围。脸蛋哥不傻，看得分明：自己一朝为匪，终身难洗其名，要想踏进良民的圈子是何其地难！于是，他心一狠又开始重操旧业在城南一带混迹起来。赖四给他大摆了一场接风宴，明确表示将给他空出第二把交椅来。脸蛋哥淡淡一笑，说大路朝天各走半边。渐渐，赖四感觉到他的利益和地位受到了脸蛋哥的瓜分和威胁。于是策划了几场火拼，双方胜负参半。但是，有一天当赖四喝得摇摇晃晃从一个歌厅门口走出时，两把刀子架在了他的脖子上。他被带到一间黑屋子里，灯光一亮，脸蛋哥转过身来。赖四看见脸蛋哥的脸和眼睛在灯光下纹丝不动，只是那平静中又透出一股僵死般的冷气，令他不由就瘆得慌。这时，脸蛋哥用压得很低的声音发话了：“咱两个正式比一比，有种的就留下，没种的就离开。”说着，他用一把匕首在自己的左手臂上划过一道口子，血殷红淌出，刀尖划得骨头嗞嗞作响。划罢，脸蛋哥将匕首扔给了赖四，说：“轮你了。”赖四额头冒虚汗，酒意早已全无，手拿着匕首哆哆嗦嗦划不下去，最后扑通一声软在了地上。“那就滚，今后别再让我在城南这一带看见你有事做，否则你肯定会终生残废。信不信由你！”脸蛋哥一字一顿地告诫赖四。赖四仓皇抽身，他嗅出脸蛋哥话里存在的真实的危险。而且，他凭直觉就能相信脸蛋哥这人既说得出口就会做得到。他今天废不了他，他明天就必定会让他残废。这真是横的碰上了不怕死的，自己在骨子里就狠不过人家呀！赖四从心底感到害怕了，被迫离开了江湖。从此，脸蛋哥成了城南这一带的扛把子。

成了扛把子的脸蛋哥主要经营赌场，和众小兄弟们凑了一笔小小的资金，便开始组织维持一些人赌博，从中抽头和放高利贷，利润像雪球一样逐渐滚大。有时，在赌场里碰上那些有钱的又有些呆慢看不清形势的人，脸蛋哥自然也会在暗中设局。设局哄人那本身就是他的老本行，给麻将桌上安系统，给扑克牌做记号，请艺人出老千，手段无所不用。他认为愿赌就要服输，既来赌博也就是想从别人的口袋里往出掏钱，技不如人，眼力不如别人，悍性不如别人，那你就应该认宰割。至于其他行业，脸蛋哥基本不涉足，他不准自己手底下的弟兄们吸毒贩毒。对原来那些在城南一带小偷小摸的闲散混混他也不管理不干涉，各行其是；对原来那些鸡头老鸨们他也不欺负不要纳贡，井水不犯河水；到了任何娱乐场所，脸蛋哥也是自己大把大把地花钱消费，只要老板们点个头敬杯酒给个尊重的脸面就行。而对那些从老家进城来的农民叔辈们，脸蛋哥也总是一副尊尊敬敬抬抬举举的样子。他请他们吃饭，给他们安排住宿等。而对那些刚从监狱里出来还没事做的同一条道上的人，脸蛋哥也同样会因人而异多多少少地给点救助。他的这些做法使道上的人看到了他的豪气和仗义，又使老家的人看到了他的不张狂和有人情味，也使那些老板们看到了他除了好面子之外的克制与分寸。他的人脉关系开始广泛复杂起来，有不少事情自动找上门来。

谁受了欺负，谁遇到麻烦，道上这个和那个起了冲突，老板们起楼盖房碰上了阻拦……这些事情有时很需要脸蛋哥这样的人来调停和摆平。不过脸蛋哥也不是那种见事就揽的人，自己吃不进去的事情他坚决不揽。他不出面则已，既出面那就是他在心里早已认定好了自己可以处理好的事情。他处理事情几乎从来不动武力，但是别人知道他有武力殿后。这就像国之核武器，不可滥用但必须拥有，拥有了才能保证主动的话语权。脸蛋哥的话语倒也不是特别地强硬和霸气，但是总暗含着一股你敬我一尺我敬你一丈、否则反之的力量。他的立场和评判也基本公允，不会过分欺压弱者，也不会完全奉迎强者，所以凡事总能被他很好地化解。这又为他赢得了不少的在心里真正钦佩他的朋友。一张以他为核心的亦正亦邪黑白交织的网正在慢慢铺开，连同城南派出所的所长和一些干警们也在脸蛋哥四时八节的打点下成了他的朋友。这段时间里，脸蛋哥又听说老家的信用社放开了贷款。信用社的放贷款他知道——每家每户只给贷个三万两万的。那点钱倒无所谓，但是能给贷，那便是对一个人经济实力和人品的认可。自己混社会的名声对于多数正路人来说是有些危险和顾忌，这一点脸蛋哥在心里清楚。可自己还款的实力也绝对是有保证的，不会对信用社造成什么风险，这一点脸蛋哥也是有十足的把握。作为瓷崖镇的一员，他就想获得一个公平的待遇，让别人拿正眼瞧一眼自己也不算是什么过分的要求嘛。抱着这种态度，脸蛋哥来了。

脸蛋哥一来，身后便跟着两个替他背包拿水杯的小兄弟。一个小兄弟黑头黑脸，胸前有一幅关二爷提刀图的刺青，青龙偃月刀的刀柄从敞开的两道扣中露出一截，右手臂上还文一只墨黑的蝎子，凶神恶煞之气充溢着周身。另一个小兄弟白白胖胖，脖子上戴一根比狗缰还粗的金链子，左手手腕上有一根黄灿灿的金手链，右手中指间又是一个刻着發字的大金戒指。形象有点招摇造势、好像唯恐别人认不出他是混社会的似的。相反，脸蛋哥倒是一副很朴实很低调的样子。他穿一条牛仔裤和一件光滑的丝绸黑衬衣。衬衣的袖口处紧紧扣着，左臂上那道和赖四比拼后就留下的长长的隆起的疤痕被裹在里面。整个人看上去清清爽爽，两只眼睛泛出一股精明狡黠的亮光，只有那两个大脸蛋的确是很特别，横在两颊，像是正在使劲憋气吹着唢呐，也像是左右各含着一颗大圆枣。他们走进姚根正的办公室。姚根正的办公室里正围着许多人：一些人在办公桌前忙着签字压印，一些人在炕栏边上坐着，地下的沙发上也坐着一些人。见脸蛋哥进来，炕栏边上的一个人说了声："咦，浪回来了。"

脸蛋哥对那人恭敬地点了点头，说："四姑父，你也办贷款呢？"

"小艳今年进城念书去呀，你四姑说一来要进城给她做饭了，二来顺路再在城里开上个蔬菜门市。你说行也不？"

"应该没问题吧，赔是赔不了。"

这时，炕栏边上的又一个人问："黄浪，你该不用贷款吧？这几年你那快钱来得——我们这些人，十个也顶不住你一个！"

"呵呵。"脸蛋哥笑了一面，"来得快去得也快么，其实哪有个钱呢。再说了，咱这信用社的新主任——当地的财神爷，我还一直没拜望呢。我再不来，款都让你们给贷完了。我来就算是先跟咱这财神爷牵个线挂个号。"说时，他把目光投向了办公桌背后的姚根正。姚根正实际上在脸蛋哥一进门时就在人缝中看见了他。关于脸蛋哥的种种事迹他实际上也早有耳闻。此刻，他抽开空站了起来，隔着办公桌探身和脸蛋哥握了一手，说："坐，坐。"

脸蛋哥感觉姚根正在和他握手时对他并没有那种排斥和抵触之意，也没有给他摆那种高高在上的官架子。不过，他又觉得姚根正虽然温和大方，但是他的眉宇之间似乎蕴藏着一股威然的气势。这种气势来源于哪？是他主任的头衔？还是他身后的资金？还是他内在的一种雅量？还是兼而有之？脸蛋哥说不清楚。总之，他就是觉得到姚根正身上有一种高过他一头的气度和包容，这令他既欣赏又想和他交往。他对那个黑头黑脸的小兄弟说了声："烟了？"

那个小兄弟应声从包里拿出一盒已拆开的软中华，抽出一根给脸蛋哥递。

“你脑子有屎呢？”脸蛋哥呵斥他，“该给姚主任先来么。”

“这有什么，这有什么呢。”姚根正打圆场说，“来，来——到我这了，抽我的。”说时，他从办公桌上那堆零散的众人递来的一时抽不完的烟堆里，准备挑拣一根牌子好一点的给脸蛋哥抽。脸蛋哥阻止他，已从那个小兄弟手里拿过软中华先抽出了一根递给他，递时连说：“不用客气，烟火不分家嘛，来、来——抽我的，一样，一样。”然后又给他四姑父和众人挨个散了一排子。那个黑头黑脸的小兄弟依着脸蛋哥散烟的次序挨个给点着火。在给姚根正点火时，姚根正的双手掬着他的双手，又用食指在他的手背上轻轻点了两下，表达了因为他而让他受委屈了的意思。那个小兄弟咧了咧嘴，会心一笑，凶神恶煞之气被姚根正的谦和风范化为乌有。抽着烟，脸蛋哥又开口说：“姚主任，我也想贷点款，你看行不？”又说，“只是我们这些人——吃喝嫖赌的，不太务正，你恐怕不放心。不过，我敢给你说，你能给我贷，我就肯定能给你按时还上，我这人在银钱上从来也不马虎。这一点你可以打听打听，我连别人的赌博债也没欠过。如果你还有什么顾虑，我可以让我四姑父他们给你担保上，或者是我再从我们村里给你找两个本分实在的保人来。我想，要找两个可靠一点的保人，我还是能找来的。总之，要让你放心，你看行不？”

“钱——我知道你肯定能还得上。”姚根正说，“保人不保人的，那些倒是其次，主要是你贷款做什么用呢，贷款总不能拿去赌博吧？这个就实在是——”

脸蛋哥果真聪明。聪明就聪明在他能立即品出姚根正话里的另一些意味来。他明白姚根正本意上是想在资金安全的前提下给他这个顺水人情的面子呢，只是没个正当合理的用途恐怕对上下左右的眼睛不太好交代。他连忙说：“看你说的，姚主任。贷款肯定不能拿去赌博么，我是准备开个茶楼呢，专款专用。”实际上在这段时间里，脸蛋哥也真的在城南一个闹中取静的地方看上了一座二层的小洋楼。他想租下来再装饰一番：一楼品茶，二楼经营棋牌麻将之类的他的老本行。遥平城里几乎所有的茶楼都是这种挂羊头卖狗肉的经营模式。脸蛋哥也早有意于给自己开辟一个固定的大本营了。

“那就行嘛。”姚根正对脸蛋哥这种一点就透的聪明和能站在别人立场上考虑问题的话语同样也抱有好感。又说：“只是我这是个小庙、小地方，没有太多的资金，一般一户最多也只能给贷个三万两万，你要是不嫌弃的话就给你贷上三万好了，怎样？”

“行，行，行。你太谦虚了，姚主任。你能给我们这些人贷款就是赏了十分的脸面，再有什么额外的要求那就有点过分了。”

“呵呵，不用客气，没什么这些人那些人之分。三百六十行，行行出状元。我看你就差不多也能算是你那一行的状元了。”

脸蛋哥听了心里受用，哈哈笑：“你太高抬我了，姚主任。看来你也是个性情中人嘛——不给人随便贴标签，划分什么正派反派。这真的很对我的路子，以后要多联系哦。”又问：“那我的贷款，什么时候能办？”

“既然给你答应了，今天就会让你拿到钱。你稍微等一等，不要忙，咱一份一份来。”姚根正说完后，又开始忙他先前正在办理的那些手续。

在等待的时间里，脸蛋哥看见姚根正身后的书架上摆满了各种书籍。有银行会计类的，有法律诉讼类的，也有文学类的，其中四大古典名著的精装本就搁在最上层的显眼处。一见《红楼梦》脸蛋哥就有一种久违了的感觉，那仿佛又勾起了他的一个别人不曾体验过的、过后微觉心酸的时代。他转至姚根正身后将那本《红楼梦》抽了出来，随手翻了几页，又觉此时无法静下心来细看，再放了回去又顺着书行往过划拉，竟从里面找出一本《金瓶梅》来。他顺口说道：“嘿，姚主任，你这还有黄色书呢。”

“那是黄色书？”姚根正没回头，只自顾填写着贷款合同文本，“你说的该是《金瓶梅》吧，是不？专挑拣着性描写读呢，说它黄不过分。你要是通读细读、对比着读，那就是另一回事了。它其实是咱们中国文学史上第一部由文人独立创作的真正的现实主义的巨著，应该算是咱们古典小说的分水岭了。”

“看来我是只知其一、不知其二了！”

“在《金瓶梅》之前的小说多取材于历史故事和神话传说，是集体整理加工而成的。比如《三国演义》《水浒传》《西游记》这些。这些书在批判社会黑暗的同时，更多的是着力讴歌美好的理想，带有浓厚的浪漫主义色彩。说穿了——就是里面的人物，好人是绝对的好人坏人是绝对的坏人，情节红火热闹，但是深度不够。而《金瓶梅》是由兰陵笑笑生一个人，第一次以平凡人物、家庭琐事、世态人情为题材创作的小说。并且，它在主旨和立意上实现了对传统审美观念的大转变。通过对人物内心世界细致入微的刻画，从而揭示出了人物性格的丰富性、复杂性，和美丑并存的矛盾性。它实际上是对人性的真实本质提出了考问。从这一点上来说它的意义就是非凡的。连毛主席都对它有过五次的公开的评价，说它是《红楼梦》的老祖宗。我们对它的艺术成就缺乏客观的认识，单纯说它是本黄色书，那就太有点冤枉它了！”

至此，脸蛋哥有所理解了：原来从他一进门便感到的姚根正身上那股高过他一头的气度和包容，那是源于人家丰富的文化底蕴知识。想来自己也曾是一个喜欢文化有文化情结的人，高中那会儿也曾有过一些纯真美好的梦想。只是社会混得久了，把这份纯真和美好给泯灭和消磨了。所以，他又很投缘地说道：“没想到姚主任你的文化这么高，佩服！给你说个实话吧——我在高中那会儿也应该算是一个好学生呢，数学成绩常在我们班里是数一数二。只不过是——我们这些人家境不好，走着走着就……唉，不提也罢！不过，听你那评论，我真算是长见识了！说实话，我在监狱里也真的没少读过《红楼梦》，结果却连它的前身出处也不知道！说来让你见笑了，看来以后有机会，我一定要好好读一读《金瓶梅》了。”

“本来就是那样：《金瓶梅》写家庭联系社会，这就给《红楼梦》写贵族家庭开了路；《金瓶梅》将女性世界搬上了舞台中心，这也直接影响了《红楼梦》的创作；此外《金瓶梅》里善用生动鲜活的口语、俗语，每个人物一出场都有能代表自己身份和特色的口声，这一点也被《红楼梦》完全继承了；还有《金瓶梅》打破了传统的大团圆的结局，不是那种老一套的从此他们过上了幸福生活的结尾模式，而是如实描写了人生的悲剧。《红楼梦》也是这样。从这些方面来看，说《金瓶梅》是《红楼梦》的老祖宗就完全够格，只不过是《红楼梦》比《金瓶梅》写得更精细、更深广、更唯美，更有希望……”

此后，当脸蛋哥顺顺利利拿到那笔三万元的贷款时，他真心感到：萍水相逢，姚根正给了他最豁达的信任，这令他十分感动又觉很是欠了他的一笔人情。他认为跟姚根正这样的人交往和跟城南派出所所长那些人交往完全是两个不同的概念：前者让人欣赏和尊重，自愿地想交往；而后者仅只是物质利益的驱动，有时是不得不打交道而已。耳听不如眼见，怪不得老家的人到处传说信用社新来的主任精明干练，豪爽大气，看来这并非是空穴来风了。于是，他又发出了诚挚的邀请：“姚主任，咱们下午一块儿吃个饭吧。”

“不了，”姚根正指了指周围的人，说，“还有这么多的手续要往出办，你忙你的……”

“我等你，总得有个下班嘛。下班了，我连他们全请上。”

“不用了，我下班真的还有点事，以后有机会再说吧。”

脸蛋哥看出姚根正的坚辞之意，又说：“那你出来一下。”

“有什么话，你就这说嘛。”

“嗨，你出来一下嘛。”

姚根正跟随脸蛋哥一前一后走出了他的办公室。脸蛋哥从那个白白胖胖的小兄弟的包里拿出一个信封往姚根正的手里塞：“麻烦你了，姚主任。自己买两条烟抽吧，不成敬意。”

“你这样做，那就有点贬低我了。真的不用，举手之劳嘛。”

“那——”脸蛋哥僵住了。

“不用多心，真的不需要多心，快收起吧。”姚根正将他拿信封的手强行推了回去，又说了句给每个贷户临走时都会叮嘱的话：“贷款到期了，千万别误事就好了。”

“这个你根本不用担心。”脸蛋哥说，又迟疑道，“那——那我就先走了，咱们有机会再在城里遇。”走出一两步，又回过头来说：“姚主任，以后有那些小混混什么的，来找你贷款——给你张狂诈唬、出难题，你给我打招呼。”在无以回报的情况下，他认为这也算是一种他所能做的帮忙和相助了。

“好，好，好。”姚根正点着头表示领情，“有麻烦我会找你的。”

第十八章

一个多月接近两个月后，信用社才关闭了放贷款的闸门。客户从络绎不绝转为零零星星，院子里不再那么嘈杂繁乱了。地上的果皮、纸屑、烟蒂也不像之前那段时间里那样多了。吴婶只需偶尔捡一捡，略微扫一下也就干净了。而在之前，她每天扫两遍，每遍差不多就能扫一篓子的垃圾。许丽丽的柜台前也没了那黑压压的人群和各种难闻的烟味汗味了。小小的营业室又恢复了清爽明亮的状态。人人舒腰扩胸，感到一种前所未有的从繁重劳动中解放出来的轻松。稍事休息后，姚根正本来打算和宋平两个人分成两个组，带领着高保义、刘连廷、赵壮、韩尚富他们几个来一次全面的下乡，边摸底边逐户清理那些陈年的不良贷款。然而，在这期间中国的大地上却发生了一场空前的令人恐慌的灾难。

灾难最初首发于广东的顺德，而第一例有病例报告的患者应该是广东河源市的黄杏初。2002 年的 12 月黄杏初出现了发热、胃寒、全身无力等症状，在其家乡河源市人民医院被当作感冒治疗了一段时间后，毫无效果，病情反而恶化。12 月 10 日他被转送到广州军区总医院，那时的他已经连续高烧七天，呼吸接近衰竭，全身发紫，神志不清。经过医护人员的紧急救治后，黄杏初身上这种奇怪的病症得到了控制，他又逐渐恢复了生命体征。之所以说病症奇怪，是因为医护人员发现常规的抗细菌类的药物对这种病症的治疗效果都不好，无论用什么样的药体温都降不下来。不过，黄杏初最终总算缓过来了，所以医护人员们也只是觉得有点怪罢了，而没有引起过多的联想。然而，就在医护人员们稍感奇怪之余，曾治疗过黄杏初的河源市人民医院传来消息——与其接触过的 11 名医护人员全出现了同样的症状。河源医院迅速将此情况反映到广东省卫生厅，并请求派专家组支援。专家组去了以后，查看了病人的情况，采了一些样，对医院的通风供水等设施以及周边环境做了检查。但是由于间隔时间较长已无法分离出病原体，加之在这之后的相当长的一段时间里，病人们的病情也相对稳定，再没发现新增病例。所以专家组也搞不清了，无法得出结论，唯一能够确定的只是这是一种未知的病毒。不过这种病毒似乎并不凶猛，事实上经过一段时间的治疗后，患者的病情都得到了极大的缓解，于是专家组也就认为这件事情就这样过去了。

没有过去的是，当地民间的谣言像长了翅膀的鸟一样搅得原本安宁的河源市不再安宁，而且愈演愈烈。谣言说现在流行一种致命的怪病，甚至说出一些医院有病人因此怪病而大批死亡，只有熏白醋、喝板蓝根才能预防此怪病。于是恐慌的人们在药店门口排起了长龙，市面上也出现了抢购白醋和板蓝根的风潮。平时一大包 10 元以下的板蓝根一下子飙升到三四十元，白醋价格也节节攀升，有摄影记者竟在当时拍到了标价千元一瓶的可谓天价的白醋。并且就在此时，270 公里以外的中山市也出现了类似病状的病人，负责诊治此类病人的中山市中医院的多名医护人员也相继出现同类症状。同样，河源市抢购药品的一幕又转移至中山市，并迅速蔓延开来，直至席卷到 86 公里以外的广州市。尽管关于这种怪病的谣言在民间已被传得沸沸扬扬，但是当地政府出于担心加剧民众恐慌的心理，并没有做出及时的反馈。由此而导致——在 2002 年年底至 2003 年年初，这个中国传统的辞旧迎新的春节期也成了这种病毒的疯狂漫游期。伴随着成百上千万的打工者离开广东回家过年，这个看不见摸不着的病毒也一同上路了，从此在各地悄无声息地打开了它的潘多拉魔盒。

春节过后，2 月份香港暴发了疫情，并有人因此而死亡。紧接着，越南河内出现了疫情，也有人死亡。随后，台湾、印尼、菲律宾、新加坡、泰国、美国、加拿大等多个国家多个地区也出现了类似病例。世界卫生组织向全球发出警告，建议隔离治疗疑似病例。并召集 9 个国家，成立了 11 个顶尖实验室来研究此病，正式将此病命名为 SARS，中译为：重症急性呼吸综合征，在中国俗称非典型性肺炎，简称“非典”。3 月份，“非典”随山西一名徐姓患者进入了北京，解放军总医院即 301 医院、302 医院、309 医院，北京大学人民医院相继被感染。之后，“非典”迅速闯入办公楼、学校、社区、公共场所，山西、广西、内蒙古、湖南、四川等地也出现了疫情。到4月上旬，官方媒体对“非典”病例的报道已逐渐开始增多，不过一般说法仍都是讲疫情已经受到控制。4月3日，中国卫生部还在北京召开新闻发布会，宣布世界卫生组织专家已经到了广东，而且在考察北京情况后将北京排除出疫区。卫生部部长张文康表示，疫情已经得到了有效控制，在中国、北京工作、生活、旅游是安全的。他说北京当时“非典”病例只有12例、死亡3例，还笑着说戴不戴口罩都是安全的。也许是出于对疫情的判定和发布是一件极其慎重的事、避免引发恐慌；也许是北京的医疗机构分散在各个方面来管理，有市属、部属、军属、校属，一时难以掌握到准确的数字；也许是出于对当时国际形势和关系的考虑。总之，张文康如是说了。

但是，解放军301医院的退休医生蒋彦永知道张文康没有透露实情。至少，从他看到的情况来看，北京当时的情况远比张文康所说的严重。他当时得知，309医院有40名病人、死亡6例，过了一天增加为60名病人、死亡7例；而302医院也有40名病人。所以，蒋彦永认为张文康公布的数字被严重缩小，这是对民众健康的不负责任，这是对卫生部门及政府的一种误导。总之，使人们因此而对疫情的重视程度不够。他写电子邮件给中央电视台4台和香港凤凰卫视反映情况，但都没有结果。4月8日深夜，他被美国《时代周刊》驻中国记者找到，接受了采访。第二天，《时代周刊》在网络上发表了《北京遭到SARS袭击》的报道，文中引用了蒋彦永提供的信息。至此，公众才了解到北京的疫情远比中国官方公布的严重。世界卫生组织重新提出旅游警告，对中国政府提出批评，再次把北京列为疫区。多家国际媒体也指责中国政府企图隐瞒疫情，导致病毒在全球扩散。中国国内也认为此次事件暴露出中国医疗体制中存在的众多问题和漏洞。

4月17日，中共中央政治局常务委员会特此召开了非常时期的非常会议，高层已充分认识到“非典”的严重程度和潜在威胁，开始全力以赴应对，采取了包括人事任免在内的各种必要的紧急措施。至此，从“非典”的首发到疫情的大面积暴发，从病原体可能是一种新变异的衣原体到冠状病毒的确认，从混乱、遮掩式的控制到系统、公开式的防治，历经疏忽、混淆、明辨、商榷，一系列曲折后，中国又一次走上了尊重事实、直面事实的正确道路。而中国共产党再一次显示出她惊人的宣传动员力和凝聚力，用无数次重大事件之后的又一次事件证明了她在中国的领导与核心地位并非是来自自封，而是长期实践中能挽救民族于危亡之中，能挽救民众于水火之中的历史的必然选择。

4月19日，温家宝总理正式警告地方官员，瞒报少报疫情的官员将面临严厉处分。4月20日，中央政府再度召开记者会，宣布北京的疫情从原先有所瞒报的37例，突然暴增至339例。记者会后仅几个小时，北京市市长孟学农和卫生部部长张文康被撤销了党内职务。提名有“救火队长”之称的，亦即是若干年后反腐中的“打虎英雄”王岐山，担任北京市代理市长，高强任卫生部党组书记，国务院副总理吴仪兼任卫生部部长。宣布实行“疫情一日一报制”，同时宣布“五一黄金周”暂停施行一次。4月21日，北京确定首批6家“非典”定点医院。4月22日，北京市急救中心开通10条“非典”咨询热线；同时打算启用小汤山医院作为防治“非典”的专门医院，中共中央总书记胡锦涛动用军方力量昼夜紧急参与建设。4月23日，建院85年的北京大学人民医院历史上第一次关门停诊，整体被隔离；北京市宣布全市高校中小学全部停课两周；同时财政部公布了20亿元“非典”防治基金的用途。4月24日，铁道部通知旅客开车前要求退票的可全额退款，同时要求运输防治“非典”药物用品的列车必须24小时内到达目的地；民航总局要求对学生于5月7日前购买的飞机票给予全额退票。4月26日，民政部与卫生部又联合发出紧急通知，要求死于传染性非典型肺炎患者的遗体要及时就地火化，不得举行遗体告别仪式和利用遗体进行其他形式的丧葬活动。一时间，一场自上而下、万众一心、众志成城的没有硝烟的战争在中华这片大地上轰轰烈烈地展开了。在大灾大难面前，人性里潜在的真善美被激发了，中华民族又一次闪现出了她固有的坚强、团结、拼搏和奉献的精神。一批一批的医护人员前仆后继地倒在了他们夜以继日的岗位上，用生命诠释了何谓白衣天使的光荣称号。

从姚根正正月十六安排启动各项工作后，经过一个多月接近两个月结束放贷工作时，正赶上这场全民防治“非典”行动的高潮。每天有多少新增病例，每天有多少疑似病例，每天有多少病愈患者，每天又有多少死亡患者，成了各大新闻媒体和所有报刊的头版头条。打开任何一个电视频道，里面都是：一个个身穿防护服，头戴面罩，像宇航员一样全副武装的医护人员在各条战线上紧张忙碌的身影；消毒、隔离、口罩、小汤山……成了这一期间人们能够听到的最多的名词；各级政府机关办公场所、各个社区、各个单位、各个村委，以及学校等公共场所，甚至各家各户，到处都喷洒着刺鼻的84消毒液；勤洗手、戴口罩、保持空气对流、通风良好，成了人们自觉注意的事项。没有人会拿自己的生命开玩笑，谁要是在这期间发热高烧，自己就会被自己是不是得了“非典”的疑心吓个半死。而且在县与县之间，乡镇与乡镇之间，甚至是村与村之间都设有关卡，有专门人员在那里测量体温，从茫茫人海中排查搜寻任何一个与“非典”患者有过密切接触的人。很显然，在这种情形下，组织宋平、高保义他们进行长时间有规模的下乡是不合时宜的。所以，姚根正决定将原定的第三项工作——对柳云山的重点清收治理，提到前面来。他让宋平和许丽丽在单位留守，自己一个人去了一趟二道梁镇。

走进二道梁法庭的大门，法庭院里干净得简直有点寂寥，懒洋洋的阳光照在屋顶那枚庄严的国徽上，金黄鲜红而无声。靠大门右手边上的垃圾池里有新扫过的痕迹，厕所的墙头上也同样散发着到处都熟悉的消毒液的气味。显然，普天之下，草木皆兵，连代表法律权威的这里也惧怕“非典”的入侵。姚根正走到庭长室门前，向里推了推，门锁着。又依次推了下相邻办公室的门，也锁着。再推下一个，门开了一条缝，他探进半个身子，问：“你们张庭长在不？”

“不在。”一个戴口罩的小青年从桌子背后抬起头，整张脸被口罩遮得严严实实，唯一露出来的两只眼睛里还射出不友好的目光。

“他去哪了？”

“庭长去哪还要给你打招呼？”

小青年的态度比他的形象更另类更让人不舒服！“非典”是凶猛，但还不至于凶猛到二道梁、瓷崖这些小地方上来。整个遥平市里也没有人戴口罩，戴口罩那只是北京、深圳、广州那些大城市里的事。从一开始到现在，遥平、二道梁、瓷崖这些地方，这里的人，虽然也谈论着“非典”也防治着“非典”，但是人们的心里其实仍认为“非典”根本不可能飞到这里来，那仍是离这很遥远的事。所以小青年的口罩让姚根正扑面就觉得这人有点特别，像羊粪堆里滚出一颗驴粪蛋那样既扎眼又有点太过于认真的好笑。但是他的态度又将那点好笑劲也给冲没了，姚根正不禁有些生气，刚想隐含地敲打他一两句。那个小青年却又说：“有什么事，你问一问我们甄庭长。”说时，他将他的手指朝隔壁又轻又快地扬了扬，仿佛姚根正就是“非典”病毒的携带者，要立即把他挥去。

听说有甄庭长在，姚根正也就顾不上跟那个小青年计较了。本来，他来这里的重点就是为了跟甄庭长会一会。张庭长是正庭长，甄庭长是副庭长。但是张庭长管二道梁以西至遥平的片区，甄庭长管二道梁以东至瓷崖的片区，县官也不如现管。瓷崖信用社的案子都在甄庭长的手上，前两次对柳云山的执行也是出自甄庭长之手。姚根正仔细看过甄庭长关于那个案子所写的判决书，也跟高保义他们在闲谈之中对甄庭长这人有了个大概的了解。他们说甄庭长的一生都让酒给毁了，是个酒坛子！跟他把酒喝好了，什么事也好办；跟他把酒喝不好，什么事也不好办。论能力、论水平、论资历、论专业知识，甄庭长都在张庭长之上，可就是不如张庭长进步得快。不过，到如今甄庭长也看清了自己职场前路的尽头，不再谋求什么进步了。一个人一旦不贪图前程和仕途，在单位上似乎也就少了某种顾忌，也少了某种束缚。现在的甄庭长凡事都无所谓。对于工作能稀泥抹光墙地敷衍，他就稀泥抹光墙地敷衍。只有当当事人实在催紧了也把酒给陪好了，他才雷厉风行地干一趟子。他本身能干好，只是不想干而已。对于单位内部的事，只要不涉及他个人的利益他也懒得搭理；可一旦涉及了，他也绝不会像原来那样——稍微地吃点亏和受点气还能忍让着，而是敢拍桌子瞪眼地据理力争与顶撞。说穿了，现在即便就是遥平县的县法院院长，甄庭长也不大当回事了。大不了再在这农村的基层当上十年的副庭长，逼急了这个副庭长不当也罢，你还能把老子怎样？这样一来，反倒是张庭长处处有点对付着甄庭长，两个人在二道梁法庭大有分而治之的局面。

所以，姚根正打算：有张庭长在，他把二道梁法庭的全体人员好好请上一顿，也算是有业务联系的兄弟单位先融洽融洽关系。然后再给甄庭长私下打点打点，让他对柳云山这个案子再加大点执行力度。很明显，现在单单拘留柳云山已没什么意义了！打狐子为皮——又不是为了一而再再而三地让柳云山坐禁闭。如果可能的话，他想让甄庭长这次把借款人柳云山和其中的一个担保人一同拘留起来。那个担保人便是柳云山的大儿子，即高保义上次说过的老大——在城里开汽车配件门市，生意挺好。姚根正相信柳云山一个人能扛得住禁闭，但是让他和自己的儿子一同坐禁闭，那他就未必能扛得住了。舐犊之情人皆有之，何人能漠视不顾？所以，姚根正就是想利用这种强大的压力和情感牌来迫使柳云山拿出诚意，双方重新回到谈判桌上来，共同商量一个妥善的长远的解决办法。而要有这种强大的压力那就必须要有甄庭长的积极态度和鼎力相助。因此，一听那个小青年说甄庭长在，姚根正又立即给他点了点头，说：“哦，那你忙。我先到甄庭长那走一走。”随即轻轻退身，重又掩上那个小青年办公室的门。

甄庭长的办公室里酒气汹汹，两个沙发中间的一个小茶几上立一瓶长脖西凤，摆一盘花生米。鼻直口方、额头宽广的甄庭长正坐在沙发上用手拈着吃盘里的花生米，边吃边还自斟自饮。他看起来四十几岁，穿一身黑西服，上嘴唇留一排浓密又齐整的黑胡髭，使那白净丰润的面孔上又平添了几分严厉之气。见姚根正进来，甄庭长嘟囔了一句："好像没见过，你有什么事？"

"哦，甄庭长，你好！我是瓷崖信用社的，叫姚根正。"姚根正说时伸出手要跟甄庭长握一握。甄庭长也站起身回应，双手相互搓了搓黏在指尖上的油和那一星半点的红花生皮，这才握住姚根正的手，说："哦，姚主任——听说了——年轻有为！你们胡主任调了？进城了？"

"嗯嗯。"

"他可真是个啬皮！办了多少回事了，连条好烟也不给抽！"甄庭长又打哈哈道，似醉非醉，语意半真半假。姚根正连忙回笑说："哈哈，那不是事，那不是个事。我这次来一并给你补上。"

"来，来，坐。先喝上杯？"

"喝嘛——来这就是为了跟你喝酒。要不咱换个地方，好好喝？"

"不忙，先把这瓶干完再说。"甄庭长说时已开始给姚根正倒酒。由于昨天的酒劲还没过去，今天的酒精还没滋润到位，甄庭长倒酒的那只手有点哆嗦抖搂，酒淋在了杯子外边。姚根正见状忙又抢过酒瓶，说："我来——我来——"倒好酒，他又给甄庭长双手端起，说："先敬你一杯，甄庭长。"

"那不行，到了我的地盘我说了算。你自己先干上三杯，咱再说。酒喝不好，别提什么正事，知道不。"

"好，好。我喝，我喝。"喝了三杯后，姚根正又赔笑说："其实也没什么正事，就是想……就是想……你如果方便的话，咱再把柳云山执行执行？"

"哼哼，看你说得多轻巧，姚主任。法庭又不是谁家自个开的——想执行几回就几回？柳云山已经被执行过两次了，都没什么效果，从理论上讲——就应该中止执行了。再说了，这段时间'非典'连天，谁敢到处乱跑呢。能待着咱就最好待着，你姚主任搞工作也太积极了吧！来——来——喝酒，喝酒，不谈荆州。"

"嗨，没办法么——任务重！"姚根正边作诉苦状，边从包里拿出一个信封往甄庭长的手里塞，“初次见面，也没带什么东西，也不知道你喜欢什么。这个……这个……甄庭长你就先收了吧……自己随便买两条烟抽……”

“哈哈，你什么意思，你什么意思嘛。我刚才是跟你开玩笑呢，你可别当真。”甄庭长虚客套，脸上并没有半点责备之意。姚根正看得分明，又说：“这有什么，仅仅一点小心意嘛。以后麻烦你的日子还多着呢，你不收那才见外了！”

“这……这恐怕不太好吧……”

“没什么，没什么不好。你太多心了，甄庭长。第一次走亲戚家也不能空着手走吧？”姚根正又把那信封强往甄庭长的手里递。

“那……那我就恭敬不如从命了。”甄庭长接过信封，将它塞进身后一个衣柜的中间抽屉里。塞时他感觉那信封的薄厚大概够两千元，再扭过身来时，已换了一副腔调说：“他妈的——说起来这个柳云山还顽得不行！少不了又要给他来点硬王法了。”

“那就要看你的威力了，靠我们真是一点办法也没了！”姚根正极力放低自己的姿态恭维着甄庭长。甄庭长感觉良好，笑而不语。姚根正又进一步递言：“不行的话，这次连他的大儿子也一块儿给拘留了？我见你写的判决书了——上面说他的大儿子也要负连带责任呢。”

“他的大儿子你们能找上？”

“能找上，能找上。就在城里开个汽车配件门市。”

“那就一起来嘛。妈的——不信把他没办法！咱今天行动，还是明天行动？”

“不忙，不忙，明天吧。今天我该做回东——先好好请一请你呀。你看你们单位还有谁呢，全叫上——咱一块儿出去坐一坐。”

“又这又那的，太让你破费了吧？老弟！”至此，甄庭长的这个老弟已叫得格外亲切了。姚根正也顺势再套近乎：“没事，没事。工作当紧，维护咱弟兄们的关系也同样重要嘛。”

“那倒也是，要想马儿跑得好，就得给马儿备好料嘛。哈哈，那就按你的意思来——咱待会儿到哪？”

“听说你们二道梁以北的公路沿线上，现在到处都是什么‘餐伴舞’。有‘走西口’了、‘东花园’了……还有什么‘红梦’了、‘蓝梦’了……这个梦那个梦的……咱就去那，怎样？”

“嘿嘿，兄弟你还准备喝花酒呢？”

“搞个气氛嘛，光咱弟兄们干喝也没什么意思呀。”

“好！一看就像个开银行的。过日子要仔细，请客要大方嘛。”甄庭长说，又扯着嗓子朝隔壁喊：“小杨——小杨——”

刚才那个戴口罩的小青年闻声跑了过来。

“这是咱瓷崖信用社的姚主任。”甄庭长给小杨介绍说，“你该给他敬上三杯，表一表咱的地主之谊嘛。”小杨一听姚根正是信用社的主任——在乡镇上跟他们的张庭长也不差上下，马上又来了个多云转晴，连忙端起杯说：“哦，姚主任，刚才不好意思，失敬、失敬！来——来——姚主任——先喝上三杯。”

“这就不喝了吧？”姚根正看甄庭长。

“那不行，这是这的，那是那的。”甄庭长说，又给小杨说：“小杨——你给他端，你给他端。”

小杨把杯子又往姚根正的跟前进了进。

“那咱两个碰。”姚根正勉强小杨。

小杨连连摆手：“你喝，你喝。我不会喝酒。”

“你看你们小杨——”姚根正又给甄庭长说，“比大姑娘也严防死守得厉害！口罩戴得紧紧的一杯也不喝呀！”

“你喝你的，痛快些。小杨让完了喝。”

姚根正这才接过小杨手中的杯子，又连喝了三杯。见小杨敬完了酒，甄庭长又给他说：“小杨，你看咱老朱是不是在睡觉，把他叫起来。姚主任今天准备大请客，咱们不去那就不够意思了，对不？”

小杨嗯嗯着点头，又走了出去。见小杨走出去了，姚根正故意说：“哎呀，你们的小杨也真是够特别得了呀——全副武装，口罩寸步不离，子弹也打不进去，别说‘非典’了！”

“嗨，具体人！书念多了——有点……有点……怎么说呢？有点就咱常说的那种——不随群、认死理！”

“还是个高材生？”

“嗯，西北政法大学毕业。现在是见习期，给我当书记员。”

“那他算是跟对师傅了！说句心里话，老哥你写的判决书我真的认真看了。我觉得无论是从规范程度认定事实来说，还是从逻辑推理适用法律来说，那真是无懈可击，相当有水平了！”

“写得有水平有他妈 × 的用！”甄庭长脱口泄愤道。

二十年前的他，也和小杨一样——也是从专业院校毕业。那时的他中规守矩，滴酒不沾，几乎所有的时间全用在了钻研业务上。因此，甄庭长精通刑民法典，熟悉各种案例通判，又能秉公执法按原则办事。别人也曾夸他明审善断是个人才。他自己也因此而有点自命不凡踌躇满志，一直坚信自己迟早有一天会被委以重任，从而可以大展身手。可是在几次提拔的关键当口，他都被别人无一例外地向后挤了挤。后来甄庭长才琢磨明白了——是自己太有点恃才傲物了，太有点忽视这个社会上的一些潜规则了。在这个社会上还另有一条扶摇直上的通道——女人宽衣解带，投怀送抱；男人摇尾乞怜、金钱开路的这套本领，并不见得比知识和能力不实用！想清了、看透了，本质有点清高又带点理想化的甄庭长反倒不愿在这个大染缸里滚了。从此，他沉迷于酒中，大有世人皆醉唯我独醒的那种冷眼观俗世的超然。只可惜世上又少了一个有棱有角奋发有为的青年，多了一个混吃混喝混日子的高手。

“嗨，看你说的，人没水平能写得有水平？”

“看来你也是个内行呀。”

“内行个屁，在你面前那纯粹就是小巫见大巫了。”

“唉！一般般了。不说也罢，不说也罢。说起来——这个社会真个是太有点……太有点那个了！关系和金钱就是一切！”

“唉，就那样！自古就是有钱能使鬼推磨，朝中有人好做官嘛。尤其是你们公检法更黑！法律就像根橡皮筋，被你们随便上下弹一弹，当事人就受不了了！就拿柳云山这个案子来说吧——我们出了诉讼费又出了执行费，结果呢？结果是柳云山跟看守所所长是一把铁关系——关在号子里——白天出来扫扫院种种地，晚上跟所长喝上一壶才回号里了，比家里也舒服！你说我们这钱花得冤枉不冤枉？窝囊不窝囊？这次我还是老在担心——担心——虽然你甄庭长出了十二分的力，但是到了人家看守所所长那里，你这力气就等于是根毫毛，早被吹得无影无踪了！”

“哼——你认为我不如他看守所所长的权力大？”甄庭长被激将了起来，“实话告诉你——我不想治他柳云山，我要治他我有一百种办法。明天先把他铐在我们这的置留室里——铐上一天，到晚上再送进去。后天再把他提出来——再铐上一天，到晚上再送进去。你知道有‘提讯’两个字不？看守所所长能管住我提人、关人、放人呢？哼——老虎睡着了当病猫看呢？”

“好，好，好。有必要咱就这样来——”

“哦，拿人钱财就要替人消灾嘛！”

“看你说的——什么钱财不钱财的。咱弟兄们谁不请谁吃顿饭喝顿酒？”

“好，那就好。待会儿咱就只喝酒不提正事了，正事我心上有数呢。”

姚根正郑重地给甄庭长点了点头，意思是：让他尽管放心，他才不是那种有人没人随便乱说的人。甄庭长又朝隔壁喊：“小杨——小杨——好了没？”

“来了——来了——”小杨又跑了进来。不多时，老朱也跟了过来。老朱跟甄庭长年纪相仿，穿一身法警的制服，长一个不太明显的鹰钩鼻，身材要比甄庭长的瘦削而坚硬，脸膛要比甄庭长的发黑而阴沉。他一贯沉默寡言、不苟言笑。谁要见老朱笑一面比买彩票中大奖还难，无动于衷地传达法律的冷酷和无情才是老朱的职责所在。甄庭长见他仍穿着警服，又给他摆手：“换去——换去——换成便服，又不是让你执行公务去呢，是让你红火一阵去了。你把这身皮穿上把小姐们都给吓跑了！”

老朱“哦”了一声，出去换衣服了。

“就咱几个，不叫张庭长了？”姚根正又问了一句。

“你是为办事，还是为了请张庭长？”甄庭长说，又说，“本身他今天也不在嘛——跟我们李法官一起进城办个手续去了。”尽管甄庭长随后就改了语气和言辞，但是姚根正还是品出甄庭长对张庭长并不是十分地敬重和服气。如果他再要多提张庭长的话，恐怕反倒对办事情不利。于是，他又含混地说：“哦，哦。我是想一也打墙了二也动土了，咱们人多些热闹些嘛。既然不凑巧，那就咱几个走吧。走——”

不多时，四个人一辆车就出了法庭的大门，直奔二道梁以北而去。二道梁以北十公里处原是国道沿线，三四个乡镇在这里交集，过往的大货车一辆接着一辆，昼夜不停。之前这里的猪骨头大烩菜比较出名，司机们多有停车就餐，在这里小憩片刻的习惯。不知谁又别出心裁——竖起了餐伴舞的招牌。从此竟是星火燎原，一家、两家、三四家……如桃李吐艳般遍地开来，逐渐发展成了一个小有名气的红灯区。连同城里那些有钱有闲的男人们也常常三五邀约，来此买醉，不为别的——单单是奔着石榴裙而来。姚根正和甄庭长几个人进了一家招牌为“蝶双飞”的酒楼。这家酒楼的老板娘虽说上了点年纪，可风韵犹存，身姿依旧绰约。从她那浓淡相宜的胭脂、眉目传情的神态和八面玲珑的应酬中，谁都可以看出——老板娘也曾是个风流一时的人物，有过调风弄月倚门卖笑的过往。她一袭淡紫镶边旗袍，三指轻拈一块细纱，冲着甄庭长媚笑道：“哟——甄哥，好长时间不来了！想死人啦……”

“命当紧嘛！你看这‘非典’吓人不吓人——听说亲个嘴就中招，谁敢鬼混呢。”甄庭长同样也带点形骸放浪地对答。

“嗨——该死的面朝天，不该死的一年又一年。你那是吉人自有天相，百毒不侵之身，还怕什么这典那典的。”

“这不来了，还给你带来个大款——这是咱瓷崖信用社的姚主任。”

“嘿——财神爷啊，接还接不来呢！今天是什么风，把你们都给吹来了！快上楼——快上楼——”老板娘说时，又给姚根正眉欢眼笑。姚根正给她略略欠了欠身，点了点头。上楼时，甄庭长又问：“有什么好吃的没？”

“有，有，有。炖土鸡行不？刚从集上买来的绝对正宗的土鸡。”

“那就来两只吧。”甄庭长又说，“有那种鸡没？”

“老没个正经！死也往那上面死呀！”老板娘嗔怒道，同时又轻拍了一下甄庭长的肩头，说，“哪能没有？都给你准备着呢——全是新来的——一个比一个年轻水嫩。”

“牡丹花下死，做鬼也风流嘛，哈哈。”甄庭长又是一脸赖笑。

进了包厢，点了冷菜，下了酒水单。老板娘朝外一招呼，一溜烟就进来十几个小姐。小姐们齐齐站了一排，集体躬身说道：“老板——下午好！欢迎光临‘蝶双飞’！”声音清脆洪亮，齐整划一。姚根正抬眼望去：一个个环肥燕瘦，花枝招展，犹如梨花带雨，又好比红杏争妍，令人看得眼直心动涎水欲流。他让甄庭长先挑。甄庭长让他先挑。几番推让，甄庭长拔了花魁。那个花魁叫珍珍，脚蹬一双恨天高，身段挺拔，秀发披肩，两个酒窝笑时明显，不笑时浅浅浮在那里，有一种清丽温婉翩若惊鸿的气质。她款款一笑就坐在了甄庭长的身边，一坐下便开始涮杯子倒酒什么的，立即进入了工作状态。姚根正又给她叮嘱道：“一定要把我老哥陪好，行不？”

珍珍娇嗲地说了声：“你放心——保证你们满意而来，尽兴而归。”

接下来，姚根正又让老朱挑。老朱不客气，手指朝空中一点。一个头发金黄，屁股滚圆，一对奶子高耸在胸前的小姐就走出了行列。她往老朱身边走时，那两只奶子扑簌簌地上下晃动，仿佛要跳出来。老朱馋猫似的盯着她走来，心头已是兴奋得邪火直冒。再让小杨挑时，小杨推辞：“我就不要了吧，我就不要了吧。”甄庭长笑说：“我们小杨还是个童男子呢。”话音未落，一个小姐就自告奋勇道：“让我也尝尝鲜嘛，整天尽陪那些老男人！”姚根正看那小姐衣着暴露，大腿白皙，模样还算可以，就说：“那就你吧。”那个小姐轻佻地给姚根正打了个飞吻，径直朝小杨走去。她一坐在小杨的身边，便对其他姐妹们说：“你们看我家小哥哥多正经呀——像个唐僧！”说时，她又动手摘小杨的口罩，“干吗这么保守呀，我的小哥哥。‘非典’我们老家那才有呢，这哪有？摘了——摘了——待会儿姐好让你吃豆腐呀。”

姚根正和甄庭长老朱三个人相互轻轻一笑，那是同属一个集团的坏笑，笑小杨还是一个没经女人之手的雏儿。其他小姐们也都忍不住抿嘴窃笑着。小杨窘得面红耳赤，有点手足无措。这时，老板娘又对姚根正说：“给你也来一个嘛。”姚根正逢场作戏说：“有你陪那才是最好的。”老板娘粉面含春，杏眼圆睁，娇嗔道：“别胡说，姐可比你大多了呀！”又说，“快点——来一个嘛。我一会儿没事了，肯定过来陪你们。”姚根正再朝那一列小姐们望去。小姐们见姚根正衣冠楚楚相貌堂堂，一看就是今天的东道主——钱包必定不会干瘪，纷纷给他抛媚眼放电。姚根正给一个正在低头摆弄裙角的小姐勾了勾手指。那小姐立刻觉出，抬起头，眼含惊喜地小声问：“是点我吗？”姚根正给她点了点头。小姐立即高兴地跑了过来。老板娘示意让其他没被选上的小姐们先行退下。那些小姐们又集体躬身，齐齐说道：“祝老板们玩得开心！”然后，一个接一个地走了出去。老板娘再略坐了片刻，热情熟络地和每个人浅酌小叙一会儿，也走了出去。

包厢里剩下的八个人组成了四对露水夫妻。陪姚根正的那个小姐妍姿艳质燕语莺声，还又机敏灵动很会来事。她主动就代姚根正招呼起其他的人来——又是敬酒又是过关又是建议玩游戏，气氛马上活跃起来。一轮小高潮过后，酒精撕去了每个人的羞怯和斯文。不会喝酒的小杨也喝得兴高采烈，一只手早不知在什么时候起就已搭在了陪他那个小姐的大腿上。不苟言笑的老朱同样也是一副笑眼蒙眬的样子，和那个大奶子的小姐一直在一边喁喁私语。他的那双手也开始不老实起来，时不时在那高耸的双峰前来回磨蹭。小姐咯咯笑着往开打他的手。他又厚着脸搭了上去。甄庭长和珍珍还算高雅，两人情意浓浓，双双起立，打开了麦，给众人献唱起那首令人耳朵起茧的老三遍的《心雨》。

珍珍唱：

我的心是六月的情，沥沥下着心雨……

由于声调起得适中，嗓音又比较清甜，所以听不出有什么明显的残次。

甄庭长唱：

想你想你想你想你，最后一次想你……

却是声嘶力竭，犹如鬼哭狼嚎！

姚根正略略皱眉，心不在焉地听着。陪他的那个小姐见他始终规规矩矩，又不动手动脚，反倒把头埋在他的怀里，用一根绵软粉嫩的手指在他的掌心里画圈，温柔说："哥，你不开心？"

"没有呀。"

"那你怎老不说话呢！来嘛——陪妹子喝一会儿嘛。"

"喝就喝，喝醉了你可别怪我。"姚根正坐直了身子，又问，"怎喝？"

"大压小？"

"没意思！"

"石头、剪刀、布？"

"也没意思！"

"两只蝴蝶？"

"我不会玩。"

"那怎整嘛！"

"碰吧——你半杯，我一杯。"

"那不是对你不公平了，我也喝一杯吧。"

"不用，你喝半杯就行了。"

"哥——"

"嗯。"

"陪你真好！"小姐动情地说，眼中流露出一分不含虚假的缠绵。她从心底感觉到姚根正不是那种浅显地想立即灌醉她而占她便宜的人。或许他是欲擒故纵，玩的是更深沉的攻心战略！可那就是他的本事了。她宁愿被人不知不觉中侵入心扉，也不愿陪那些自以为出了两个臭钱就可以把她们当玩意儿随便耍的人。总之，她就是对姚根正有些好感，喜欢他那种既温文尔雅而又有些大男人味的气概。碰了一杯后，姚根正又说：“还没问你呢——你叫什么名字？”

“晓晓。”

“假的，肯定是假的。不是珍珍就爱爱，不是晓晓就大大，全是些临时胡诌的代号。”

“没骗你，待会儿我给你看身份证，好不好。”

“好啊，只要你不怕我对你了解得太多。”

“你又不是坏人。”

“坏人头上也不刻字呀。”

再碰了一杯后，晓晓又说：“哥——你们今天晚上过夜吗？”那声音既温情脉脉又有点直白露骨。

姚根正竭力稳住晕眩的心神暗暗瞥了一眼晓晓。只见她双颊被酒精熏得微红，越发多了几分妩媚和风情，一双眼睛里既风光无限又意味分明：那是既有想多赚点钱的企图，又有在风尘中邂逅了一个如意男人，真个想跟他来一回一夜情的勾引。说实话，他根本无力抵挡这种诱惑！这段时间里，他一直忙于工作，几乎就等于没碰过女人。中途回了两次家，一次是何小敏上夜班，他们只通了个电话并没见面。一次是他跟朝露又在凯红国际匆匆过了把瘾，接着又匆匆散了。再回到家里时，和何小敏依然是没有交媾地过了一夜。一次如此，次次如此！事到如今，何小敏也好像已经习惯了他们之间这种不冷不热温突突的关系，对他懒得搭理也不再有所强求了，免得自己热脸贴个冷屁股白白伤了自尊。她只是闷不吭声地照看孩子，她只是机械麻木地换洗衣服，她只是无精打采地炒菜做饭。第二天，他给她说了声：“我走了。”自始至终，他没有听见她的回音！然而，那无声中所传递出来的冷淡和不满他能感觉得到。毋庸置疑，她实际上也能清楚地觉出他的内心所想——他就是看不上她、嫌弃她，对她的身体不感兴趣！只不过是木已成舟，她不想再跟他无休止地闹腾下去了。其中一部分原因是出于要给孩子一个完整的家庭，另一部分原因就是要给别人一个幸福的假象。至于他们之间有没有高质量的夫妻生活，能不能男欢女爱，她已经失望至极了。这就是她的命，她认了。这样的关系也让姚根正时时苦闷不堪，只有那繁重的工作才能将压在他心上的这块巨石暂时挪开一会儿。此刻，面对晓晓，他感到自己内心里的真实喜好又一次立见分晓。毫无疑问，他爱朝露也喜欢晓晓，这两者并不冲突呀。现在，他就想着能跟晓晓上床那该多好啊。可是他对何小敏却从来就没有过这种欲望和冲动呀！难道就是因为她已成了他的妻子，天长日久又一潭死水，他对她没了兴趣吗？想来也不是这样，他对她事实上是从一开始到现在一直就在心里排斥着，难以改变！尽管他也常常逼迫着自己要改变，可是越逼迫效果却越差！“假如她也有她们这样的容貌和手段，那我们的家庭关系到这会儿也说不定早已经扭转过来了！”他不觉又在心里想。可是想这些又有什么用呢？何小敏永远也不可能变成晓晓和朝露！她永远也不会有晓晓这种既矫情纵意又会撩拨挑逗的本领，她永远也不会有朝露那种表面高冷而床上却又往死里风骚的变数。她只会闷声闷气，她只会一笔一画，她永远是那么地平淡又那么地不起眼！而他自己也永远是一个没能力和不想睡的女人在一起睡觉的男人！那么他们注定就是水火相克难以相融了，只能在各自的心里无奈地痛苦着了！唉，不想这些也罢！还是想点实际的吧——今天既要和晓晓一起过夜，那么到时甄庭长老朱和小杨他们也都得这样安排，这样一来那花费就太高了，那就严重地超出了预算。于是，他又强行排出那已钻进自己心里的诱惑，带点诙谐地说：“你这是成心想让哥就地破产呢！”

“哪有那么严重，你又不是没钱？”

“人太多了呀！”他凑在她的耳边说。

“这事该各花各的嘛！”晓晓同样小声说，可眼睛里却掩饰不住因妨碍了她的好事而对甄庭长老朱和小杨他们这些人的厌恶。

“不行，还是下次吧，下次把该给他们花的钱全给你一个人花了。”

“骗人，你就会骗人！”

“真的。”

“说话要算数。”

“我为什么要不算数？你这是让我跟天下第一美女睡觉了，又不是让我挨刀子了……”

“讨厌，刚还说你是个好人，现在就坏开了！”

晓晓拿起姚根正放在桌边的手机，噔噔噔输入一串号码，再编辑了她的名字。片刻之后，姚根正见他的手机屏幕滴滴亮了一下，拿起看，上面是晓晓发来的信息：**我喜欢你**。他也给她回了一条：**荣幸万分**。晓晓又给他做了个把拇指和小指分别翘开放在耳边的动作，意思是：以后不忙了可以给她打电话。他嗯嗯地点头。两人再碰杯时，感觉比先前的关系又近了一步，刚才那已接过头的表白便是他们今后可以继续深入的秘密捷径。这时，甄庭长和珍珍已唱完了歌回到了桌边。甄庭长提议继续再喝，众人红粉作陪，猜拳行令，又是一轮子的猛灌。最后，老朱倒在了沙发上，身体里没了骨头，像一只绵软的布袋歪斜在那，脑袋时不时上下打盹。小杨到卫生间里的马桶上吐了两次，再出来时，眼圈发红，脸色雪白。姚根正见众人已喝得力不从心，向甄庭长征询：咱走吧？甄庭长心上划算：姚根正今天前前后后确实没少花钱，自己再不能提什么超高的享受了，再提那就有点过分了。所以，他也知趣地说了声："走，走吧。今天确实喝好了，谢谢兄弟的盛情款待！"

"没什么，应该的。"姚根正说。然后买单结账，又给小姐们分发小费，还偷偷给晓晓多发了二百块。其他的小姐领了小费就收回了柔情，装装相送的样子便立即走人。唯有晓晓恋恋不舍地捏了捏姚根正的手，私下说："哥——你下次来时提前给我打招呼，我想单独陪你！"

他摸了一把她的屁股，狠心道："走了。"

四个人摇摇晃晃走出"蝶双飞"，甄庭长拍着老朱的肩膀，说："老朱，明天早点起床，咱再把柳云山的那个案子给执行上一回。这次你要给姚主任多发点力呢，你以为那小姐的大奶白揣呢？"

"哪……哪能白揣。"老朱喃喃回应说，"你说执行，咱就执行。我……我一切……听……听党指挥……"

第十九章

第二天，东方刚泛起点鱼肚白。一辆白底蓝道，顶上闪灯鸣笛的警车就呼啸着直冲柳岔村而来。柳云山正给羊圈里的几只黑山羊喂苜蓿时，就瞥见四个神情严肃的人朝他走来。其中甄庭长和朱法警他认识——从开庭到判决再到执行，他已经是不止一次地和他们遇过了。另外两个他不认识，想必应该是信用社的人。因为除了和信用社的那码债务还没结完之外，他想不来自己还有什么其他棘手的事，值得他们这些大人物大清早的就不辞劳苦地来造访他。本来，在前段时间里，柳云山也听说信用社新换了主任。并且，他还听本村里的那些已办了贷款回来的人说——这届的主任要比上一届的好交往——干脆痛快、直截了当，处理事情也合情合理；一看就是那种有魄力敢担当直爽大气的人，绝不是那种畏首畏尾小肚鸡肠又不近人情的人。他想着自己是不是也应该和新主任见上一面，好好谈一谈了。可是又想：谈什么呢？欠债就要说还钱的话，把红彤彤的钞票拿到债主面前比任何天花乱坠的话都管用。遗憾的是自己却连一毛也拿不出来，那就没用嘛！说来说去，信用社是银行又不是民政局，没钱干说那不起任何作用嘛！所以，他又把这事给搁浅了，没想到他们这么快就来了。“唉！该来的总会来的。”柳云山在心底叹了一句，“看来自己这把老骨头是要把牢底往穿坐了……”

这时，小杨已走到他跟前，给他宣读了一封带有法院院长签字的拘留决定书。紧接着，朱法警就解下腰间那明晃晃的手铐，格外用力地在他的手腕上磕了一下。狼牙倒齿铐子咔嚓一声响，然后就自动合住了。柳云山的腕骨被刚才那一下磕得生疼，嘴里直央告：“啊呀，轻点，轻一点，行不？”“轻点？”朱法警斜睨了他一眼，又漠然说：“把钱还了就彻底不用戴了。走——上车——你这老顽皮！”说着，他就把他推搡上了车。小车又呼啸着往回开，车内的气氛十分沉闷。柳云山不时看看这个又看看那个，希望可以跟谁能搭个言，缓解一下这紧张的局势。可谁都是一副冷冰冰的面孔，没人和他说话。他又看了眼姚根正，见他也是面目凝重神情严峻，只虎视眈眈地盯着他看，那视线里仿佛还在说：“你就是柳云山？”这让柳云山也不由就来了一股子走向另一个极端的狠气，心想：“不就是欠你们两个臭钱嘛！我也是没办法；我又不是成心要赖。用得着你们这样——三一回、五一回，专门来整治我吗？既然要这样——那就来吧，想怎来就怎来。要钱没有，要命一条……”想后，他索性闭上了眼，任车外风声呼啸黄尘飞扬。小车一路飞驰，时不时被不平的路面颠簸得上下直跳，又走了近两个小时，终于才开进了二道梁法庭。朱法警把柳云山从车上带下来，直接就关进了那间置留室里，随后又锁上了那道只留着一个小窗户的铁皮门。

置留室里空空洞洞，黑乎乎一片，只有一线阳光从那个小窗户里射进来。由于四周黑，那束阳光就显得格外亮，可以看见一些细微的尘埃在光线里飘浮飞舞，就像黑暗的影厅里射向银幕的那束光柱一样。柳云山被铐在一根固定在墙壁上的不锈钢钢管上。说是铐着，其实是吊着。因为那不锈钢钢管高过他的头顶，他的右臂始终是向上举着。不一会儿，他就开始腰酸腿困了，尤其是右手腕那一块已被铐子硌得乌青发紫，有点疼痛。他想换一换姿势，减轻一些疼痛。可是没什么姿势可供他换！他只能向前走几步，可没走几步，铐子就已滑到了钢管的尽头，被钢管和墙壁的固定处拦截了。他又向后退几步，同样没退几步，铐子又被钢管和墙壁在这一头的固定处拦截了。不过，就那样稍微地活动一下，他也感觉比之前舒服了许多，身体似乎少了些许的僵硬。然而，那样的舒服只是片刻工夫。没一会儿，他又感觉比之前更难熬了，脚后跟开始发麻，腰眼处也开始发酸。他多么想让他们把他放下来，哪怕是把左臂铐起来，换着吊一会儿也行。然而，一有这样的想法，右臂就越坚持不住了。这就像在酷热的沙漠里不敢想起清凉的泉水一样，一想起就一刻也不能忍受了。

“他们到底要把我怎样？”这个头发苍白、筋衰骨朽、浑身肌肉已经枯萎的老人在心里说，“看样子他们这次的动静要比上两次的都大，看样子他们这次是要给我动真格的了……”一阵阵对未来无法预知和无法掌控的不安开始在他的心底泛起。随后，他又想：“就是要杀要剐，你们也赶快来呀。

来了咱们还可以商量嘛……”虽然他知道商量也不会有什么结果，因为他确实拿不出钱来。但是他仍想着他们能赶快来，至少在商量的过程中，他们或许会把他放下来。他甚至想：不管三七二十一，先给他们承诺稍后偿还一部分再说，明知那是一张空头支票他也顾不了了，能免了当下的被困之苦那才是天大的事情。可置留室里仍黑暗无声，连同门外也听不见任何的响动。“他们去哪了？他们究竟要把我铐到什么时候呀？”老人一阵比一阵烦躁起来：“他们会不会把我的儿子也抓来呀……”这样一想，老人的心里更紧张了，愈感到将有一场灭顶之灾就要降临。可是，当这些不安的想法稍一停顿，另一种痛苦就会明显增加。这会儿，他的嘴唇和喉咙一阵阵地发干，嗓子眼简直要冒烟，口渴得实在难忍，而右臂和右手腕处更是酸困得厉害。他只得把脚尖轻轻向上踮起，尽量减轻一些手腕和铐子的接触。随后，双腿又簌簌发抖起来，不能坚持多久。他狂躁地呼喊：“快来人呀，你们快把我送进看守所算了吧。”与现在相比看守所里反倒成了一个舒适的去处。即使是在看守所里面，也没有现在这一动不动更让人难受，至少在那里他还能躺下来休息一会儿。他现在真的想让他们赶快把他送进去算了。虽然在看守所里面也不好过，但是他现在就坚持不住了！与其迟进倒不如早进，在这种折磨之下，那地方倒成了一个退而求其次的不二选择。一些第一次进到看守所里时的情形，又在他的脑子里一点一点被回忆起来：

第一次，朱法警没让他在置留室里停留，只在车上问他能还了钱不？他说真的还不了后，他们就把他直接送到了看守所。至于在看守所门前他们交接了什么样的手续，他不清楚。他只知道：两扇铁门徐徐开启，再徐徐闭合后，他就踏进了另一个阴森森的世界。两名警官一左一右押解着他，走过一条深深的长廊，再打开一道铁门后，他被带进了一间警务室。警务室里的一名警官照单核对登记他的姓名、性别、年龄以及拘留期限等。另一名警官让他脱了鞋，靠墙站直，把手举起来。然后，那名警官从上到下搜了他的身，搜走了他的香烟和火柴，还抽走了他的裤带。之后，又用一把虎头钳子剪掉了他的纽扣、拉锁、拉链以及衣服上一切带铁的玩意儿。没了裤带的柳云山只得一手提着裤子，一手将一件绿马褂按要求套在身上。套好后，他又用那只刚空了的手再领过一个小塑料饭盆。这时，又一名黑着脸、竖着眉，腰上挂一根细长橡胶马棒，手里拿一个圆钥匙盘的警官，冷冷说：“跟我来。”

柳云山一手提着裤子，一手拿着饭盆，怯怯地跟在了警官的身后。两只光脚丫子踩在冰冷的砖地上，又走过一截长廊，再打开一扇铁门后，他看见八间水泥浇筑的平房矗立在面前。那平房像炮楼一样坚固，通体连在一起，每一间只在顶上留一个四方小窗。小窗不是玻璃的，而是用钢筋条焊着。每一间平房又都是一扇厚黑的铁门，铁门中央也只留一个更小的拳头大的方框。在铁门的外围又筑起两道和屋顶一样高的高墙，正面是铁栅栏，顶上是钢筋网。这高墙与铁栅栏钢筋网铁门四下围合，形成了一个四方的可见阳光但难以脱身的笼子。那三米见方的立体空间便是人们通常所说的放风场了。当警官打开了倒数第三间的铁栅栏，又往开打那进监号的最后一道铁门时，柳云山开始害怕到了极点。因为，他在外面早就听到过关于里面的种种传闻。传闻说里面有牢头狱霸，俗称红头。红头一声令下，就会有一套套的整人的苛刑酷法：什么把人的头摁在尿缸里叫作“看电视”，什么把胳膊倒提在后脑勺上让跪着叫作“喷气式”，什么把人抬起后再将腰背和屁股往地上摔那叫“荡秋千”……至于，那些蹲马步了、做下蹲了、不给吃饭了，那便是家常便饭了！这让他头皮发麻，头发也好像一根根倒竖起来，双腿打软不能站稳，好像要立马踏进阎罗殿一般，能不能活过今天也成了未知数。

“进去。”警官推了他一把，随后就锁了铁门又锁了铁栅栏，离去了。柳云山这才惊魂未定地看清了里面的情形：里面阴冷潮湿，昏乎乎的，墙皮已被碱蚀得黑一块黄一块，与刚才外面的空气一对比，立即有一股浑浊腐臭的气味袭来。一盘大通铺，铺上挤满了一个个蓬头垢面、黑胡楂髭、看起来几乎要发霉的脑袋；铺下是一长溜的水泥地，水泥地倒是被擦得发黑发明，地上齐齐摆着一行不是塌了帮就是烂了跟的平底布鞋。显然，他的到来给这个基本与外界绝缘的地方带来了绝对的新鲜。所有的人都停止了原来的活动，把目光齐刷刷地向他射来。一铺、二铺、三铺、四铺上的几个年轻人不再说话了，坐直了身体。中间铺上原来是围坐着一圈人，他们在打扑克。打的是一副不知从哪弄来的烂得不能再烂的又软又黏又黑又脏的扑克。有的牌缺个角，有的剩下多一半，其中还少了一张红桃 8 用那张广告牌代替。他们的赌注是弹脑瓜。一个寸头瓜子脸的小伙子已被弹得额头上起了两颗又红又肿的疙瘩。这会儿，这些人也停止了玩牌，都把目光投向了柳云山。后铺上也挤满了一些乱七八糟的人，看起来年龄偏大一些，有的坐着，有的半躺着，有的正在睡觉。柳云山来不及一一细端详，只觉得眼前全是一片绿压压的绿马褂。这时，一铺、二铺上的两个年轻人已跳下铺来，走到了他跟前。

一个问:“进来过没？”

他怯怯说:“没。”

又一个问:“知道规矩不？”

他又摇了摇头。

“说——没让你摇头。”

显然，问话的人不满意他的摇头，已用拳头在他的小肚子上掏了一拳。柳云山疼得弯下腰来，双手抱着肚子。“一招也受不了，往这里面跑呢？站直——”第一个问话的那个年轻人又掴了他一记耳光，命令道。他顾不来小肚子上的疼痛，又赶忙乖乖站直了身子，脸上尽是求饶的神色。裤子已掉在了两只脚上，大白布裤衩子露了出来。他也不敢往起提，仍端端站在那里。这时，那个第一铺的年轻人发话了:“上年纪了，不要打了，让他说一说为什么进来的。”

柳云山十分感激地看了那个年轻人一眼，没想到自己那在外面已是老朽不济的年龄在这里却成了一道救命符。随后，他就一五一十地说了之所以进来的原委。他说得比实际情况还要可怜一些，以博取他们的同情，免得他们哪一句听不顺耳再打他一顿。听完后，那个第一铺的年轻人骂了一句:“日他妈的——这是什么世道！这么老了还往进关呢！咱中国就没个个人破产法？”骂完，又说了句，“好了，你睡在最后一铺，今天晚上和那个偷油贼一块儿值夜班。”一场游戏就算结束了，众人该干什么原干什么去了。号子里又成了先前那混混乱乱的样子。柳云山仍呆立在原地，不敢相信这就算完事了，这要比他预想的好多了！

“来——上来呀。”这时，一个后铺上和他年纪相仿的老头朝他说，并且顺手在一块烂褥子上撕下一截布条扔给他，让他把裤子系住。柳云山接过布条，把那布条穿进裤子的扣眼里又绾住了扣眼对面的那个裤袢，这才走上大通铺，紧挨着那个老头半躺了下来。老头又对他说:“不要怕了——咱这是行政号，不怎么打人。一拳两捶，就那样意思意思。你要是进了刑事号，那就惨了！咱这背后就是刑事号。进了那里面的穿的都是黄马褂，十天半月根本出不去。要是被判了死刑，直接就不用往监狱或劳改场送了，等到秋冬肃杀之际挨上一颗枪子就算了结了这一生！嗨，世界大了，什么人都有，放下正道不走，偏偏要走那些绝路。你说可惜不可惜？不过，话又说回来，既是进了那里面的人，那就不是些凡人。一个比一个厉害，一个比一个硬气，谁也不服谁。每天不是这个打那个，就是那个打这个。经常能听见被打得鬼哭狼嚎的声音呢，那才叫真的往死里打了！”老头说着时，又用手背敲了敲柳云山头顶处的墙壁，意思是：就这墙壁的背靠背便是刑事号了。柳云山一边听着老头的说话一边打量着了老头，见他和自己一样也是粗布烂衣衫的农民，很是上了些年纪。他不禁又好奇地问：“老哥，你是为什么进来的？”

“唉，提不成！”老头摇了摇头，说道，“我和他、他、他，还有他，都是因为征地拆迁款——到政府上访来着，被关进来的。这次上访得好像不是时候，估计是有什么大人物要来，那些当官的怕被摘了乌纱帽呢，所以就把我们一车给送进来了！”柳云山顺着老头那手指的起起落落，又看见了几个和他一样的老头，全是那种一看就是受过重体力活的老农民。其中，人群中还有一个老头，相貌和这些老头不太一样。他的面孔不是很粗糙，穿的是西服，不过识货的人一眼就能看出来那西服仅是廉价货——面料劣质，褶褶皱皱的。那老头的头发也染过，可染过已有一段时间了，发根底又露出了一些原本花白发黄的新楂子。柳云山又低低问了一句：“他也跟你们一样——也是上访，进来的？”

老头嘿嘿笑了一面，说：“他不是，他是老二害了老大——耍小姐来着被逮住了。”那个穿西服的老头听见他们在说他，不好意思地朝他们这边扭过头来，连连摆手说：“嗨，别提了，别提了。命不好！日他妈的——命太不好了！”有人打诨道：“哈哈，猪肉香那个臭，宁弄那个不吃肉！你也知道那是刮肉的刀子，不是荤油的包子，可你还是爱得不行嘛！”众人又哄笑吵闹开来，你一言我一语拿那个穿西服的老头来调味。有人还问：“像你这个年龄一天最多能弄几回？老婆是不是水干了，不顶事了？”穿西服的老头只是尴尬地摇头摆手，并不作答。

这边，这个老头继续给柳云山絮絮叨叨。在絮叨中，柳云山渐渐知道了号里所有人的大体情形和一些号子里的硬规矩。一铺、二铺、三铺、四铺上的六个年轻人都是因为赌博被关进来的——拘留十天；五铺、六铺、七铺上的好几个中年人也跟那个穿西服的老头一样——也是因为嫖娼被关进来的。所不同的是中年人们是在酒店里被抓住的，老头是在小旅社里被抓住的；中年人们玩的是二百块的正当妙龄的小姐，老头玩的是三十块的已过气的小姐。不过结果都一样，都是罚款二百元拘留五天。那五个上访的老头全是大满贯——拘留十五天；还有几个开油罐车的司机是因为没办理危险品运输从业资格证，也是大满贯——拘留十五天；被安排和柳云山一块值夜班的那个偷油贼是个斜眼塌鼻子的小后生。因为自己的摩托车骑得没油了，就从别人的油箱里往出抽，被逮住后也给来了个拘留十天的处罚。他是在柳云山进来时的前一脚进来的，级别和资历仅比柳云山的高一点点。所以，今天晚上也要值夜班。所谓值夜班，就是直直站在那彻夜不熄的长明灯下，看着别人睡觉。主要是照看有没有想不开的想轻生的，发现苗头不对就要即时打报告。好在一个长夜安排三个班倒换，值起来也不算太累。另外，还有一个小伙子长得倒是高高瘦瘦白白净净，没想却是个偷窥女厕所的瘾者，百密一疏也被抓了进来，也是一个大满贯——拘留十五天；至于其他的，有的是打架斗殴的，有的是醉酒滋事的，有的是蛊惑造谣的，有的是贩卖假货的……形形色色，五花八门，五天、十天、十五天，各个不等。原本十五人的监号，现在已关进来了二十八个人。整个监号被挤得密密麻麻，犯人与犯人比肩接踵，连睡觉都得一颠一倒睡。

老头仍在絮叨，可柳云山却已是鼾声如雷。他今天被朱法警他们连铐带拉扯了大半天，实际上早已经困得不行了，骨头也快要散架了。刚开始听老头说话那会儿，他的上下眼皮就不住打架，这会儿，那个刚能容半点身子的床铺竟然是那么地舒服。他听着听着不觉就睡着了。只是没睡多久，他又感到脸上热烘烘的，嘴角有股说不出的臊味。他迷糊中摸了一把脸，隐约看见有人在他的头顶处撒尿。那热烘烘的流体原来是溅在他脸上的尿液！只因他睡的是最后一铺，最后一铺的近旁便是监号里茅坑的地界，全号里所有的人都要在那屙屎屙尿。柳云山只得暗自晦气，又瞪了那人一眼。可那人也不作任何解释，只抖了抖手中的家伙，提起裤子便走人。他一走，又来了一个人。来人急匆匆蹲下身子，露出两只白屁股来。那两只白屁股正对着柳云山的脸。随后就是一声酣畅的带尾音的响屁喷出，紧接着又是稀稠搅混倾泻而下的声音，伴随着那声音一股股的恶臭味扑鼻而来。那恶臭味也扩散到了前铺，第一铺的那个年轻人又骂："日你妈的，你不知道规矩？信不信老子下来揍死你？"那人怕得没顾不上擦屁股，赶忙从旁边的一个塑料大水桶里舀出水来冲刷着。柳云山只觉肠胃痉挛，一阵阵地想呕吐。他皱眉捂脸转过身去。紧挨着他的那个老头又给他叹了一声："唉，人一旦被关在这里面，就连咱家里的牲畜也不如了！咱家里的牲畜咱还给精心吃了喂了，时不时还给打扫打扫卫生呢。这里呢？这里根本就没人管你的死活，比猪窝驴圈还脏！每天早上就那一盆子的稀米汤，米还是糙米陈米！你愿喝不喝，只要你能撑得住。一到下午又是那磣牙的黑面馒头和白水煮酸菜，酸菜里有时能看见蛆爬得明晃晃的！恶心得人纯粹没法吃！我进来四天了，还没好好吃过一口饭——全凭那点温突突的开水养活着，要不然这会儿肠子也结住了……”

老头的话音刚落，猛然又听见墙壁背后有一阵混混乱乱的声响，那是一群人的光脚丫子在水泥地上急促走动的声音。随后，就是“啊——”的一声惨叫隔墙传了过来。老头警惕地说：“你听，你听。那边又打上人了！”这边号里所有的人全都屏息凝神。有的还把耳朵贴在了墙壁上。这边一静，那边的声音就越清晰了。只听有人吼道：“再给那驴日的来上二十个锅盔。”接着就是“咚——咚——”的声响和“妈哟——妈哟——”的号叫声。又听有人喊：“让趴下，让他趴下。”随后又是一阵狠命抽打的声音和一声声“啊——啊——”的惨叫。之后，每当有这种类似的指令发出后，就能听见一两声比先前更高更刺耳的惨叫传了过来。许久，那边的声音才静了一些，打人的人好像住手了，被打的人也似乎奄奄一息了。这边的人一个个听得面色惶然，心里很不是滋味。有人小声说：“唉，太惨了！以后说什么也不能再进这里面来了……”柳云山尽管困得厉害，可也被那惨绝人寰的声音搅得没了睡意，心情不由又烦愁起来，只想着：“什么时候才能离开这个根本不是人能待的地方呢！”可又觉那盼头太过遥远了！很明显，这里的十五天根本不是外面的十五天。这里的时间根本就没有钟表和日历来计量——没有分秒之分，没有日月之分，也没有星期几之分。只犹如盘古开天地之初混混沌沌地连在一起，只能静坐着看那铁窗由明变暗再由暗变明。由于，人人都心急如焚地盼着出去，所以，人人又能感觉到那时间的缓慢不动，一天比一年也难熬！柳云山就那样似想非想地坐着，也不知坐了多久，恍惚中又听有人喊道：“快——快——赶快打扫卫生，收拾床铺——来点到了。”

监号里所有的人立即又手忙脚乱起来。铺上站了一行，地下站了一行，两行的人从两边拉起那块大通铺的大床单唰唰抖搂，然后铺好。接着，有的叠被子，有的叠褥子，叠好后，再一块一块齐齐地摞在一铺的位置上。还有的把地上的平底布鞋往齐摆。还有的把几个纸箱子和垃圾袋往床底下推，一切收拾停当。所有的人再分成三排，成方阵式坐在了铺上。一个个盘膝、挺胸、低头，双手分别搭在自己的两个膝盖上，如老僧坐禅、塑立不动。外面，开铁栅栏开铁门的声音由远及近，一会儿比一会儿嘹亮，一号开过是二号，二号开过是三号。接着是开这个号的声音，明锁触碰着铁门发出了咔里咣当的声响。柳云山低着头，眼仁偷偷向上翻了翻，瞥见是两名警官走了进来。一名是那个在警务室里搞核对和登记的警官。他拿着一个文件夹站在了门口。另一名是那个黑着脸竖着眉腰间挂着马棒的警官。他走到了铺中央，面无表情地说了声："开始报数。"

"一号赵江江；二号马远飞；三号马鹏；四号李蛟龙；五号高秀谷。"响亮的声音从一铺的赵江江开始，依次往下传递。到了六号却由于紧张，报成了："五号钱多多。"七号的人感觉有些不对头，所以顿住了。

"日你妈的，你不识数？"挂马棒的警官说着时，就狠狠抽了钱多多一个耳光。又吼道："重来——"

"一号赵江江；二号马远飞；三号马鹏；四号李蛟龙；五号高秀谷。"这次到了六号，声音虽然仍有点卡壳不连贯，但总算是报对了"六号钱多多"。然后是七号跟着报："七号毛锐。"再是八号报："八号姜虎虎。"……最后是柳云山喊："二十八号柳云山。"一号的赵江江又接着说："报告长官——我号应坐二十八人，实坐二十八人，无短缺人员。报告完毕，请长官指示！"

门口那个拿文件夹的警官问了句："明天有出去的没？"

七号毛锐举手说："我明天到期了。"

十四号跟着举手说："我也到期了。"

警官在文件夹上看了看，随手又打了两个钩。那个挂马棒的警官四下扫了一眼，没发现什么异常，就准备走人。众人刚要松口气了。谁知，他走了两步又停了下来，盯着墙壁看。墙壁上不知是谁用指甲画了四根短粗的竖道道（用来记录进来后的天数）。还在竖道道的旁边刻画了两条向下弯的弧线，又在那两条弧线内各点了一个点。那是一个极其形象的勾勒，使人很容易就能联想到女人的乳房。警官再转过身来时，脸上已经阴云密布了。

"谁？谁画的？"

号里没人敢喘大气，气氛霎时凝结了。警官拿起地上的一只布鞋，用那布鞋底子照着就近的一个人的脑袋就是啪啪几下，"你画的？"那人忍着痛摇头。警官又朝下一位移动了一步："那是你来着？"下一位早已怕得心撞着胸口咚咚发响。他耸肩缩头，轻轻朝第二排的十七号瞄了一眼。目标自然就被锁定在了十七号。警官朝十七号吼道："出来。"十七号往出来走时，嘴里一个劲求饶道："我再不敢了，长官；我再不敢了，长官。"

"背转身，靠墙站直。"警官命令道。

这次，轮到马棒粉墨登场了。只听"唰——唰——唰——"的三声响过之后，就是十七号站立不稳的身影和杀猪般的号叫。

"站直——你还号呢？"警官又吼。言下之意是：再号又是三马棒。

十七号不敢号叫了，止住了哭音，用牙齿咬着下嘴唇勉强站直。这时，警官已转过身来，正式开始对众人训话："都给老子老实点。你们以为这是三月三的戏场？还是旅游度假山庄、名胜风景区？来到这了——还想给老子题个诗、作个画？听着——这是监狱，这不是你们家。不管你在外面是龙还是虎，来到这了都得给老子好好改造。是龙的你得盘着，是虎的你得卧着，不要跟老子谈什么人格尊严，人格尊严是用来给好人谈的，可好人不会进这里面来。你——退出来。"

警官说最后一句时，又用马棒敲了敲十七号的头。十七号向后退了三步。警官又把马棒戳着墙壁的正中央，说："看——都往这看——你们的眼睛是不是都瞎着了？"只见墙壁的正中央贴的是：由若干"必须……不准……"句式构成的《监规》和《在押人员行为规范》，其中《监规》的第七条就是：**必须讲究卫生，保持监室整洁，不准乱放衣物，不准乱写乱画。**警官再次把马棒移到了十七号的头上，又敲了敲，说："你——赶明天把这些都给老子背熟了。背错一个字，小心老子剥了你的皮。贱皮！不挨打就不服气，是不？老子还没见过比马棒更硬的人……"

十七号连连点头。警官这才最后扫视了一眼，嘴里又独自悻悻了一句，然后锁铁门锁铁栅栏离去。随着这团携带着暴风雨的乌云的飘走，号里又开始有了一些响动。有人低低哀叹着，有人窃窃诅咒着，有人给十七号端来一盆温水让他喝……十七号疼得哼哼唧唧，屁股早已裂开了花，根本不能坐躺。可他却不忘趴在铺上盯着《监规》和《在押人员行为规范》一条一条地往心里记。记到《在押人员行为规范》的第十二条是：**男性在押人员不准赤身，女性在押人员不准只穿背心和三角裤。**仅仅那**三角裤**三个字又使他的心头一动。"啊，外面多好啊！"他喃喃自语，"到了外面就有了自由和女人……"

暗夜终于过去了。第二天，所长来视察监号。他在登记簿上看到了柳云山的名字。"柳云山？"所长嘀咕了一句，又往后看。只见登记簿上登记的是瓷崖镇柳岔村的柳云山——不是重名重姓。这让他想起了十五年前那个浓眉毛，红脸膛，爱说爱笑，会开车，会打猎……在村里村外常常被号称为大能人的柳云山。那时，他是瓷崖镇派出所的所长，柳云山是瓷崖镇柳岔村的书记，他们两人的交往说来应该不算浅薄。柳云山一贯海吃海喝，喜欢结交，很会和镇上这些各单位的头头脑脑们打交道。他们来柳岔村下乡时，他会给他们杀鸡宰羊，狠命地往进灌老蒸酒。腊月时分，他还会给他们一一送一些打来的山鸡和野兔子。这让这些头头脑脑们在心里着实喜欢，常在本单位的事务上给柳云山开着顺畅优先的大门，即便是调走后也会偶尔想起那个热情好客，只是嘴有点不把门，实际上又毫无心计的书记来。“世事难料，没想到竟会在这里见面！”所长在心里感叹着，赶忙放下了手头的工作，径直来到关押柳云山的监号。

随行的两名下属给他打开了铁栅栏和铁门，在那绿压压的人群里他一时没瞅见他的老朋友来。可柳云山一眼就认出了他——这个在十五年前就以心硬和铁腕著称的高所长。这个一贯以江湖义气为重，对朋友肝胆相照、两肋插刀，甚至可以触犯原则的高所长。那时柳云山背着猎枪，高所长也会跟上他放两枪。要是其他的人持有猎枪，那就得看高所长高兴不高兴了。高所长所谓的朋友就是能跟他合得来的人，不管什么好人坏人，即使是犯人也能成为朋友。他喜欢痛痛快快的人，不喜欢那些滞泥阴险的人，更不喜欢那些和他讲法制论权利的人。据说，有一次一个女教师因为交通肇事被关进了看守所，在里面受了点委屈，便据理力争，痛斥看守所无视她的人权侮辱她的人格，愤愤不平着要对看守所提出强烈的抗诉。高所长一听就火冒三丈，妈了个 ×，哪来那么多的道理和权利可讲。在这里天是老大，老子就是老二，三句好话不如一马棒便是唯一的真理，你他妈的难道还想要造反不成？于是他亲自去了一趟关押那个女教师的监号，特意对里面的其他女犯人关照了一句：“人家这是高级知识分子，跟咱这些大老粗们不一样。要么你们向她学习，要么她向你们学习。总之，要改造得一模一样。改造得不一样，那就是你们的问题了。听明白了没？”其他女犯人自然会意，结果第二天那个女教师的阴户就被布鞋底子打成了血馒头，肿得又白又胖，连上面的阴毛也被拔了个精光，再也没了气力去抗诉。现在，柳云山一眼便认出了这个跟十五年前没什么明显变化的高所长。十五年前的高所长是两颗虎牙外露在外面，现在的高所长还是两颗虎牙外露在外面。十五年前的高所长是五短身材，现在的高所长还是五短身材。只是眼角的皮质好像有些松弛和耷拉，额头处也似乎略微添了几道浅浅的皱纹。柳云山在人群中叫了一声：“高所长——”

“老哥，”高所长急急走上前，握住他的手，“怎会弄成这样！”

那一声不忘旧情的老哥让柳云山心里一热，眼泪不由就在眼眶里开始打转。他叹了一声：“唉，一言难尽！”

“这帮龟孙子没欺负你吧？”虎牙外露的高所长把监号里的人环视了一圈。监号里早已是噤若寒蝉。

“没，没。”

“那就好。”高所长说，又对众人说，“都把眼皮抬起点——他可是我老哥。别在太岁头上动土，别吃饱了撑得不想找活路，懂不懂。”

众人对这个早有耳闻的冷煞星般的魔头，连连嗯嗯着点头。

之后，高所长又拉着柳云山的手，说：“走，走，咱到我办公室里再说。”

当柳云山再回到监号时，裤兜里还带回来几包香烟。从此，他成了这个监号里的福星，这个监号里因为有他而有了每个人可以轮着抽一两口的烟火。并且，每天早晨十分钟的放风后，柳云山还会被一个在这里来说已算是和蔼得不能再和蔼的老警官叫出去。同他一同被叫出去的还有另外几个监号里的五六个人。他们被那个和颜悦色的老警官带到看守所后院的一片蔬菜地跟前。老警官让他们站成一排——稍息、立正，然后又给他们例行地交代一番政策：“你们都是行政号的人，十天半月就能出去了，知道你们也不会逃跑。不过，小心没大错，该交代的还要给你们交代一下——越狱可是罪加十等，知道了没？再说，你们想跑也跑不了。看，都往四周看一看——”

众人顺着老警官的手指抬头张望。四周全是阴森肃然的高墙，墙头上拉着一根根带刺的铁丝电网。高墙的四个拐角处分别又是四个高高的岗楼。每个岗楼上还背靠背站着一对荷枪实弹的武警，那雪白的刺刀在清晨的阳光下反射着凛凛寒光。众人再回过头来，连连说：“不跑，不跑。我们又不是傻子，本来也没什么大事，再整个越狱罪那不是自寻死路呢？”

“明白就好，明白就好。没特殊关系，没特殊照顾，你们能吸上这新鲜的空气？能出来走一走已是禁闭里的天堂待遇了，所以你们要好好珍惜呢。千万不敢打什么歪主意，千万要相信那枪膛里的子弹比你们跑上快。好了，不多说了，下来咱就开始干活。”

接着，老警官便开始给这些人安排每天早上该干的一些活计。活不重，无非是扫扫院子，无非是把菜地里的白菜、土豆、玉米、南瓜等搬运到大灶上。干到中午，他们还能在二等灶上吃一顿饭。所谓一二三等的锅灶之分就是：一等灶是那警官们四菜一汤可以换着花样吃的小灶；三等灶便是那满年四季里酸菜里爬蛆的犯人们的大灶；二等灶则是厨子伙夫勤杂人员们的锅灶，有稀饭烙饼，有米饭蒸馍，有炒土豆片和炒豆腐，有时还能吃上一两片肥猪肉片子。这对柳云山来说，已经是改善到了极点，在家里也不过如此。他就那样白天出来溜达一会儿，到下午才回监号里地过了十五天。十五天后，他被正式释放。走时，他想给高所长道个谢。可高所长到外地出差去了，没能见上面。不过，没过半年他又被执行了一次，同样的生活又过了十五天。这次出来时，他和高所长见了一面。高所长一只手搓着另一只手的手背，说："唉——老是这样，也不是个办法呀！"

柳云山说不出话来，经济的困境让他说不出一句能管用的话来。他只是用手捋了捋下巴上那已经在这十五天里长得像蓬草一样杂乱的胡子，脑袋略微尴尬地动了一动。高所长又说："你别误会，老哥。我不是烦你来我这，只要有我在，你来这肯定不会让你受罪和受委屈。我只是想——咱这一辈子其实都是清清白白干干净净的人，欠着人家的解决不了，自己总是一块心病不说，让后人们脸上也无光呀。什么时候，你看能不能和信用社商量得——让他们减免上一部分利息，咱众人凑的把这事给你解决了。五千块以内，你包在我身上。再多了，我想你也知道我的情况……"

"兄弟，有你这句话，我这辈子就值了！"柳云山被高所长那说在他心坎上的话感动得泪眼涟涟。又说："唉，说实话，谁也不愿意过成这样！只是一文钱真的能逼倒英雄汉呀，银钱这东西太他妈的硬了！唉，不说也罢，再说多了也没用。总之，老哥我听你的，我回去再试着想想其他办法……"

"想什么办法呢？"此刻，他在不锈钢钢管下踱来踱去，心里不停地思忖着："怎样才能彻底解决呢？看这样子，看这阵势，这次是非解决不行了……"置留室里仍是黑暗无声，门外还是听不见任何的响动。柳云山觉得自己这次如果再进了看守所，那就真的连自己的老朋友也不好意思见了。更何况，他强烈地预感到：这次不光是他一个人要进，而且他的大儿子也极有可能要进去。那样就太麻烦人家高所长了，即便是自己的亲弟兄也不能这样三番五次地要求人家照顾呀！"不行，无论如何也要和信用社商量出个办法来。哪怕是跪着求他们，也不能让自己的儿子进去呀。"柳云山在心里说，心情已焦虑到了极点。也不知又过了多久，门终于开了，屋子里哗啦一下亮了起来。亮光中柳云山看见甄庭长和朱法警、姚根正、小杨几个人走了进来。脚步纷乱，其中好像还夹杂着一些拉拉扯扯的响动。再一看，人影里分明还多了一个人，那果真是自己的大儿子！看着大儿子垂头丧气，也被朱法警铐在了不锈钢钢管上。柳云山的心霍地扑在了腔子上，情急意乱之中，他几乎带着哭音说："甄庭长，行行好，不要这样能不能？咱们可以好好商量商量呀。"

"商量？"甄庭长生硬地说了句，又看了一眼姚根正，说，"要商量——这就要看姚主任的意思了。"

姚根正在朱法警往不锈钢钢管上铐柳云山大儿子的那一瞬间里，其实一直在密切注视着柳云山的神情。在那一瞬间里，他确信他看到了柳云山心底里的崩溃和由此而反映到他脸上的那种愿意商量着来解决的实意。那正是他想要达到的效果。本当，对柳云山这样的贷款，他不想用这种强硬的方式来解决。只是柳云山到处说有本事再把他关上两回，这已对他的工作形成了一种反面的阻力。瓷崖信用社共有240万的贷款，其中不良就占了一半，既然能形成不良，那肯定是家家有原因、户户有困难了。如果这些不良贷户都像柳云山一样——既不还钱还要叫嚣，那么他今后的工作就真有点寸步难行了。因此，他不得不来一次铁腕行动，不光是针对柳云山，更主要的是要借此次的执行——敲山震虎，向另外一些不良贷户也传达出一个强烈的信号。那就是有困难可以理解，但在困难面前要达成共识共同想办法来赚钱；赚了钱，在保障生活的前提下就应该逐步还款，这才是一个正道。但是，谁要把困难当作理由而拒不认账、拒不还款，那么信用社也绝不会软弱无力、束手无策。不怒撑则已，既然怒撑开了就会一竿子插到底，即便是把钱扔在大河里也要响一声嘛，这也将是他今后的一个鲜明的态度和作风。不过，话又说回来，这种杀敌一千自损八百的局面其实也是姚根正最不愿意看到的一个局面，这绝对是不得已而采取的一种下下之策。即便就是在今天，假如柳云山父子仍无力解决，仍只能靠坐禁闭来了事。那么，他想：到看守所门前的那最后一刻，他仍然会放弃自己的权利。他绝不会有狠心把一个和自己父亲一样的可怜的老农民关在那里面。强硬地要关人那仅是一种手段而已，但那绝不是最终的目的。对确实无力还款的贷户坚决不能处成黄世仁和杨白劳的关系，这也将是他今后的一个不可动摇的原则。现在，好容易柳云山有了愿意商量着来解决的诚意。这就行了呀，好汉不打软汉，弓拉得太满就会扯断弦。他实际上早已为他准备好了一套于情于理于双方应该都能接受的方案。于是，他接着甄庭长的话说：

“行么，当然行么，本来就是为了商量嘛。”又说：“甄庭长，你把他放下来吧。”

甄庭长又给朱法警使了个眼色，柳云山这才被解了铐子。

姚根正走上前给他递烟。柳云山左手揉着右手的手腕说：“有水吗？渴得厉害！”姚根正又走了出去，从车上拿了一瓶矿泉水回来给他。柳云山接过水，一口气喝了多半瓶，然后才接住姚根正又一次递来的纸烟。姚根正再顺势给他点着火。柳云山狠命地吸了一口，才感觉惬意多了。见他的情绪稳定了下来，姚根正开口说：“老叔，你我前无冤后无仇，只是工作上的事，有时也没办法！希望你能理解。”

“唉，知道呢。”柳云山点了点头说，“有时候都难了！”

“能理解就好。当初你拿过信用社的6万块，这没什么争议吧？”

“没，没。”

“那就没说的——欠债还钱，自古天经地义。只是你现在上了年纪，没了还款来源，这才是最大的问题！但是，咱农村有句老话，叫父债子还。虽说这只是一句道理上的话，只受名誉和道德的约束，没什么法律的依据和强制力。可是，你的大儿子却有点不太走运——他恰恰在法律上形成了有偿还的义务，他是保人嘛。说穿了，他和你一样——对这笔贷款有完全的连带责任，什么时候还不完，什么时候他就身清不了！今天这情况你也看到了吧？把你关上一回两回，你无所谓——反正是还不了。可是把你的儿子关上一回两回——那就不一样了——他还年轻，他还要开门市做生意呀。就这种状况，就这种场面，你让别人怎么看他的信誉？并且，关上一两回也并不等于就消除了债务呀，今年可以关，明年还可以关，有了财产还可以查封、扣押嘛……”

柳云山的心又沉了下去，他感觉姚根正仍在给他施压，让他毫无逃避的余地。同样，不锈钢钢管下，他的大儿子也听了个真切，心想事实确实是这么个事实，这真是一个迟早要解决的问题啊。知道他们已经知晓了事态的轻重，明白了没有后路可退，姚根正这才话锋一转，又说：“但是，咱也绝不是为了怄气，或者是为了关谁的禁闭。咱只是为了从根本上解决问题。就你这笔贷款的前前后后来龙去脉，我实际上也了解一些——当初，你为了养大车才贷这笔贷款，谁知命不好出了肇事，这才会弄成这么个结局！不过，从你来说，我认为你问心无愧——你为你们那个家庭已经做出了力所能及的努力。”

这话让柳云山心头一酸，不敢回想那些往日的岁月。当初他的三个儿子还是孩提时代的时候，他是整天开着大车东奔西走，有时还要一个人披星戴月地装货卸货。现在一回想起那些辛酸的日子，那简直就想哭。只听姚根正继续说道：“现在，你也算是成儿嫁女、功德圆满了。成就哪一个儿子不需要你花钱？并且，你也做到了。我听说你们老二也成家了，给工地上供石子，日子过得还算能行呀。所以，当你陷入了困境，我认为他们从良心上就有责任帮你扛过去。当然，光让你们老大一个人来扛，这就有点负担太重了，这也和咱农村的道理不相符。穿衣吃饭娶媳妇人人有份，轮到还债就没人了？这恐怕不行吧。所以，我想着咱就按咱农村的土办法来——把这笔债务给你的三个儿子分摊开来。并且，在这里我要向你提前做两个保证：第一，我向上申报给你减免加罚息，就你这情况应该是符合条件的。算下来能少个一万来块，本息也就不到七万五了，三个儿子一人两万五，众人肩膀宽嘛。第二，如果他们能拿出来钱，那更好；如果他们拿不出来，或者是能拿出来，只是做生意还需要周转不方便拿出来。那么，我可以给他们任何一个人全额贷款，哪怕是再多贷一点也行。咱要的是认账认还，而不是把钱收回去煮着吃呀？给谁贷不是个贷。这样一来，我和你的儿子们，这就算是新打鼓另唱戏了，我永远也相信年轻人身上背着无限的黄金，只要有信心和决心就没有过不去的坎。至于老叔你呢，你就能退出历史舞台吧，安享你的晚年吧。”

山重水复疑无路，柳暗花明又一村。姚根正的这番话让柳云山豁然开朗，感觉一顶愁帽凭空而去。他也向姚根正说出了他的心里话：“唉——好我的姚主任了，你说的这些我也不是没想过。只是这话由我来说出口，那就太难了——娃娃们都有娃娃们的光景日月呢，你说因为我的债务让他们过苦日子或者是再让他们小两口闹不和，那我就成了千古罪人啊……”

“行了，你该接受了。”甄庭长在一旁说，“扭上也疼呢，掐上也疼呢，哪有那么轻松的事了？要不让你的大儿子一个人还去算了，加罚息也不要给他免了。姚主任又是给你们减免罚息，又是给你们贷款，这就很够意思了。你再要说什么困难，那就谁也有点听不下去了。”

这时，不锈钢钢管下，柳云山的大儿子开口了。他说：“姚主任——你说的我能听下去了。原来我也不是不认这笔账，只是由我一个人来还那就真的有点事大了。我要还这笔贷款，就得把我所有的资金全抽回来，而且还得东拼西凑点，那样我的配件门市就彻底没法开了！现在，你既然这么说——能给我们减免罚息又能给我们贷款，那就好办多了。我想我和我们老三绝对不会有任何问题，就是不知道我们老二会怎想。不过也没事，他老二要是实在不愿意出，那我和我们老三两个人全扛了。”有了老大这句垫底的话，姚根正知道事情就基本算解决了。不过，他仍说：“那不行，该出的必须出。你们老二，他有什么道理不出？时间由你们来定，到时我来给你们开个家庭会。咱争取要让人人心上顺畅些，一次性把事情圆满解决了……”

柳云山说行行行，那样应该更好一些，并且把时间定在了大后天。

姚根正又让甄庭长把老大也放了下来。然后，他和他们父子俩一道走出二道梁法庭的大门。

第二十章

6月份，阳光普照，气温转暖，“非典”像来时一样怪异也像来时一样悄无声息地从辽阔的天地中撤退了。人们在烈日炎炎下该干什么原干开了什么，世间的一切又在姹紫嫣红的季节里恢复了原有的秩序。姚根正和宋平两个人各带一个组开始了他们山山峁峁、沟沟洼洼的下乡工作。宋平和韩尚富和刘连廷两个人在瓷崖镇的偏东一带行动。姚根正带着高保义和赵壮在西南面的深山里清收。此刻，他们三个正走在去往胡岔村的小路上。胡岔村在瓷崖河北岸十里外的山顶上，通村的路至今还是羊肠小道，路又窄又陡，十分不好走。他们只能把车停在山根底，沿着那盘绕的山道一路步行。爬至半道，赵壮从一棵探出路边的果树枝上摘下几个鲜黄的黄元帅来。他给姚根正递果子时，说：“今天要像昨天那样就好了！昨天虎峁村的扶贫款——只要是在家的，一户没漏，全收起了！”

高保义说：“肯定会一样，都能收起了。姚主任在咱这的第一炮就算打响了——现在，多数的老百姓都知道呢，他们常在私下里议论说‘连柳云山的贷款也能收下，公家那钱不要就不要，要开了谁也扛不住’。”

赵壮又笑着说：“哦，说是说呢，那事确实给处理好了！据我所知——柳云山的心里也真的没什么意见，他认为那样处理也是最合适不过了。”

姚根正说：“应该是没意见，我能感觉到呢。他现在一见我，大老远就跑过来笑呵呵地跟我握一手，绝对是那种心里有好感的握手。所以我常想，凡事只要把道理讲清楚了，工作做到位了，其实也不是想象的那么难解决。那天，是我和宋平两个人去的他们家。柳云山老婆老汉，他们的大儿子大儿媳妇，二儿子二儿媳妇，还有他们老三，全在了。家里割了几斤猪排骨，拿土豆焖排骨招待的我们。大媳妇当然没意见，她知道自己家的已脱不了干系，弄不好还要自个家全还呢。老三没成家，自然也是看见娘老子亲，也没啥意见。他早给老大说了——属于他的那份贷款，让老大从他的工资里扣。只有二媳妇有点意见，发了几句牢骚，她说：‘好事没我们，坏事就轮上我们了！’当时就窘得柳云山和他老婆眉脸通红，一句话也说不上来。大媳妇话里有话地说：‘没挣下嘛！挣下了谁也有份了吧？’我也给他们二媳妇做工作说：‘钱固然重要，有时候兄弟间的情义也重要。有钱了，没人了，那就没意思了……’他们老二一直在一旁给我使眼色，意思是：说，你就让她说上两句吧，正事你私下跟我说，我的那份我肯定认了。临到最后，实际上谁也没怎为难，都按既定的给办了——减免了一万三千多的罚息，弟兄三个一人给办了一张两万五的借据。现在，老大和老三的贷款全正正常常，都是按季结息。老二家的贷款，贷了还没三天，二媳妇就来柜台上拿现金全还了。还了还说：‘钱放在家里，再让你们把利吃上，我们又不是傻子。’还说，‘这次还了，再不跟我们要了吧？’我说：‘这，你尽管放心，肯定不会再跟你要了。到时候，即使是老大老三的还不上来，挨到上刀山下火海，也是我跟他们的事了，跟你绝对没关系。就这次你也是够高风亮节的了！’她又笑了一面，就那样走了。”

高保义说：“哈哈，婆姨女子——拗住就拗住了，说通了，实际上比男人们更顺当更可靠。”

赵壮又适时建议道：“姚主任，你们以后放款应该再加上一条——要让婆姨女子知晓了。婆姨女子当家，心细谨慎，一是不敢多往下贷，二是贷下了又知道尽快积攒的还呢，比男人们还保险一些。”

姚根正笑了笑，没说什么。

不觉间，三人已来到胡岔村。和往常一样，他们拉弓的拉弓射箭的射箭，十分默契地展开了工作：先召集村干部，让村干部再往来通知人。见人来得差不多了，姚根正开始宣读扶贫款的名单，以及截至目前利息的大体数目。然后，高保义说：“这事大家不敢再马虎了，公家那贷款无论刮风下雨每天都在那生着儿子，越往后拖越利比本大越不好解决。”此外，他还用榜样做了带动。他说，他们村，他前几天就召集了社员，把道理都给讲清楚了，现在已经全部收起了。最后，赵壮又给众人略微提示了一下不还款的后果。他说：“说到底，现在也不是多大的事，本利也就几百块钱，无非是一顿饭钱的事。大家都主动还吧，别让信用社再起诉了。一旦起诉了，到时除了本金和利息要还，还要出诉讼费和执行费那些，那样一来——就鼻子比脸也大了！”

人群中有了嗡嗡的回应，有人说：“唉，时间长了，都把这码事给忘了。当时贷出来吃了顿烩菜，现在看来得两顿烩菜给还。”有人说：“嗨，总不能因为这点钱让起诉了吧？个人什么时候能硬过公家呢？柳云山也扛不住，咱能扛得住？”也有人说：“还呗，春上贷款，姚主任没为难咱，现在咱也要配合姚主任的工作嘛……”于是，就有人掏开了钱。接下来，其他的老百姓就像羊群一样跟着头羊顺顺走上了同一条道路。结果，又是一个全面大捷，不仅收回了胡岔村在家的全部扶贫款，而且还对两笔外流的呆滞贷户，目前在外地的具体住址以及经济状况等信息打听得是清清楚楚，这就为他们日后的长途外出催收铺垫好了不盲目的基础。

就那样，之后的好长一段时间里，每天都是烈日当头，每天都是酷暑难耐，每天都是跋山涉水，每天都是风尘仆仆……虽然工作有些艰辛劳累，但是看着那上千张的陈年的小额扶贫款借据，一天天地由厚变薄；看着那账面上的一笔笔零散的诉讼费用，一天天地在慢慢消失；看着那一户户的呆滞贷款破冰解冻，一天天地被盘活、被理顺、被清收，姚根正的心里就充满了一种付出忙碌后的欣慰和充实。他信心百倍，坚信还能将工作干到极致。年底，镇政府召开了一次人代会，由来自各村的五十四名代表，对中学、电管站、卫生院、信用社这些单位进行了一次民主评议。会议的规模和规格虽小，但是程序和气氛俨然很正规。中学的校长、电管站的站长、卫生院的院长，依次在主席台上做了一年来的工作报告。尽管他们手执三十二开的稿纸，站得端端正正，讲得也谦和温润面面俱到。但是代表们心里其实有数：他们对中学学生灶的伙食和课余办补习班的问题略有不满；对卫生院的医术平平和医药费收费过高也是颇有微词；对电管站，那更是觉得站长他本人一年也不来瓷崖镇几次，一切都是遥控指挥。镇政府一个月没交电费，他竟让手下人把电给停了！这完全是省上派来的财大气粗的直属势力，这哪是当地为人民服务的单位？所以，他们对这些单位的满意度的投票并不是很高。轮到姚根正上台了，他两手空空神色自若。他没有过多地讲干了什么工作以及准备怎样干工作的事情，而是只讲了几句他想通过这些代表而传达给更多人的一些心里话。他说：

“今年，从始至终的放款，我想你们也看到了——所有的资金全部用在了咱这个地域。明年，一如既往，还将是这个样。所以，我请你们都来，请更多的人都来。我放好我的款，你们用好你们的资金，咱争取让钱生钱，大家共同富裕。至于在放款中还有什么吃、拿、卡、要的行为，在这里，我也请你们时时监督。明人不做暗事，任何工作，任何时候，都能拿出来见得了阳光，这将是我永远奉行的一条准则。此外，我还想说一点，我也偶尔听个别人说‘那谁谁谁贷了几十万，信用社把他也没办法’这样的话，我请大家以后就别说了。有办法没办法，我认为这不是咱该比拼的问题。说到底，欠了债，并不是犯了罪。一个人穷得连锅也揭不开，难道还能把他杀了吗？只要你能一直穷下去，银行也不是放不起这点账嘛。放不起，那就不叫银行了。只是，咱不能树立这样的榜样，咱也不能把赖债当作本事呀，不以为耻反以为荣。咱要树立的是：一个人人诚实守信，一个人人埋头实干，一个人人全力致富奔小康的新风气和新局面，而不是一个说三道四、固步不前、笑先进不笑后进的老是贫穷的老面貌。为此，我真的愿意和在座的大家一道共同努力，争取用更多更宽裕的资金把我们这里建设得更好、更美。为此，我也请你们继续像今年一样支持我的工作，让我们继续像今年一样心无芥蒂地通力合作。在这里，我就说这么多吧，谢谢大家！”说完，他鞠了个躬，走下台去。台下响过一片掌声。唱票员唱了票，计票员在黑板上用白粉笔整整画出了十个“正”字。会后，一块**人民群众满意单位**的铜牌子就挂在了信用社的大门上。

次年开春，信用社的院子里照样又是人来人往。有还的，有贷的，有倒手续的，有新增的，一派欣欣向荣的景象。并且，通过和这些众多人次的再次接触和打交道后，姚根正对瓷崖镇方方面面的关系越是有了更深的了解和更准确的把握。他越来越知道：谁是谁的叔老子，谁是谁的侄儿子，谁是谁的丈人，谁是谁的女婿，谁和谁是挑担连襟，谁和谁是妻哥妹夫，谁的工作通过谁能做通，谁的疙瘩通过谁能解开……时间所致，再往后，他在各村各队各行各业，自然而然地就建立起了深厚的人脉关系，开始有了一些他能信得过和使唤动的人。原来，是他们跑出去风餐露宿地催收；现在，有许多事情是别人通过一些人自动找上门来寻求解决之道。至此，工作已被摆布顺了，他可以坐镇大营就能指挥行动了。一次，城里的一个柜员给人家付存款时多付出去三千元。一看身份证是瓷崖镇的人，她心急火燎地在电话里请姚根正帮忙。姚根正也仅只用了一个电话的工夫（他找了另一个人去劝说那个多拿了钱的人）。一个小时后，那多付出去的三千元就原回到了那个柜员的柜台里。由此可见，他对瓷崖镇是多么地熟悉，他完全深入了这个群体，并在这个群体里有了一定的影响力和控制力。

及至又一个年底，瓷崖信用社的各项业务就彻底起死回生了，完全走上了一条高标准的稳健发展的康庄大道。存贷款规模是各翻了两到三倍，诉讼费用已全部清零，三十万的扶贫款仅剩下四万元，一百二十万的不良贷款终于降至了三十三万元。这些成绩的取得，在系统内是有目共睹，理事长当然也是了然于心了。两年中，理事长通过他自己的下乡检查和分管领导的经常汇报，以及姚根正对一些特殊事项的行文请示，他知道他用姚根正这个人算是用对了。他看出姚根正对内能团结职工，对外能诚服众人，说话办事光明磊落公道正直。而更主要的是，他觉得他自己多年来关于农村金融的一些思想和理论精髓，姚根正能真正地理解和践行。那就是他绝不拒绝大多数的贷户，也不过分地谨小慎微，不小心眼地吹毛求疵，而是敢大刀阔斧地发放。而他之所以敢大刀阔斧地发放，具有那种粗放式的豪气和魄力，那就是源于他心中的精明了。因为他清楚：不良贷款的真正成因绝不是单笔单户的适中发放所致，而是被某人拉下水或者是与某人建立了特殊关系，变着法为某人超权、绕权、多头、累户发放所致的。因此，理事长嘴上虽然不说，但是心里却对姚根正是十分地满意，越发对他多了一分欣赏和器重。只有一次，在对瓷崖信用社的装潢工程验收后，临走时，他拍了拍姚根正的肩头，亲切道："根正，这两年你确实辛苦了！稍微再等上个一年半载哦。"响锣不用重敲，姚根正自然能明白领导那点到为止的话里的意思：很明显，再过个一年半载，他就可以脱离这个偏远落后的环境了，走向更高的阶层了。或许会是某个大网点的主任，也或许会是某个部门或科室的负责人……他在心里欣喜地暗暗憧憬着。

可惜，花有花开花谢之时，月有阴晴圆缺之时，生活同样也不可能一直是一帆风顺，往往风平浪静之中又会骤变突起。有时仅仅是一时一事的降临，便会铸成一种今昔有别的嗟叹，常常令人唏嘘不已。昨天看去就在昨天，只是今天已不能回到昨天！一年半载在风平浪静之中那算不上是一个过长的时间段，但是在风起云涌中那却足以能使一个人发生天翻地覆的变化。这一年半载中就发生了几件事，几件事过后，姚根正便不是原来的那个姚根正了！他脊背上的那根镇定自若的筋仿佛被人凭空抽去。而男人一旦失了这根筋，也就是通常所说的那种有容光有气场的势，那么他的气宇轩昂，他的风流潇洒，他的谈笑风生……便会统统不见，转而会成为一个垂头丧气、畏畏缩缩、可怜兮兮的人。并且再装也装不来，因为这种势是深深根植于一个人的经济收入和他的社会地位等因素，而不是那些毫无底气的虚张声势所能得来。姚根正便是这样，之后的一年里，他被接二连三涌来的几件事给击垮了，彻底没了招架之力，从此走上了下坡路。这些事依次是：姚守健病了，而且病前毫无征兆。

这天，姚守健仍像往常一样，给门前自留地里的几畦蔬菜浇了水施了肥，又到大川镇的牲口市场转悠了一阵。看有什么驴了马了或者牛犊子之类的，能不能再买上一头。尽管，现在的村里的人常对他说："老姚，你该不用拼命了吧。有个当官赚大钱的儿子，还不够你花？"老姚总是呵呵笑一面，说："待不住。"儿子赚不赚大钱，一年能赚多少，姚守健其实不知道。不过，他能感觉到儿子这两年跟原先确实是不一样了。虽然儿子也不常回来，但是每次回来了，总是神采奕奕的，给他们老两口买点营养品补品什么的，再放个一千两千的现金也一点也不在乎。而且，儿子的车也换了，不是原来那辆红色的烂夏利了，而是成了一辆黑色的两头平。听儿子说，新车出了二十几万。村里也有些经见世面的年轻人对老姚说："根正我大叔的那辆车高级哩，是帕萨特！"姚守健他们在村里的辈分大，属于爷爷级，姚根正自然就属于叔叔辈了。不过，农村人对人的尊敬有时也是视情形而定的。譬如，上了年纪的人，被人叫爷、叫叔，那是极正常的事。但是同龄等岁，一个辈大，一个辈小，如果辈大的人窝窝囊囊又过得穷困潦倒，那么辈小的人就不一定能叫出那个叔了，有时直呼其名也是有可能的。可姚根正不窝囊，过得也风光。不看别的，光看他现在一回来给庄邻院舍们递出的那一根根纸烟的牌子和他那浑身上下的行头，也能看出他现在在外面过得是要风得风要雨得雨。现在的姚根正一回来，大川镇信用社的主任有时也会请他吃饭喝酒。村里有谁想贷点款，找他帮忙，他总是打个招呼基本也能搞定。所以，村里的人对姚根正其实一直是另眼相看的，和他年纪相仿的甚至是比他大一点的也总是按着辈分来，一口一声一个："大叔。"这让姚守健很有面子。看来儿子在事业上果真是干得不错，那对他来说简直就是有点神通广大了，儿子在几百里之外有时竟能影响到这里的事情，这真要有点不小的能量哩。一人得道仙及鸡犬这些词语，姚守健不懂。他只知道自己的儿子的确是给自己争了气，让他有种脸上有光心里有后劲的感觉。不过，他常对人们说的那句"待不住"也是一句大实话。

一辈子日出而作日落而息的姚守健，你让他不劳动光享受生活，那真的会把他憋死。其次，不劳动伸手跟儿子要钱，他才不愿意那样做。能减轻儿子的负担，甚至是能给儿子接济点，那才是他一生不求回报的意向。只是，现在的姚守健所能干的事情已越来越少了！他们村后，原来那一座一座的山地，现在全栽上了紫穗槐和樟子松，国家每年给农民补发退耕还林款。他们村前，原来那一片一片的水地，现在全变成了宅基地，修起了二层的小洋楼。他们年轻时曾在山顶上修建的那一个个一级二级的抽水站，现在也早已变成了一堆堆的废墟，那一节节的抽水管子也不知被什么人卖了废铁；他们年轻时曾在那山根底挖掘的那一条条一号二号的灌溉渠，现在也早已被淤泥垃圾所填积，杂草丛生石块遍布，几乎快要成了平地。看着这些巨大的变化，姚守健不禁又有些困惑了。和他一样的一些老汉们也经常坐在他们村头的那个石碾子旁，边抽着旱烟边发着感慨：祖祖辈辈的地没了！农民不种地那还能叫农民吗？再遇上个灾年荒年怎办呀？不过，也有一些看新闻懂时事的老汉们说，国家算的是大账，咱这的水土治理不好，那代价要比咱原来能产那点粮的代价大得多；现在有集中产粮区呢，咱这有了灾年，那里的粮食一火车就拉来了，又不是像过去那样靠人背靠驴驮呢。还说，现在靠的都是高科技，原来的庄稼是一年一茬，现在的庄稼是一年几茬。你不信？不信你看，大冬天里不也照样能吃到西瓜吗？可姚守健的心上仍有点疑虑和不踏实，经历过六一年六二年的那种特殊困难的年头，他们这代人真的是被饿怕了穷怕了，不相信社会能一直这样好下去。所以，说归说做归做，姚守健仍不敢停歇。既然大田作物没处种了，自留地总不能废弃吧。他又把他门前的那点有限的自留地弄得平平整整，在里面种一些白菜啦，卷心菜啦，茄子啦，辣子啦，西红柿啦……还一点也不浪费地在地畔畦垄上种豆插瓜。这总比处处买着吃要便宜多了。此外，他仍然喂猪喂羊喂大牲口。只是他现在的年龄和体力已经走不到曹店镇那些地域去赶驴赶马了，也喂不动那一群一群的大牲口了，只能是零散地间隔地喂个一头半只，喂养一段时间后再倒卖出去。所以，他还经常在大川镇的牲口市场上转悠。一转悠，又看见一头小牛犊。这小牛犊全身通黄，毛色亮净又发光，骨骼浑圆，两只眼睛水汪汪的，哞哞叫个不停，一看就是那种好喂养能长得快的牛犊。姚守健心下暗暗欢喜。人家要卖九百，分文不少。他找来牙子，牙子和双方来回捏了几手码子，搞价搞了好一阵，最后终于搞成了八百二。成了交、付了款，他就把一根打花结的绳头套在了小牛犊的脖子上，往家里牵。

一路上，小牛犊活蹦乱跳，把姚守健忽前忽后地拽得摇摇晃晃。路过一块别人家的菜地，小牛犊奔了上去照着一株红薯的藤蔓就开始啃刨，姚守健使劲拉绳子却又拉不动。他只好走近牛犊，把一只胳膊套在牛犊的脖子上，往开扭它那正在吃藤蔓的嘴。谁知，小牛犊吃得正欢，把头朝姚守健的怀里一甩，就把他顶了个仰面倒坐。姚守健只觉身体里好像咯噔响了一下，胸口似乎也有点憋闷，头上也传来一阵阵的晕眩。不过，一会儿后又好了，没了难受的感觉。他长吸了一口气，勉强再站起来，把手中那根绳子的另一头当成鞭子，照着小牛犊的屁股狠狠抽了两下。这样，好不容易才将小牛犊赶离菜地，又慢慢赶回了家。晚饭是黑豆糊糊稀饭，咸菜，还有几个白面馒头。姚守健却觉体乏没胃口，只喝了一碗稀饭就上炕躺下了。老婆问他怎不吃馒头？他说不想吃，也不饿，又说："明早再吃吧。"老婆看了他一眼，也没看出个什么异样来，只拉了一块被子给他盖在身上，又在枕头边给他倒了半茶缸的温开水。可姚守健闭着眼却总是睡不实，一会儿像是醒着，一会儿又像是睡着了，总好像在半睡半醒之间徘徊迷糊。睡至半夜，他又觉得自己恍恍惚惚中来到一个地方。那地方他既陌生又熟悉，既像是他儿时那后山里的一片坝地，又像是曹店镇那一带的某一个荒草滩。他朝四下里看了一眼，荒乎乎一片，没一个人影。只见那荒地的尽头又似乎有一个石窠，石窠底下有一眼井，井水溢出井面，涓涓流淌。姚守健这才记起自己的口有点干。他朝井边走去，想趴下来喝两口水。走到井边，猛然又发现石窠的上面多了一个人。那人的下半身隐没在云雾中，他看不真切，只见上半身披着一块白纱，头上也绾着一块白巾子。似男非男似女又非女，手中还好像拿着一个插着杨柳枝的净瓶，再看又不确切是一个净瓶，又像是一个拂尘或令牌之类的东西。并且，在那人身后的云雾中还探出一只小牛犊的头来。姚守健又朝那个小牛犊看去。那小牛犊的头也隐隐乎乎的，看不清楚。像是他今天买的那只也不像是他今天买的那只，他今天买的那只头上没角，现在的这只头上好像长着两个角。只听牛犊对那人说："他要杀我！"说完就把头躲在了那人的背后，又看不见了。那人向姚守健问道："你要杀它？"姚守健说："你是菩萨？"那人摇了摇头，说："非也，我是掌管众牲灵的大神。"哦，是神仙。姚守健忙又说道："神仙老爷，我不杀它，我喂大了卖呢。""终归还不是要杀呀？"那人的口气有点严厉了。姚守健低低说了句："我不会杀牛。""那你没杀过其他的牲口吗？"那人又问。姚守健想了想，自己确实不会杀牛了马了驴了这些大牲口，杀这些大牲口要有专业的工具和场地呢。他平时都是喂养一段时间后，原把这些大牲口卖给了市场上的那些二道贩子们，听说都被拉到河北的屠宰场了。他也常替这些大牲口惋惜呢：“唉，如今不种地了，这么好的畜力都被杀着吃了！”又想，人家神仙问他的是杀过其他的牲口没。自己杀过没？哦，对了，他在过年时杀过自己家的猪和羊，还有鸡。不过那也是多年前的事了，他现在连按住一只羊的力气也不够了，过年杀猪时总要叫村里的李三来杀。杀完，先割上一刀槽头肉吃上一顿杀猪菜，然后再给李三喝一瓶儿子拿回来的好酒。李三喝得慢，但是总要把那瓶酒喝完才走呢。不过他也不是光喝酒不干活，他是边喝酒边还干着活，等到把那瓶酒喝完了，也就把那些猪下水什么的洗干净了。所以，姚守健又老实地说：“神仙老爷，我前些年，过年时杀过猪和羊。”“杀过就有罪！”那人说。姚守健还想辩解两句或者是说上两句求饶的话。可那人却已变了颜面，变得有些青面獠牙，令他感到一阵阵地害怕。只听那人又说：“有罪就下去赎罪去吧。”说完，又把他手中的那个不知是拂尘还是令牌的东西一挥。姚守健就感觉哗啦一下天塌地陷了，周围的一切都不见了。那人已不见了，那头小牛犊也不见了，那个石窠也不见了，那口井也不见了，自己好像掉进了一个黑窟窿里。他拼命向上挣扎却怎么也上不来。他想左右动一动，可身体也好像被什么东西压住了，一动也不能动弹。他想喊人来救命，却同样也是发不出声来。他只在潜意识里知道这不是一个普通的梦魇！这时，睡在他旁边的，他的老婆在迷迷糊糊中似乎听见了一些动静。她伸手拉了墙壁上的电灯绳子，屋里一亮。她看见半茶缸的温开水早被打翻在炕上，姚守健浑身抽搐着，面部的肌肉已痉挛，嘴歪了眼睛也斜着，口中流出一摊白沫。老婆吓了一跳，惊得只会摇晃着老汉，不住问：“你怎了？你怎了？”

姚守健只嗷嗷叫着，却说不出话来。一会儿，他的喉结又上下动了一动，咽下一口痰或唾沫之后，好像又能稍微平息一些。老婆想到要给儿子和女儿打电话，可浑身却一直哆嗦个不停，手抖得连电话号码本也翻不开。她只好穿上衣服，跑出去，去叫屋前屋后的侄儿子们赶快来。姚守健在家排行老四，弟兄四个，除了他枝单叶疏——一个儿子和一个女儿还是抱养来的，其他的却个个人丁兴旺多子多孙。没一会儿，四五个虎背熊腰筋强体健，一看就是那种农村里一个顶一个的好劳力的壮汉们就来了。侄儿子们一来，场面虽混混乱乱，但是人多主意也多。有人给大川镇的卫生院打了电话，有人给姚守健的女儿打了电话，有人给姚根正打了电话。住在邻村的女儿女婿最先赶来，随后而来的是卫生院的救护车和两名医生。医生直摇头说指大川镇的卫生院治不了，没法接收！又说：“到遥平市医院也恐怕来不及，最好是先到绥脂县医院。”绥脂县离大川镇仅有三十里，还有幸好的是：绥脂县医院神经外科的主任姚忠正是他们姚家户里的人。姚忠的爷爷和姚守健是同一个爷爷。并且，姚忠的一把手术刀远近闻名，擅长颅脑创伤、高血压出血、神经系统肿瘤、先天畸形、干细胞移植等疑难杂症的诊治，是遥平市有突出贡献的杰出青年，即便是遥平市医院有什么这方面的严重病情也经常请他去会诊。人命关天，有熟人当然要比没熟人好办事。于是，众人就决定先去投奔姚忠，救护车“唔哇……唔哇……”朝绥脂县飞去。

姚根正是在凌晨五点差一刻时，接到的手机。尽管，手机里他的一个叔伯大哥对他说：“不是什么大病，你不要急，路上一定要开慢点。”但是，姚根正知道父亲一定是病得不轻，从那来电的时间和大哥那说不清病情、支吾的言辞里，他完全能判断来。他的心上不由就一阵阵地着急和发慌，感觉手掌心里出冷汗。宋平和许丽丽还在睡觉。他敲了许丽丽的门，让她给他取上一万现金。许丽丽在给主任递钱时，发现主任的神色慌张，问：“出什么事了？”

“我爸病了，我得回去一趟。”

“一万够了没？不够，我的存折里还有钱呢。”

“够了吧，不够，我完了和你联系。”姚根正说，又说，“你和宋平就多辛苦辛苦。等宋平起来，你让他记着把马五娃的那笔贷款赶今天放出去，也是看病等着用钱呢。再有什么事，你们随时给我打电话。”

“你不用担心单位上的事，路上要慢些。”

姚根正感激地看了许丽丽一眼，就匆匆走出了大门。走下那个小斜坡，来到政府的院子里，发动着了他那辆新的帕萨特。这两年里，在“乡乡通油路”工程的覆盖下，瓷崖镇到二道梁镇的路也已修成了油路，二道梁镇到遥平的那条烂油路也进行了翻修。这要比原来好走省时多了！可里程没变，里程仍是原来的里程数，仍然是那弯弯曲曲的六十五公里。加上遥平到大川镇的六十五公里，再加上大川镇到绥脂县的三十里，当姚根正赶到绥脂县医院时，已是八点多了。

重症监护室里，女儿女婿和侄儿子们在姚守健的床前围了一圈。看见姚根正推门进来，他们给他让开了一条道，显然他们都在等着这个真正的主事人的到来。姚根正走到床头，看见父亲头发苍白，脸色蜡黄，眼睛紧闭着，鼻孔里插着氧气管子，口里插着吸痰器管子，皮肉松弛又枯瘦的手上还扎着液体，因干瘪而肋骨分明的胸前也接着心电图……他的心头一酸，眼圈不由就红了，感觉鼻孔深处有股咸咸的味儿袭过。在这众多的救护设施下，姚守健的面部肌肉已经恢复过来了，不再是嘴歪眼斜了，但仍处于昏迷状态中。不过，在这冥冥之中他又似乎搜寻到了儿子的一丝气息，竟然开口说话了："根正？"

"爸——我在呢。"

"姚遥回来没？我……我……不顶事了……我……我想看看她……"

"爸——你别胡想，现在的医学把你那点病根本不算什么，一定能治好。你安心养病，等你病好了，我把她带回来。"

"肯……肯定不顶事了……牛……牛犊把……把我告了……"

"什么牛犊？"姚根正不解地看了他姐姐一眼。姐姐说："爸爸一直在昏迷，不会说完整话。有时只会喊一两个你的名字，有时就说一两个字，什么牛了牛犊了，我也不知道！你别管这些，你赶紧到姚忠那去，他在等你。"姚根正嗯了一声，再回头看父亲。父亲已因刚才那几句完整话用尽了全部的力气，又陷入了沉沉的昏迷中，喉咙处时不时被痰堵得咳咳响。"那我先到姚忠那去一趟，你们在这照看着。"姚根正抬起身，又对那几个叔伯哥哥们略微道了道谢，就走出了病房。

医院的走廊里药味弥漫，气氛阴郁。有些病人的家属神情焦虑忧心忡忡；有些看起来稍微要好一些，手里拿着饭盒水杯什么的匆匆而过；还有一两个病人头上绷着纱布，穿着睡衣、架着双拐，自己在那艰难地移动着。姚根正顾不上观察这些，急步向神经外科的主任室走去。姚忠同样也顾不上在办公室里等姚根正。每天的这个时间都是他查房的时间。神经外科占了一层楼，二十二间病室八十张病床，基本天天人满为患。有重症患者，有中症患者，有轻症患者，还有那门诊患者，还有那定时不定时的手术，还有那定时不定时的开会学习……每天都有许许多多这样那样的固定的也可能是突发的事情等着姚忠这个领头人来处理。多年来，这行军打仗般的工作和一些刻不容缓的病情使他养成了一个习惯：他对谁说话都是三言两语、言简意赅。可那三言两语的叮嘱对患者来说就是一粒定心丸，那三言两语的安排对神经外科的医护人员来说那就是一道坚决执行的命令。当姚根正从走廊走过时，正遇上姚忠从一个病房里走出来。一身白大褂；一副儒雅的方形金属镜框眼镜；腰杆笔直，手指白皙而又细长，步履虽紧促但又沉稳而坚毅。他的身后跟着两名副主任医师，一名护士长和好几个护士，还有一群医学院和卫校的临床实习生。只听姚忠在嘴里说着：“二十四床的病人，让明天出院。”“二十五床暂停上一两天的氯吡格雷，随时观察看。”“把二十七床的手术安排在明天早上九点半。”……护士长在一个硬夹板上飞快地做着记录。看见姚根正时，他又说了句：“哦，大叔，你来了。你先在我的办公室里等一等，我一会儿过来。”

“好，好。我等你，我等你。”对这个侄儿子的那一声大叔，姚根正有些领受不起。姚忠比他大，在社会上起步要早，经济实力也比他的雄厚，而名声更是要比他隆盛得多。即便是在平时，年前年后或者是他们姚家户里的一些婚丧礼事上，他们两人在一起了，他对姚忠那礼貌的称呼也总是有点不敢当。而此刻，自己最亲的人的一条性命就等着他来救治，那他就更有些不敢特殊邀宠的惶恐了。这是一个极正常的心理，没有人会在技术、本事、性命之神面前，不怀虔诚敬畏之心。所以，姚根正在说话时，不自觉地就像其他的病人家属那样——点了头、躬了身。说完，又毕恭毕敬地按姚忠的指示，去了他的办公室。姚忠的办公室不大，简洁利落：一张桌子，一把椅子，一个衣服架，一个听诊器，一个血压计……姚根正在里面心神不定地踱着步，感觉时间在一分一秒里都是那么地灼人。好在，没过多久，姚忠也回来了。一回来，二话没说，拿起桌上的一张片子就挂在了观片箱上。打开观片箱的灯管，他让姚根正过来看片子。一组如猴头一般大小的人脑图片呈现在了白炽的灯光下：黑的部分更黑，白的部分更白，灰色地带也很清晰……姚根正当然是看不懂了。只听姚忠指着 X 光片，说道：“我四爷这是脑出血，需要立即做脑穿孔引流手术。”

“手术不大吧？”

“论开颅手术不算是大手术。”

“命该没事吧？”

“性命应该能保住，只是出血面积比较大！左脑出血会压迫右部神经，加上上了年纪不太好恢复！将来恐怕会右半身不遂，甚至会有语言障碍。”见姚根正已心惊地怔在那里，姚忠又说：“不过，手术做好了，护理得当一些，也有可能恢复过来。最好的效果是——三四个月后，能拄拐行动，风火自理。”姚根正好半天仍回不过神来，不敢相信这个事实。但事实既已成了事实，那就不得不面对了。最后，他强行定了定神，又带点乞求地说：“那就争取向最好的方向发展，一切都拜托你了，求你了。”

“看你说的，大叔！别人我也会尽心尽力，何况是咱自己人。再说，我四爷这病来这就算是来对了，不用我替你再求人打招呼了。咱自己的事，我肯定是尽我最大的本事来。不管是手术还是护理，咱也肯定按最好的方案来。钱——我知道，对大叔你来说，那不是什么大事。”姚忠说最后一句时，向姚根正表示了个他了解他情况的笑容。

“没事，拣最好的来，只要能……”

姚根正也回笑了一下说，可那笑容分明很勉强也有点底虚和凄然。其一，他此刻的心情根本笑不出来，只是姚忠笑了，他只能是跟着应景地笑了笑。其二，他知道姚忠对他的了解也仅只是停留在表面上。一家不知一家苦，家家有本难念的经啊！这两年，金融系统和保险行业是都在深化改革，信用社也不例外。其中改革的一项重要内容就是关于薪酬的改革，业内正逐步拉大普通员工与领导之间的收入差距，一些保险业的老总的年薪达到了骇人听闻的数字。这是否合理，没人提出强烈的抗议，提也是白提，作为改革的受益者亦即是制度的制定者们当然是没意见了。姚根正作为一名小小的小得不能再小的中层领导，却也受到了改革春风的惠顾，他的年薪也将近达到了二十万。可蛇粗窟窿大，收入高了，消费自然也就跟了上来。何况，他一贯花钱大手大脚，从来没有居安思危的意识，仍然奉行的是他那套车到山前必有路船到桥头自然直的人生哲学。虽然，这两年里他的工作确实忙、事也多，没顾上打牌赌博什么的，但是其他的消费却是一量也没少。这不，车也换了，手机也是目前市面上最高档的，衣服不用说当然也是品牌货了……此外，他在瓷崖镇每月每待一段时间后，还要间隔地回一两趟城里。一回到城里，有时还和朝露幽会。一幽会，吃饭、闲逛、酒店什么的开支，那自然也是必不可少了。现在的朝露也已经调回到了城里的一个网点上。原本，她的丈夫林立奇是要从西新县调到遥平县或遥平市的，可根据现在的情况来看，也不必调不用调了。煤、油、盐、气，整天都在轰轰烈烈地开采，遥平市的发展和变化是一天一个样，早已不再是原来那个仅仅以遥平县城为依托的小城市了。遥平县不叫遥平县了，而是叫成了遥平区；西新县也不叫西新县了，也已经并入了遥平市，叫成了西新区。原来西新县与遥平县的接壤地带，现在成了遥西新区。区与区之间都是高速横贯大道相连，完全成了一个初具规模连成一体的能源新都市了。以过去的滨河公园（现在的滨河公园也进行过大型的改建，改成了世纪广场，音乐喷泉茵茵草坪；原来那一亭一池，片片荷花，两堤绿柳只成了现在这广场的一角。）为中心，在遥平市的东头上班和在遥西新区上班基本是一个道理：有时这边堵车还没到，那边却已经到了。所以，林立奇只调在了遥西土地分局上班，原来西新县的老土地局仍在，因业务需要又在遥西新区这块成立了分局。并且他在调到这时，他科长前面的那个副字也去掉了，成了分局征转科的正科长。假如要调到市土地局上班，那么他目前这个职位就未必能保住了。所以他不用再调了，现在就正好。何况，妻子也已经回到了遥平区。虽然他们在两个区，可实际上他们已经是在一个市里一个城里了，而且还在遥西新区的一个高档小区里有了一个属于他们自己的富丽堂皇的新家。朝露每天自己驾车去上班，高跟鞋，遮阳帽，红粉墨镜，裙带飘飘；到了单位再换成白半袖、蓝西裤，打上领花，俨然一个新时代的都市丽人。姚根正每次见她，仍有那种历久弥新的感觉。他们继续藕断丝连地不频繁也不十分稀少地幽会着。有时在遥平区幽会，有时还兴致盎然地去开阔的遥西新区。只是他们现在幽会时，的确比原来少了一些情感上的苦涩和沉痛，分开时也没了原来那种刻骨的钻心的难受，看来没有什么在时间面前是不能被稀释和舒缓的。他们现在在一起时，更多的只是为了享受性的和谐和欢娱，并不影响各自的家庭关系，双方一直心照不宣地遵循着这个尺度。有时，朝露还会说起一些曹店镇的人和事。她刚调到城里不久，对那里的那些情形仍是念念不忘。她说，郝主任其实也不想在曹店镇待了想换个环境，可是调不动，理事长好像对他不太感兴趣！还说，巧婶也不给咱信用社做饭了，不做时竟然依据《劳动法》不依不饶地跟咱算了一笔不小的经济补偿。

“哦，巧婶原来那么乖静……没想到……”姚根正淡淡说。

朝露继续说：“现在，曹柱也瘫了——喝酒喝得肝硬化加脑中风！红梅烩菜馆也不开了，她和东子两个把中心燃气站的职工灶给承包了，一天可忙了。烩菜馆改成了串串香，也是一对小年轻夫妇开的。只有曹庆国还是老样子……不过，自你走了，门市里打牌的人也少了。想想看……我好像再总共也没耍过两三次……”

姚根正没什么过多的话可说，只偶尔又会问一两句朝露没提到的一些人的一些情形。现在曹店镇的那些人和事于他来说好像成了一张发黄的胶片。他很难站在胶片里面去感同身受，只有在说起时想起时，又会有些遥远的恍惚的回忆，犹如翻开了旧衣柜能闻到樟脑的味儿。他现在已生活在另一个环境里，并且已经习惯了这个环境，在新的环境里又有了几个像曹庆国、曹柱、东子那样的朋友。他们请他吃饭喝酒，有时喝到兴致上，他又会请他们去洗浴或唱歌。去那些曾招待过甄庭长的二道梁以北的红灯区找晓晓什么的女人，也会去类似的地方找类似晓晓一样的女人。女人和女人一样吗？从身体本质上来说，三点一线一模一样。可揭去那三点的遮蔽后，又会呈现出一些细微的隐秘的千差万别的不同。而正是那各个不同的不同，又吸引着刺激着男人们不断地去搜新猎艳。姚根正也是男人中的一员，自然也在背地里喜好这道变化多端的菜肴。这样的生活看起来有些花天酒地声色犬马，可实际上他并不快乐也不幸福。原因是他和何小敏的家庭关系越来越糟了！别人家的夫妻是床头吵架床尾和，而他们却是只有床头的开端没有床尾的和局。不知是新婚之夜留下的阴影还是他长期逼迫自己的缘故，总之姚根正还是跳不出那个怪圈。他想和何小敏做爱也知道应该和她做爱，可他多数时间里就是没能力和她去做。这就成了他们之间的一个致命的硬伤，这只能促使他们的关系越来越走向紧张和焦灼。他的花天酒地，他的外出寻欢，从另一个角度来分析，有时真的带有一种逃避家庭的寻求苦中消遣与麻痹的成分。更何况，在长期的平淡生活中，何小敏对姚根正的一些看法和心情也早已在不知不觉中有了转变。他当初那潇洒的外表，不俗的谈吐，以及对文学艺术的一些深厚素养，现在对她来说已没了吸引力，更别提说是崇拜了。她看到的只是一个不太爱讲个人卫生的，回到家里几乎什么也不做的，甚至连油盐酱醋也找不上的一个懒人。同样，姚根正也发现何小敏太爱干净了，简直到了有洁癖的地步。她对金钱也有点抠！虽然不太爱说话，可骨子里其实很强势。她总想管着他，要让他按着她意想的那样来生活。而那正是他最不愿意的！有时，她会对他说："你不能把床扫一扫？你不能把地板拖一拖？"

"净净的，扫什么扫，为往烂磨呢？"

"回家不是住旅社，横草不拿竖草不拈，给谁当老爷呢。"

他不吭声了，听着她的嘟囔。

"人家比你官大的人太多了，一回到家还不是该干什么就干什么……"

"你别动不动人家人家好不好？人家好，你为什么不跟人家去。"

"怪我当初眼瞎了。"

"现在睁开也不迟。"

"你真是……"

"我怎了？"

“听不懂人言。”

“你说话注意点。”

“……”

就这样，往往极小极小的一点小事就演变成了彼此间的尖刻的挖苦和对仗，直至一方砰地摔门离去。这几乎成了家庭的常态。再后来，干脆不吵也不闹了。何小敏和女儿姚遥占据着大卧室，姚根正一个人住进了小卧室。吵和闹还是为了更改对方，达成共处；而不吵不闹则成了分庭抗礼，各行其是。各行其是到了什么程度？一次，孔云焕又训责女婿：“小敏比你挣的钱少得多，可还在新城区那块买了房，月月逼得要打按揭。你呢，你挣的钱都哪去了？”按理说，一家人买了房子那是天大的好事。可这好事由丈母娘的嘴里姚根正才得知，那就完全是另一种滋味了。他不仅不高兴，反而有点怀恨：“广厦万间终须八尺，你能占几尺。买你买去，跟我有屎的关系！”另一方面，他也感到了一阵阵的悲哀——他和何小敏的关系已经越来越远了，远到谁也懒得再搭理谁了，他们的婚姻已完全成了一块挂给别人看的招牌！

当然，这些闹心的情绪和这些繁琐的家事，在此刻，姚根正根本没顾上也来不及细想一遍。他只是看到姚忠那个表示了解他情况的笑容后，自然而然就流露出一个——他其实也不知道他实情的凄笑。他现在也没钱，就新车就平时胡乱花什么的，他现在的存款也不到四万元。可是为了父亲的病，他情愿付出一切，更何况还有那将近二十万的年薪给他垫着底。所以他一点也不怕，于是又紧接着说道：“只要能把你四爷的病看好，我在所不惜。反正我一切都拜托你了，大侄儿子！”那一声大侄儿里，明显满含着欲求人的亲上还想攀亲的味儿。

“那就好，那就好。”姚忠说，“护办还有些手续需要你去办理。咱下午三点，就开始手术。”

“那我现在就去办。”姚根正答应道，然后去护办签了一些必须由他来签的字，又到住院部交了费。他拿的那一万现金根本不够，仅脑穿孔引流手术一项就得一万八。他又在绥脂县的一个信用社取了两万元。

下午三点钟，姚守健就被推进了手术室。

第二十一章

姚忠果然不是浪得虚名。手术十四小时后，姚守健就从阴冷黑暗的鬼门关里走了出来，又一次听见了窗外沙沙的树叶声，又一次看见了这只有人世才有的明亮的阳光，也看见了围在床头的儿子女儿和侄儿子们。他微微翕动着他那干裂的嘴唇，说:“我这是在医院？”

“爸——你醒了。”看见父亲终于睁开了眼睛，女儿已是泪流满面。

“我睡了几天了？”

“别管睡几天，醒来就好，四爸。”一个侄儿子说。

“根正。”姚守健示意姚根正再往他的跟前靠一靠。在他叫儿子之前，他已抬了一次手臂，却发现自己的手臂已经不属于自己了，好像长在了别人的身体上。他的脑子发出过指令，可手臂却没任何反应。他只能用眼睛来示意，心里被这个重大的发现弄得十分害怕。姚根正往前挪了挪身子，蹲了下来，用手轻轻抚摸着父亲那只不扎液体的臂膊。

“我怎么不会动了？”姚守健急切地想知道真相。

“会呢，现在是扎着液体，过几天，等液体拔了，就能动了。”姚根正安慰他说。

“我好像在一个黑窟窿里待了好几天，又隐隐乎乎觉见姚忠在我的头上打了一针，那针可疼，可疼了。”

“爸——那是姚忠给你做了个小手术。”儿子知道父亲经历了这次的劫难，已是彻底老痴了。那岂止是打了一针，那是用电钻在脑袋上往开钻孔呢。

“花了多少钱？现在住院太贵了！我知道呢，我这病恐怕好不了了！如果看不好，还不如你把我早点拉回去算了，我想回家。”

“没花多少，几百块。爸——你瞎想那些干什么。我问姚忠了——他说没事，过些天就能好起来。你现在什么也别乱想，只管好好休息。”

姚守健略微安下心来，又说：“姚遥呢？姚遥不回来？”

“她和小敏一会儿来呀，应该快到了。”

“来——爸，喝水。”女儿拿个小勺子把已凉冷的开水一点一点地往父亲的嘴里喂。见父亲连续饮了几小口，摇了摇头，女儿又说：“爸——你现在不要胡思乱想了——姚忠说了没大事。你只管安心养病，其他的都有我和根正呢。来，爸，再喝点。”

至此，一生自强的姚守健第一次像无助的孩子一样，眼中淌出两滴浑浊的泪珠来，向女儿微微点了点头。他已默默接受了这个事实，在心里已承认自己真的老了，同时又暗暗恨自己竟成了儿女的累赘！中途，姚忠带着两名护士来了一趟。来后，他先察看了全部的仪器，这才问病人：“四爷，你感觉怎样？”

“四爷以后是不是不能动了，忠娃？”

“想动不？”

“想。”

“想动，你就要听我的话，知道没？”

“嗯嗯，四爷听你的，忠娃。”

“那就好，没事。你不要有负担，打起精神来，好好配合治疗。我保证你跟原来一样样的。”姚忠对他说，又给其中的一个护士安顿了一两句，接下来才和那些侄儿子们——他的叔叔们，熟络地唠了唠家常。他让他们不要都守在病房，每天至多留一两个人就行了。然后又说，他给他们带了一箱酒让他们自个出去喝，他就不陪了。几个农村受苦的叔叔们感觉倍有面子，气氛顿时温和了许多。自姚忠走罢，姚守健的心情也好了起来。显然，医生的话要比儿子和女儿的话更管用，完全又点燃了病人心中的那盏对健康生活继续向往的明灯。以至，当他看到儿媳和孙女走进来时，眼睛里已没了焦虑，不住地喃喃说：“来——来爷爷这来；来——来爷爷这来。”

三岁多一点的姚遥，脸蛋朴实浑圆，扎着两个小鬏鬏，穿一身小牛仔套裙和一双小红鞋子。她看见爷爷头上裹着雪白的纱布，脸色也雪白，跟原来的爷爷不大一样。又看见那些雪白的被罩雪白的床单和浅黄的尿袋深红的血袋什么的，就怯怯地往紧抱何小敏的大腿。姚根正伸手拉她，

“来——到爷爷这来。”

“我怕，爸爸。”女儿越往后躲了躲。

“不怕，怕什么呢？爷爷病了，过几天就好了。”

“不怕，去——让爷爷看看。等爷爷病好了，好再给你买棒棒糖。”何小敏也把女儿往前推了推。

小孙女这才站到了爷爷的床前。姚守健想亲她摸她却不能动，只是一眼不离地紧盯着孙女看，脸上流淌着痴痴的笑意。一会儿，小孙女也不紧张了，又动了起来。她看着那一波一波的心电图问：“妈妈，这是什么？”

“妈妈，那是什么？”她又指着那个缕缕冒白气的雾化器问道。

“你别乱动。”何小敏赶忙把她揽在怀里。

她怕女儿不小心碰着公公头上手上的那些针管和针头。尽管，她和姚根正的关系已经很疏离了。可公公病了，她还得来，这是人情世面。何况，公公在她心里一点也不讨厌。他每次进城来看孙女总是大袋小袋地拿一堆：土豆、茄子、玉米、粉条什么的，塞得满满的。还会给孙女买一些棒棒糖、冰糖水饮料、卡通纸片、玻璃弹珠等等。虽然这些都不值钱，但是这背后的心情，何小敏完全能懂来。所以，她来了。一来，又看见丈夫的脸色憔悴，头发蓬乱，胡髭已黑黑地长满了下颌，显然是几天没好好睡了。她不由又有点心软和心疼了。看来家庭的事真是说不清道不明：她买房他不知晓，这未必是好事；可公公病了，他受累，她反倒被感动得向他靠近了一点点。这就是凡俗的人间烟火，灾难和悲苦中又会蕴藏着丝丝的动容和温暖。以至，当何小敏临走时，又背地里对丈夫说：“你也要多注意休息呢，抽空睡一睡。你再累垮了，那就彻底完了！”

“嗯嗯，”姚根正给妻子点头，“你把姚遥照看好就行了。”

“咱爸这病能治好不？”

“说不来！”

“瘫在床上，那可麻烦了！”

“……”

之后的一个月里，姚守健每天都接受一套大同小异的治疗和护理：打针、输液、吃药、吸痰、雾化、针灸、按摩、高压氧……姚根正在瓷崖镇和绥脂县两地之间来回奔跑，钱像流水一样哗哗地往出走。转眼，不到四万的存款就没了！朝露知道情况后，给他打了两万。他给她简单地回了个信息：**谢谢，来日奉还！**又领了一个月的工资，也就勉强能应付了。有了钱，最需要的还是人手。侄儿子们虽亲，可侄儿子们也有侄儿子们的光景日月要过，一个星期里轮流着来一个，已是很够情义了。只有姐姐和姐夫寸步不离地死守在床头，每天给病人饮水、喂饭、擦洗、翻身、等屎、接尿……白天累，晚上又没地方来好好休息，不到几天，人也瘦了一圈。又过了一个月后，姚守健虽然还不能动，但是气色已经基本恢复过来，拔掉所有的针头和针管，剩下的就是回家休养了。回到家，能不能再起床仍是一个未知数！姚根正不得不一个月三千元又雇了一名护工，由护工和母亲，以及姐姐一天一趟地来回跑，也就能解决好伺候的问题了。幸运的是，又过了两个月，姚守健就像姚忠所预期的那样——能自己拄拐下地了。起先，他颤颤巍巍地一步一步地挪；后来，他能拄着拐杖一瘸一拐地到村头和村尾去转悠。再后来，护工也不需要了，姐姐也不用天天来了，三五天里来照看照看就行了。老两口自己料理起自己的饮食起居来，生活原成了平淡而恬静的样子。小牛犊早卖了，菜地也停了，姚守健正式加入了村头那个石碾子旁的老汉队伍们。原来，他每和他们说一会儿话，就总要忙着去干自己的那些营生。现在，他也没了营生，只能是搁了饭碗就和他们在一块儿闲聊了，再就是张望看儿子一家什么时候再回来。每当有一辆黑色的车远远而来，他都要站起身满怀希望地一直注视着，直至车子从他身旁驶过，离去。

八月中秋这天，儿子一家又回来了，小院内外立马生出了欢快的气息。屋内，何小敏把月饼水果羊肉什么的一量一量地往桌子上摆；婆婆在一边不时搭把手，还不住地嗔怪道："老是不听人说，买这么多！吃不了，都坏了！""没事，现在天凉了，能放住，你们慢慢吃嘛。"儿媳回答说。屋外，姚守健拄着拐杖在后面一瘸一拐地追，小孙女在前面蹦蹦跳跳地跑。跑一会儿，她又回过头来说："爷爷，你追不上我。""你跑慢点，让爷爷抱一抱嘛。"爷爷在后面喊。"你追上我，我就让你抱。"小孙女说着又跑开了。显然，姚守健已追不动孙女了。没一会儿，他已累得气喘吁吁，再努力走了几步，就不得不双手抱着拐杖站住歇了。小孙女见后面没了动静，反倒退回来几步，逗爷爷："来呀，来——爷爷。"姚守健从怀里掏出一个土炉子月饼："你看，你看这是什么？""月饼，我不吃。"小孙女一点也不稀罕。"这个呢，这个你要不？"姚守健又从怀里掏出一支粉红色的水枪。这下，小孙女动心了。她蹦跳地向爷爷走去，说："这个给我，爷爷。"那一瞬间里，姚守健似乎已忘了他不能脱离拐杖。他也张开了双臂向孙女扑去，拐杖掉在了地上，而他自己则摇摇晃晃地眼看着要倒下去。幸亏，在一旁的姚根正眼疾手快，一个箭步上去，扶住了父亲。扶住父亲后，他训女儿：“你瞎跑什么呢？你看你，差点把你爷爷弄得跌倒。”看着爸爸凶巴巴的面孔，女儿倏地乖静了，刚才脸上那因为看见水枪而欣喜的表情也没了。姚守健说：“你不要给娃娃发凶么，发什么凶呢。”姚根正又朝父亲吼：“还有你——你自己不好好照顾自己，再有个三长两短，怎办呢？”父亲也像女儿一样怔怔地不说话了。看着一老一小被自己弄得怯怯的样子，姚根正当时就心疼了。他忙又乖哄女儿说：“来，把爷爷的拐杖给捡起来。”女儿捡起了拐杖递给爷爷；爷爷又把水枪递给孙女，用手摸了摸她的脸蛋。小孙女却没了心情地说：“我不想要了。”姚根正又说：“那可好耍呢，回去让你妈给你装水去。”女儿这才拿着水枪朝屋里跑，边跑又边喊：“妈妈，你给我装水；妈妈，你给我装水。”从那声音里，姚根正听出女儿又高兴起来。她的高兴和灰心，来去都像一阵风。他又把父亲扶到屋檐底的一个木凳上。坐下后，父亲恳切地说：“根正，等我明年腿好了，你看能不能在城里给我找个看大门的营生。”

儿子知道父亲一来是不想坐吃山空，二来是在城里干活还可以多看看孙女。可他也知道父亲的腿——这已是最好的效果了；其次那看大门的营生其实也不好找，就那营生那也要和领导们沾点亲带点故的人才能干上。但是，他不能再打击父亲了——人有时之所以能走完苦难的一生，就是因为心中始终坚信——明天会不一样，以后能好起来。既然父亲这么相信着这么希望着，所以他只能说：“没问题，你好好养病。等你病好了，我给你找。”

“我好了——给人家看个大门，肯定能看好。”姚守健又说。然而这一次，他终究没能等来他的希望成真。中秋之夜过后，儿子一家走了。第三天一早，姚守健也永远地走了。早晨，老婆热好牛奶让他起床，却叫不答应他。她又推了推他，还是没有动静。她这才把手背搭在他的鼻孔下，发现已没了呼吸。除了胸口那一块尚有点余温外，其他处已经冰凉了，手和脚那块已经发冷又发硬了。这次，老婆没有惊慌失措，她平静地叫来侄儿子们，又给儿子和女儿打了电话。当姚根正再次返回时，见父亲已穿上了寿衣，平躺在一块木板上，身下铺着干草，发黄的脸上已给盖了一张阴阳写的黄纸红字的殃单。他扑了上去，号啕大哭。一个叔伯大哥对他说：“哭是哭，不要把眼泪淋在老人身上，不好。”他又想起他先前天还训责了父亲，越是难受不已，眼泪只管汩汩而出。又过了一阵，母亲过来拉他，说："哭一哭，就行了。你爸这是好回首，妈将来能像他这样安安静静地走了，那才好哩。来——起来，听妈说，不要哭了。你大哥他们还有好多事情要跟你商量呢。"

姚根正这才收了泪，站起身对那些叔伯哥哥们说道："丧事就有劳你们了，有什么不周不备的地方你们多多提点。"

现在，寿衣已经穿好了；阴阳也请来了，正坐在炕上扎着引魂幡；棺材，姚守健早就自己给他们老两口准备好了——四片板是水桐木的，两个大小盖是榆木的，俗称"鱼帮水，水帮鱼"。剩下就是报丧、打坟、请娘亲、请总领、办几昼夜的事、用两班还是一班吹手、放多少钱的花炮、吃什么样的宴席、订什么档次的烟酒这些事项了。一个叔伯大哥对姚根正说："阴阳说了，山正好空着了，大大后天就可以出殡。你单位上也忙，咱就不用把日子往远看了。就大大后天出殡，时间虽有点紧，但是也能办得来。至于坟地，也不用修砖葬。咱那老坟的土脉硬，打土坟就行——三十年二十年也不会有渗水塌陷这些问题。只是土工得八个雇，三天时间——苦重，价钱肯定低不了。这些事，你都听我的——肯定错不了。你就看，吃什么样的饭菜，用什么样的烟酒……"

"烟，吃成二十五块左右的；酒，喝成一百块朝上一点的。行不？"姚根正问。"高了，高了。"又一个叔伯大哥说，"兄弟，你不懂。城里办事和农村办事完全是两回事——城里用的烟酒档次再高，只是一顿饭，一个桌子上给上一包烟；可农村办事是一起事，所有办事人员，早晚都得给发烟，事后，还要用烟酒来酬谢。一起一落下来，没个好几十条烟，二三十箱酒，就根本不顶事。死人不张口，一天得一斗，指的是啥？你就吃成十块的烟，喝成四五十块的酒，就行了。就这也是咱村里顶好的了。"

"那就，吃成十五块的烟，喝成七八十块的酒吧。"

众叔伯哥哥们想了想又说："也行，也行呢。毕竟根正和咱还又不一样——到时，外面来的朋友肯定多，说不准还有领导们也要来。来的人高档，咱也不能太小气。稍微高一点，也好体面一些。"接下来，姚根正又说："花炮，我看就放上五千块左右的吧；从起事那天起，一律酸汤羊肉糕面，羊肉要管饱吃；正事那天，就按咱的老传统来——四凉四热，八个碗子，菜要稍微整硬正一点；吹手两班，太有点张扬了，也吵闹得不行，就雇上一班吧，但是雇成大班。"所谓大班吹手就是在原来的两支唢呐，一锣，一鼓，一钹的基础上，再加上电子琴和长短号这些，由八个人组成。众叔伯哥哥们听了，又都说行，这样就的确办好了。于是，众人开始分头行动：差买的差买，请人的请人，带土工进山的进山……

中午时分，村主任被请了过来。他是村里这种红白礼事的老总领了，张罗起来驾轻就熟点滴不漏。听了主家的办事标准和大体客数后，老总领就全权接手进入管理了。晚上，拌了凉菜备了酒，约来姚家户里的人和村里外姓的一些人，老总领一一做了安排和布置：登记礼账，灵前点纸上香，招待娘亲，伺候阴阳，伴随鼓乐，照看粮房，荤锅素锅，持盘洗碗，看客抹桌，上烟添酒，摆放花圈，燃灯放炮，杂跑买办……所有的事项全部一一落实到人，各负其责。姚根正给众人端酒、叩首、道谢。众人脖子一扬一饮而尽，齐齐说了声："收到，一定办好。"气氛庄严，俨然誓师。

第二天，院内搭起了灵棚，院外架起了锅灶，黑的是纱，白的是花，本姓的人披麻戴孝，外姓的人胸前缀一点红布，有亲朋三三两两前来吊唁，哀乐断断续续间歇悲鸣。第三天，天高气爽，车辆增多，来客熙攘，鼓乐开始加劲，锣鼓齐鸣，弹唱纷呈。一个个肩搭白毛巾的后生，三指将盘举过头顶，声声吆喝着："油哩——油哩——"大有丧事办成了喜事，乱哄哄你方唱罢我登场的阵势。直至晚上，放了烟花，撒了路灯，送了孤魂，才息了场。第四天天不明，就拆了灵棚，打了砂锅，一队白压压的人马扶着灵柩开始向后山里出发。一支唢呐和一个小鼓在前引路，音调凄凄婉婉，鼓点稀稀落落，沿途撒了几张纸钱，留下几声哭音。等到天大亮后，后山里的半坡上又多出了一抔新的黄土，几片秋叶在地上纷扬，一行白鹭从空中南下，偶尔有"呱——呱——"的声音响过空旷的山谷。

事后，村里人纷纷说："四爷这丧事办好了，好摊场！花圈来了有百十个，光羊肉就吃了十四只！""老姚这辈子多把苦吃了多把罪受了，临老却是好回首，尤其是自从病倒后，猪肉羊肉几乎就没断过顿。""嗨，再不要说亲生的抚养的，慕大爷的儿子倒是亲生的，前几天慕大爷没炭烧，烧了儿子的几块炭，儿媳妇骂得是眼里滴血！"……只有姚遥纳闷地问姚根正："我爷爷睡在那个木匣子里，再什么时候起来呢？"

"你爷爷这辈子太累了，让他好好休息吧！"姚根正泪眼婆娑给女儿说。

一个人对亲人的思念并不是在离开之初，而是随着时间越久思念越深，尤其是再碰到苦难时，在这个世上再无人可诉时，那种思念和悲痛才会更真切更寸寸扎心。姚根正便是这样，起初他并不觉得有多悲痛。办完丧事，他料理了其他余事，又结算了账务。账务基本持平，收的礼钱够各项开支，这相当于是把他平时或以后还需要寄出去的份子钱集中起来总花了一次。总花过之后，还剩五千，他给母亲放了三千，再小住了两天后就回了单位。单位上的一切依旧井井有条：到期的贷款宋平会主动催收和倒手续，新发放贷款他也总是先征询主任的意见，从不私自发放那种没有把握的不太保险的贷款；许丽丽更不用说，各种账务是工工整整，各种报表是准确无误，卫生常打扫得干干净净，把所有的内部事务料理得根本不用别人操一点点心。姚根正为自己能有这么两个得力的助手而庆幸。月底，领了工资，他又进了一趟城。进城，先没回家，而是登了个酒店，给朝露打了个电话。朝露一下班就来了，来了说："今天不能待得太久！林立奇明天要到外地去，我得给他收拾收拾衣服什么的。还要，还要明天一大早接他妈或者是我妈过来照看几天儿子。"

"哦，那就坐一会儿吧。"姚根正说，"这有一万，你先拿上。剩下那一万，我下个月底再给你还。"

"哎呀，你先拿着嘛，我又不急用。"

"我也紧一紧，能对付过去。"

"你刚办完事，就那点钱给我一还，再不花了？哎呀，拿着，别推了，我这段时间真的有钱呢。"

"那就——"

"你也不提前说一声，明天登房子该多好呀！"

"今天不退也一样嘛。"

"那你今天晚上不回了？"

"到时再看吧。"

这时，姚根正的手机响了起来。朝露只见他给她摆了摆手，然后又听见他说了声"单位呢"就停在那里。对方好像已挂了电话，可他的神色看起来有点不大自然。朝露问："怎了？谁给你打的电话？"

"何小敏。"

"没事吧？"

"没事。"姚根正嘴上说，心里却犯嘀咕。早上他和何小敏刚通过电话，她给他说女儿又想他了，还让女儿在电话里叫了一通"爸爸，你什么时候回来呀？"，他给她们说他过一两天就回来。怎么这会儿，她又打电话问他在哪？而且，他刚说了声单位呢，她就没吱声地不太高兴地挂了电话。“她好像知道我在城里……”姚根正越想越不对劲，又把电话回了过去。许久，那边才接了起来。他问：“你怎把电话挂了？”

“哦，没电了，这会儿刚把手机插上。”对方相当平静。

“家里没事吧？”

“没。”

“那你，刚才……”

“刚有个事要问你，现在不用问了。”

“什么事？”

“你明后天早点回来，回来再说。”

“嗯嗯，好的。”

挂了电话，姚根正又觉踏实了一些，再和朝露闲聊了几句。朝露说那她先走，明天她再来找他。他说：“我送送你，顺路到楼底转会儿。我现在还不能回去，我还在瓷崖呢！”两人一道出了房门，乘电梯下至一楼的大厅。

临到大厅的旋转门前，朝露给姚根正做了个飞吻的姿势。姚根正也抬起手臂准备给她挥一挥，手臂却停在了空中。他扫见远处大厅左侧的沙发前，有一双喷火般的眼睛正死死盯着他。朝露也觉出不对劲，顺着姚根正的眼光看过去，也发现了那双凶狠的充满仇恨的眼睛。眼睛的主人，她四年前在曹店镇见过，如果在大街上再遇见，她或许还要稍微回忆回忆才能想起她是谁。可是此刻，她根据姚根正的神态立即就认出——那是何小敏。朝露的心里咯噔一慌，随即就扭身跑出了旋转门。姚根正本能地向前追了一两步又停了下来，转身朝何小敏走去。何小敏也像疯了似的转身要走。他伸手拉她，被她狠狠地打了开来。他再拉，她又使劲地往开甩他。由于拉扯，把她肩膀上的那个包的背带也扯断了。何小敏连包带带胡乱一夹，就跑出了门，匆匆搭上了一辆出租车。姚根正随后追出门，也搭了一辆出租。两辆出租一前一后在他们的单元楼底停了下来。当姚根正爬上五楼，用钥匙开门时，门已经被反锁了，只听见里面传出砸杯子砸缸子的声音和何小敏直声声的尖号。他趴在门上一口气地哀求：“你开开门，你听我说呀；你开开门，你听我说呀……”

许久，门开了，何小敏头发凌乱，衣衫不整，两眼红肿地站在门道里。姚根正侧了侧身走进客厅，地上已是狼藉一片。她闭了门，回转身来，冷冷说："这家有什么值得你回来？你还回来干什么？"

他说不出话来。

她又说："我只问你一句，你和她的关系到底正不正常？"

"……"

"说话呀，你哑巴了？"

他还是不说话，一脸的懊丧。

"有本事做就要有本事说，你为什么不说话？你说呀，只说一句正常不正常就行了。你还要骗我骗到什么时候呀？"何小敏歇斯底里地尖叫着。姚根正扑通一声，跪在了她的面前。

她怔了一下，随后就瘫软在了椅子上。

他又站起来，过去扶她、拽她。

她往开挡他："你离我远点，我看见你恶心。"

他还要安抚她。

她情绪更激烈地说："滚，滚，不要让我再看见你。"

"你听我说嘛……"他只会无力地诺诺地说这么一句了，同时已觉出自己任何的辩解在这会儿都不会再起一点点作用了。

"你出去，行不行。"她又略微平静了一些说。

"我今天……我今天是……"他再试着做解释，可又没任何一点理由能够拿得出来。

"你出去，就算我求你了，你让我一个人静一会儿。行不行？"她又一次提高了声音吼道。

他看出他再要待下去，她的心情只会更极端，情况只会更糟糕。于是他听从了她，心里乱糟糟地走出了家门。

听着闭门声，何小敏的心哗啦一下陷落了，陷落在一个茫茫的荒原里，让她根本不知道从何拾起。今天下午，小姨过生日，请客的地方恰好也是姚根正所登的那个酒店。她和母亲女儿三个人一块儿来到酒店前。孔云焕拖着姚遥在前面走。她在后面走着，准备上二楼餐饮部的一个叫"长春阁"的雅间。临上楼前，她却发现姚根正的车好像在酒店门前的最左边上停着。她怕自己没看确切又过去看了看车牌号，这才给他打了电话。他一说他在单位呢，她就一肚子的窝火和怀疑了。当他再回过来电话时，她已完全能断定他是在捣鬼了。她竭力压住自己的怒火，先稳住了他，心里却早已经准备好了——要捉他的鬼了，哪怕是今天不能给小姨生日祝福也罢。

她存心就想看看他葫芦里到底卖的是什么药。结果，没一会儿，她就看到了。她看到姚根正和朝露并排走出电梯——他的手不是牵着她的手，也不是搭在她的腰间或肩上，而是轻轻贴在她的屁股那一块，那是情人间最亲密的接触法。紧接着，她又看到了朝露给姚根正飞吻的姿势。至此，何小敏一切都明白了！即便是姚根正不说话、零口供、不下跪，她也能百分之百地相信自己的直觉；然而他跪了，他的那一跪就等于是彻底招认了他的全部罪行，也使她彻底崩溃了。尽管，再不到一个月就是他们结婚四周年的纪念日了，也即是阴历的十一月十四了，从曹店镇的一个年头到瓷崖镇的三个年头，算来已过去的时间不能不说是很久远了。但是再久远，何小敏也能清晰地记着朝露的那张面孔。四年前的那个夏季，那张面孔就曾使她羡妒和焦虑过，也曾使她有过提防和危机感。她为朝露那种成熟女性的风韵和气质而羡妒和焦虑过，也为她能和姚根正便利地相处而提防和危机过。所以，她对那张面孔始终是历历在目。现在，那过去的一桩桩一件件一幕幕的情形都被她重又回忆了起来。而且，每回忆一点一滴的情形都能印证了姚根正的弥天大谎；而且，每回忆一时一刻的画面都能更坐实他的心怀鬼胎。她记得她和朝露第一次见面时，他拿起一个橘子给朝露递。朝露说不吃，就转身回了她的宿舍。可他却追了过去，还在她的宿舍待了很长时间。同事间说不吃就不吃算了，还用得着追过去吗？现在想来，这一切就不难理解了！还有，那天是朝露请的客——是在红梅烩菜馆里吃的鱼。同事招待女朋友，别的同事会抢着开钱吗？现在想来，也就有了明了的答案——他们两个早已经穿的是同一条裤子了，她是在给他争面子，帮着他来取悦她。还有，他们结婚的那天，他抱着她上楼，她要吻他，而他却发出了一躲。那一躲，曾让她莫名地心慌和战栗。就是现在想起来，何小敏还是止不住自己，又是一阵阵地心寒至极和浑身战栗。还有，他们那个曾使她流泪的各睡一边的新婚之夜！还有，婚后他回了单位，她给他每天打电话，可他不是单位忙就是制度严，总之就是不愿意回家来！还有，他老是说她不会打扮，她无论穿什么衣服他几乎都懒得看她一眼！还有，那个在城里过完年后的大正月初四（2 月 4 日），她们家里凑他在呢才提前请客，可他却到外面去会同学了，那是同学吗？现在想来，那百分之一百也是去会朝露了。还有……太多太多的还有和还有，还有……太多太多的画面和情形，何小敏根本不敢再想下去了，也不愿再想下去了。她只觉得一阵阵的心痛和愤恨，因为自己从来没被爱过而心痛，因为自己从一开始就被欺骗而愤恨。她想去报复，简直想去杀人，可转而又成了深深的鄙夷和十二分的恶心。假如，她和姚根正没有外因，一直就这样不好不坏地生活着，再往准确了说一点是十分不好地生活着，她还能勉勉强强地过下去。她常安慰自己说：他或许就是没有儿女情长的浪漫情怀，也或许是他的生理功能不太强健，再往准确了想一点那就是他不爱她的身体吧。不爱就不爱，不爱也无所谓。毕竟他们已经有了一个女儿，那是他们共同的牵挂。在这件事上他们两个总是一心一意地真正一致相通的，这就能使他们马马虎虎地过下去了。可现在，她发现了朝露，那就完全成了另一种想法了。她觉得她被他们两个精心算计和戏耍了，她在他们面前简直就是超级傻瓜一个。她又觉得姚根正伪装得太深了，深到她简直再害怕面对他。她要是再看见他，那就只剩下奇耻大辱的仇恨和付出真情而没有回报的痛心了。想来想去，想到最后，她只有五个字可奉送给他。她向他发了一条信息：**我们离婚吧。**

姚根正在酒店的床上看到了信息，他心慌意乱地给朝露打了个手机。手机没人接，他又给她发了条信息。

朝露正站在一个高凳子上往出拉顶柜里的一个旅行箱，林立奇在地下给她打着下手。听见手机铃声，朝露就心里发慌。她今天因被何小敏撞见而一直心神不定着，就是这会儿她还在一直揣测着姚根正那边已乱成什么样了？可手机铃响时，她又正好站在高凳子上，不方便当着丈夫的面立即急着跳下去，去接。倒是林立奇走了过去，拿起鞋柜上的手机，揶揄说：“是姚根正给你打的电话。分开三年了，他还给你打电话，看来你们的关系真的不错呀！”

“他会有什么事。”她强作镇定地咕哝了一句。

可随后，手机里又迸出一条信息：**今天真的是太倒霉了！怎么会被她发现，她现在要跟我离婚！唉……**一遍一遍看着信息，林立奇的心开始一点一点地往下沉了，脸色也越来越铁青了。他再也开不出玩笑了，只觉得一阵阵的怒火从心底里往出冒。他真想走过去把朝露狂揍一顿，然后撕成碎片。可他又觉得那样做还不足以显示他的愤怒和报复的力量。他反而把手机递给她，压低了声音说道：“看吧，你慢慢看吧。”那声音里已充满了十足的憎恨和令人惊悚的味儿。

朝露早在林立奇看信息时，就已觉出有了一种不测的危险，脸色也早已发白了。此刻，再一看信息，她心里顿时就一怵，脑袋就炸了，只觉四周一片空白。好半天，她才缓过神来，本能地搪塞了一句：“怎么回事嘛，他是不是发错了？”

“你放屁……”林立奇已一个耳光扇在了她的脸上。

八岁的儿子在客厅里听见了声音，跑了进来。他看见爸爸满脸怒火十分凶狠；而妈妈只是怯怯地站在那里，一脸的愧色和不安。他扑向妈妈，哭喊着：“妈妈，你怎了？妈妈，你怎了？”朝露不知自己为什么竟会心酸，甚至还有点委屈。她抱着儿子，失声痛哭起来。一会儿，儿子又挣脱妈妈的怀抱，朝爸爸说：“爸爸，你别打我妈妈。你再打她，我就跟你拼了……”小小的儿子已经显示出了他那小小男子汉的担当和气概。

林立奇长叹了一声，坐在了沙发上。从不抽烟的他，一根接着一根抽了起来。

看着缕缕烟雾中林立奇那沉重和难受的面孔，朝露第一次为自己的出轨和背叛感到深深的自责和后悔了。她像一个嗑药后而纵情狂欢了一夜的女人，此刻又原回到了没有嗑药之前。药劲中的纵情和狂欢那只不过是一时的海市蜃楼，而药劲过后那被毁坏的虚弱的躯干和冰冷残存的夜风才是永恒的常态。常态中想追求刺激，可刺激过后又会因空虚而后悔。她为自己没能把住而后悔，也为儿子那小小年纪就会保护她而感到心疼。她感觉自己在一条浮华享乐虚幻的道路上走出了太远太远，现在终于想回头了。虽然她不知道林立奇会怎样对她，但是她已经准备好要为自己的过错虔诚地赎罪了。

“他要把我扫地出门吗？他要跟姚根正拼命吗？他要闹得满城风雨吗……”她在心里恐惧地想着，随后又暗暗祈祷：“但愿他不要过激，但愿他能饶恕我，就是惩罚我青灯古寺了结余生也行，只是别不顾一切地大吵大闹呀！”

当然，她也抱着最后一线希望想：“希望一切都悄悄地过去吧，我们三个还能安稳地相处下去；即使是非要离婚，但愿他也能大发大发慈悲——把儿子给我，让我们两个在一个安静的角落里相依为命吧！”此时，儿子已成了她继续活下去的唯一不能离开的最后一根支柱了。

林立奇在沙发上越坐越苦恼，越坐越混乱。他觉得朝露和姚根正的事至少在四年前就被人们在他背后传得沸沸扬扬了，可他直到现在才知道。“如果没有今天这个偶然……他们还要隐瞒我多久？他们还要欺骗我多久？”他简直不敢再细想，越细想越觉得自己妻子的心思比海还要深，越细想越觉得朝露和姚根正的行径太卑鄙太无耻了，越细想越觉得自己快要被他们气炸了，就是这会儿他的心中也已经全成了憎恨的火焰。他真想一刀子把姚根正捅了算㞗了，可那样做他自己也得白白搭上一条性命，为这两个狗男女那又有点不值得。他又想把姚根正狠狠狂扇上两个耳光，然后有多难听就多难听地责骂和挖苦他一通，可那样做也不能洗刷掉他的耻辱呀。唉！会管的管自家，不会管的管人家。说来说去，发生这种事主要还是自家的人不顾羞耻要水性杨花呀！他只想对朝露狂怒地吼骂："滚——以后永远不要让我再见到你，你这个不要脸的婊子。"

可那样做遭殃的又会是自己的儿子呀，儿子和他在一起时，那种想妈妈的可怜样，他现在也能想来。同时，还有一种更为真实的感受也在他的心头萦绕，一点也不可否认，那就是他此刻对朝露的肉体更迷恋了。虽然她的肉体已经脏了，但是正因为她肯对别人开放、肯和别人脏，那才更激起了他想吃这份独食的欲望。他觉得自己在一度时期里对她的肉体习以为常地麻木了，现在大敌当前反而唤起了他对她那肉体的珍视。假如，他现在把她赶出门去，那只会加速她和姚根正更快地走在一起，那样的话，他则会更难受、更心痛。

"怎么会这样？明明犯错误的是他们两个，可受惩罚的却成了我自己！"他在心里自言自语道。他只知道自己确实没有一个万全之策来惩罚他们，也没有一个万全之策来使自己跳出这个难堪的境地。他只知道自己已成了别人眼中的一个笑柄，这让他根本再无法走出这个家门去面对这个世界了。他又抽了一根烟，在茶几上掐灭烟头后，恨恨地站起身来。

"你去哪？"朝露怯怯地讨好地问。

"你管老子去哪。"

"你不要走嘛……"她又尽力使自己更可怜一点，甚至能带上一点妩媚或魅惑，以引起他的一点点的怜香惜玉之情。

可他几乎没看她一眼，就朝门口走去。这时，儿子又跑了过去拉他，带着哭音说："爸爸，你不要走嘛；爸爸，你不要走嘛。"显然，儿子已经很懂事了，他已经嗅出爸爸和妈妈正在走向分裂的边缘，他开始用他那稚嫩的力量往一起拉拢他们了。

看着儿子那张哀求的无辜的面孔，林立奇的一滴眼泪顺着鼻尖无声掉落了。他又回到卧室仰面躺了下来。朝露第一次见自己的丈夫会如此暴怒，暴怒到令她害怕；她也第一次见自己的丈夫会如此沉痛，沉痛到让她心碎。

她又乖乖地随着他进了卧室，轻轻侧躺在他的身边。

这夜，他们夫妻俩根本没有别的话可沟通了。林立奇只三番五次地问她：“你和姚根正有过没？”她一口死咬住说，没。以致，在一阵时间里，他几乎要相信她了，是不是真的是信息发错了？是不是真的是只碰了个面引起误会了？可是，他终究还是不能相信她。最后，他又狂躁地说：“你到底有过没？你是不是把老子当三岁小孩子看呢？”

“你不要问了，行不行？以后我都听你的，行吗？你就是不让我再上班也行，你就是不让我再踏出这个家门半步也行……只求你别问了，好吗！一切都过去了……”她泪流满面地说。说完，她又试着把一只手向林立奇的胳膊搭去。他厌恶地打开了她的手，心里已完全清楚了。可是，面对她的可怜和示好他又有些犹豫不决了。他依然爱她，之所以爱才会有这么强烈的恨；他也更爱自己的儿子，儿子不能没有妈妈的陪伴呀！几经考虑、权衡利弊，林立奇生生咽下了这口恶气，选择了原谅。第二天，他没有去外地，而是到市信用联社去找了朝露的大姑父。

三天后，朝露被调到遥西新区信用联社的一个靠近西新那边的网点上。

临走之前，她和姚根正又偷偷见了最后一面。

这次见面，他们两个都没了寻欢作乐的心情，只是灰溜溜地相对着凝视了一会儿，只说了几句犹如遗言般的话，就匆匆分开了。朝露说，从酒店门口姚根正追了她两步又返向何小敏起，她就知道他在潜意识里其实也早已把他的根扎在了他的家庭，这和她一直以来深埋在心底的她的最真实的想法没什么两样——他们都是自私的享乐主义者，所贪图的只是肉欲之欢。走了这么久，这才发现这种生活其实也没多大的意思——既伤自己又伤别人！所以，他们应该分开了，而他更应该竭尽全力地去挽留去保全他的那个家庭。

姚根正听得涩涩难受。何小敏依旧不依不饶地要跟他离婚，看来他的家庭是很难保住了！如果保不住，他倒希望朝露也离了算了，他们重新组合。可她根本没那个意思，那他就不能想方设法地去拆散他们了。他还没有猥琐恶劣到那个地步。紧接着，朝露又说，从今天起她就要用新的手机号了，过去的那个号码从此也不再用了。他看出她是决心要跟过去的一切都告别了，换号不仅是为了隔绝众人，而更主要的就是为了隔绝他。他的心里又是一阵隐隐作痛，只能勉强地给她露了个表示理解她处境的难堪的笑容。她也惨淡地笑了一下，说：“那我走了。”

“保重！”他有气无力地说了声。看着她的身影在飘零的落叶中慢慢消失，他感觉这座城市也荒芜了。冷冷的北风吹过街道，天气阴暗，阳光无力，车辆依旧不带任何感情色彩地一辆接着一辆地流动，不太多的行人谁也不顾谁地各自走着，有几个把领子顺了起来背对着风走。一切都是那么地萧瑟，一切都是那么地苍凉。他彻底没了去处，他的心开始像一棵无根的黄蒿，在这个城市里随风飘摇不定了！何小敏坚决地要跟他离婚，那他就没脸再死赖着待在那个家里了——那不是他自己的房子呀。想来即便是他自己的房子，他也应该把房子留给她们娘俩住——是他自己先破坏了婚姻的规则，那他就得为自己的行为付出代价。他也不想去找其他的朋友们喝酒，把他此刻那难受到极点的心情和他那回不了家的难堪全暴露在他们面前。回单位吗？他又觉得应该再等上三两天看看，看看和何小敏还有一点点的回旋余地没，能挽回她的心就要想尽一切办法尽量挽回来。这样就地就没了容身之处，真的是太凄惨了！想罢，他又给何小敏打了个手机，手机响了几遍没人接。最后一遍接起时，还没等他说话何小敏就先说：“你不要说其他的，其他的我不想听，你只说什么时候离婚、怎么离，我随时陪你到民政局去。”

他再要吞吞吐吐地说什么，那边却早已把手机挂了。

他又给她发了条信息：**我们见个面吧。**

她回了条：**不需要。**

之后，他再发什么说什么，她统统一概不回了。他彻底没了招，心上既焦躁又荒凉，感觉自己已陷入一个凄零的境地，眼前只有一片无措的茫然。大街上冷冷清清，他根本没心情四处走一走。回酒店吧？酒店的房子里更冷清，他一个人还是心烦得待不住。百无聊赖中，他又猛然间想起了脸蛋哥。他给他打了个电话。

第二十二章

脸蛋哥在电话里听说姚根正想过来转会儿，他是非常地欢迎。自从那年跟姚根正贷了三万之后，他们就有了若即若离的联系。第二年度，他又贷成了五万，贷款到期的前几天他还进去，过一两天他再到瓷崖信用社把款贷出来。其间有几个老家的推不开的叔叔们想贷款，让他给姚根正引荐担保一下，他没办法又去找了姚根正。姚根正也没为难，都给办了。所以他对姚根正这个人一直很敬重，常想请他吃饭喝酒。可姚根正总是忙——不是在瓷崖就是在四处催收着旧贷款，他一直没机会。他只是在姚守健的丧事上，给送了个花圈寄了点礼钱，略表了一下他的心意。今天，好不容易姚根正要来，脸蛋哥就准备先订个大酒店，然后再到KTV，一条龙地招待一番。

没一会儿，姚根正就过来了。

脸蛋哥从茶台后站起身给他递烟，然后又泡茶，说："坐，坐，先喝点茶，一会儿咱再出去大红火。"

姚根正把脸蛋哥的茶楼仔细端详了一眼：这茶楼坐落在城南的一个七转八拐的小巷中，外面看普普通通，里面却是气势不俗格调清雅：雕花的木式家具，微微错落的石板地面，仿古的有缝线的灰砖墙壁，翠竹青青，藤蔓荫蔽，有鱼缸，有小假山，还有一个不停旋转的木水车，发出潺潺的流水声。看后，他赞道："好地方呀！"

"马马虎虎，凑凑合合吧。"

"生意怎样？"

"还行——这会儿楼上也有三桌子的耍家。"

“我来，也是想耍一阵。”

“你什么日子不得过，离耍也得行了吧。那可不是什么好营生，没沾染上最好是别沾染。”脸蛋哥在心里把姚根正当朋友看呢，所以真的不想让他下水。

姚根正却说：“这阵子没事，心上麻烦，就想耍一会儿。”

“麻烦，咱可以出去喝酒唱歌呀，你听我说，算耍了。”

“我以前也经常耍呢，不碍事，你别担心。”

脸蛋哥看出姚根正是执意要耍，只好说：“既然这样，那你就先耍上一会儿。耍完，咱晚上再出去继续红火吧。”说罢，又问：“姚主任，你是爱耍文活还是爱耍武活？”

“什么文活武活？”姚根正不解地问了句。

“文活就是打麻将、三打一或者是挖坑这些——以局计算，运气为主技术为辅，时间能耍得长一些；武活就是推对子、摇单双、扎金花……什么的，翻开牌比大小，纯纯碰运气，三五分钟十来八分钟，甚至是一把牌就解决战斗。”

“那就文活来吧，为打发时间嘛。”

脸蛋哥把姚根正领上二楼。二楼有四五个雅间：其中一个雅间的门闭着，里面传出噼里啪啦的麻将声；另一个雅间的门半开着，里面烟雾缭绕，也是坐着四个人在打麻将。随脸蛋哥一同来瓷崖信用社贷过款的那个白白胖胖的脖子上戴金链子的小兄弟在一边站着。他给那些打麻将的人不时地倒水点烟，伺候着他们；还有一个雅间的门也是半开着，里面同样是烟雾缭绕，只是坐着的那四个人是在打扑克牌。那个也随脸蛋哥来过瓷崖信用社的黑头黑脸的胸前有关二爷刺青的小兄弟也是一言不发地站在边上。那就是他们的职业，俗称“看场子”——换牌、洗牌、端茶、递水，随时要纠正场上的争议，事后也要及时追讨那些给不上来的赌债。脸蛋哥每月给他们发点不固定的零花钱，也有那些赢了钱的大方的赌客会时不时给他们发个三百二百的彩头。姚根正对打麻将不太感兴趣，他朝那个打扑克牌的雅间走去。黑头黑脸的小兄弟给他拉来一把椅子。脸蛋哥问那个小兄弟这局快到时间了没？小兄弟说：“快了，四点结束，再剩下半个小时了。”

“怎，他要耍？要耍来我这耍吧，我正好有点事要出去一下。”其中一个赌客对脸蛋哥说，说完又对姚根正说：“你接我的牌耍，我赢八十八点，抛过六点的水费，剩下那两点给你，我赢上八十点算了。”姚根正犹豫了一下，另一个赌客却对刚说话的那个赌客说：“你要完呀，耍得半路途中搁下不像回事吧。”姚根正看出人家是不想让换人，忙说：“你们耍，你们耍。不忙，我先看会儿。”脸蛋哥又问姚根正：“姚主任，你会耍这三打一不？”“会呢，不就是五十分起叫吗？”姚根正说。脸蛋哥知道姚根正是果真会耍呢，他又问其他那三个人下局再耍不了？不耍的提前给他打招呼，他好联系别的耍家。那三个都说继续耍吧。

于是，姚根正就在边上静静地看了起来。没一会儿，他就明白了全部的规则：这的耍法跟他原来耍过的是一模一样，只是这耍得要比他原来那会儿耍得大，一点一百块，每人一百点就是一万块；并且，这的赌客之间相互不结账，都是跟脸蛋哥结算呢。脸蛋哥每局跟每个赌客抽六点的水费。赢了的当场拿现金，输了的由脸蛋哥垫付。他给每个上场的赌客都先预支三万块的底，三万以内他不开口要账，超了三万的他会根据各个赌客的经济实力来决定要不要账。有的要立即上款；有的即使是输下三十万他也不要，只要你经常来耍着，一边耍着一边还着就行。这是慢刀子割肉呀，不知不觉地把赌客们往死里割。这也是正儿八经的真枪实弹的赌博，不用担心赢了钱，别人会欠账会抹零。赌就赌吧，大就大吧。此刻，姚根正正需要这种刺激来麻痹和遣散他那情人已诀别家庭即将破裂的烦乱不堪的心情。结果，第二局他就上了场，情场失意赌场得意，糊里糊涂中他竟赢了七千多。别的人赢了钱会停会儿歇，可他是不停不歇。一旦停下来歇下来，他就会心烦意乱，只有那紧张的牌局才能让他暂时忘了一切。这真是铁腿子一个，弄得脸蛋哥还需要不停地调遣着别的耍家赶快来，来了好陪着姚主任一直玩。可之后的情况就有点不妙了！第三局，第四局，第五局……两天一夜过后，姚根正输下三万四。他的脑子清醒了，感觉再这样下去就有危险了。何小敏还是态度决绝，那他就只能先回单位了，心里想着家庭的事也不如来个冷处理吧，先就这样拖着吧。他把原本打算要给朝露还的那一万递给了脸蛋哥，说：“这是一万，你先拿着，剩下的我这个月底给你还。”

“不忙，不忙。你看你，咱弟兄们又不是这点钱的事。”脸蛋哥是专业吃这碗饭的人，眼光通透得很。姚根正掌管着上千万的资金，要房有房要车有车，工资收入那更是可观，百万以内他根本不担心他能还不上来。对于这类型的赌客脸蛋哥一贯不会刻薄，宁可自己紧一点也不愿开口要账。只有这样做他才能聚拢更多的赌客，这也是他的高明之处。姚根正自然也能觉出脸蛋哥的厚道，心里想着人家真是会来事，让这样的人六点六点地往死里抽也不太难受呀。不过，他还是强行放下了那一万，说："迟早要还了呀。"然后就回了单位。

回到单位，他也没有急着和何小敏再联系，而是过了十几天才给她发了条信息：**我错了，老婆。我们以后一起好好过吧，行不？**

显然，何小敏也没了前段时间里那种激烈的十分反感和厌恶的情绪了，而是更多了一种深思熟虑后的理智和冷静。她向他回了一条有史以来最长的也是她多年里内心最真实感受的信息。她在信息中写道：

> 我不知道你的哪句话是真的，哪句话是假的。你也曾说过——你会一辈子对我好的。可你对我好到什么程度，我不敢回忆，回忆起来全是眼泪！你的心早已被别人占据，无论我做过多少的努力，都不能唤起你一点点的爱意，你对我的身体更是视之为洪水猛兽！你知道我要说出这句话需要有多大的勇气吗？作为一个妻子不能让自己的丈夫爱自己，也不能让自己的丈夫贪恋自己的身体，那是一个女人一生中最惨痛的失败呀！失败就失败吧，好在我已经学会了放手。你现在仍不想离婚，问一问你自己心里究竟是怎么想的？你还是害怕别人笑话你呀——笑话你离了婚就没家没房的，像一根野草一样孤零零地在社会上飘落。我说得对吗？假如我们仍要顾全那些，仍要继续貌合神离地生活在一起，那么你就得继续伪装着你自己，把你的痛苦深深地埋藏在你的心底。我时时能感到你的痛苦，那是真实存在的，我也时时为你的痛苦而难受和耻辱。尽管我的情感也许不如你心爱的人的情感丰富，但我还不至于是一个十足的傻子。我知道从你我一开始相处，你的心里就一直有痛苦。虽然那时我不明白你为什么会那样，但是经过了现在这痛彻心扉的一击，我彻底明白了——我们再也不必自欺欺人了。我们还年轻，我们何必要把我们死死地绑在一个笼子里，相互折磨呢。放过我吧，也解脱了你自己吧。让我们真正为自己活一回吧。至于女儿，你别担心，我会好好照顾她的。（你的条件不具备抚养她，你妈已经那么老了，而且还在农村。女儿是我们共同关心的目标，她应该在相对优越的环境里受到好一点的教育，对不？）当然，你也可以随时来看望她，我肯

定不会阻拦——毕竟你是她的爸爸。你每月里给她抚养费也行，不给也行，我们之间真正的矛盾从来不是在这些事上。我完全了解你——你其实是一个正直善良的人，在你有能力的情况下你绝对不会不负责任的。就这样吧，你仔细考虑考虑——什么时候想好了，什么时候你给我回信，我等着你来签字。

姚根正把这条信息来回看了好几遍，看后心里五味杂陈。他说不出是心痛还是悲哀，只觉得有种缘分即将到头的凄凉。他知道何小敏已把他们的婚姻分析到了实处，也看到了他们最根底上的问题。他现在也难受得厉害，可那难受的原因多半还是来自于和朝露的永远的分离。他现在也真的不想离婚，可说穿了，那还是不能离婚的因素居多而不是不想离婚的因素居多，其原因也正如何小敏所猜想的那样——那多半还是迫于外部的压力和对女儿的一些顾虑。他问自己从现在起能对何小敏有多少的爱意和不舍，扪心自问后，他仍然得不到肯定的回答。那么，他们就应该像她所说的那样——放过她吧，也解脱了他自己吧？他同样也是很难爽快地做出决定。对一种久已稳定的生活状态要做出重大的更改，即便是那种生活状态不甚理想，那也需要三思而后定的慎重呀。思前思后，他又给她发了条信息：**不管长短，你等我这个月底回来看看女儿，咱再说其他的吧，行不？**

这其实已经是有点倾向于同意离婚的意思了。何小敏当然也能品出这条信息的味儿。她是想离婚，她也真的想离婚，那一点也不是诈唬姚根正。但是，她的潜意识里其实还有另一种理想的期望：那就是她要离婚，而他应该死活不同意离，并且表示他愿意痛改前非一心一意地回到她的身边来。那样她的离婚才能对他形成惨重的打击，那样她的离婚才能对他起到惩罚的作用。可是，假如他也要痛痛快快地离婚，那么这一切就失去意义了，也没了报复的快感了。她所能感觉到的：仍是他的那颗心永远也不能从朝露的身上转移到她的身上来的痛苦和忌妒！所以，看完信息后，她的心里越难受了，同时也就对他更狠更恨了。以致，当姚根正月底回来要看女儿时，她说她不在遥平，在省城转着呢。事实上，何小敏也的确是在省城。这段时间里她何尝不是心烦意乱，何尝不是坐卧不宁。所以，她索性带着女儿到省城里去逛，顺便去看一看她的老同学乔江，主要是想给老同学倒一倒她那一肚子的苦水，她太需要倾诉了。

谁知，到了省城一看，她的老同学的境况比她的更惨——乔江这些年里在男人堆里混来混去，最后才发现想跟她睡觉的男人从来不缺，而真正想跟她结婚的却没有几个。人家其实都对她心存顾虑，嫌她的过去太有点丰富了！混到后来，乔江也混腻了心累了，想找个人安安稳稳地过日子了。找来找去只找到一个家庭条件不太好的年龄比她小两岁的在建筑工地上当监理的小伙子。小伙子非常帅气，人又勤快，他爱乔江胜过爱自己，对她更是百依百顺。好在乔江也已经渐渐收了心，慢慢相处后，竟然也从心底里爱上了这个小伙子。他们两个已经订了婚，开始着手规划起他们幸福的未来了。不料想工地上的一根脚手架倒了，上面有一辆满载水泥的铁车子滑了下来，砸在了小伙子的身上——伤得不轻，至少残疾甚至需要截肢！这段时间里，乔江正在医院里没日没夜地伺候着，身心既疲惫又有点迷茫了。何小敏看后，觉得自己真是没鞋的遇上了没脚的，她自己的那些烦心事根本没法说出口了。她给乔江放了点钱，反倒安慰起她来。

可姚根正在电话里听到何小敏去了省城，心里多少就有点不快了——他已经快有两个月没见女儿了，明明给她说了他月底要回来看女儿，可她偏偏却瞅着月底去了省城。“怎？还没离婚她就开始拿女儿要挟开我了。”他在心里想，“再说了，女儿还那么小，几百公里的路程，又是火车又是汽车，带上瞎跑什么呢。”不过，他也深知自己的罪孽沉重，又想着能和她和好还是要尽力和好。所以，他又按捺住不快讨好地说：“你们什么时候回来？我在城里等你们。”

何小敏说回来再说吧，就挂了电话。

这样一来，姚根正又没了去处。他想回家换件衣服也不敢回去。因为他估摸着：这段时间里，他和何小敏闹得乌烟瘴气，他的丈母娘也肯定早已经知道了。一朝被蛇咬十年怕井绳，他是真的害怕回去换衣服时，再碰上孔云焕那副气势汹汹的责问他的面孔。他们两家住得真是太近了！这次，他也真的是没了任何的说辞了！那就不回去换，算了吧。可不回去，又能去哪？去把脸蛋哥的钱给他还了吧。一想到还钱又觉得没买没卖的，仅仅是要了要就还要往出掏两万四，这也真有点心疼。与其给还倒不如再去要一要，说不准还能捞回来。抱着这种侥幸心理，他又去了赌场，这次一去，情况就更不妙了！早在他上次离开赌场后，赌场里就有了一个小小的欣喜——赌客们纷纷议论：姚主任打牌真是公道，一不出消露息，二不比比划划，只顾埋头瞅自己手里的牌，比猪也呆笨和老实；而且，他的技术不怎样却是十分地爱要，一要开了就不停不歇没个起坐，谁在他身上输了钱也有机会捞回来，这样的“好耍家”再到哪里去找呢。这些天里已经有一些赌客们开始打问他了，他们说：姚主任呢？他去哪了？怎还不来？

所以，姚根正这次再一来，就根本不用脸蛋哥再给他调遣耍家了，要跟他耍的赌客们早已排成了队。他已经注定成了一块案板上的待剐的肥肉，只是他不自知而已。又耍了几局，仍是一个输字。并且，他发现另外那三个耍家——相互之间好像一直在挤眉弄眼，共同来挤对着他。他想发作，可又一想：自己是根本不能发作呀。他来这耍，本身就害怕别人知道，再因为打牌和人家起了冲突，那传出去就成了十分恶劣的负面影响了。所以，他只能忍气吞声道：“打牌就打牌，都规矩点，谁也不是傻子。”

其中一个赌客说：“你看你，姚主任，你太多心了。咱能有那种毛病，咱有那种毛病让一家子都死完。你放心——来来来，继续耍。”

姚根正心里想：“只能继续耍了——已经输下那么多了！但愿能有个转机，来几把奇迹吧，一捞回来，就再也不跟这些驴日的耍了。”

可赌场历来就是一碗强饭，人受了气、遇了诈，牌也往往会跟着走向疲软。之后的两天里，姚根正的手气更背了，把把牌几乎不见大二王的影子，输得是一塌糊涂。自己在心里算了算，已经欠下脸蛋哥的十三万多了！他开始发急了，心想再不能耍这三打一了，凭自己那技术和那每局都抽六点的水费，他是永远也走不出这个烂泥潭了。想完之后，他对脸蛋哥说：“唉，我再不耍这个了，能不能来上一两场武活？”

“我看你是真的上道了，不行就认了算了吧，姚主任。”

“认不成呀！已经骑上老虎了，再耍上一两场武活，实在不行再认吧。”

“武活——要晚上间，到野外去耍呢。”

“晚上就晚上，野外就野外吧，到时你把我叫上。”

暮色苍茫后，一辆辆高档的小车暗中受着统一的联络和指引，诡异地从四面八方朝着一个小山沟里进发。姚根正的车由脸蛋哥打发的另外的一个小兄弟给开着，小车出了城驶离了大道，沿着一条乡间油路蜿蜒前行。走了几十里，又拐进一条坑坑洼洼的土路。再走至一个岔口处，一辆烂面包车横在一个路口的中间。车上有两个小兄弟，其中一个在对讲机里报了姚根正的车号，征得总后方的同意，另一个小兄弟才移开了那辆挡在路口的烂面包车。姚根正的车继续前进，弯弯曲曲途经四个有对讲机的岗哨后，最后才来到一个门面破败的土窑洞的门前。窑洞的四周早已停满了各种小车，越野车居多，也有不少的小轿车。窑洞里面当空吊着一个五百瓦的灯泡，灯光雪明瓦亮，灯光下面是一张长方形的大桌子，桌子上铺着厚厚的绿帆布，桌子前已挤满了黑压压的脑袋：有男人，有女人，有老板，有混混……这就是真正的野外的赌场，俗称之为“胡”。胡长是脸蛋哥，之下有记账的、抽水的、盯注的、赔注的、背包的、放款的……各色不同工种的人员。赌客们用两张只有饼子的麻将的和数来比大小；由庄家和出门、中门、后门三个偏家比；对九饼最大，依次是对八饼、对七饼……对一饼，再下来是一八九点，二七九点，三六九点，四五九点，之后是一七八点、二六八点……直至九二一点、八三一点、七四一点、六五一点；最小的是四六十点、三七十点、二八十点和一九十点，十点归零，俗称为“自毙”。全场的赌资由脸蛋哥一个人统一来调度，谁要一万就给九千四，砍头息六百,三天后归还。庄家赢了还要被抽百分之六的水费，代价之大风险之高可想而知。但是相同点数下庄家为赢，一般一赢了又会比偏家赢得多一些，这就驱使着一个个赌徒们又不惜身家性命铤而走险了——心里明知道：就水费就砍头息什么的，长期在“胡”上耍下去，久而久之那是必死无疑；可另一方面又幻想着能抓来大点，只要收成好，鸟能吃多少。这是典型的机会主义，这也是彻底的冒险主义！姚根正赶来后，正赶上一个庄家赢起了十四五万，已停了手。看着那红彤彤的钞票装进了人家的包子，煞是爱人！他在心里想：要玩就要当庄家，自古包工就比揽工强。于是，他走进了桌子的最里面，那个黑头黑脸的小兄弟和那个白白胖胖的小兄弟从炕上跳了下来一左一右地站到了他的身边——他们是来给他盯注和杀注的，又一场推对子就算正式开始了。

第一把牌，是热身阶段，偏家出注比较随意，暗中在试探着庄家的运气。出门押了横一千竖一千，两沓钞票搭了个十字架；中门只押了横一千；后门也是搭了一个两千的十字架；中间的河里，有押一千的，有押两千的，也有押三千、五千的，还有一个押了一万的一整把；就那统统加起来也足够有五万多。姚根正把两颗骰子捧在双手里，对着双手吹了口气掷了出去，骰子停转后是八点。后门先抓牌，亮出了七六三点。依次是庄家抓牌，出门抓牌，中门抓牌。出门是九五四点；中门比较大，是个二六八点。姚根正用一只手的中指摸了一下自己的那张底牌——牌面稠稠的，好像是个九饼子。他把底牌移开又同样地摸了一下那张浮牌——也是稠稠的，应该不是九饼就是八饼。他的心里倏地就涌来一阵狂喜——这就已经赢了呀，最次也是九八七点呀，可以杀后门、杀出门、杀河了，无非是只给中门单赔一千块罢了。为了保险起见，他又把浮牌摞在底牌上，把两张牌同时拿了起来，把底牌的牌面对着自己慢慢地往下搓——底牌已经看得一清二楚了，是个九饼子；再慢慢地往下搓底牌，往下搓，浮牌也露出了齐齐的三行，那也必是九饼子无疑了。他啪的一声，将两张九饼子摊开在了桌子上。黑头黑脸的小兄弟高喊道："桌子留下人留下，其他统统带回司令部。"白白胖胖的小兄弟早已长臂一挥，就把桌子上面所有的钱全揽了回来。旁边，一个高凳子上站的负责抽水的小兄弟也高声唱道："庄家起水三十张，起完水后顺顺砍。"包括脸蛋哥在内的，各色不同工种的人员其实都在心里偏向着庄家。因为庄家赢了后，赌资不会流失，还能抽水费。不用说，那个黑头黑脸的小兄弟和那个白白胖胖的小兄弟也能从姚根正那里拿到一点彩头，那是他们忠心耿耿的辛苦钱呀。当然，姚根正的心里更高兴。他想着还是这武活来得快，再有这样的两把牌自己就可以上岸了，上岸了以后可不能再在这些危险地带瞎混了。只有那一个个偏家们垂头丧气一言不发，心里想着今天这庄家真是红得要命呀，一个个来了都是风头正盛通杀不赔呀！

第二把牌开始了，偏家们都十分谨慎了，只有那坐着的抓牌把门的三个人各在门前押了二百块，他们身后的其他的偏家们全都伸长了脖子只看不下注。姚根正说了声："下注呀，就这点？"刚才那个输了一万一整把的赌客又不服气了，他又把一万的一整把扔进了河里，嘴里悻悻道："第一把就来了个'皇帝出宫'，早把吃奶劲用尽了，我还不信这个邪。"姚根正单手掷出了骰子，两颗骰子落地后是三四七点。中门抓牌看后，直接就把他门前的那二百块扔给了白白胖胖的小兄弟，不用问他肯定是"自毙"了——没了比牌的资格。后门再抓牌看牌时，急得那个押一万的赌客一直在一边不停地喊："保住，保住。"后门看后，却叹道："保个毛线，八三一点！"轮到姚根正抓牌看牌时，那个刚押一万的赌客只能是抱着万分之一的非常渺茫的希望在嘴里不停向姚根正咒道："毙，毙，自毙。"姚根正冷笑了一声，轻松地给他亮出个九八七点，心里同时还想着可惜了这个九八大七点呀——好雨下在了沙滩上，只能赢一万多一点点了。白白胖胖的小兄弟眼尖手快早已拿回了河里的那一万。拿回后，他又对那个输了一万的赌客激将说："你不信这个邪？不信，你往这看嘛，看见了没？'皇帝出宫'后，又是一个'乡长书记'。你以为我们姚主任是吃素的。来——押，让你再押，押来胳膊砍胳膊，押来脑袋砍脑袋。砍不坏你一件子，才怪呢。"这时，出门已经摊开了牌，是二饼子一对。白白胖胖的小兄弟又把后门门前押的那二百块拿起扔给了出门，扔时还说：“给，给你这个‘红绿灯双闪’奖上二百块，下回可要抓小点。”那个已输了两万的赌客连连摇头说：“唉，押不成了，押不成了——日他妈的，今天这是专杀爷爷的对子呀！”可他不押了，其他的赌客们却才开始押了。一些有经验的赌客已经在心里认准了他是今天全场里最黑的黑注，他已成了一盏给别人指路的明灯——他押别人不押，他不押别人就押。于是，桌子上又堆上来五万多。姚根正掷出的骰子是九点。他先抓牌，看后——是个五三八点。“也不小呀。”他在心里说，“看来今天真的是要起水了。”可真正的情况却是急转而下：出门把两张牌拿在手中搓呀搓，慢慢地搓，最后吼了一声“车轱辘一对”亮出了两张一饼子；中门也把两张牌拿在手中搓呀搓，慢慢地搓。此时，全场几乎异口同声地在喊：“保住，保住。”结果，中门更是给力，啪的一声摊开了一对八饼子，嘴里还吼道：“我这是两柱黑烟朝天冒。”吼完，他又和那个出门抓牌的人握了一手——庆贺他们精诚合作，已经取得了胜利。姚根正傻眼了，脸色也有点不自然了。后门再看不看牌已经无所谓了，他已经被出门和中门的那两对子就砍死了，绝大多数的钱都是押在出门、中门和河里呀。最后是后门比他的点小，拿起了竖押的注，只给他赔了横押的注。前后三把牌，赢了六万多，输了五万多，加上刚才被抽水的那三十六张，那个白白胖胖的小兄弟手里的钱只剩下薄薄一沓——根本不到一万了！

第四把牌，洗了麻将，重新整了牌。可是所有的偏家似乎都感到庄家已成了强弩之末，没劲了。铺天盖地的钱从四面八方飞向了桌子中央：有一张张的，有一沓沓的，有一把把的，还有一整捆的……红压压一片，盖满了桌面。姚根正心慌了，慌得厉害，这足有二十四五万之多呀，这怎弄呢？退台吧，让人笑话；不退吧，这又确实太大了。可随后，他又把牙一咬，心一横：“妈的，今天这帮驴日的都想让我死呢。老子偏要赌这把，就赌这把生平最大的注吧。天睁眼，龙显灵，菩萨保佑——让抓上个大点吧。”想后，他拿起了骰子。这时，脸蛋哥在边上问了句：“姚主任，钱该不误事吧？”这一句把姚根正问得心里更慌了，简直像长出了细细的乱毛。他现在也欠着脸蛋哥的十三万多，光这部分的赌债他还不至于害怕——凭他现在的身份和地位，他完全能筹措来这点资金，并且用不了一整年他也能全部给人家还清。可假如这把再输了，那怎办呢？怎办？他也不知道怎么办。输下再说吧，但他心里想得更多的是赢，赢了自己就可以跳出火坑了。“没事，不误事。”他强挣扎地给脸蛋哥说了句。说完，他把两颗骰子紧紧捧在双手里，摇了摇又连连吹了两口气，默默念叨了一下，就掷了出去。可他分明觉得自己那往出掷骰子的双手在发抖，两颗骰子有气无力地在桌子上滚了几下，成了六点。出门抓牌、看牌，是七四一点；姚根正的心里亮起了一道光，这是个好兆头呀。中门抓牌、看牌，是三四七点；姚根正的心里又有了一些负担，这也不是个小点呀。后门再抓牌、再看牌，也是一个七四一点；姚根正的心里倏地又涌来一阵狂喜，这几乎有百分之八十能赢的可能了呀。他把自己的两张牌往齐摞了摞，拿了起来。在他往起拿牌时，眼尖的后门看到了姚根正的底牌是五饼子。可后门不敢喊毙了，毙了就成了五饼子一对了，那还得了！他只能咒道：“五六一口气；五六一口气。”全场又跟着齐齐咒了起来：“五六一口气；五六一口气。”姚根正也看到了自己的底牌是五饼子，他想冷笑，可这次却没能笑出来，好像有某种即将崩溃的心灵感应牵制了他的笑容。但是，他也不相信自己会这么背，浮牌只要免过六饼子来任何牌都是通杀呀。他定了定神，开始慢慢往下搓那张五饼子，可刚往下搓了一点点，浮牌就露出了红线。姚根正的脑袋霍的一下就炸了，感觉自己的额头已渗出了冷汗，手抖得根本再搓不下去牌了。这么早就露了红，那必是六饼子和七饼子了，而且七饼子已被出门和后门各抓走了一个，那就是六饼子居多了。一想，心里一打战，手中的一张牌已掉落在了地上。几十双眼睛齐齐地死死地盯着那张掉落在地上的牌——果然是张六饼子。全场霎时沸腾雀跃了。有人喊：“押在厕所里也有钱。”有人喊：“我的三千。”有人喊：“我的五千。”并且，在喊的同时有人已开始伸手指桌子上他们各自所押的注了，秩序也有点混乱了。黑头黑脸的小兄弟吼道：“都不要动，日你妈们的，又不是不给你们赔呢。”可人们依旧嚷嚷，声音一片嘈杂。脸蛋哥从炕上跳了下来，把姚根正向后推了推，站在了姚根正原来站的那个位置上，向众人暴吼道：“都不要动，谁给老子多栽注，老子把你脑浆给倒出来。”这下，全场才刷的一下静了下来。“包子队，上货。六百的头子先都不要剁，完了一账算。”脸蛋哥又对炕上说。炕上那些背包子的小兄弟们开始往开解他们各自的装钱的大挎包了。至于，姚根正呢，他已真的只剩一口气了。如果不是脸蛋哥向后推他，他只会像一根木头一样长久地呆立在那里。他已经完全输蒙了。现在，脸蛋哥把他推在了后面，他的双腿还在不停地簌簌发颤，只有扶着墙才能勉强站稳。虽然他看不见自己的脸色，但是他知道那一定是比死灰还难看了。之后，他听见脸蛋哥、黑头黑脸的小兄弟和那个白白胖胖的小兄弟三个人开始赔注了。他们一边数钱，一边让那些领到钱的赌客们往起拿桌子上的注。只听他们三个不停地叫道：“一千的起，两千的起，三千的起，五千的起，一万的起，两万的起……”注太多了，赔了好长一阵时间，随着最后一声：“十万的起。”炕上另一个记账的小兄弟又报了一句：“前后下底二十五万，头子钱一万五，共计二十六万五千块。”此时，脸蛋哥手中只捏着不到一千块，他把剩下的那点钱给姚根正递。姚根正让脸蛋哥拿了算了。脸蛋哥没要又给他递了回来。姚根正说：“那就给他们算了吧。”脸蛋哥按姚根正的意思把那点钱分给了黑头黑脸的小兄弟和那个白白胖胖的小兄弟。

再后来，姚根正几乎不知道他是怎样离开赌场的，也不知道他是怎样一个人把车开到城里的。他只知道自己恍恍惚惚中握着方向盘，任由车子自行自驶。他的脑子里只剩一根弦了——那就是一直在盘算着：这回真是把天大的娄子捅下了！前后那是四十万那不是随便哪里都能挖来的黄土呀，三年内不吃不喝没灾没病也未必能把这钱给还清呀。更主要的问题是——明天他拿什么给脸蛋哥交代呢？不盘算还不太急，越盘算就越急越心慌了，呼吸也简直有点困难了。他感觉自己在进赌场之前和出赌场之后已经完全成了两个人了。现在的他已是负债累累了，已经没有一点点的精气神了，再没了任何的底气和能力来应对任何一点点的风险了。小车进了城，天空不知在什么时候起已下起了雨，是那种夹着毛毛碎雪的冷雨。路过一个小胡同，胡同口黑乎乎一片，那黑乎乎之中好像还有一团更漆黑的黑影在移动。姚根正放慢了车速，慢慢从那团黑影旁驶过。可车刚驶过一半，他就感觉那团黑影里发出“哎哟”的一声，并向前倒了。他赶忙踩了刹车，摘开挡位又拉住手刹，下车去看。原来是一对母女抱着一大堆洗衣粉和衣服什么的，共同打着一把雨伞在并排走着；现在她们已被他车的反光镜给剐倒了。当他下车看时，那个女儿已经从地上站了起来，一边拍着身上的泥水一边又跺了跺脚。可老太婆仍是坐在地上，姚根正急着问：“没事吧，没事吧。”

“没事，应该没事。”那个女儿回答。姚根正又过去搀扶老太婆；可老太婆揉着脚腕说，疼呢，让她先坐会儿。

“那我先报个警吧，然后再送你们去医院，行吗？”

“行行，你先报警吧。”那个女儿说，“你该有保险了吧？”

“有呢，全险。”

“那你赶紧报，万一有个什么事，也好由保险公司来担着。”那个女儿又说。

姚根正打了122又照着保卡打了保险公司的出险电话。雨天雨地的，在电话里听说不是什么大肇事，保险公司没来人，全权委托了交警。没过多久，两名交警就来了。交警来了看了看现场，拍了两张照，说没伤没痕的应该没什么大碍，还说姚根正是主责但车不用扣了，让他把老太婆拉上到医院检查检查，只要检查得没毛病那就算了。姚根正再赶忙把那母女俩拉到医院。此时已接近午夜十二点，医院早已经下了班，只有急诊科留两名值班的医生。医生看了情况后，也只给配了张临时床位，说等明天早上全院上班了再检查吧。

姚根正就在车上睡了一夜，可他根本睡不踏实，总是忽左忽右地瞎乱猜想着，只在凌晨前后才略略迷糊了一下。不过，就那短暂的一迷糊，他的脑子已经清醒了许多——知道坏事都已经发生了，那就要一码一码地来解决了。他先买了一些水果和奶粉什么的营养品，去看望老太婆。这时，老太婆的家人都已经来了——老头、儿子和几个亲近的人。双方寒暄了几句后，对方知道姚根正是瓷崖信用社的主任；姚根正也了解到老太婆的家境不是很好——他们是农村人在城里租房子住，老头捡垃圾，老太婆当环卫工人。然后，他又跟老太婆的儿子共同背扶着老太婆楼上楼下里里外外地全部给检查了一遍。检查费花了将近三千，检查的结果是：老太婆积劳成疾，先前又没有条件来治疗，现在早已经浑身是病了！肺有慢性支气管炎，肾有轻微的糖尿病，肝有肝炎，胆有胆结石……不过，那些都是旧有的老毛病，新病是：右脚韧带扭伤，脚踝骨有裂缝，需要固定。姚根正问了医生。医生说不碍事，只需做个小手术，然后再回家慢慢养护去。他又问：“手术得多少钱？”医生说：“五六千就足够了。”他给医院交了八千的住院费，又给老太婆放下两千元，说：“姨姨，水果那些不算啥，这两千也不算啥，只是我的一点心意。至于事情呢，咱事有事在，你只管先看病养病，将来交警队那边肯定会有个公道的处理法。他们说需要我出上多少，我就出上多少，绝不会逃避责任。”说完，又给老头和老太婆的儿子留了自己的手机号码。老头和他的儿子说：“好好好，那你先走吧。”

“那就辛苦你们伺候我姨姨了！有时间，我还会来看望她的。”

这面的事情刚安抚住，那面的电话就来了。他一看号码是脸蛋哥打来的，心里就犯愁了，可他又不能不接也不敢不接呀。接起后，只听脸蛋哥说："姚主任，前后一共四十万零得几百块，零头就算了。主要是——这段时间我也紧张得厉害，还有昨天那些赔出去的钱也基本都是小兄弟们的！你看这样行不——你先在两三天之内给我上二十万，剩下的以后慢慢再还，你看怎样？"

姚根正心里清楚：对于这样的条件，他是必须要接受了。脸蛋哥这已经算是够给他面子了，因为他还在信用社主任的位置上站着，所以脸蛋哥也不愿意跟他撕破脸。换作别人，脸蛋哥的要账是——轻则拳头、重则棍棒，把人多少天里关在地窖里只给扔颗大白菜，那也是常有的事。他忙在电话里说："没问题，赶今天下午之前，我先给你上十万。"然后又犹豫了一下，说，"再要往下弄十万还真的有点难度呢，你看这样行不？你在瓷崖信用社贷那五万，从现在开始算作我的，利息由我来付，到时本金也由我来还。你看能不能再给我找上两个身份证是瓷崖的人，我给他们贷上五万，贷出来你拿去，到时本利也都由我来还。至于剩下那二十万，我再慢慢给你想办法。马上就到阳历年底了，到年底，我应该还能来点钱。"脸蛋哥说他的资金也确实有点紧张，那五万贷款他还想继续用呢。他可以给姚根正找上三个人五个人也行，只要他能贷出来款，人有的是，让他再贷出来十万，都能宽余一点。

"那也行，你让他们明天来我单位，我明天也回单位呀。"

"没问题。"脸蛋哥说完后，就挂了电话。

可姚根正的心里却隐隐袭过一阵恐慌和不安，额头处已沁出微微的汗珠，怎么也静不下来。他意识到自己已开始向违规违纪违法的领域伸手迈步了。可他又确实顾不了那么多了，能安抚住眼前的事才是当务之急，要不然他现在就地就要出事呀。"以后坚决不能再赌了，无论大小一次也不敢再耍了，省吃俭用也要慢慢把这窟窿给补上。但愿善风善雨，千万不要再节外生枝，让东窗事发呀。"他在心里安慰自己说。安慰完后，他又给其他行业的几个客户兼朋友打了电话，也没过于费多大的劲就借来十万送给了脸蛋哥。这样一来，总算是暂时地安顿住了一切。这时，他才记起他这次进城也已经有四五天了，何小敏和女儿也应该从省城回来了。外面已十万火急了，家庭更需要安定团结呀。他在电话里小心翼翼地仍带着赔不是的口吻问何小敏回来了没？

何小敏却说："你催什么催？你是不是急着要离婚，跟那婊子结婚呢？"

"我又没那么想。我是……我是想看看女儿呀；再说……咱两个也好长时间没见面了，就算我有天大的错误，也该见了面，我好给你承认错误呀。”

“你那一套，我早就听够了。三年不见面，你也不会想我们，你的时间都是用来想那婊子的。”

“你别再提她了，行不行。都过去了……”

“有你们做的，没我说的。都过去了？你认为那么简单就过去了……”

“那怎弄嘛，那你到底要我怎样做嘛，难道就永远没完了？”

“你怎样做不怎样做，我管不了。什么都无所谓了，你跟那婊子再睡上一百年我也没意见；你只要按我说的同意离婚就行了。”

“要离婚也要见了面说吧，电话里三言两语能说得清楚，你到底回来了没？”

“我没回来。有什么说不清楚的？什么也不用你赔，什么也不用你管，我都认了还不行。你只要签个字就行了，签字该是你的强项吧？”

“也不是你说的那么简单吧？女儿呢？女儿她姓姚，不是姓何……”姚根正不知自己为什么会说出这句话来。他此时最真实的本意应该是：想把争夺女儿当作一个筹码，来逼迫一下何小敏，让她知道假如她硬要离婚——到时他也不会那么完全顺着她的心意来。可实际上他并没有想过要和何小敏争夺女儿的抚养权，女儿小小年纪择优而处，那是最佳的选择，这点道理他岂能不明白。假如他们真的离了婚，何小敏若要重新规划她的后半生，把女儿扔给了他、不管，那才叫个惨呢。但是，他的这句话刚一出口，显然那已触碰到了何小敏的底线。她顿时在电话里像母老虎一样咆哮道：“姚根正，你真是个畜生！你把我已经害成这样了，你难道还要继续再害女儿吗？”

“……”

“如果你要跟我抢女儿，那就来吧。我正式开始跟你没完没了。离，非离不行，但是不会这样顺顺利利地跟你离了，你看我这些年的青春你准备怎赔呢？”

“谁的青春不是青春，怎赔呢？”

“你要口是心非跟那婊子厮混，我又没让你……”

“就算我有千不对万不对，但我总该在女儿的事上，有我的想法吧。”

“女儿，女儿你再见也不要想见。”

这也同样触碰到了姚根正的底线，他发急地吼道：“何小敏，你不要动不动拿女儿来要挟惩治我。我什么时候想见她，就非见不行。你要再这样阻止我，那就不要怪我不客气了。”

“不客气吧，你能怎样？”

“你试一试。”

“……”

结果，又是一场无谓的争吵，双方非但没有沟通好，反而向破裂的地带更走近了一步。挂了电话，姚根正对能不能保住这个家庭已彻底没了信心，看来离婚也只是一个迟与早的时间问题了！“唉——天要下雨，娘要嫁人，实在要离那就离吧。”他在心底叹了一句。

第二天，他就垂头丧气地回了单位，给脸蛋哥打发来的人办了贷款，实际上那是等于给他自己办了贷款呀。刚安静了一两天，老太婆的儿子又打来了电话，说：“你把人碰得住进医院就不管了？现在再怎弄呢？”

“你们慢慢看病养病呀，我来了也不能起什么作用嘛。”

“看病——看病该需要钱了吧？”

“我放下那八千，应该还够吧？”

“从昨天开始肺也不行了，呼吸也有困难，说不准肺部还得一个大手术做。”

“我碰的是她的脚，又不是碰的是她的肺？”

“你说得才轻巧，脚和肺不是一体连着呢。不是碰了脚，心情急躁，能引起这肺部的病？你来就来，你不来我们把人给你抬到你的单位来。”

姚根正只好又去了一趟医院。到医院一看，老太婆也好好的没什么异样呀。问了医生，医生说再过两三天就可以出院了，出院回家自己慢慢养护去。可老太婆的儿子却说：“你这会儿看没大事，可晚上间咳嗽得可厉害了，肺部非要看一看不行了。”

“治疗肺部，人家保险公司不给我报呀！再说住院费里还有一千多呢，不行你先拿那钱给买上点咳嗽药什么的。”

老太婆的儿子又说：“指那钱根本不够，再检查检查就完了，有必要的话还要做手术呢。保险公司给报不给报，那是你的事。你把人碰成这样，你不能不管吧？”

“我碰成怎样了？不就是脚踝骨裂缝嘛，该做的手术咱已经做了，再需要怎么赔，那也不是你说了我说了能算了的事，那该要交警队来裁定了吧。”

“那好！你不出钱也行，从现在开始我们就不管了，我妈，你伺候去。只要她不疼不咳嗽，你一直陪着就行了。”儿子的话刚说完，老太婆就及时地咳嗽了一两声。姚根正觉得实在是窝囊，简直没办法脱身了，只得又给放了三千元，说：“你们要看就看吧，反正都要有正规条据呢。”可人家其实并不是为了看那浑身的老毛病，而是为了跟他要钱，他们根本就没把他给的那三千元往住院费里充。没过两天，老太婆的儿子又打来了电话，说：“我妈原来给我爸做饭，还给我们带娃娃。现在她成了这样，这就全乱套了，老的小的都没人管了，必须还得雇个人了。你看怎弄？”

至此，姚根正明白自己遇上的人可不是什么讲理讲性的正人君子，而是一些穷得想要讹人的人。不过，他又想：交通肇事的理赔本身就有误工费护理费那些，只有自己的态度好一点，掏钱掏得痛快一点，才能让人家心里顺畅一些，也好赶快出院一次性处理呀。于是，他又给送去了两千元。谁知，他一味地迁就却增大了对方变本加厉的胃口。没过几天，老太婆的儿子又打来了电话，说：“我们现在准备出院呢，你看你准备怎样一次性解决问题呢。”

“出院那就先出院嘛，只有人出了院，咱才能坐下来慢慢拉呀，你不出院咱怎拉呢。”

“你给的钱，我们没法接受，那就肯定不能先出院嘛！”

“那你们准备要多少呢？”

“你支起十万以上，咱再拉。”

姚根正听得倒吸了一口凉气，心想：当下碰死一个人也无非是二十万左右就能搞定，这小小的一个轻伤就差不多赶上一条人命贵了，这真是狮子大张口呀！不过，他又强压住心里的不快，说：“你也要得太多了吧，那就根本没法处理了！你凭什么能要那么多？”

“唉，人上了年纪就跟西瓜一样——没打开之前，谁能知道里面的瓜瓤是红的还是白的。我妈以后会走不会走还两说着呢！跟你要那么点，不算多吧？”

“那你就一直不要出院了，什么时候彻底看好了，咱再说怎样处理吧。此外，你以后也不要给我私下打电话了，咱这事本身也已经经公了，我不想跟你私下协商地解决了。”姚根正说完，就挂了电话。

老太婆的儿子也没了好办法——医院知道这是交通肇事，按规定不能给胡乱用药，已经催了几次让他们出院了。他们赖着不出，医院也就不再管了，每天只跟他们收六十块的床位费，谁要住就一直住着吧。老太婆的儿子又去缠了几趟交警队的事故中队。事故中队调来了姚根正，给双方出具了责任认定书，又试着调解解决了一次。按照事故中队的算法：检查费，住院费，治疗费，误工费，护理费，伙食补助费，营养费，连同那天晚上擦烂老太婆女儿的一条裤子钱，这些全部都加起来也不到两万三千元。姚根正已经出了三千的检查费和八千的住院费，前后又给过三千元和两千元，不算单独给老太婆表示心意的那两千元，再出上七千元就行了。可老太婆的儿子根本不同意。姚根正问交警：人家不接受，那再怎办呢？交警说："那就让他们去法院好了，法院也要依照我们的算法来，什么事都有个标准和规定了吧，不能由着谁想怎来就怎来吧？"可姚根正这段时间里已被老太婆的儿子——那三天两后晌就要钱的电话，打得神经也快崩溃了。他实在没精力也不愿意和这些人再纠缠了。他又好言对老太婆的儿子说："你看这样行不——咱就按交警队的调解来，哪怕我再给你多出上一万，甚至是两万也行，咱一次性把事情解决了吧。何必非要走到法院那步路上，飞起总得要落、张开总得要合，迟早都得要解决嘛！"

"不行，十万少一分也不行。"老太婆的儿子态度坚决，只是把十万以上降至了十万。姚根正觉得自己已经算是仁至义尽了，他带点恼火地说："那你们就到法院去吧，到时哪怕法院判我该赔你颗脑袋，我也赔你就是了。"说完，他就愤愤地走了。

两天后，老太婆一家换了阵势，老太婆的儿子不再出面了，而是由老头和老太婆亲自上阵了。老头背着老太婆来到姚根正的单位，把老太婆放在了他的床上。然后，老头开始闹腾了：一会儿是暴躁地责问，一会儿是平静地等待，一会儿又是紧催着要钱，一会儿又哀求着说："你给我们处理了，我们好走呀。"说时，一把鼻涕一把泪，烟灰浓痰到处飞，姚根正的宿舍彻底遭了殃。他要上趟厕所，老头也一直紧跟着他拽着他，说："你把我们的人碰了，却让我找交警队找法院去。我才不找他们，我就找你，你哪也别想跑。"他像被冤魂不散一样缠住了身，有力气没处使，有脾气没出发，只好又哀求道："老叔，我也不是不给你赔呀。你要得实在是太多了，我真的拿不出来呀！"

"瘦死的骆驼也比马大，你堂堂一个信用社主任能拿不出来这点钱？"

"其一，我是真的拿不出来；其二，我就是能拿出来，也不能这样给你吧。你到处看一看，你到处问一问，全遥平市有没有这样处理交通肇事的——小小一个轻微伤就给上十万？凭你良心说——人家给你吧，你好意思拿呢？”

“嘿，人家有一个耳光就给十几二十万的了。”老头说，转而又哭丧着脸哀求道，“我们跟人家不一样呀，前年二儿子让烟给闷死了；现在我老婆又成了这样，给大媳妇指不上事了——带不成娃娃了，她就眼黑开我们了，这几天老是说‘要么她走，要么我们走’。好娃娃呢——你就把钱给我们来，我们老两口回农村呀；你不给钱，我们就彻底没了依靠了！”

“唉——”姚根正长叹了一声，说，“我是大倒霉，你们也不太走运呀！假如前一个月我把你们给碰了，你要这样说，我或许就把钱给你了，说实话我现在看见你们心上就麻烦得不行，连句多余话也不想跟你们说。可问题是——有些事你们不知道，再说了你们知道了也没用，我的实际情况是比你们也可怜呀，信不信由你，老叔。不过，咱不说这些，咱就说怎样处理吧。你看这样行不行——就算我比你们年轻，怨我把你们碰了，我再多吃上点亏，我在交警队调解的基础上再给你们多加上三万，前后我一共出上五万三，行不？你要再不接受，我也就真的没办法了！好老叔呢，你就接受了吧。咱不走的路也走三回呢，谁也不要把谁亏得太过逾了。”

老头还是不同意，又和姚根正同吃同住地拗了两天。第三天一早，他沉不住气了，砸烂了两块窗玻璃，暴躁地吼道：“你到底是处理不处理？”

姚根正给二道梁派出所报了警。副所长带着一名干警来了，来了一看这情形，连连对姚根正说：“姚主任，这人我们带不成呀——这纯粹是两个棺材瓤子，我们带回去就成了我们的老人了！”“那怎办？”姚根正问道，“难道老弱病残弱势群体就跳出了三界之外，不受法律管理了？”副所长又摇头说：“唉，没办法，真的没办法呀！还是要你跟他们好好商量地解决呢，我们无非是警告他们两句罢了。再要怎强硬吧，你看看这年纪，你看看这身体，弄不好我们还要给他们陪葬呢！现在的有些事就是没法说！这还是你把她碰了，有些老太婆自己在马路上跌倒了，别人扶起来那就了不了了！”姚根正彻底没了招。好在这天下午，镇政府也收了假，高保义和赵壮他们知道情况后，轮番上阵和老头开始正式座谈。座谈了两天两夜，最后老头终于松了口，说：“抛过以前给的，再给上八万算了。”

高保义给姚根正汇报说：“再很难往下降了，怪你碰上这些人了！实在难说话得厉害，他们有的是闲工夫，能把你操得什么也做不成呢。麻烦死了，你快扔给算了吧，姚主任。”姚根正在心里算了算：保险公司最多能给自己报销两万三，加上单独给了老太婆的那两千元，这就等于白白让人讹了七万五呀！又想：“讹就讹了吧，再也没什么好办法呀！能不给吗？不给，所有的正常工作都无法开展了，谁能耗得住他们呢。唉，就当又输了七万五吧！”于是，他点头同意了，又四处借了钱，终于打发走了老头和老太婆。一打发走老头和老太婆，他感觉自己的脑袋也猛然间轻松了一下，头顶的天空也好像比原来广阔了许多。只是连同已给了脸蛋哥的那十万，前后他已借下了十八万呀！这都是些三天五天十来八天的临时借款呀，需要他一直拆了东墙补西墙地来回借呀！没几天，他就实在扛不住了，只好又十三万卖了那辆帕萨特。好事不出门，坏事传千里。他的这些举动群众们都是看在了眼里。一些关于他的风言风语就在背地里悄悄传开了：

“姚主任这段时间里老是借钱，看样子像紧张得厉害。”

“出肇事了，给人家赔了十几万。”

“那有什么，他可不是十几万能难住的人呀。”

“听说还在脸蛋哥的胡上可多输了，输了有上百万。”

“唉，好好的人怎能干那些营生，那不是自寻死路呢！”

“还听有人说，他现在回城了也不回家，老是在酒店住。”

“……”

这些舆论像风一样在四下里蔓延，给姚根正带来了雪上加霜的效应，渐渐人们对他的经济状况以及品行德行有了怀疑。可怀疑归怀疑，谁也不会去当面质问他，大不了以后跟他打交道要慎重一点罢了。但是，有一个人对这些舆论却是十分地关注，甚至可以说是在背地里秘密搜集着这些舆论。这个人就是孔云焕。自从那天她和女儿去酒店参加小妹的生日宴，可女儿在后面走着走着却不见了。她给她打了好几趟电话让她赶快来吃饭，可她却一直不接她的电话。孔云焕心里着急，不知道出了什么事，也没了心思再给小妹过生日了，只匆匆吃了两口就又去找女儿了。找到女儿的家里一看，地上已是残渣一片，何小敏正坐在沙发上哭哭啼啼，原来又是跟女婿闹矛盾了。孔云焕当时就火冒三丈，可又一想：自己这次是不能再干涉了，外孙女没满月时她干涉了一次，结果是越弄越僵。这次就让他们自行解决去吧，一个驴圈里踢不死驴，她就权当作没看见不知道算了。可谁知，她这次不管了，事情反而比上次更严重了。女儿是铁了心地要离婚，连同她劝也劝不住了，到最后孔云焕已看出这次的离婚真的已成了铁板上钉钉的事了。“既然要离的话，”她在心里想，“那就不能便宜了他姚根正。他把我们的女子闪在这半路上，他却继续当着他那主任，到处耀武扬威，再找个十八的？哼，我们好过不成，你也别想好过。当主任，当你妈的 ×……”于是，她去了一趟遥平区信用联社的总部，到三楼理事长的办公室找了理事长。关于姚根正的不是孔云焕历来就有一麻袋的说法，前场谷子后场糜子地给理事长道了大半天，最后她又说：“理事长，你是当官的人，你说我们的女子有什么错？他在外面整天赌博流魂，我们女子管了一管，这就管下了天大的乱子！他跟她是天天淘上个气没完，现在连家也不回了！他就这样胡作非为，难道就真的没人管他吗？”

她的这些话成了压倒骆驼的最后一根稻草。早在这两个多月以来，理事长已是不止一次地听到了一些关于姚根正的说法了。第一次是朝露的大姑父，遥平市信用联社的稽核科科长，为朝露往遥西新区调动的事来找过他，并且很隐晦地向他提了提姚根正，说：“这人不行，作风有问题呢。”第二次，是瓷崖的一个房地产老板跟理事长在街上相遇，他问：“我们姚主任在你们老家那搞得怎样？”那个房地产老板说：“工作没一点问题，绝对好着呢。就是听说爱耍，胆子还不小，耍得可大了。”理事长心上吃了一惊。第三次，是老太婆的儿子来找过他，来了说：“你们的人开车把人碰了，纯粹不管，一分钱也不出就想了事。”交通肇事，有时在所难免；作风问题，那也是两厢情愿；对于这些事，理事长没太在意。可赌博，那是金融行业的大忌呀。现在孔云焕又向他坐实了这件事，而且姚根正有恶习还容不得老婆的管教，这就太有点胆大妄为了，这就太有点品性恶劣了！理事长听后不禁怒从中来，对姚根正开始有了反感和厌恶。不过，这段时间里他实在是太忙了，忙得根本顾不上来处理这些事情。遥平区信用联社向合作银行的改制工作正走在了最关键的时刻，每天都需要向众多的相关部门申报、审批、等待验收等等。一直到阳历的 12 月 23 日，遥平区农村合作银行才终于正式挂牌营业了，这天，省、市、区，各级领导都前来剪彩，举行了一场盛大的庆典仪式。庆典仪式一过，12 月 24 日的一大早，主管瓷崖片区的刘副主任就受了理事长的秘密委托前来调查姚根正了。理事长让他调查的主要内容是：姚根正在工作之余的生活动向，以及他的家庭和婚姻状况；最主要的是要他弄清楚他的经济状况，有没有监守自盗占用内部的信贷资金。

刘副主任带着信贷科科长一走进姚根正的宿舍，看见昨天庆典仪式上给每位职工发的一块羊毛被还正好摆在他的床上，就问了句："这有被子呢，你该把新被子拿回家呀？"

"昨天没顾上回……"姚根正支吾了一句，心里却想："一块被子拿到哪不拿到哪，正常来说领导才不会关心这些碎事；领导这是另有深意呀，他这是旁敲侧击，在问我为什么不回家呀！"

"你的车呢，不见在院子里停呀？"刘副主任紧接着又问。

"这是盘问开我的经济状况了……"姚根正在心里说，嘴上却含混地答了句："车这几天，让一个朋友借走了。"

"姚根正，"刘副主任严肃了起来，"我现在代表组织正式向你问一个问题，希望你能如实回答。不要让我再派工作组逐笔内查外调你这的贷款了。"

姚根正觉出了问题的严重性，随即也郑重地点了点头。

"你在瓷崖信用社用款着不？"

他沉思了半晌，终于说出口"用着了"三个字。

"用多少？"

"十万。"

之后，刘副主任又问了姚根正的年龄以及一些无关紧要的问题。他回答说今年三十了。刘副主任却感叹了半句："三十正是而立的好年华呀，却要……"随后，又说了些人生应该认真地把握好每一步，等等云云。姚根正听得如坠雾里，可又分明觉得刘副主任的那些话里处处有着暗示和警示。最后临到走时，信贷科科长给姚根正说："根正，你这的贷款规模已经降下来了，应该抓紧再投放一点。"刘副主任却说："不要放了，等过了年底再说吧。"至此，姚根正的心上彻底明白了——看来信贷科科长和他一样根本不知道高层的意向，但是刘副主任显然是知道一点的，这是山雨欲来风满楼的节奏呀！他想：他近期必须要和理事长见一面了，要向理事长深刻承认错误，坚决保证再不参与赌博，这样他或许还能争得理事长手下留情一点。要不然他现在面临的就是严厉的处分呀！同时，他觉得他还应该向理事长适当地说一说他那已经准备放弃的多年来无性的婚姻了。这段时间里他也已和何小敏相互平静地达成了协议——等过完阳历年，他们就去办理离婚手续！那就等过完阳历年再说吧，去办理离婚手续时，一并再到理事长的办公室去一趟吧。这几天，年终决算在即，也正是全年工作的关键时刻呀，还有四笔逾期贷款等着他来紧急处理呢。

刘副主任回去向理事长做了详细的汇报。听完汇报后，理事长在心里想：“十万，用十万倒不是很多呀。姚根正这人的工作能力确实很强呀，培养一个能独当一面的人才也真的不容易呀！”想到这些，理事长的心又有点软了。如果姚根正能及时来向他深刻检讨，认识到错误的严重性，并且从此能做到彻底杜绝那些不良习气。那么他或许还能放他一马，从内心来讲他还是很爱惜他的这个部下的。可姚根正却没能及时来，这样理事长又觉得姚根正这人太有点飞扬跋扈和目中无人了；再说，赌博那行为也确实太危险了，输红了眼，那是连皇帝的买马银子也敢输呀！于是，2005年的决算之夜和2002年的那个决算之夜又是一个样——遥平农村合作银行在三楼的那个小会议室里又召开了一次关于人事任免调动的严肃的理事长办公会。第二天，元旦放假一天。2006年1月2日的一大早，机关全体和各网点的主任们就参加了总行关于人事调整的宣布会。会上，正行长即原来联社的正主任宣读了关于人事任免的决定。很显然，这是近年来人事变动最大的一次。前面，一口气就撤了五名主任。第六个，念到了姚根正，也是撤职，并且调离到另一个山区小社，从此不让接触信贷业务。原因仅有六个字：参与社会赌博。

姚根正在台下一听，脑袋就嗡地响了一声，之后正行长再讲什么他一句也没听清，只在心里想：“前面被免去的那五个主任都已经快到了退休年龄，人家那是寿终正寝啊；可自己这是半路夭折呀！主任不让当了，城也回不了，连个信贷员也不是了，这也太有点严厉了吧……”这时，他口袋里的手机又振动了一下，拿出来一看是何小敏发来的信息：**我已经到民政局了。**

“既然一心所爱的事业都已经成了这个样子了！那么还有什么其他的可值得留恋呢？那么还有什么其他的不能舍弃呢？”他在心里说，感觉自己像一棵暴风雨里的小树一样，任凭风暴疯狂地击打着他的躯干。他反而拼尽最后一口力气又在心里呐喊道：“来吧，都来吧，再猛烈些吧，究竟能惨到什么地步！”与此同时，他已提前走出了会场，匆匆向民政局赶去。

民政局离婚的窗口前和结婚的窗口前一模一样，前面都排着两长溜的男男女女。只是结婚的窗口前，一对对男女手牵着手还觉不够亲密，偶尔还要旁若无人地相互吻一吻。而离婚的窗口前，一对对男女之间则是彼此保持着距离，形同陌路，一个个都木然着脸。姚根正和何小敏按要求先到隔壁的照相馆里各照了一张一寸的单人照。照相时，照相的阿姨又说了一句——任何时候对任何这样的顾客永远都一样的话：“唉，但凡还有一点点希望能在一起过，那就不能离婚呀！你们真的想好了没？”他们两个谁也没有回答阿姨的话，只示意阿姨给他们照就行了。“咔、咔”按钮响了两声，随后就洗出了两张毫无表情的照片来。再到窗口前，填了一张有相关协议的表格后，每人就领出一个盖了钢印的发紫的本子来。

姚根正原以为离婚证是绿色的，不知什么时候起却已换成了红过了头的紫色。何小敏原以为她会在领到离婚证的那一刻哭出声来，谁知却没有眼泪掉下来。原来在这些年里，她已经为他们这场糟糕的婚姻，背着他偷偷独自一个人流尽了她所有的眼泪！走出民政局的大门，他们两个只相互淡淡地惨笑了一下，就匆匆掩饰着各自的心情各奔东西了。

何小敏去了理发店，把头发烫成了带卷的深黄色，又买了一件亮色的风衣和一双长筒的皮靴子。她想用冷酷的外表来包裹自己那颗已受伤的快要麻木的心；她也想用一个不一样的自己来和过去彻底告别。然而，过去和现在总是一脉相连。没几天，离婚的沉痛便在她的周边开始慢慢渗了出来。显然，女儿姚遥已意识到她们的家庭里发生了异样：客厅里那张爸爸妈妈还有她的三个人的照片不见了，卧室里那张爸爸和妈妈两个人在一起的大结婚照也不见了，还有爸爸的烟灰缸和衣服也不见了。女儿开始有些不解和闷闷不乐了，老是会想起爸爸原来回家时的样子来。原来爸爸一回来就会跟她玩石头、剪刀、布。爸爸特别笨，笨得只会出一个石头，老是被她的布赢，赢了就可以把爸爸当马骑。可爸爸总是驮着她在那张大床上遛两圈，然后就说累了驮不动了。她又总会央缠着说再骑最后一圈嘛，爸爸则又会弓起背来让她骑。可现在这些快乐全没了，爸爸去哪了？女儿已在心里有点不妙地思索开了。这天，何小敏做好饭菜，推开小卧室的门，却见女儿一个人蜷缩在床头，一边抠着指甲，一边又像呆呆地想着什么。她说了声：“来，过来吃饭来。”

女儿却说：“妈妈，我爸爸呢？”

她在那一刻里霍地就心碎了，已有两滴眼泪涌出了她的眼眶。她忙背转女儿揩去眼泪，又回过头来说：“你爸爸现在调到可远的地方去上班了，以后不能常回来了。咱两个要好好过，知道没。”

“那你现在给我爸爸打个电话，问他什么时候回来呢？”

“来，先吃饭，完了再说。”

“不嘛，你先给他打嘛。”

“听话，来，赶快来，饭要凉了。”

女儿却哭闹开来。何小敏心烦地吼了女儿：“你再不听话，我就把你送到他的单位去，你一直跟他过去。”虽然一时吼住了女儿，但是看着女儿那泪痕斑斑的一声不吭地往嘴里扒拉米饭的可怜样，她感觉自己的心里也在沥沥滴血。这夜，何小敏彻底失眠了。这些天里，她已知道姚根正被撤职了。撤职的事是母亲告诉她的，母亲喜形于色地说：“那龟孙子亏心事做得多了，老天有眼呢！他还想当主任，我让他当他妈的 ×……”她听后没一点的高兴劲，反而在心里对母亲多了一分怨气。虽然她恨姚根正，但是他们毕竟还有着一日夫妻百日恩的情义呀。她知道事业对于姚根正来说，那就是他的第二条生命，这个打击会让他彻底颓废呀！一夜里，她辗转反侧，老是在心里猜想着他这段时间里会在哪里流落。她能感知到他一定是很落魄了也很灰心了。一想到这些，她又难受得厉害，感觉自己的家里人做了一件非常不光彩的事情。

第二天一早，她要上班去，已跟母亲在电话里说好了——由母亲八点过来照看女儿。她七点五十走时，见女儿睡得正香，她给她轻轻拉了拉那敞开的被角又悄悄地反锁了家门。可这天早晨，孔云焕却去了趟超市，迟来了半个小时。在这半个小时里就差点酿下一件天大的祸事。姚遥八点多一点从床上醒来，揉了揉迷糊的眼睛，看见妈妈已不在她的身边了。她在大卧室、小卧室、客厅、餐厅、卫生间，四处里找了一圈，也不见妈妈。小女孩就开始发急了，不安地想着：“爸爸已经走了；我昨天没听妈妈的话，又跟妈妈哭闹了，现在是不是妈妈也不要我了？”她想开开家门，想要出去找妈妈，门却被钥匙在外面反锁了，打不开。她就搬了餐厅的椅子，爬上了阳台，推开了窗玻璃，探出身子向外张望，看能不能看见妈妈。谁知，头重脚轻，身子一闪，竟跌了出去，幸亏窗户外还焊着一张钢筋防盗窗，她被卡在了钢筋条之间。上上不去下下不来，看着底下叫她晕眩的地面，小女孩吓得哇哇地号哭开来。看门房的老爷爷在楼底看见了半空中的姚遥，他惊得出了一身冷汗，赶忙给何小敏打了手机，又仰着头朝半空中一直喊：“姚遥，你不要动，爷爷一会儿来接你；姚遥，你不要动，爷爷一会儿来接你。”同时，又把一些纸片子纸箱子和一些随手所能找到的柔软的东西往地上铺。

何小敏在手机里听说了情况，犹如被五雷轰了头顶，她发疯般地骑着踏板摩托赶了回来。回来一看，家门已被母亲打开了，女儿正在母亲的怀里安静地待着。她这才两眼一黑，脚跟发软，重重地跌倒在了地上。当她再睁开眼睛时，就是不管不顾地对母亲狂吼了一通："你说你顾不上照看她，我花钱雇保姆呀。有什么事能把你忙成这样，你说你来不了，我也不会走呀。再说了，你为什么老要掺和我们的事情？他再不好也是姚遥的爸爸呀，你为什么要在暗地里出头？他倒了，能对你们有什么好处？"孔云焕诧异地看着女儿，始终不能理解女儿为什么会对她如此地不满。随后，她就长叹了一声，两行眼泪从面颊处静静地滚落下来，简直有点老泪纵横的样子。此时的孔云焕也早已不再是当年的孔云焕了。当年，她和姚根正在孔德树家里见面时，那是一身绛紫色的连衣裙，红色的高跟鞋，项链、耳环、戒指，浑身珠光宝气，神采奕奕。而现在的她，也已是面色衰老，容颜憔悴，头发间已有了丝丝的银霜。父母会随着时间慢慢变老，更会在儿女们的一些不幸的大事上顷刻间变老。自女儿离婚以来，她又何尝在心里真正地高兴过一天呀！之后，紧接着便是又一个农历大年的来临，女儿又开始在何小敏的面前念叨："妈妈，我爸爸过年也不回来？妈妈，你带我去他单位呀。"何小敏心碎不已，忍不住向姚根正发了条信息：**你抽时间来看一看女儿，她真的很想你了！**

姚根正看到信息后，眼泪像泉水一样源源不断地涌了出来。他现在正处在贫病交加之中，连去看一看女儿的钱也没了！1月2日早上，撤职离婚的那两件事像两把锋利的刀子一样划过了他的身体。起初，由于刀刃过于锋利，他还感觉不到伤口的疼痛，还有勇气来迎接那些打击。可随后，那伤口处就开始流血溃烂了，发出了火辣辣的阵痛。再往后，那一次次今不如昔的对比，才让他一次次地深刻地感到了那打击的沉痛和惨重。首先，他最后一次去了一趟瓷崖，进行了手续的交接。新主任像他当年一样，也是一个风华正茂的青年。虽然那青年对他像对待前辈一样客客气气恭恭敬敬，但是姚根正自己就感觉自己已不能从容领受了。他再也没有权利往那把主任的椅子上坐了。他有点畏缩地极不自然地站在了旁边，在许丽丽造来的移交清册上逐项签了字。完了，镇政府党委的全套班子又给他举行了一个欢送宴，书记和镇长依然把他夹在了中间让他坐在了上座，酒桌上人们仍一时里改不过口来叫着他姚主任，还说着"还年轻了，歇一歇再当"等的话语。但是，姚根正却感觉那一声声的主任使他备受折磨，他已是一个冒牌的主任了，已领受不起那样的称呼了。他们那些安慰他的话语与那既成的事实相比也是那么地轻如鸿毛啊，于他毫无敷伤止痛的作用啊。再后来，又一些其他行业的客户们知道消息后，也要请他吃个饭给他送个行。他一一拒绝了，他再不想那样尴尬地面对众人了，那就犹如强行揭开带血的伤疤给别人展览呀。只有在最后临走时，许丽丽和宋平两个人红着眼睛的样子，又让他的心里感到了一丝丝温暖和慰藉。宋平哽咽着对他说："主任，有时间我会来看你的。"许丽丽在背地里给他发了条信息：**主任，也许都是命吧！无论如何，你都要坚强地挺住。**他完全能看得出来——在主任和一般员工收入差距如此之大的当下，他的撤职并没有让他的两个下属拍手称快，那就是他们对他曾经和他们在一块儿工作过的最高礼赞和最深的认可。他最后一次强装出一切都无所谓的样子对他们说："你们要好好配合新主任的工作，像原来那样地实干，我就放心了。"

班车蜿蜒着驶过瓷崖镇的一座座高山和一条条深谷，看着那两岸的深山峻岭，姚根正不由得又想起了他在这里奋斗过的每一个日日夜夜——有那么多的烈日当空里，他曾不止一次地去过那些最偏僻的村落，去了解农户们的生产和生活情况；有那么多的黑天夜半里，他也曾不止一次地去过那些最难走的小生产队，去给他们开会和座谈。他在这里洒下了他全部的汗水，他也在这里洒下了他全部的智慧。刚来时，他曾觉得这地方是那么地落后与艰苦；现在要走时，他反倒又觉得这地方竟令他有些不舍和留恋。他曾多么地希望这片厚土能成为他走向新事业的一个台阶；然而，它却成了他人生里的一个滑铁卢！想着想着，他默默合上了双眼，感觉有股温热的液体汹汹漫过他的脸颊，转而那温热的液体又成了冰凉一片，使他的脸颊皱巴巴起来。他用手抹了一把脸，又静静地看着那千山万壑从车窗外滑过，心里是滋味万千。

随后，他又去新单位报到了一趟。新单位虽然也是山区，但是没有瓷崖镇距离遥平远，没一会儿就到了。新单位的主任也是一个就地提拔的新主任，他的年龄要比姚根正的大两岁。但是，他那长两岁的年龄显然不如他那已当了三年主任的资历。新主任有点不适地说："以后，咱弟兄们商量着把这的事处理好就行了；这也不太忙，你只需每个集上来上一次就行了；另外，你把档案给咱管上；再有什么事，我随时叫你。""好，好，好。"姚根正极力放低姿态，恭顺地说："你说怎来就怎来。"但是，他在心里清楚自己已经完全变了——他再也不是那个为工作而发热发狂的人了！那些曾经让他时刻关注的报表和数字，他现在看见就心烦。他已正式沦落成了一个只吃闲饭不管闲事、只管出工不管出力的人了！随后，他就回了城，开始处理他那些烦心而又棘手的私事去了。

风浪过后，他的手机逐渐平静了——再也没了上级那些今要检查明要验收的电话了，再也没了下级那些这事怎办那事怎办的电话了，也再也没了那些众多客户们想要贷点款的电话了。渐渐，他的手机只成了一个看时间的手表，偶尔也响，响起一看却是脸蛋哥的那个黑头黑脸的小兄弟打来的。小兄弟在电话里说："姚主任，我大哥最近换了个车，资金实在紧张得厉害，你看能不能再给弄上点？"

"嗯嗯，知道了，我给想办法。"姚根正挂了电话，却没办法可想了。年底，他本年当主任时的最后一笔高额奖金已经全部到位了，一到位后，他就偿还了那些卖了车后还欠五万的临时借款了。他现在是浑身上下一片精光，连一千元也拿不出来！两天后，那个小兄弟的电话又来了："主任，已经给你说清楚了呀，我大哥真的需要钱呢，你怎还没动静？"

"好好，知道了，我尽快给弄。"姚根正挂了电话，已听出那小兄弟的口气有些不客气了——他不叫他姚主任了，而是叫成了主任，那仅是随便一个代号而已。他只好又给他以前的那些客户兼朋友们打了求助电话，得到的回答是：

"唉，这几天刚买了一套房子，首付才勉强凑够，剩下的还要办按揭呢。实在是……要不然，咱弟兄们……"

"最近那边的工程款结不回来！我也逼得要死呢，我还准备问你——能不能再四处想点办法……"

"太不凑巧了！儿子正在住院，正用钱呢。实在不好意思哦，姚主任。"

"……"

总之，要钱有要钱的理由，不借有不借的借口。他开始真正感知到了这个社会的冷暖。什么叫人走茶凉，什么叫世态炎凉；什么叫富贵易借千两银，什么叫贫穷难赊米半合。他这就是活生生的例子呀。他开始明白自己已陷入一个叫天天不应，叫地地不灵的绝境！两天后，那个小兄弟的电话又来了："你这人怎这样？你在等什么着了？最后再给你说一次，我大哥真的要钱呢。"

"好好好，我马上给弄，马上给弄。"姚根正再次挂了电话后，就开始奔走典当行和小贷公司了。近年来，这些公司在遥平市应运而生，如雨后春笋。他是有公职的人，人家也不怕他跑，竟给贷出了十万。只是利息超高，月息五分。“五分就五分吧，保命要紧。”他在心里想。拿上那十万，他就去见了脸蛋哥。他给他说了他目前真实情况，并且说：“剩下那十万，以后只能是每月给你还四千那样来还了，两年内给你还清。再实在没办法了！”好在脸蛋哥仍念一点旧情，也完全同意了。这样一来，他的债务就分布成了三个板块：瓷崖信用社贷款十万，月息九厘多一点；小贷公司贷款十万，月息五分；脸蛋哥那欠十万，不吃利息，却要每月四千地分期还款。他现在的收入已经比他当主任之前减少了将近一半，可他现在的支出却要成倍地增长。他需要付利息，还需要付房租水电费等那些。没离婚之前，住酒店那仅是个权宜之计。离了婚，哪能天天住酒店？再说了，他现在哪还有钱来住酒店，以他目前的情况来看——全年省吃省喝省穿省用也仅只能维持住现状，稍有闪失，他那债务就必然会增多呀。所以，他在离婚后没几天，就在城北的贫民区那一块赁了个倒座小房，房租一年六千。小房四壁空空，一门一窗，一把椅子，一张烂床；顶上被雨水雪水已渗得痕迹斑斑，时不时会有湿渍泥皮掉落；地下铺着红黄搅混的机砖块，还扔着一个木脸盆架子；炉子生着了，是轰轰的燥热，炉子一熄灭，又是飕飕地进冷风。不过，总算是能在城里有个安身之处了，他放下了自己的行李。他的行李依旧是那一捆铺盖，一箱子破书和几件随身的衣服。之后，再当和脸蛋哥谈妥债务的问题后，他就提着最后一口气去见了理事长。聆听聆听教诲也罢，探问探问出路也罢。总之，他觉得他还想和理事长见一面。

走进理事长的办公室，理事长看见姚根正一脸的沮丧，浑身上下自然而然就流露出了那种落魄的灰暗的气象。他的心里顿时就涌来一阵怜悯之情，完全没了他当初处理他时的那种狠心和气愤了。他主动从办公桌后走了出来，跟姚根正握了一手，勉强地说：“让你再赌！你再赌博，还有比这更严厉的处分。”

“再肯定不赌了。”

“那你现在的家庭情况怎样？”

“家庭？家庭在撤职的那天早上也离了！”

理事长怔在那里，半天说不出话来，只是不停地搓着双手。许久，才问：“你们是确实过不下去了？还是你对你老婆有什么看法，她有什么问题？”

“没有，我始终认为我老婆是一个本分的顾家的好女人。只是……只是……她不适合我……有些话，我没法给你说，理事长。”

“你没法说，可人家关于你的说法倒是不少呀。”

姚根正心上霍地明了了——他这是祸起萧墙呀！从他结婚的那天起，他就等于走上了一条歧途，也等于种下了一颗苦瓜。现在这颗瓜，瓜熟蒂落了。他把婚姻当作了一个通往富贵的云梯，在里面掺进去了功利性；而婚后他又无法扭转自己，长期没有性行为。那么这颗瓜就只能是越结越大了，这个恶果终将是要爆发的，不是以这种形式爆发，就会以另一种形式爆发。这一切都是他咎由自取呀！现在，他已无法去抱怨谁了，也不想再去怀恨谁了。所以，他只淡淡地说了句：“那就让他们说去吧。”

“唉——也许真有命运这一说吧！人这一生里，有些坎，过不去就是过不去呀。”理事长又无奈地叹了句。

“坎？最大的坎就是你撤了我的职！你不撤我的职，我也许还能挣扎着渡过去；你撤了我的职，那我就真的不好往过渡了呀！”姚根正在心里说。但是，他又想：他不能说这样的话呀。他难道能说理事长对他的撤职决定是错误的吗？他的赌博行为给个比这更严厉的处分也不为过呀。况且，理事长又是他长期以来内心里真正敬佩的一个领导。他就是让他去冲锋陷阵去送死，他也得上呀。再说了，他现在还在人家的手下工作着……种种考虑之下，他说出口的话竟成了：“那就这样吧，理事长。我还是感谢你对我曾经有过的信任——你给过我一个平台，让我发挥过我的价值，这就足够了！”说完，他就站起身来朝门口走去。理事长在他身后传来了半句：“下去了，还要好好工作。也许组织还……”

走出总部的大楼，这段时间里所有的风云突变都已尘埃落定，姚根正感觉自己的精神也随之垮塌了。暂时已没了债务需要他集中精力来应对了，暂时也没了工作需要他不顾一切地来完成了，暂时也没了家庭的纠缠和闹心了。有的只是打击过后所给他带来的生活巨变，需要他一遍又一遍忍受那无情的折磨。尽管他在这个城市里已生活了八年之久，可他还不熟悉这个城市里的公交线路，他也不知道在哪里能买到廉价的地摊货，他更不会自己油盐酱醋地去解决饮食问题。他的生活规格仍停留在过去那优裕的状态里，可他的实际情况却迫切地需要他来适应这新的贫困的环境了。他一个人去了超市，买了一个热水器，一个暖壶，几个水杯，还有一些洗涤用品和碗筷什么的。买时，恰好又遇见一个多年不见的老同学，他真想绕道躲避过去。可那眼尖的老同学却发现了他，在那边喊：“嘿，老同学，几年不见了！怎，大主任还亲自出来买这些东西？我最近在农贸市场开了个粮油门市，你有时间过来转一转，看能不能给我想办法贷点款？”

“哦哦，有时间我会来的。”姚根正在嘴里含混不清地说着，脸上勉强地笑了笑，可他自己也能感觉到他那笑容是多么地难堪。随后他又敷衍塞责了几句，就匆匆离去了，把老同学纳闷地留在了原地。“怎了，出什么事了？他根本没有当主任的气势，反而是一副凄凉落寞的气息。怎回事？”他的老同学不禁在他身后无尽地想着。

姚根正回到他那个新租赁的旧小房，临时和房东借了点柴炭，撕了本破书，开始往着生炉子。生了两次才把炉子生着，可家里已是浓烟滚滚，熏得人睁不开眼睛。他打开窗户晾出浓烟，又滚水、灌水。之后，才是看着空空的四壁，呆呆地发呆。说他想着什么又不想什么，说他不想什么又像想着什么，他就那样神情恍惚地坐着。唯一可做的便是一根接着一根不停地抽烟，近来他的烟瘾已成倍地增长了，手指间已有了焦黄色。虽然烟也已经降成了三四块的劣质烟，但他还是有点支付不起。他想戒烟，可是又戒不掉。一没有烟的陪伴，那一夜一夜的失眠他就无法度过呀。从 1 月 2 日那天起，每每凌晨前后他才能睡着。如果睡着了再不会醒来，他倒是愿意永远地就此长眠。可第二天中午，那刺眼的阳光又会透过窗户来唤醒他重新面对新的一天。紧接着，便是农历大年的来临。临年之前，城市像退了潮的海岸，外来人员开始回归，饭馆店铺开始关闭，所有的人间不幸都好像在这个时间段里无法藏身遁形了。每每形单影只地走上街头，寻找一半个还没有关闭的饭馆时，他就感觉自己的窘迫也被暴露在这光天化日之下。唉，什么年呀，什么节日呀，那对于一个无家可归的人来说，那就是一种无比的摧残啊！姚根正终于身心不支了，重重地病倒了。

当何小敏发来信息时，他正在那个炉子火红的小房里，裹着被子浑身冷得瑟瑟发抖，那是一场多年来已没害过的重感冒。看着“你抽时间来看一看女儿，她真的很想你了”的字幕，他泪如雨下了。他何尝不想自己的女儿，他也快有四个月没见女儿了。他完全能想来女儿见不着他时的那副眼泪汪汪的可怜样。他原以为撤职对他的打击最重，现在看来离婚也同样不轻啊。看着那条信息，他又仿佛看见了女儿那张红扑扑的脸蛋和她那两条黑黑的抓鬏小辫。同时，他又有了一股要坚强地挣扎下去的信念。“死难，在落魄里活着更难！无论多难我也要挺住，哪怕是在工作之余再开辟个第二职业，我也一定要站起来。”他又一次给自己打气说，因为还有女儿那稚嫩的气息在前方召唤着他等着他呀。随后，他给何小敏回了条信息：**我过完年来看她，辛苦你一直照顾着她！暂时无以回报，唯有深深的歉意，一切拜托你了！**

大年的当天，他拖着病体回老家陪母亲过年去了。显然，母亲也早已知道了他的一切消息。她的脸上已蒙上了一层厚厚的阴暗之色，两眼既忧郁而又凄愁，人也更老更瘦了。这是一个没有欢声笑语的除夕之夜！屋外，父亲在世时，常常会扫得干干净净，挂上红灯笼贴上对联，还会在院子中心垒砌一个大大的火塔。今年父亲是新亡，按风俗不能贴红色的对联，也就没贴其他色的对联，自然那个火塔也没人垒砌了，只在门前挂了个无声的昏暗的灯笼。屋里，母亲和儿子相对无语，都没胃口地吃了个潦草的年夜饭。母亲看见儿子的气色不佳，也就不想再提那些已过去的事了，以免勾起他的伤心。她只是在吃饭时，又忍不住问了句："你再能见上咱的姚遥不？"

"能见上，我是离了婚，我又不是和我的女儿断绝了关系。她们也没权利不让我见她呀。"

"那就好，以后有时间你把她带回来，让妈再看看她。"

"嗯，以后有时间了，再说吧。"

电视里的春节联欢晚会歌舞飞扬，精彩纷呈，一会儿是宋祖英激情饱满的《飞》，一会儿又是黄宏、巩汉林大锤小锤的《装修》，可姚根正犹如失去了欢乐的神经，他只是心不在焉地看着听着，全然没有发自内心的一点点的笑意。面前的一瓶酒只被他喝下去四两，可就醉了，并且出了酒。他那一瓶不倒的量气，也随着诸事的败北从此消失了。过完年，又过了初六，他就要回新单位了，他把他那最后的五百块给母亲放下。母亲却说不要，她还有钱呢。"哎呀，你拿着。我再不行，每月还能多少领一点工资吧。你别担心，不至于没了你的吃喝钱呀。"他强行放下了那钱。临走时，又给父亲上了一趟坟。坟头经风历雨已成了灰褐色，周围杂草丛生，只是全在冬天里枯萎着。他摆了祭品，奠了酒，烧过纸后，就不由得卸下了他那长期以来在人们面前一直所戴的坚强的面具，一头扑在了坟堆上，失声痛哭起来："爸呀——你起来看看你的儿子呀；爸呀——你看看他活成什么样了啊！"那一声声的哀号在空旷的山谷里阵阵回荡。

正月快要出头时，姚根正领到了他新年里第一个月的工资，付过小贷公司的利息，又给了脸蛋哥四千后，就剩下不到两千了。但是，那就可以实现他的一个久久惦念的心愿了——他终于可以去看看女儿了。这天，他在那个倒座小房里洗了脸，刮了胡子，换了一身干净的衣服。临出门时，又对着墙上的镜子照了照。镜子里的自己——脸色苍白，眼圈凹陷，明显瘦了不少，但是也好像积淀了一种挺霜傲雪后的干练和肃劲，他还是比较满意的。他给何小敏打了电话，知道女儿已上了幼儿园，他就朝着那家幼儿园飞奔而去。隔着铁栏杆，他看见女儿正和一群小朋友们在院子里玩着丢手绢的游戏。女儿穿一件鼓鼓的浅绿色的羽绒服，底下是紧身裤又配了一条棕色的呢子短裙，还有一双元宝式的小皮鞋。他盯着女儿的身影，久久地一动不动地出神地望着。许久，女儿也好像感觉到了一丝不一样的气息，她朝着铁栏杆看了过来。起初，她还好像有点不敢相信似的；可随后，她就欢喜地蹦跳着过来："爸爸，你什么时候来的？"

"爸爸，刚来。"

"那我现在就跟你走，不想上了。"

"不忙，马上就放学了，爸爸在外面等你。"

"你这么长时间去哪了？爸爸。"

"完了说，你先回去玩。"

女儿又朝小朋友们走去，可没走两步她又回过头来，好像害怕这失而复得的爸爸再走了。姚根正意识到了女儿的那种担心，瞬间里就有泪奔的感觉。他连忙向女儿挥挥手道："去吧，去和他们一起玩，爸爸一直在这站着。"

电铃一响，女儿就飞奔了出来，背上还多了一个粉红色的大书包，书包上面有一个卡通的芭比公主的头像。姚根正连书包带女儿一起抱了起来，连连在女儿的脸蛋上亲了两口。之后，又把女儿放了下来，说："来，书包让爸爸给你拿上。"

"我能背动了。"

"有什么书？用了这么大的书包。"

"妈妈给买的。"

"来，让爸爸给你拿着。"

女儿这才把书包摘下来递给了姚根正。姚根正拉开拉锁看了看里面，里面仅有一支铅笔、一个橡皮擦、一本拼音书和一本图画册。他笑了笑，说："你妈妈给你买这书包也太大了吧。"

"家里还有书呢。爸爸，你这么长时间去哪了？"

“你妈妈给你怎说的？”

“妈妈说你调到可远的新单位了。”

“嗯，就是可远了，以后不能常回来看你们了！”

“那你不要上班了。”

“不上班就没钱，没钱你就没法念书呀。好了，咱不说这些了，你就说你想去哪？想吃啥？”

“爸爸，我想去肯德基，吃一个汉堡。”

“吃上两个。”

“爸爸，我还想去滨河公园，坐一次碰碰船。”

“坐上两次。”

“我还想画一个石膏像，行不？”

“画上两个。”

姚根正想把他对女儿这么长时间以来的亏欠，全部双份地给她补上。女儿高兴极了，又兴高采烈道：“爸爸，曹小宝的裤子后面开了一个洞。”

“哈哈，你什么时候看见的？”

“丢手绢时呀。”

接着，两人手牵着手来到了肯德基，点了各种吃的和喝的，直到女儿没了一点点的胃口，这才离去。又去了世纪广场的那个西北角，那是原来的滨河公园，一汪湖水仍在，湖面上多了一些圆形的橡皮电动碰碰船。姚根正和女儿租了一只，由他驾驶着驶进湖心。女儿坐在一边一直给他侦察着别的碰碰船。一会儿，她喊：“快看，快看，爸爸，那只过来了。碰它，碰它。”一会儿，她又喊：“爸爸，冲，冲，向前冲。碰这只，碰这只。”两船相撞，激起朵朵白色的浪花，把船体撞得向后倒仰。女儿在安全带里乐得手舞足蹈眉开眼笑，直至她没了一点点的玩兴，姚根正这才把船开回到岸边。下了船，路过一个照相的摊点，他让人家给他们父女俩照了一张合影，然后把那张照片小心翼翼地装进了上衣的口袋。之后，再来到女儿所说的那个画石膏像的地方——原来是在一个敞篷下摆着一大堆的熊猫、公鸡、小马、小狗、小猪之类的小石膏雕像，和一些七色的水彩盆，由娃娃们自己把水彩描在石膏像上然后带回家去。描一件是十块钱，女儿挑了一个半蹲半卧的小猫，就开始描了起来。显然，她是想把所有的色彩都给用上，给猫的身上描了黄色和褐色相间的条纹后，又拿起一支红色的笔来。姚根正说：“猫没有红色的呀。”

“那这个不用了？”

“用不上就不能用嘛。”

女儿这才带点可惜地把那支红色的笔放进了红色的盆里，又给猫的鼻子上点了一块绿色，然后又拿起黑色的笔来，给猫描开眼圈和眼眉，还在猫的左右脸蛋上各画了三根黑色的胡须。由于她捉不稳画笔，六根胡须是粗细不等，猫的脸蛋早已被涂成了黑一块白一块的三花。但是，就是那样的一件作品，那在姚根正看来却是世上最美的艺术品，因为那上面已经承载上了他女儿那憨态十足的纯真的稚嫩的气息。终于描完了，女儿大功告成般地长出了一口气，问：“爸爸，我画得好不？”

“好好好，太好了！”他给女儿竖了个大拇指。

“我要把它放在我的床头，每天看一遍。”

“好好好，就放在你的床头。现在能回家了吧？”

“再不到哪转转了？”

“你看看天。”

女儿看了看已经落日的即将昏暗的天色后，才说：“那就回吧。”

走到单元楼的楼底，姚根正把书包递给了女儿，说：“你自己上去，回到家里，在这边的阳台上给爸爸招一招手。”

“那你呢，你不回家，爸爸？”女儿诧异地问。

看着女儿那满脸想让他回家的表情，他的眼泪瞬间里又要流了出来。他赶忙背转女儿，用手擦了把眼睛，等情绪稍微平稳了一点，确信眼泪再流不下来时，才回过身来，说：“爸爸单位有事呢，要回单位呢。”

“你已经可长时间没在家里住了，今天住一晚上，明天再去单位嘛。”

“不行呀，爸爸非回去不行呀！”

“不嘛，我就不让你走。咱两个回去，你再跟我耍：石头、剪刀、布。”

“听话，爸爸单位真的有事呢，非要回去不行！听话，你自己一个人上去，爸爸以后再来找你玩，行不？”

“不嘛……”女儿已经哭闹开来。

费了好长一阵时间，才终于乖哄地止住了她的哭闹。看着女儿提着书包走进了楼道口，姚根正又赶忙拐到另一条马路上来。没一会儿，五楼的窗户就打开了，女儿那只胖乎乎的小手在空中飞舞：“爸爸，我到家了。”

“那就好，以后要好好听妈妈的话，不能调皮哦。”

“嗯嗯。”女儿在窗口里给他点头。

“那，爸爸走了，再见。”

他又给女儿做了个飞吻的姿势。女儿也在空中给他挥了挥小手。他这才狠了狠心，转身离去。这时，他才发现女儿一心想要放到她床头的每天看一遍的那个小猫，仍握在他的手里。“也好，那就放在我的床头吧。看着这个小猫的脸蛋，我也会想起她的那张脸蛋来。”他在心里说，然后又一次坚定地踏入了这个车流滚滚人声喧嚣的都市。

2020 年 7 月 28 日

榆林塞北酒店

图书在版编目（CIP）数据

歧途 / 逆溯著. -- 北京：作家出版社，2021. 7

ISBN 978-7-5212-1364-5

Ⅰ. ①歧… Ⅱ. ①逆… Ⅲ. ①长篇小说－中国－当代 Ⅳ. ①I247.5

中国版本图书馆CIP数据核字（2021）第035986号

歧　途

作　　者：逆　溯
出版统筹：汉　睿
责任编辑：翟婧婧
装帧设计：天行之翼・宋晓亮
出版发行：作家出版社有限公司
社　　址：北京农展馆南里10号　　邮　　编：100125
电话传真：86-10-65067186（发行中心及邮购部）
　　　　　86-10-65004079（总编室）
E-mail:zuojia@zuojia.net.cn
http://www.zuojiachubanshe.com
印　　刷：唐山嘉德印刷有限公司
成品尺寸：152×230
字　　数：330千
印　　张：21
版　　次：2021年7月第1版
印　　次：2021年7月第1次印刷
ISBN　978-7-5212-1364-5
定　　价：58.00元